JN178735

純白の密告者

イヴ&ローク58

J・D・ロブ

小林浩子 訳

PAYBACK IN DEATH
by J.D. Robb
Translation by Hiroko Kobayashi

mira

PAYBACK IN DEATH
by J.D. Robb

Published by K.K. HarperCollins Japan, 2024

復讐《ふくしゅう》を企てる者は
自分の傷を癒やさない。
――フランシス・ベーコン

愛は不正を喜ばず、真理を喜ぶ。
――コリント人への第一の手紙　13：6

純白の密告者

イヴ＆ローク58

おもな登場人物

イヴ・ダラス――――ニューヨーク市警察治安本部（NYPSD）殺人課警部補
ローク――――実業家。イヴの夫
ディリア・ピーボディ――――イヴのパートナー捜査官
ライアン・フィーニー――――電子探査課（EDD）警部
ドナルド（ドン）・ウェブスター――――内務監察部（IAB）警部補
マーティン・グリーンリーフ――――IAB元警部。ウェブスターの元上司
ジョー・ランシング――――IAB監察官
ベス――――マーティンの妻
ベン――――マーティンの上の息子
カーリー――――マーティンの娘
ルーク――――マーティンの下の息子
エルヴァ・アルネズ――――ベスの友人。ブティックマネージャー
ダーリー・タナカ――――ベスの友人。非営利団体代表
アーニャ・アボット――――ベスの友人。小児科医
キャシディ・ブライヤー――――ベスの友人。親専業者

1

太陽は誘拐されたか、身代金なんか面倒だという者に殺されてしまったのだ。

いずれにしろ、憐《あわ》れな結末を迎えるまでの素晴らしい二週間、太陽は熱と光を放ち、ギリシャの別荘から見下ろす海の輝きは、ダイヤモンドをちりばめたサファイアのようだった。太陽は溜《た》まったストレスをすっかり焼き払ってくれたうえ、睡眠、セックス、ワイン、日光浴、さらなるセックスのための余裕をたっぷり与えてくれた。

二〇六一年の夏のひとときを過ごすのに、これに勝る方法があるだろうか。

殺人課のイヴ・ダラス警部補は、もう何日も殺人や暴力のことを忘れていた。それだけでも休暇の意義がある。そこへもってきて日に照らされた黄金色の石造りの別荘、海と丘、あらゆる窓から見渡せるオリーブ畑とブドウ畑の眺め、そのうえ愛する男と二人きりで過ごす怠惰な時間。このうえない幸福。

結婚三周年を祝うにはうってつけだった。

今でもときどき驚くことがある。警官と犯罪者（元）、がむしゃらに頑張ってみずからの不幸から抜け出した迷える二人が、どうやって互いを見つけられたのだろう、と。二人はどうやって力を合わせ、盤石な良い人生を築いてきたのだろうか、と。

何が起ころうとも、変化しようとも、進化しようとも、二人の絆《きずな》は変わらない。

二人はともに人生を築いているのだ。

二週間のバカバカしい享楽三昧が終わると——ロークはバカバカしいとは思っていないようだけれど——叢雲《むらくも》とそぼ降る雨のもと、二人はアイルランドに到着した。

太陽を殺したのはアイルランド人なのかもしれない。

それなのに、この地では鮮やかな緑の畑が広がり、丘がそびえ、雨に濡《ぬ》れた石垣が輝いている。細い道は蛇行し、血のように赤いフクシアの生垣がまるで生きている壁のように迫ってくる。

イヴは心を落ちつけようとした。たぶん少し緊張しているのかもしれないが、ただでさえ太陽殺しの容疑者であるアイルランド人が蛇行する細い道を車ですれ違おうとするいっぽう、ロークがあたかも直線道路を走っているように車を飛ばしているせいもある。

彼はとても幸せそうで、その幸せな気分はイヴにも伝わってきた。そんな陽気なムードを共有することも〈結婚生活のルール〉だとまでは思わないが、これはこれで悪くないと思った。

イヴはしばらくロークを眺めていた——生垣の切れ目から覗《のぞ》く羊や牛、ときには馬などの動物たちを眺めるよりよっぽど楽しい。彼はあの顔をしていた。あの野性的なアイリッシュ・ブルーの瞳、あの完璧に刻まれた口元、その顔を縁取るシルクのような黒い髪。

ロークは――イヴだけのために――口元をゆるめ、目に微笑を浮かべてこちらを見た。

「もうすぐだよ」

「わかってる」

ロークは悪夢のような子ども時代も、泥棒、密輸業者、一大帝国を築いた（ほぼ）合法的なビジネスマン時代も、自分に家族がいることは知らなかった。前回、クレア州にあるその家族の農場を訪れたのは、殺しの請負師を捕まえるためだった（イヴ＆ローク52『闇より来たる死者』参照）。

ローカン・コッブ。子どものころから凶悪な少年だったそいつは凶悪な男になり、ロークを宿敵と見なし、その死を渇望していた。

やがて二人の立場は逆転した。そして今、コッブは地球外のコンクリートの檻《おり》にいて、死ぬまでそこから出ることはない。

「前方に雲の切れ間がある」

イヴはどんよりした灰色の空を見つめた。目を細めれば、灰色がいくらか薄く見える部分があった。

「あれが切れ間なの？」

「そうだよ」アイルランドの緑地のようななめらかな響きをにじませ、ロークは手を伸ばしてイヴの手に重ねた。「僕たちがこうしてここに来て家族と一緒に過ごすことは、彼らにとって大きな意味がある。きみが付き合ってくれることが、僕にとってはとても重要なんだ」

「わたしは喜んで行くわよ。彼らのことが好きなの、あの尋常じゃない連中が。それに、警官の群れを引き連れずに、ここで過ごすのもいいわね」

「そうだね。とはいえ、あれもけっこう愉快だったけど」

「わたしが出しゃばらず、あなたにコップをやっつけさせてあげたからでしょ」

ロークは〝させてあげた〟という言葉にニヤリとした。「僕のお巡りさんは僕のことをよくわかっているうえ、僕を愛してくれている。ほら、空が少し明るくなった」

彼が〝切れ間〟と呼んでいたものが青みを帯びていることはたしかだった。

「〝明るい〟は言いすぎでしょ」

車が二度カーブを曲がると、イヴがかつてジェットコプターで到着した野原が、あの牛のやつらがいた野原が見えた――あのときはロークが自分を必要としているのがわかったから、ここまで追いかけてきたのだ。そしてロークの母親の双子の妹、シニード・ブロディ・ラニガンに初めて会ったのだった。

石造りの灰色の家、納屋や離れ、草木が繁茂する庭々。

私道に車を乗り入れるなり、玄関のドアがさっと開いた。シニードの孫で、顔にそばかすが散ったショーンが飛び出してきた。

「やっと着いたか！　もうずうっと待ってたんだよ。おばあちゃん《ナン》とママがごちそうを作ったけど、僕はおなかがペコペコなんだ。ちょっとしか食べさせてくれないから」

降りしきる雨のなか、金髪の少年は目を輝かせて立っていた。

「荷物を運ぶのを手伝ってあげる」

「いい子だ。みんな元気にしていたかい、ショーン？」

「元気だよ。武器は身につけてる？」とイヴに聞いた。「見てもいい？」

「両方ともノーよ」

「ちぇ」ショーンはロークが差し出したバッグを肩に担いだ。「じゃあ、また今度。あなたたちがこないだ来てから、こっちにトラブルは何もなかった。でも、これから何かあるかもしれない」

「荷物を運びなさい」艶やかな赤い髪を後ろで結んだシニードが、細い腰に両手を当てて玄関から声をかけた。「親戚を困らせるのはやめなさいよ。よく来たわね、二人とも。会いたかったわ。荷物なんか気にしないで」

シニードはロークをつかのま抱き締め、それからイヴのほうを向いて抱き締めた。「うちには部屋まで荷物を運べる男たちがいくらでもいるから」

家に足を踏み入れると鮮やかな色彩に迎えられ、動きまわる人たちから挨拶の声があがり、次々にハグされた。ブロディ農場で五分間にハグした回数は、ほかの場所での二年、あるいはそれ以上の回数よりも多いにちがいない。

やがて誰かにワイングラスを手渡された。

焼きたてのパンとローストチキンの香りがする農家のキッチンのカウンターには、食べ物がびっしり並んでいた。

チキンはその朝、鶏小屋《とりごや》で鳴いていたものかもしれないが、それはひとまず考えないでおこう。

今度は、腹をすかせた三人分の料理が盛られた皿を手渡された。二匹の犬が駆け寄ってきて、続いて子どもたちがやってきた。

シニードがイヴを脇に引き寄せた。

「あなたから届いた贈り物はしまっておいたから、必要なときに言ってちょうだいね」

「一段落したら渡そうかと」

「じゃあ、部屋に運んでおきましょうか?」

「えーと、いえ、大丈夫。彼もここがいいと思うはずです。みんなここにいますから。みんないますよね?」

「母親たちの息子や娘はみんないるわ。少し二人だけの時間が欲しいんじゃない?」

「いいえ……みんな家族ですから。これは家族の行事なんです」

緑の瞳をなごませ、シニードはイヴの頬にキスした。「あなたには感謝してるわ、イヴ。もしまだ言ってなかったら、わたしがあなたに感謝してることを知っておいて。さあ、席について食事にしましょう。ほら、リアム、どいて。わたしたちのイヴはあなたより脚が長いんだから」

そして、不揃《ふぞろ》いの茶色い髪と琥珀《こはく》色の瞳と長い脚を持つ警官のイヴは、ニューヨークの交通渋滞に匹敵するほどの騒音と混乱の真《ま》っ只中《ただなか》で席についた。

イヴは家族がどういうものかを知らず、虐待と暴力だけを経験して育ち、死者のために闘うことでキャリアを築いてきた。けれど今は家族《ファミリー》がいる。その気はなかったのに、知らないうちにニューヨークにファミリーができていた。

そしてこのアイルランドの農家にもファミリーがいる。

大騒ぎのさなかに、ロークと目が合った。彼が軽くグラスを掲げると、イヴも軽くグラスを掲げて乾杯した。

ロークへの結婚記念日の贈り物をどう渡せばいいかは考えていなかったし、素晴らしいアイデアを思いつく自信もなかった。

ギリシャで渡そうかとも思ったが、それは正しい方法だとは感じられなかった。

ごちそうを食べ終え、リビングルーム、ダイニングルーム、キッチンで家族がそれぞれくつろぎ、犬が鼾をかき、赤ん坊が乳を飲み、ロークの曾祖母が何か編んでいるのを見たら、今こそふさわしいときだと感じた。

「本当にここでいいの?」二人で客間まで行き、戸棚へ向かったとき、シニードが尋ねた。

「わたしはまだ見てないの――言っておくけど、ものすごい努力をして、ちらっと見たいという誘惑に勝ったのよ。でも、あなたが考えてることはわかるし、涙、涙の場面になるでしょうね。わたしも泣くと思うわ」

「このほうが彼にとって意味があると思うんです」

イヴは心からそう願った。

そして、茶色い包装紙でくるんだ贈り物を、叔父と羊に関する話をしているロークのもとへ運んだ。

「ちょっと遅れたけど――わたしが忘れたと思ってるといけないから」

幅が広くて長い包みを手渡すと、めったにないことだが、ロークの驚く顔が見られた。

「ねえ、あけてみて」ショーンがせかした。「ナンは中身がなんなのかヒントもくれないんだ」

「じゃあ、さっそく答えを見つけよう」ロークが包装紙と緩衝材を取り除いていると、家族がわらわらと集まってきた。

そして、包みのなかにも家族を見つけた。

絵の背景には農家、丘、野原が描かれていた。イヴとロークを真ん中に、二人を取り巻くクレイジーな連中――老いも若きも、腕に抱かれた乳飲み子もいる。

ロークの右肩の後ろにシニードがいる。左側には遠い昔に亡くなったロークの母親がいた。

「みんないるね。ナン、あれはショーハンおばさん？」

「アイ、そうよ、わたしたちのショーハンよ。ああ、美しい。素晴らしい絵だわ」シニードは振り向いて夫の肩に顔を押し当てた。「あなたもいるわ」

「これは……イヴ」ロークはこちらを見上げた。その野性的な青い瞳に愛情をたたえて。

「言葉が出てこない」彼はイヴの手のほうへ手を伸ばした。「サマーセットもいるんだね」

「まあね」イヴは肩をすくめた。「ヤンシーが描いたの」

「サインを見た。僕にとってこれ以上貴重なものはない。どうやってこれを？」

「シニードが写真を送ってくれて、ヤンシーがそれを描いたの」

「さあ、それを寄こすんだ」ロビーが絵を奪った。「立ち上がって、自分の女房にキスしろ」

「もちろん。愛してるよ、たまらなく愛してる」

ロークが妻にキスすると、家族は歓声をあげた。そして、贈り物をそばで見ようと群がってきた。

老いも若きも、アイルランド人たちは夜遅くまでパーティを楽しんだ。音楽——そこには当然ダンスと歌がともなう——大量のビール、ワイン、ウイスキー、そしてさらなる料理。雲の切れ間から見えた青は夜空に広がっていたので、お祭り騒ぎをする人たちは外に出て、月明かりと星明かりのもとで大いに盛り上がった。

誰にも次のダンスに引っ張っていかれないように、イヴが離れた場所に腰をおろしてひと息ついていると、彼らがビスケットと呼ぶクッキーの皿を抱えたショーンがやってきて、隣に座った。

「誘拐された少女たちが、あのひどい学校に監禁された事件は痛快だった（イヴ&ローク５６『２３２番目の少女』参照）。少女たちが監禁されたことがじゃないよ」ショーンは言い直した。「あなたが彼女たちを助け出したのが痛快だったんだ」

「なんで知ってるの？」

「えっ？　インターネットだよ」少年はあっさり答え、クッキーをかじった。「トゥラでもすごく話題になった。パパも自慢してたよ。うちのイヴがかわいそうな少女たちを悲惨な状況から救い出し、少女たちを虐待したやつらに天罰が下るようにしたんだって」

「わたしひとりの力じゃなかったわ」

「まあ、それはそうだけど、あなたは警官のボスだし。でも、とうとう彼らと対決したときは面白かったんじゃないの？　でさ、悪いやつらを見つけたとき、スタナーで何人か気絶させたの？」

まったくもう、と思いながらイヴは皿からクッキーを取り上げた。「まあね」

「やったー、やつらはそうされて当然だし、もっとひどい目に遭えばいいんだ。それで、やつらに――」ショーンは拳を突き上げた。「きついやつをお見舞いしてやれた？」

「ええ、きついやつを何発かね」

「ロークがやったみたいにね。喧嘩《けんか》となると彼は鬼のように闘うってみんな言ってるから」

「彼はけっして負けない」

「春にここに来たやつは、僕のナンを攻撃しようとした、僕たちの誰でもいいからやっつけようとした」さっきまで輝いていた目は、激しい怒りで暗くなった。その気持ちは理解できるだけでなく、立派だとイヴは思う。「やつはナンを痛めつけにきた。そうすればロークが苦しむから」

「あいつはナンやあなたたちには手を出せない」

「そりゃそうだよ、あなたがやつを永久に閉じ込めたからね。農場は好きだけど、僕は農家にはなれないと思うんだ。だから考えたんだけど、人を監禁する役割がいいんじゃないかな――もちろん、悪いやつをね」

「仕事はそれだけじゃないのよ、坊や」

「そうそう、それだけじゃない。人を守るための訓練をしなければならないし、誓いを立てなければならない。だから、あなたの事件について読むのが好きなんだ。あなたとロークとクローンの映画も見たよ」

ショーンはあのブロディ家の緑の目で家族のほうを見やった。

「トゥラは静かな町だけど、それでも住民には保護が必要だよね？　去年、死んだ少女を見たけど、彼女は保護が間に合わなかった。ここでも事件は起こる。だから、僕は農業を愛する警官になろうと思う」

「望みをすべて叶《かな》えるいい方法ね」

それで決心がついたかのように、ショーンはイヴに軽くうなずいた。「それが僕のプランだ」

思い起こせば、イヴが警官になろうと決めたのは、この子と同じ年どころかもっと幼いころだった。ありがたいことに理由はちがうが、目的は同じだ。

「感謝祭にニューヨークに来るときは、セントラルに来てもいいわよ」

明るくなったのは顔だけではなかった。少年の全身から光があふれるようだった。「本気？」

「まあ、わたしが捜査中の事件を抱えてるかどうかによるし、それに――」

「僕のほうは全然問題ないよ。フィーニー警部とはここに来たとき話をしたし、電子探査課《EDD》がどんなふうか見学できるかもしれないでしょ？　映画ではすごい機器が揃ってたみたいなんだ」

　ワインを飲みすぎ、気がゆるみすぎて、イヴはみずからを窮地に追い込んでしまったようだ。「なんとかしてみるわ」

「パパに言っとかなきゃ！」

　ショーンが走り去ると、ロークが隣に来た。

「今のはなんだったんだ？　彼のクリスマスを早めたように見えたが」

「彼らが感謝祭に来るときに、あの子をセントラルに連れてってあげると提案したみたいな感じ」

　ロークが声をあげて笑い、頬にキスしてくると、イヴは首を振った。

「あの子は油断のならない相手。要するに、ここの連中はみんな油断も隙もないの」イヴはグラスを取り上げ、まったくもう、と思いながらワインをもうひと口飲んだ。「あの子はわたしに似てる——心の傷は負ってないけど。それはともかく」イヴは肩をすくめた。

「彼はインターネットでわたしの事件を追ってるのよ」

「ああ、そうだろうね。きみは彼のヒーローなんだから」

「警官になりたいなら、警官とヒーローのちがいを学ばないとね」

「僕に言わせれば、その二つは同じだよ」ロークはイヴの手を取った。「あの絵だけど、イヴ」

イヴはほくそえんだ。「上出来でしょ」

「やられたよ。どうやってあんなこと思いついたんだ?」

「まずはあなたのような人でもまだ持ってないものがあるかどうかを考える。あるとすれば、それはまだ作られてないから。だったら自分で作って手に入れればいい。それは個人的な品でないと。そこで年代順に言うと、サマーセットがあなたを見つけ、わたしたちがお互いを見つけ、あなたがここの彼らを見つけたから、そういうものにしたの」

イヴはロークの肩にそっと頭をのせた。「あなたはセントラルで大部屋《ブルペン》の全員に魔法のベストをプレゼントしてくれた。見事にやられたわ。わたしたちは理解し合ってる。相手にとって何が大切かを互いに理解してる」

「イチャイチャするのはあとでいくらでもできるだろう」ロビーが近づいてきて、イヴを壁から引き離そうとした。「俺は姪《めい》ともう一曲踊るんだ」

これで三度目だが、まったくもう、と思いながらイヴは踊った。

イヴはひとりきりで、真珠のような朝日を浴びて目を覚ました。ナイトスタンドにはメモキューブが置かれている。起動すると、ロークの声が流れだした。

〝僕は畑にいると思うよ。キッチンにコーヒーと朝食が用意されているから、ベッドから出て準備ができたらいつでもどうぞ〟

コーヒーさえあれば、ベッドから出ることも準備もできる。

シャワーは自宅のマルチジェット・スチームや、ギリシャの別荘の豪華さにはおよばないものの、シャワーとしての役目は果たした。

ズボンとシャツを身につけると、まだ頭がぼんやりしていたので、自然に武器用ハーネスに手が伸び、一瞬のちにバッグにしまったことを思いだした。

家のなかは静かだった——ときおり外から聞こえてくる牛や羊の鳴き声を無視すれば（当然、それは無視できなかった）。

イヴはきしむ階段を降り、キッチンへ向かった。すでにコーヒーを筆頭にかぐわしい香りが漂ってくる。

「おはよう、イヴ。起きだした気配がしたから、淹《い》れたてのコーヒーを準備しておいたわ」

「ありがとうございます」イヴはマグカップを手に取った。シニードはシャツとズボンの上にエプロンをつけ、金色がかった赤い髪を後ろで束ね、コンロに鍋をのせて温めている。

「ロークのオリジナル・ブレンドだから、心配しないで。あの子があなたに最初にプレゼントしたのはコーヒーだったそうね」

「ええ。わたしの隙をつくずるいやり方です」

「勇敢な男よ、ロークは。さてと、朝食はフル・アイリッシュでもいけそう?」

「ゆうべあれだけ食べたから、もう一週間は食べなくても大丈夫だと思ったんですけど。でも、やっぱり……」

「あんなのダンスで全部消費しちゃったわよ。わたしもだけど。ソーダブレッドを試してみたら――干しぶどうがたっぷりはいってるし、今朝焼いたばかりよ」

「さっき嗅《か》いだのはそのにおいだわ。以前ここに来たときのことを思いだします」

今は肉を炒《いた》めるにおいがそこに加わった。

イヴはキッチンのテーブルについた。誰かが料理をしているあいだ、ただ座って待っているのは妙な感じだった。シニードの家にオートシェフはない。でも、それは正しいことのように思えた。

「ロークは畑にいるんですか?」

「アイ、誰に誘われたわけでもない――早起きなのは自分のせいなの。ブロディ家の特性」

「そうだったんですか。彼は毎日夜明け前には起きるんです。リンクやホロで、地球の裏側にいる誰かと会議してます」

「そうなの。わたしたちは生まれながらの農民なんだと思う」

「農民のロークは想像しにくいです」

シニードは肩越しにほほえんだ。「でも、あの子は畑を耕し、作物を育て、収穫することもちゃんとできるわよ」

「そうかもしれませんね」イヴはコーヒーを飲んだ。「たしかに、それはそうだわ」

「そしてあなたは、畑とそこで働く人々を守り、略奪者を寄せつけない。名コンビね」

シニードは手際よくイヴの前に皿を置いた。

「あの子が初めてこの家のドアをノックしたときの顔が、今でも目に浮かぶわ。その目に宿る悲しみ……わたしの姉の目に宿る悲しみ。ショーハンの目もわたしと同じ緑色だったけど、あのまなざしや目の形。わたしの姉の子に間違いなかった。そして、あの野原にジェットコプターから降り立つあなたを見たときは、表情がとても晴れやかになった。その顔を見て、姉には見つけることのできなかった愛を見つけたのだと知ったの」

シニードは布巾を脇に置いた。「気になることがあるんだけど、話してもいい?」

「もちろん。何か問題でも?」

「今の話じゃなくて、昔のこと。あなたが食べてるあいだ、わたしも座ってお茶をいただくことにするわ」

シニードがすぐに話を切りださないので、イヴは不安を感じた。

「そう、これはいい機会だと思ったの、あなたと二人きりのときにわたしの悩みを聞いてもらうには」シニードは椅子に腰をおろし、ため息をついた。「わたしたちは彼のために、わたしたちのロークのために闘わなかった。赤ん坊だった彼のために、あの残忍なパトリック・ロークと闘わなかった。わたしの姉の子なのに、闘わなかった」

イヴは不安がいくらか軽くなるだろうと思い、食事をした。「それはわたしが聞いた話とちがいますね。たしか、あなたの弟さんはショーハンの身に起こったことを突き止めようとしてダブリンまで行き、パトリック・ロークに殺されかけたとか」

「ええ、そうよ、ひどいでしょ。あいつは今度誰かやってきたら、わたしたち全員を土葬にすると脅した。あの困難な時代、パトリック・ロークには両手で数えきれないほどの警官や権力者がついていた。いっぽうわたしたちは、赤ん坊がいることを知りながら、彼を見捨てた。ショーハンの息子を見捨てた。時が経《た》つにつれて、わたしたちは思った――ずっと考えていた――ロークはわたしたちのことを知ってる、自分の母親のことを知ってると。それからまた時が流れ、わたしたちはパトリック・ロークが死んだことを知った――死んでしばらくしてから。わたしは自分の子どもたちのことを考えた、姉の子とそれほど年が離れてない子どもたちのことを」

「ロークは自分の身内のことを知ってると思ったんですね」イヴはお茶のカップを覗き込んでいるシニードに言った。「彼にその気があるなら母方の親戚に連絡してくるだろうと思った。もうパトリック・ロークに邪魔されることはないから。そして考えた――誰だってそう考えるわよね――彼はあの父親の子だし、自分には守らなければならない子どもたちがいる、と」

シニードはこみあげる涙を押し戻し、うなずいた。お茶をひと口飲んで、気持ちを落ちつかせてから話を続けた。

「そのうちだんだん安心してきたの。ロークの噂《うわさ》は耳にするようになった――若くして財を成した男だもの、表向きではないことも話題になる。ニューヨーク市での生活なんかも。帝国のようなものでしょ？」

「〝ようなもの〟どころじゃないです」

「わたしはどんな男なんだろうと思った。そう考えることを自分に許したの。父親のような男なのか。冷酷で、残忍な、血も涙もない男なのか。どこかの高級レストランで美女を抱き寄せてる写真を目にして、わたしはこう思う――ショーハンはどこにいるの？　この男のなかにわたしの姉はいる？　彼のなかに姉はいなかった。そうなの、彼のなかにショーハンはどこにもいなかった。わたしにとってはそのほうが彼のことを忘れてしまいやすくなった」

シニードはまたため息をついた。「やがて、あなたと一緒に写っている写真を見たの。この真剣な目をした警察官は、もっと華美な女性たちより強く印象に残った。そして、あなたの隣にいる彼を見て思ったの――ああ、いるわ。ほんのかすかだけど、やっぱりわたしの姉はそこにいる。彼のなかにショーハンを呼び起こしたこの女性は誰なの？」

「彼女はいつもそこにいたんです、シニード」

ブロディ家の緑の瞳が涙で輝いた。「今ならわかるわ。ドアをあけてあの子を迎えた瞬間にわかったと思う。でも――」

「あなたは彼のためにドアをあけた」イヴは話をさえぎった。「あなたは彼を迎え入れた。あなたは彼に家族を与えた。この件は後悔してもなんにもならないどころか、後悔するほうが間違ってます」

「わたしたちは彼のことを見捨てたのよ」

「あなたたちは彼を迎え入れたんです」イヴは訂正した。「彼があなたたちを必要としてるときに。そして、彼が存在さえ知らなかった身内のドアをあけてくれた。ダブリンであの残忍なパトリック・ロークと過ごした年月、そしてその後の年月が今の彼を築いた。それが今の彼です。自分のしたことやしなかったことを後悔してはいけない。彼が自分自身を築いたことを後悔する羽目になりますよ」

まばたきをして涙を押し戻し、シニードは椅子の背にもたれた。「とてもアイルランド的な考え方ね」

「そうですか？」軽く肩をすくめ、イヴは朝食を食べ終えた。「筋が通ってると思ったんです」

「あなたは彼を愛してるのね、とても」

「彼は面倒で、頭痛の種で、傲慢で、魅力的で、寛大な人。腹の立つこともあるけど——しょっちゅうですが——とても愛してます。それでも——彼が結婚記念日に何をくれたかわかります?」

シニードは今やほほえみ、頬にこぼれた涙をぬぐった。「あなたが教えてくれるか、見せてくれるのを期待してたの。目がくらむほど豪華なんでしょうね」

「わたしにはそう思えます。彼は〝シン・シールド〟というものを研究、開発、製造してるんです。〝シン・シールド〟は軽量で柔軟性のある防護衣で、コート、ジャケット、ベスト、制服の裏地として着用できます。彼はそれをわたしのブルペンにいる全員に配った。次はニューヨーク市警察治安本部《NYPSD》じゅうに配るそうです」

しばらくのあいだ、シニードは押し黙っていた。「彼はあなたを愛してるのね、とても」

「ええ、なんででしょうね。考えてもわからないから、わたしはそのまま受け入れることにしました。こうだったら、とか、こうであれば、なんて考えてもどうにもなりませんよね、シニード。だから、後悔してもしかたない。それは彼という男を軽んじることになります。なんたってショーハンの息子なんですから」

「あなたはわたしの心の負担を軽くしてくれた。これは嘘偽りのない言葉よ」

「よかった、もともとそんな負担はなかったんですから」

「あなたにそう言われると、納得できる。彼とのことについて、あなたはわたしたちを信頼してくれたんだから」

シニードははっと目を見開き、人さし指を振ってニヤリとした。「そうか、わたしたちのことを調べたのね」

「わたしは警官です」イヴはあっさり言った。「気をつけてください、ショーンがそちら方面を目指してます」

「そのようね。あなたは……本当に調べたの？」

「ええ、そうですよ。あなたたち全員を。人数が多いから大変」イヴは皿を脇に押しやった。「大家族ですね」

「今はもっと増えたわ。もう一度言わせて」シニードは手を伸ばし、イヴの手を握った。

「あなたたちが加わってとても嬉《うれ》しい、あなたのおかげよ、イヴ、ありがとう」

「畑に出かけたロークは、きっと道々五千ドルのブーツで牛の糞《ふん》を踏んづけてるでしょう」

「なんですって《ジェイサス》、そんなに高くはないでしょ」

「これでも控えめに見積もってるんですよ」腰をあげて、イヴは自分でコーヒーをお代わりした。「それを思うと、今日も楽しくなりそう。こちらこそ、ありがとうございます」

「わたしは外に出て、花を切ってこようかしら。あなたと話したおかげで心が軽くなって、幸せな気分よ。一緒に行く？」

「牛のそばに行きます？」

「いいえ、ちゃんと適切な距離を保ちましょう」

「だったらご一緒します」


手つかずの自然が残るアイルランドの沿岸――そこからほど近い田舎にある農場での数日間が、これほど楽しいものだとは、自分でも予想していなかったかもしれない。しかし、その楽しみをもたらしてくれたのはここの家族だった。そこらじゅうに犬や猫がいることもごく普通で、悪くないとさえ思えた。

これが牛や羊となるとあまり好ましくない。それでも、イヴは雄鶏《おんどり》のしつこい鳴き声を聞きながら眠ることを覚え、ほかの家畜とは距離を置くことを学んだ。

かたやロークはこの環境にすぐさまなじみ、五千ドルもするブーツを履いて畑を歩きまわり――もうあのブーツは履けないだろう――妙な機械を乗りまわしている。

彼が牛の乳を搾りだしたときは、やりすぎてしまうのではないかと本気で心配した。

搾乳は機械がやってくれるが、それだって間近で見守らなければならない。案の定ロークが昔ながらのやり方を見たがったので、とうとう叔父が彼にやらせてくれた。

そんなわけで、イヴは搾乳室の入口からかなり離れたところに立ち、おそらく既知の宇宙でいちばん裕福な男が、干し草の束をムシャムシャ食べる牛の巨大な尻のそばで三脚椅子に座っている姿を眺めた。

いつもの仕事モードで髪を後ろで結び、ロークはその巧みかつ優雅な手で牛のおっぱいを引っ張った。牛の巨大なおっぱいは、イヴが文明社会には必要ないと確信している巨乳のようなものだった。そこから乳が奔流となってバケツに流れ込むと、イヴは体が震えるのを必死にこらえた。いっぽうロークはにっこりして作業を続けた。

「イヴ、きみもやってみるかい？　うちのガーティは子羊のようにおとなしいよ」

「絶対にいや。絶対やらない」それに、イヴは子羊の鳴き声を聞いたことがあるが、おとなしいどころではなかった。

「楽しいのに」ロークは言った。

「そりゃ、そうさ。あんなに大きなおっぱいにさわりたがらない男がいるかい？」

ロビーが笑いながら大声で言うのを聞いて、イヴは後ずさりした。「ここはお二人にお任せします」

三週間の休暇旅行が終わると、すべてやり尽くしたとイヴは思った。太陽の光が降り注ぐギリシャの静謐《せいひつ》さから、緑に覆われたアイルランドの静謐さまで満喫した。

牛はさておき、イヴはその一瞬一瞬を楽しんだのだった。

2

ニューヨークに戻ってくると、喧噪《けんそう》、うだるような暑さ、怒声が飛び交う大渋滞の道路、人であふれかえる歩道が待っていた。

やっとわが家に帰ってきたという気になる。イヴは薄汚れていようが煌《きら》びやかであろうが、歓迎されようがされまいが、高級であろうが低級であろうが、ニューヨークを隅から隅まで愛していた。

「楽しかったわ」とイヴは言った。「何もかも申し分なかった。ここもそうだけど」

「わが家がいちばんだね」

ロークは忌まわしい牛の乳を搾るのと変わらぬ巧みさで、渋滞をすいすいと走り抜けた。荷物は先に送ってあるので、もうしばらくは二人きりでいられる。

「しかも日曜日に帰ってきたから、二人とも明日まで仕事しなくていいのよ。ピザとたっぷりのワイン、それからポップコーンとビデオ、そしてたっぷりのセックスに一票」

「おっと、そうなのか?」

「休暇は最後の瞬間まで楽しまないと」

「きみの案に全面的に賛成」

門を抜けると、ロークが造ったわが家の広がりが見えてくる。塔や小塔、広々とした芝地、青葉が茂る木々、生き生きとした花や低木。

「ほんと、わが家がいちばんね」

ホワイエには例によって喪服姿のサマーセットが待っていたが、それでも家がいちばんだ。彼の足元にいるギャラハッドは出迎えの儀式もなく、険しい目でこちらを見ている。

イヴは床にしゃがみ込んだ。「どうしたのよ、わたしに会いたかったんでしょ?」

ギャラハッドはわざとらしく目をそらし、また目を戻し、あたかも恩恵を与えてやるとでもいうように気取って近づいてきた。

けれどゆっくり頭を撫《な》でてやると、ゴロゴロと喉を鳴らし、イヴの膝にふっくらした体をこすりつけてきた。

「おかえりなさいませ」サマーセットが言った。「お二人とも休暇を存分に楽しまれたようですね」

「そうなんだ。留守中何事もなかった?」

「はい、おかげさまで。あちらのご家族もお変わりなく?」

「うん、きみによろしくと言っていた」

「あなたが印をつけてくれた荷物はほどき、ほかの荷物は二階に運んでおきました。警部補からあなたへの贈り物以外は」サマーセットは客間のほうに手を振った。「ご指示どおりに」

ロークはイヴの手を取り、客間にはいった。

あの絵は暖炉の上方の目立つ場所に飾られていた。

イヴは驚いて向き直った。てっきり彼の仕事部屋《オフィス》か書斎に飾るものと思っていた。「ここ？　本当にここでいいの？」

「僕に贈られたものだが、僕だけのものではない。家族のものだ。だからここでいいんだよ」

「貴重な贈り物です。私まで含めていただき光栄です」サマーセットは言い添えた。

イヴはひょいと肩をすくめた。「彼の本当の父親はあなたよ、だから……」イヴは猫を抱き上げた。「ほらね、あなたも仲間外れじゃないでしょ」

絵のなかでイヴとロークのあいだに座っているギャラハッドは、太ってはいるものの凛々《りり》しく見えた。

「上に行って荷物を解くわ」イヴは名残惜しげに絵を見つめた。「やっぱりここがふさわしいわね」

猫を床におろしてやると、ギャラハッドは階段を登りだしたイヴに小走りについてくる。

そして寝室にはいるなり、一直線にベッドへ向かい、飛び乗って寝転がり四肢を伸ばした。どうやら許してもらえたようだ。

イヴは猫の横に腰をおろし、腹をさすってやった。「わたしも寂しかったのよ。あなたもギリシャの別荘なら行ったかも――贅沢《ぜいたく》好きだから。でも、農場は絶対いやがったわよ。なんたって競争相手が多すぎる――犬や猫がそこらじゅうにいるの。敵も多すぎる――大きな尻をした牛や奇妙な目をした羊たち。あなたは都会っ子だから、やっぱり都会がいいのよ」

「僕たちはみんなそうだね」ロークがあいづちを打った。「あの一家が日々やっていることを、僕たちもやるなんて想像もつかない。試しにちょっと手伝うのは楽しいけど、それが毎日続くとなると話はちがう。かなりきついだろうね。だが、彼らはその生活を心から愛しているんだ」

ギャラハッドは隣に座ったロークに気移りした。

荷物が片づくと、二人は無言のうちに心が通じてそれぞれのオフィスには行かず、入り日を眺めながらパティオでピザを食べた。

「やっぱりポップコーンとビデオは取り消そうかな」イヴは椅子に背を預け、もう少しワインを飲んだ。「もうすぐ九時なのに、そんな感じがしないわ」

「地球は自転しながら太陽の周囲をまわっているからね」

「はいはい、あなたならそれを変更する方法も見つけ出すんでしょ。ビデオはやめてセックスに直行してもいいけど」

「異議のはさみようがない」

「賛成ってことね」イヴは目を閉じ、夜空を仰いだ。「明日はいやってほど仕事が溜まってるだろうな。あなたも」

「休暇の代償だ」

「払う価値はあるわ。猫とニューヨークのピザは恋しかったけど、その価値はある。朝イチの会議は何時？」

　ロークはほほえみかけた。「きみがまだ眠っている時間だ」

「そうだと思った。それじゃ、この休暇を締めくくりましょう」

　二人は屋内に戻って寝室にあがった。ベッドはすでに猫が独占していた。

「変わらないこともあるわね」

　そして見つめ合ったとたん、ドレッサーにのっているコミュニケーターが鳴った。

「たしかに、けっして変わらないこともある」

「ほんとにもう、なんなのよ？　わたしの勤務は〇八〇〇時からよ」

　イヴはすばやくコミュニケーターをつかんだ。

〝通信司令部より、ダラス、警部補イヴ。ウェブスター、警部補ドナルドから応援が要請されました。看取《みと》られない死、レオナルド・ストリート十四番地三二一号室。急行できますか？〟


「クソ。了解。ただちに向かいます。通話終了」

イヴはロークのほうを見た。「理由はわからないけど、よほどのことじゃなければ頼んでこないと思う」

「そうだね。僕が運転しよう――かつて彼が僕たちの家できみに言い寄ろうとしたからといって、僕が一緒に行くのを気にすることはないよ。あれはもうすんだことだ。これは僕たちの休暇を締めくくる別の方法だと考えよう」

「わかった」イヴは出勤用にドレッサーに置いておいた武器を装着した。「看取られない死に内務監察部《IAB》がいったいどんな関係があるの？」

「まもなくわかるだろう」

イヴはバッジ、リンクなどの装備をポケットに入れた。「運転はあなたに任せて、わたしはそこの住人や、死人が出たとすればそれは誰かを調べる」

猫をベッドに残し、ロークがガレージから玄関口までリモコンで移動させた車へ向かった。車がスピードをあげて私道を走り、門を通過するなか、イヴは手のひらサイズのPC《PPC》

を取り出し、検索を開始した。

「なんてことなの。アパートメントの住人はマーティンとエリザベスのグリーンリーフ夫妻よ。ＩＡＢのマーティン・グリーンリーフ警部――退官。この警部のことは少し知ってる――というか、知ってた。ウェブスターの良き指導者かつ、父親のような存在。彼らの仲が親密なのは聞いてる。彼はグリーンリーフ夫妻ととても親しかった」

「彼がきみを要請したのは、きみが言ったように、よほどのことだからだ。きみに直接連絡しなかったのは、これを正式なものにしたかったからだろうね」

「そう、そう。それでも少し越権行為だけど。これが自然死や事故死だったら、もしくはそんなふうに見えたら、そこまでしないでしょう。でも、やるかも」イヴは考えてみた。

「彼らの絆が固かったから、彼は即座に反応した」

「きみはその答えを見つけるよ」

「そうね」イヴは隣に目を向けた。「おかえりなさい、この殺伐とした世界に」

「だとしたら、ここが僕たちのわが家であり、僕たちの日常なんじゃないか？　これが僕たちの生きる姿であり、ありのままの僕たちなんだ。それを変える気はない。そうだろう？」

「そうよ」そこに迷いはなかった。「でも、帰ってきていきなり殺人に巻き込まれるとは思わなかった。殺人だと思ってなければ、ウェブスターもこんな形でわたしに頼んだりしなかったでしょう。わたしだって、彼の考えや気持ちに影響されて、なんにでも首を突っ込んだりしないわ」

「彼もそれはわかっているだろう?」

「そうあってほしいけど。まったくもう、被害者はグリーンリーフ警部か、彼の妻なのよ。あるいは同居してる誰か。でも、夫妻以外の誰かという可能性は考えられない」

「どうして?」

「グリーンリーフについて知ってるのは規則を遵守する人だということ。その規則は神聖にして侵すべからざるもので、逸脱は認めない。わたしはその評判をいったん白紙に戻さなければならない。捜査はそうあるべきだから。ところで、ウェブスターはしょっちゅう地球外に行ってるわよね」

「そうなのかい?」

「とぼけないで。彼はもっぱら〈オリンパス・リゾート〉でダルシア・アンジェロと会ってるの。オリンパスはあなたが所有してるようなものだし、彼女はそこの警察署長よ。知らないわけないでしょ」

「彼女は自分の務めを立派に果たしている。オフの時間に何をしようが自由だ。たしかに、彼は頻繁に訪れている。あの二人は好き合っている——それは僕たちも目にしただろう」

「ひとめ惚《ぼ》れに近い」

ニヤリとして、ロークはイヴを横目で見た。「僕たちもそうだったよね?」

イヴは肩をすくめた。「たぶん。そういえば、そうかも。ねえ、あなたにはピーボディになってもらおうと思うの」と自分の捜査パートナーに言及する。「必要なときはわたしを助けたり、ウェブスターにわたしの邪魔をさせないようにしたり。ウェブスターのほうは、彼の顔を殴らずにその役割を果たせる?」

「彼の顔やそれ以外のところを殴ってからしばらく経つなあ」ロークはあっさり言った。「我々はわかり合えた」

「よかった」車がレオナルド・ストリートにはいると、イヴはほっとした。「彼は制服警官を呼んである。いい判断だわ。手順に従い、現場を保存する」

「僕はトランクから捜査キットを取り出してから、ピーボディの役をするよ」

目の前にあるのは、都市戦争前《プレ・アーバンズ》に建てられたレンガ造りのどっしりしたビルだった。環境もよく、エントランスのセキュリティも万全だ。今はそこに制服警官が立っている。

ドアまでの短い階段を登りながら、イヴは彼にバッジを提示した。

「警部補」

「これまでにわかってることは、巡査?」

「パートナーと私はウェブスター警部補の通報に応え、現場に急行しました。救急車も要請されましたが、被害者は現場死亡《DOS》でした。ウェブスター警部補は私にエントランスの立ち番を命じ、私のパートナーには現場保存のため警部補と一緒にいるよう命じました。死者は七十代半ばの男性で、ホームオフィスと思われる部屋でデスクに向かっていました。押し入った形跡はありません」

「そのまま待機」

ビルにはいると、エレベーターにはちらっと目をやっただけで階段を登りだした。

「現場に制服警官を呼んだのは賢明だった」イヴは考えを口にした。「通報だけして現場の外にいたほうがもっとよかったかもしれないけど、それでも賢明だった」

「きみに応援を要請するのも賢明だね、殺人を疑うなら」

「それを確かめましょう」

三階に着き、アパートメントまで進む。ドアには防犯カメラが設置されているが、グリーンリーフは警察官だったのだから当然の備えだ。頑丈な錠もついていた。イヴはブザーを押した。

ウェブスターが応答したが、痛ましいことにかなり動揺しているようだ。

淡いブルーの目には悲嘆と絶望しかなく、それをこらえようと自制心のかぎりを尽くしているのが彼の全身から伝わってくる。茶色の髪は細い顔を縁取っているというより、まるで熊手で掻《か》いたかのように乱れていた。

カジュアルな服装なので、ここに来るまえにスーツから着替えたのだろう。

「ダラス。すまない。だが、最高の警官が必要だったんだ。マーティンには最高の警官がふさわしいから」

「いいのよ。下がってて、ウェブスター」

「すまない」ウェブスターは繰り返した。「ロークもよく来てくれたね。ダラス、きみが非番なのはわかってたんだが、どうしても……。自殺のように見えるが、それは絶対ない。万にひとつもない。きみに説明したいことが――」

「まだ言わないで」悲痛な思いはわかるが、イヴはウェブスターの話をさえぎった。そうせざるをえないから。「何も言わないで。捜査の邪魔をしないでほしいの。現場と死体を検分してから話しましょう」

「頼むから――」

「だめ。巡査、証人のそばについてて。死体はどこ?」

制服警官が一歩前に出て、手ぶりで伝えた。「こちらです、警部補。医療員が死体を検《あらた》めましたが、現場は荒らしていません。パートナーと私は通報からおよそ四分後に到着しました」

玄関のこぢんまりしたホワイエには多目的テーブルがあった。テーブルの上には六本入りの高級ビールがはいった袋が置かれていた。

「僕は――」

「あとで聞く」イヴはウェブスターにそう言うと、ホワイエの先のリビングエリアに移動した。ソファとふかふかのクッション、リクライニングチェア、壁面スクリーン、花柄模様の壁紙、椅子のそばには脱いだ靴が一足あった。

　室内はほどよくすっきりしている。生活感があり、住み慣れた感じがする。

左手の間仕切り壁《ハーフウォール》の奥にはキッチンエリアがあり、コンパクトなダイニングエリアがついていた。どこもぴかぴかに磨かれているが、イヴの目には生活感や住み慣れた感じがいっそう伝わってきた。カウンターの上には夏のフルーツが盛られたボウルがのっている。古い型のオートシェフがあり、上部開放棚にはマグカップが納められ、隣にはクックトップ（コンロやオーブンが一体型になった加熱調理機器）が設置されていた。

　料理をする者がいるのだろう。

　そして一歩進むと、右手にはかつては小さな寝室だったかもしれないが、今は書斎兼オフィスになっている部屋があった。そこの黒塗りのデスクに、グリーンリーフ元警部が突っ伏していた。

「僕は――」

「あとで、ウェブスター。遺体と現場を調べるから、あなたは下がってて」

　ロークがイヴに捜査キットを手渡した。「少し散歩でもしよう」ロークはウェブスターに言った。「僕に話してみないか。きみの友人のために、警部補が最善を尽くせるようにさせてやろう」

「ベスには――彼の妻にはまだ連絡してないんだ。彼女を――」

イヴは振り返った。「彼女はどこにいるの？」

「女子会《レディーズ・ナイト》だ、よくやってる。たぶん八時半ごろ出かけたはずだ」

「わかった、それはひとまず置いておきましょう。散歩してきて」

「ダラス――頼むからこれだけは言わせてくれ。これがどう見えるかはわかるけど、ちがうんだ」悲しみが彼をずっぽり覆っている。顔も、体も、声も。「そうじゃないんだ」

「どう見えるか確かめさせて。それから話しましょう。今は邪魔をしないで。わたしに彼のために闘ってほしいでしょ？　そうさせて」

イヴは現場に足を踏み入れ、会話を打ち切るためドアを閉めた。

グリーンリーフは椅子に腰かけたままデスクに突っ伏していた。まるでうたた寝をしているようだが、彼が目覚めることはもうない。椅子のそばの床には警察支給のスタナーが転がり、死者の首の横にその射創があった。

傷は深い。皮膚が焼き切れるほど深い。

壁面スクリーンにはメッツとパイレーツの試合が映っていた。七回裏、0対1、パイレーツの攻撃で一塁に走者がいる。椅子はスクリーンのほうを向いていたので、彼は少なくとも試合の一部を見ていた、あるいは見るつもりだったと考えられる。

デスクの上にはユニットがあり、まだ消えていない画面にはこう表示されていた。

〝ベス、すまないが、このまま続けるのは無理だ。あまりにも多くの善良な警官の人生がだいなしにされ、彼らの家族が傷ついた。私のせいだ。許してくれ、私は自分を許せないから〟


「ええ、ウェブスター、そう見えるわね」

遺体の身元を確認するため、イヴは捜査キットを開き、グリーンリーフの左手親指をIDパッドに押し当てた。

「被害者はNYPSD内務監察部の元警部グリーンリーフ、マーティンと判明。年齢七十六歳、当家の住人」

続いて計測器を取り出す。「死亡時刻《TOD》は二一一八時」

イヴはしゃがみ込んで凶器を記録した。「椅子の右側の床に、警察支給のスタナーが落ちているのを発見。識別コードは除去されている」

その武器を調べ――威力はフルパワーになっていた――遺留物採取班のために最初のマークをつけた。

「被害者はリビングエリアの入口に背を向け、壁面スクリーンに向かって座っていた。壁面スクリーンとコンピューターは両方とも作動している。争った形跡はなく、スタナーによる傷をのぞけば体に暴力を受けた痕跡もない。スタナーによる傷は喉に接触して発射したことを示している。スタナーは最強にセットされている」

　イヴはレコーダーの角度を変えた。

「被害者は左手首に腕時計《リスト・ユニット》、左手の薬指に結婚指輪《バンドリング》を嵌《は》めている」

　慎重にグリーンリーフのポケットを確認する。「ズボンの右の前ポケットには財布、中身は……」財布を開いて調べる。

「身分証、運転免許証、クレジットカード、写真四枚、現金が……三十六ドル。リンク、パスコードでロックされている」と、アクセスを試みてから付け加えた。「コンピューター画面の右側には、氷を浮かべた未確認の液体のはいったグラス……」身をかがめてにおいを嗅ぐ。「お茶のようなにおいがするが、科研《ラボ》の確認を待つ。グラスはコースターを敷いてあり、中身は半分ほど残っている」

　もしかしたら、勇気を出すためにお茶を飲んだのかもしれない。とはいえ。

　自殺するつもりの引退した警官がアイスティーを片手に野球中継をつけ、デスクにはペンと紙があるのに、コンピューターを使って遺書を残すだろうか？

「デスク・ユニットの画面には遺書らしきものが残されている。現在判明しているところでは、ＴＯＤにこのアパートメントにいたのは被害者ひとりだった」

スタナーを喉に押し当てられて殉職した警官は、初めてでも最後でもないだろう。とはいうものの、あまりにもすっきりしている。遺書らしきものには、妻の留守中に自殺することについては何も書かれていないと言ってもいい。長く連れ添った夫婦。帰宅した妻がこんな夫を見つけたらどう思うだろう？

それは結婚生活がどんなふうだったかにもよるから、その線を調べてみよう。

窓は閉まっている――鍵もかかっている。年代物の温度調整装置がブーンと音を立てた。野球解説者のコメントに雑音が交じる。

グリーンリーフはドアに背を向けている。スクリーンには野球の試合が映っている。アイスティーとおぼしきグラスの氷は溶けている。

イヴはデスクを調べ、メモブックを見つけた。向こう数週間の予定が記されており、妻に花を贈ることという覚え書きもあった。十日後は結婚記念日で、近くの高級レストランに予約も入れていた。

彼は四十七年間も妻への温かい愛情を持ちつづけたのだ。

イヴは現場を出て、アパートメント内を歩きまわり寝室にはいった。掃除は行き届いているものの、少し乱雑なところがある――誰かが急いで服を着替えた、というか、服を選ぶのに何度か迷ったような形跡があった。

バスルームのカウンターには美容製品やヘアケア製品が置かれ、クローゼットのドアのそばには、こちらは女性の靴が脱ぎ捨てられていた。

そして避難はしごに通じる窓が二つ。ひとつは鍵がかかっていたが、もうひとつはかかっていなかった。不審に思い、アパートメント内のほかの窓もすべてチェックしてみた。どれも鍵がかかっていた——寝室のその窓だけをのぞいて。

イヴは寝室に戻って窓をあけ、上方と下方に目をやった。

夫婦共有のクローゼットを調べると、グリーンリーフの服はきれいに整理されていた。妻のものだと思われる服はそれほどでもなかった。

妻はレディーズ・ナイトに出かけたという。着ていく服を選び出したり戻したりしたのだろう。

寝室の抽斗《ひきだし》も同様だった。ナイトテーブルの抽斗には電子機器、ナイトクリーム、精力剤と潤滑剤のボトルがはいっていた。

ボトルはどちらも半分ほど減っていたので、夫婦はまだ性行為を持っていたのだろう。

キッチンの冷蔵庫にはメモが貼りつけてあった。

〝あなたとドンのためにおつまみがはいっているわ。彼がいるうちに帰るから。飲みすぎちゃだめよ！〟

妻はメモの最初と最後にハートを描いていた。

イヴは遺体のそばに戻った。

「オーケイ、警部。わかりました」

そして遺留物採取班とモルグに連絡し、モルグではモリス主任検死官を要請した。ピーボディはまだ必要ない。朝になってからで充分間に合う。

代わりにロークにメールした。


〝彼を連れて戻ってきて〟


待っているあいだに、イヴは遺書のタイムスタンプを確認した。TODと一分とちがわないから、本人もしくはほかの人物のどちらとも取れる。

キッチンへ行き、オートシェフを確認した。夫婦はクリームソースのリングイネとサラダを一緒に食べたようだ。中身が詰まった冷蔵庫にはおつまみのトレイがあった。チーズ、ピクルス、ていねいに丸くスライスされた肉のようなもの、ディップのようなもの、サルサ。

クラッカーのトレイはカウンターにのっていて、脇にはポテトチップスのボウルとペーパーナプキンの山がある。

ウェブスターの来訪を待っていることは間違いない。それもどちらとも取れる。グリーンリーフがウェブスターに自分を見つけさせ、妻がいないあいだに対処させようとした。

あるいは、ＴＯＤの数分後に警官が来ることを知らなかった誰か。

今は両方の可能性を考慮に入れておこう。

ドアがあく音がして、イヴはリビングエリアに戻った。

「座って、ウェブスター」と、遺体が目にはいらない椅子を指さした。「それじゃ、説明して」

「最初から始めるけど、いいかい？」

さっきよりだいぶ落ちついている。ロークのおかげだ。

「どうぞ」

「午後に、マーティンが訪ねてきた。僕は地球を一週間離れていたので、フレックスタイムで週末に仕事をしていた。彼は昼食をとりながら近況をやりとりしたいようだったが、僕は仕事に追われていた。だから僕のデスクでコーヒーを飲んだだけだったんだ」

「彼の様子はどうだった？」

「調子よさそうだったよ。元気だった。孫娘のリトルリーグの試合について話したり、僕の近況を知りたがったり。僕が話したいことがあるけど今は時間がないと伝えたら、九時ごろ来ればいいと言った。ベスがレディーズ・ナイトに出かけるから――そして僕が買っていけば、一緒にビールが飲めるって」

「彼はあなたが来ることを知ってた」

「そうなんだ。ここに着いたのは九時半ごろだった。セントラルで片づけることがたくさんあったし、着替えたりビールを買ったりしたかったから」

「どうやってはいったの？」

「スワイプカードを持ってるし、パスコードも知ってる。下でブザーを鳴らす必要はなかった。だが、ドアをノックしても返事がなかった。僕は聞こえてないんだろうと思って勝手になかにはいった。彼は去年あたりからたまに聞こえにくいときがあったし、書斎では野球の試合の音がしていた。僕は声をかけた」

　ウェブスターは少し間をおいて、心を落ちつけた。

「ビールをテーブルに置いて、書斎を覗いたら彼がいた」

「何かさわった？」

「彼の肩。左肩。武器にも画面にも何も触れていない。ただ彼の肩に手を置いただけ――見たものが信じられなかったから……なんてことだ」

　震える声で言うと、ウェブスターは両手で顔を覆った。「ちょっと待ってくれ」

「画面を見たのね」

顔を覆ったまま、ウェブスターはうなずいた。やがて両手をおろすと、その目は熱く燃えていた。「あんなのはでたらめだ。でたらめだよ、ダラス。彼はベスや子どもや孫たちにこんなことはしない。僕にもしない。こんな始末のつけかたは絶対にしない」

「聴力以外に、彼に体の問題はあった？」

首を振りながら、ウェブスターは両手で髪を掻き上げた。

「ないよ。彼からは聞いてないし、ベスからも聞いてない――ベスなら、何かあれば教えてくれたはずだ。だんだん動作が鈍ってきたと彼は漏らし、そんな自分に少し腹を立ててた。有能な警官が言いがちな、くだらないことだ。彼はバッジの重みを大事にしてた。わかるよな？」

ウェブスターは声を詰まらせ、それから語気を荒くした。

「そうさ、彼は融通がきかず、ぶれることのない人間だった。悪臭を放つ警官がいると、彼はとことん追及した。僕にもそうしろと指導した。仲間の受けはよくないが、それが仕事だからね。仕組まれたんだよ、ダラス」彼は言い張った。「マーティンはこんなことしない。僕にはわかるんだ。そこには微塵《みじん》の疑いもない」

ここで必要なのは事実だ、とイヴは思った。感情ではない。

「ノックしたと言ったわね。何回？　どのくらい待ってから、なかにはいったの？」

「ノックは二回。動作が鈍ってただろ？　だから一分くらい待ってやりたかった。一分、いや、もう少し短かったかもしれないが、僕はスワイプカードを使ってなかにはいった。一分以上はかかってない」

「なかから何か聞こえた？」

「いや。ああ、試合だ。書斎から野球中継の音が聞こえたから、ノックが聞こえなかったんだろうと僕は思った」

「彼のほかに、あなたが今夜来ることを誰か知ってた？」

「どうかな。ベスには話しただろうね、きみだって夫には言うだろう」

ウェブスターは両手をあげ、またおろした。そして、手のやり場に困ったかのように、両手を組み合わせた。

「ほかの誰かに話したのかどうかも、話す理由もわからない」

「彼との関係を説明して」

「彼は僕がＩＡＢに加わったときから彼が引退するまで、僕の上司だった。僕にとっては父親のような存在だった。子どものころに両親が離婚したし、父は僕にあまり関心がなかった。母は再婚し、母親も新しい父親も、僕にはあまり関心がなかった。マーティンとベスは僕をかまってくれた。毎年クリスマスを一緒に過ごした。マーティンは僕が敬愛する人だった。だから彼にこんなことをしたやつを突き止めたいんだ」

「今のところはまだ殺人とは断定できない。検死官にはモリスを要請したし、遺留物採取班もこちらに向かってる。あなたは捜査に加われない。それは無理よ。あなたもわかってるでしょ」

イヴは反論を手で制した。「あなたには絶えず情報を伝える。でも、それだけよ。わたしの邪魔をしないで」

「きみが彼をあまり好きじゃなかったことは知ってる」

イヴは感情を交えず、冷静に言った。「それが彼の死を捜査することに影響すると思う?」

「いや、それは絶対にない。だからきみを要請したんだ。ダラス、僕はベスのためにここにいたい。これを知ったらきっと――あの二人は心から愛し合ってた。彼を愛した者がそばにいてやらないと。彼女に連絡して、こんなところに帰ってこさせるなんてできない。彼のこんな姿は見せたくないし、遺体袋で運ばれるところも見せたくない」

「彼女の供述が必要なの。事情聴取しないと。生きてる彼を最後に見たのは、おそらく彼女でしょう」

「マーティンは〝十二時までには――たぶんそれより早く――帰ってくるだろう〟と言ってた。彼女は月に一度友人たちと会い、ワインを飲んで二、三時間くつろぐんだ」

「今夜ここに来ることを誰かに話した?」

「ダルシアにメッセージを送った。マーティンが僕のオフィスに寄ったとき、ドアはあけたままだった。だから今夜会うことを誰かに聞かれたかもしれないけど、詳しいことは誰にも言わなかった」

「ローク、このビルのセキュリティフィード《録画映像》と、この玄関の監視カメラのフィードを手に入れてくれる？」

イヴはロークが出ていくまで待った。

「ウェブスター、もし何かあなたがわたしに隠してること、当たりさわりのない表現を使ってること、わざと誤解させてることがあるなら、どんなことでもいいから全部吐き出して。わたしがそれを見つけたら——必ず見つけるけど——本当にあなたを切り刻むわよ」

目を閉じて、彼はうなずいた。それからイヴの目を見つめた。

「だからきみに担当してほしかったんだ。それが理由だ。その問いに答えることは何もない。僕のほうも本当だ。彼のＴＯＤは？　絶えず情報を伝えると言ったよね」

「二一一八時」

「クソッ、たぶん僕がこのビルのエントランスまで来たころか、その数分後に上にあがる途中だった。もし、もう少し早く着いていたら——」

彼の自制心にひびがはいるのが、はっきり見えるようだった。だからイヴはきっぱりと言った。

「〝もし〟はなんの解決にもならない。そんな考えは忘れなさい。彼はあなたに何か言わなかった？　警官のくだらない脅しについてのことでもいいから」

「いや、聞いてない――」ウェブスターは手を振って前言を取り消した。「もちろん、引退するまえはあったよ。IABの警官はしょっちゅう脅されてる。そういう部署だから。言葉で脅されることもあれば、暴行されることもある。相手はたいがい怒りを発散させたいだけだから、記録してあとは放っておく。きみもそうだろう、ダラス、警官はみんなそういう目に遭う。ただちがうのは、脅しや暴行を受けるのが仲間である警官からの場合がほとんどだということ」

「我々は嫌われてる」ウェブスターは肩をすくめた。「そういうものなんだよ」

「最近、何か具体的なことがあった？」

「ないよ。なあ、彼は引退する必要はなかった。自分でそう決めた。彼は僕にバトンタッチしてもいいころだと言ったんだ。彼は夫であり、父親であり、祖父である時間が欲しかったんだ。

　彼は隠居の身が気に入ってた。ベスは彼の数年後に引退して二人で旅を楽しんだ。その後、南へ引っ越すとか、海辺に家を買うとか、ボートを買うとかいろいろ言ってたけど、こっちに家族がいるから実行には移さなかった。彼と仕事の話をしたときに、一度だけ脅迫のようなことが話題にのぼった。〝スパイ野郎の心臓をなまくらなナイフで切り取って、ほかのスパイ野郎の餌にしてやると言ったろくでなしを覚えてるか？〟って。彼にとっては昔の話なんだよ、ダラス。彼はもう充分仕事に時間をつぎ込んだ」

ノックの音でイヴは立ち上がり、遺留物採取班をなかに入れた。彼らに状況を説明し、優先事項を指示していると、モルグ・チームも到着した。

「あなたはキッチンで待ってたら？」

ウェブスターは首を振った。「彼のことを知ってて、彼のことを大事に思ってた者がそばにいてやらないと」それからイヴのほうを向いた。「殺人だと見なすかい？」

「今のところは不審死。彼の制式支給された武器は？」

「退職したときに返還した。僕もその場にいたから知ってる」

「護身用とか、予備とか、未登録の武器は？」

「ダラス、マーティンは引退するまでの十五年間はデスクワークだった。護身用も予備も持ってなかったし、ドロップ・ウェポン（武器を持っていない相手を撃った場合、正当防衛を主張するため現場に置く未登録の武器）は使ったことがない。あのスタナーは彼のものではない」

「彼のものでないなら？」

「そう見せる方法を見つけた者がいる」

モルグ・チームが袋に入れられた遺体を運び出すあいだ、ウェブスターは黙って立っていた。「酒が飲みたいな——本物の酒が。キッチンにウイスキーのボトルがあるんだ」

「だめよ、わたしが取ってくる」イヴはそちらへ歩きだした彼に言い聞かせた。「わたしはコーティングしてるけど、あなたはしてないでしょ」

ロークが戻ってきて、イヴにうなずいた。

「ボトルはどこにあるの？」

「窓際のキャビネット。グラスはシンクの右側のキャビネットにある」

「残念なことだ、ウェブスター」イヴがキッチンに行ってから、ロークは言った。「本当に残念だ」

「そうなんだよ。ありがとう」ウェブスターは腰をおろし、指先で目を押さえた。「彼女はきっと犯人を見つける。彼女を助けてやってくれ」

「できるかぎりのことはする。しかし、彼女は自分で犯人を見つけるだろう。それで納得できるかい？」

「充分とは言えないが、それで納得しなくてはならないよな」

ウェブスターはイヴからボトルを受け取り、グラスにダブルで注いで口をつけた。

「このアパートメントに最後に来たのはいつ？」

「三週間――いや、四週間前だ。彼の娘の誕生日のディナーに呼ばれた」

「じゃあ、現場のどこにもあなたの指紋はないわね？」

「ベスの掃除のしかたを考えれば、可能性はゼロだろう」彼はウイスキーを飲み干した。「セキュリティフィードを手に入れたんだろう。僕も見たいな」

「明日ね」とイヴは言った。「正午にセントラルで会いたい」

　ウェブスターが口を開いた。「だけど――」

「わたしはホイットニーに報告したり、モリスに会いにいったり、やるべきことをやらないと。そのあと、もう一度すべてを見直す。それに満足したら、あなたに映像を見せる。わたしはあなたが現場にいることを許してるのよ」彼に言い返す隙を与えず、イヴは付け加えた。「警部の寡婦に付き添ってここにいることを。彼女を尋問しているときに、わたしに逆らったりしないで、ウェブスター。事態を難しくしないで」

「ベスは夫を愛していた。二人は愛し合っていた。家族が彼らの世界だったんだ」

「だったら、彼女はわたしに仕事をさせたがるでしょう」

「そうだね」ウェブスターはリスト・ユニットに目をやった。「彼女はもうじき帰ってくる。彼女に伝えさせてくれ。頼む。彼がもういないことを伝えるのは僕にやらせてくれ。きみの邪魔はしないから」

　常にいちばんつらいのは、自分たちの世界が壊れてしまったことを伝える部分だ。

「前置きは省いたほうがいいわ」イヴは助言した。

3

ウェブスターのそばについているようにロークに合図してから、イヴは現場にはいり、遺留物採取班から話を聞いた。

「寝室の窓の鍵に指紋はありませんでした」班長が報告した。「あの部屋の窓はすべて内側にも外側にも指紋は残っていません。見事にきれいです。グラスと中身は押収しました。グラスには被害者と妻の指紋がありました」

「妻は夫に飲み物を持っていった」

「普通に考えればそうでしょう。被害者のデータ通信センター、デスク・ユニット、リンクから発見された指紋はすべて被害者のものと一致しました。現場に残された武器も同様です。でも、武器の指紋についてはラボで詳しく調べてもらいたいと思います」

「その理由は？」

「あまりに鮮明だから。右手の親指と人さし指のものです」その女性班長は引き金を引くように指を曲げてみせた。「親指と人さし指がひとつずつだけ。それ以外はきれいなものです」

「なるほど」イヴはうなずいた。「この方法で自殺しようとしてるなら、何度か武器を握るでしょう。フルパワーになってるかどうか確認したり、ためらったり。いくら決意が固くてもためらうものよ」

「それがわたしの〝でも《バット》〟です」

「いいバットね、フローウィッキー」

「ピラティスのおかげです」彼女は自分の尻《バット》を叩《たた》いた。「週に三回」

「ややウケ。ほかの指紋は？　寝室でも、現場でも」

「エリザベス・グリーンリーフ。彼女のものが寝室のクローゼット、ドレッサー、ナイトテーブル、右側のベッドの卓上ランプにありました。現場のドア枠にもいくつか。寝室の床には毛髪が何本か落ちていて、それらはドレッサーの上のブラシについていた抜け毛と一致しました」

フローウィッキーはあたりを見まわした。「あまり収穫はなさそうですね、ダラス。この家はものすごくきれいだから。家具用艶出し剤や市販の洗剤のものと思われる痕跡を見つけたところです。だから最近すっかりきれいにした者がいるんです。でも、あきらめずに頑張ります」

「玄関のドアからウェブスターの指紋が見つかるでしょう。ほかの場所でも見つかったら知らせて」

「そうします」

「被害者のことは知ってた？」

「評判だけは。堅物だという噂です」

「ええ、そうね」

リビングエリアに戻ると、玄関の外で女性の笑い声が響き、鍵がはずされる音が聞こえた。ウェブスターがさっと立ち上がった。

「頼む、僕に任せてくれ」

イヴがうなずくのを見て、彼は玄関まで行った。ドアがあくと、さらなる笑い声が流れ込んできた。「わたしは二倍払ったと彼女は言うの。あきらめきれないわ。ドン！　まだいてくれたのね」

ベス・グリーンリーフは小柄でほっそりした女性で、アッシュブロンドの髪を内巻きにカールしていた。鮮やかなブルーの目に笑みをたたえたまま、彼女はウェブスターに両腕を伸ばした。

「会いたかったわ！」

「ベス」

「わたしのお友達のエルヴァ・アルネズには、まだ会ったことがなかったわよね。エルヴァとデンゼルは上の階に住んでるの。彼女は年寄りを玄関まで送ってくれたのよ」

「ここには年寄りなんて見当たりませんけど」二十代後半と思われる美しいエルヴァは、少し後ろに下がった。

にこやかに言う混血人種の女性は、曲線の美しさを際立たせる黒のスキンパンツに、白のロングタンクトップを合わせていた。彼女はウェブスターの肩の向こうにいるイヴとロークに視線を移した。

「お客さまが来てたのね」エルヴァは言った。「あたしはここで失礼するわ」

「ドンはお客じゃないわ。家族よ」ベスは一歩下がってイヴを見つけた。その明るく輝くブルーの目には、相手が誰かわかると同時にとまどうような色が浮かんだ。

そして遺留物採取班のメンバーが視界にはいると、目の表情は恐怖に変わった。

「なんなの――ドン？　これはなんなの？　マーティンはどこ？」

「座って話そう」

「彼らはここで何をやってるの？　何があったの？　マーティン」夫の名前を呼びながら、ベスはウェブスターのもとから逃れようとした。彼はすばやくベスを抱きとめた。

「ベス、残念だ。本当に残念でならない。彼は亡くなった」

「よしなさい！　なんてこと言うの？　彼は元気よ、大丈夫。わたしは二、三時間しか留守にしてないの。彼は元気だった」

ウェブスターは身を振りほどこうと抵抗するベスを抱き締めた。「僕はここに着いて、彼を見つけた」話しながら、なだめるように彼女を揺らした。「彼は死んでいた。すでに死んでいたんだ」

　ベスの抵抗が止まった。厳しい現実を突きつけられて力が抜けるのが見えた――頭から、体から、心から、魂から力が抜けた。嘆きの声をあげる彼女を、ウェブスターが子どもに対するように抱き上げ、椅子まで運び、泣きくずれるのをあやしてやっている。

「あたしはどうしたらいい?」戸口にいるエルヴァは胸の前で両手を握り締めていた。「何かあたしにできることはある?　それとも帰ったほうがいい?　ああ、どうしよう」

「ドアを閉めて」イヴは指示した。「そこに座って」そしてバッジを取り出した。「NYPSDのダラス警部補です。あなたはエルヴァ・アルネズね。上の階に住んでるの?」

「あたしは――ええ、同居人とあたしは二フロア上のアパートメントに住んでます。彼は元気だった。とても元気だった。彼は――マーティンはあたしがベスを迎えにきたとき、なかに入れてくれたの」

「あなたは今夜、このアパートメントにいたのね?」

「はい。というか、友人たちと会うからベスを迎えにきただけだけど」

「ここに来たのは何時?　ここを出たのは何時?」

「えーと、何時だったかな。八時半ごろ。それより少し遅かったかも。ここを八時半に出る予定だったんだけど、ベスはいつも遅れがちで。実はあたしもちょっと遅れたから、八時三十五分かそのくらいだと思う。マーティンがなかに入れてくれたけど、彼は元気だった。冗談交じりにベスがまだ勝負顔を作ってるとか、そんなことを言った。そしたらベスに呼ばれたの」

「寝室に?」

「ええ。どのイヤリングにすればいいか迷ってた。靴も。いつもそうなの」エルヴァの目から涙がこぼれだした。「それから——それから——」彼女は言いよどみ、両目を閉じ、待ってというように片手をあげて二回深呼吸した。「ごめんなさい。あまりにもショックで。あたしはイヤリングと靴を一緒に選んであげた。十分くらいかかったかな。よくわからないけど。それからベスはマーティンに〝行ってきます〟を言いにいった」

「どこに?」

「ああ、彼の小さいオフィス。彼はあたしに〝行ってらっしゃい〟と〝楽しんでおいで〟を言ってくれた。なんでこんなことになったのか、さっぱりわからない。何か事故があったの? 侵入者にやられたの?」

「わたしたちはそれを突き止めるの。あなたたちはどこに行ったの?」

「〈ビストロ〉。ここから三ブロックくらいのところにあるオシャレなバー。あたしにできることはある? ベスのために」

「あるわよ」イヴは言った。「今やってくれてる。そこで誰と落ち合った？」

「そうか、そうよね」エルヴァはふたたび目を閉じ、三人の名前を挙げた。

「九時から九時半のあいだに店から出た人はいる？」

「いないわ。あたしたちはたぶん十一時までずっとその場にいた」

「席を離れた人もいない？」

「まあ、トイレには行ったけど。みんな楽しんだわ。お酒を飲んだり、料理をつまんだりして。彼は事故死なの？　でも、それにしては警官が大勢いるし――」

「目下捜査中よ。ご協力ありがとう、ミズ・アルネズ。いつでも応じられるようにしてもらえると助かるわ、また質問したいことが出てくるかもしれないから」

「それは――ええ、もちろん、いいわ。自宅はこの上だし」

「もう帰ってもいいわよ」

「そうね、でも……」立ち上がりながら、エルヴァはベスのほうを見やった。「お願い、あたしがそばにいることを彼女に伝えて、必要なことがあればなんでもするって。お気の毒すぎるわ」

　エルヴァが去ると、イヴはウェブスターのほうを向いた。

「ベス」彼はベスのこめかみに唇を押し当ててささやいた。「ダラス警部補はあなたにも質問したいことがあるんだ」

「わかってるわ」ベスは彼の腕をそっと叩き、腰をあげた。「お水を持ってきてもらえる?」ウェブスターが立ち上がると、ベスはその椅子に腰をおろし、斜め掛けしていたポシェットをあけてティッシュを取り出した。ティッシュで顔をぬぐうと、ポシェットを肩からはずして隣にあるテーブルに置いた。

「あなたたちのことは二人とも知ってるわ。あなたがここに来たということは、夫は殺されたのね」

「現時点ではまだ殺人とは確認できていません、ミセス・グリーンリーフ」

「マーティンがシャワー室で足を滑らせたなら、あなたは間違いなくここにはいないでしょう。彼もそんなことはしない。マーティンは堅実なの。わたしに聞きたいことがあるのね。警官の妻ですから、それが必要なことは承知してます。でも、先にわたしに質問させて。夫はどうやって殺されたの?」

あのブルーの目にもはや輝きはなかった。鋭くなった目に怒りの炎がともり、じわじわと悲しみを覆っていった。

「ウェブスター警部補はグリーンリーフ警部がノックに応えないので、ロックを解除してなかにはいりました。グリーンリーフ警部は書斎のデスクにいましたが、すでに亡くなっていました。椅子のそばの床にはスタナーが、警部の喉にはフルパワーのスタナーを接射した火傷《やけど》の痕が、コンピューター画面には遺書がありました。〝ベス、すまないが、このまま続けるのは無理だ。あまりにも多くの善良な警官の人生がだいなしにされ、彼らの家族が傷ついた。私のせいだ。許してくれ、私は自分を許せないから〟」

ベスは手を振ってウェブスターが持ってきた水をしりぞけ、イヴを見つめつづけた。

「あなたは自殺だと見てるの？　冗談じゃないわ、バカバカしい。全部作り事よ。ほんの一瞬でもそれを信じたなら、あなたも噂ほどの腕利きじゃないわね」

「あなたは質問されました、ミセス・グリーンリーフ。現時点でわたしがお答えできるのはそこまでです」

ベスはウェブスターを見上げた。「あなたはマーティンが自殺したと思う？」

「思わないよ」彼は水を彼女の手に押しつけ、椅子のアームに腰をおろした。「ベス、僕がダラスに捜査を依頼したのは、彼女が噂どおりの腕利きだというだけじゃなく、噂以上に優れてると思うからだ。マーティンには最高の警官がふさわしいから」

「彼はこんなことしません。自分自身に対してもけっしてしない、わたしや子どもたちに対してもけっしてしない。彼は自分のやってる仕事がＮＹＰＳＤのためになると信じてたのよ。あなたも知ってるでしょ、ドン」

「もちろん知ってるよ」

「悪質な警官、邪悪な警官、悪徳警官を払いのけた。彼に後悔はいっさいなかった。わたしは知ってるの。わたしは彼の話の聞き役だった。あなたも彼女の聞き役でしょ？」と口ークに尋ねる。

「ええ、そうです。彼女に必要とされるときは。それも結婚の誓いのひとつじゃないですか？ いや、そうあるべきでしょう」

「彼女を愛してるの？」

「猛烈に」イヴが止める間もなく、ロークは答えた。

「その愛が本物で真実で深いものなら、時とともに大きく成長していく。わたしたちは愛し合ってた。彼はけっしてこんなふうにわたしを置き去りにしたりしない。彼はドンのことを自分の息子のように愛してた。彼はけっしてこんな自分をドンに見つけさせたりしない」

ベスはつかのま頭を椅子の背に預けた。「わたしは彼が自分の椅子で死んでたことが理解できないの。もし来客があって、相手に脅威を感じたら、彼なら闘うでしょう。その形跡がなければおかしい」

ゆっくりと水を飲みながら、ベスは室内を見まわした。「何もかもわたしが出かけたときのままなのよ」

「あなたの隣人が供述した時間や行動を確認したいのですが、ミセス・グリーンリーフ。今夜、彼女がやってきたのは何時でしたか？」

「正確には答えられない。自分が遅れてるのはわかってたの――だからよけい時間を確かめたくなかったのよ。プレッシャーになってますます遅れるだけだから。たぶん八時半、もう少し遅かったかも」ため息をついて、ベスは言った。「たぶん八時半を少し過ぎてたわね。エルヴァはわたしがいつも遅刻するのを知ってるから。マーティンと話してる声が聞こえたので、彼女を寝室に呼んで何を身につければいいか決めるのを助けてもらった。わたしたちは〈ビストロ〉――数ブロック先にある店――で落ち合った。自分が遅刻してることはわかってた。夕食と後片づけを終えてから、つまみを用意したから。サルサを作ったの。ドンはわたしのサルサが大好きなのよ」

「最高だよ」

「ウェブスターが今夜来ることを誰かに言いましたか?」

「言ってないと思うけど。マーティンからは夕食のときに聞いたわ。わたしは買い物に出かけてたの。新しい靴を買ったんだけど、結局今夜は履かないことにした。彼はあなたと過ごすのを楽しみにしてたのよ、ドン。彼はけっしてこんなことはしない。けっして」

「団欒《だんらん》のあいだに、少しでも席を離れた人は誰かいますか?」

「いないわ。トイレには何度か行ったけど。わたしたちはおいしいお酒と料理を味わいながら、いっぱい笑った」涙がこみあげてくると、ベスは目をぎゅっと閉じ、意志の力で押し戻した。「わたしたちは一緒に店を出たの。アーニャはタクシーを拾い、ほかのみんなは歩いて帰った。エルヴァは女子会のあとはいつもドアまで送ってくれるのよ。優しいでしょ」

「彼女が寝室でひとりきりになったことはありました？」

「なんですって？　ないわよ。ファッションの相談に乗ってもらっただけだもの。どうして？」

「最近ハウスクリーニングをしたのはいつですか？」

「今朝よ、わたしが掃除したわ。自分の家は自分できれいにします」

「徹底的にね」ウェブスターが彼女の手を取ってキスした。

「ちょっと異常かもしれないけど、家はいつもきれいにしておきたいの」

「窓もですか？」

「もちろん」

「今朝も窓を掃除しました？」

「いいえ。窓は四週間ないし六週間に一度と決めてるの。それもマーティンが出かけてるときね。わたしが外側を磨いてるのを見ると、彼は心配するから。わたしが墜落するんじゃないかって」

「窓の鍵は常に閉めてますよね」

「ええ。その点に関してはマーティンが異常にこだわるから。わたしが窓の掃除をすると、そして彼は必ずそれに気づくけど、彼はあらゆる窓の鍵をチェックする」

「最近、ここに訪問者はありましたか？　修理やメンテナンスの業者も含めて」

「子どもや孫たちは定期的に訪ねてくるわ。修理業者を頼んだのは……四月の初めね。食洗機が故障したの。彼は直そうとしてくれた」とウェブスターのほうを見て言う。

　彼はほほえんだ。「当然だよ」

「彼は直せなかった」

「当然だよ」

「四月初め以降に窓の掃除をしましたよね」

「ええ。五月半ばか、五月末ごろ」

　ベスは水をテーブルに置き、ウェブスターの手を握った。

「窓の鍵があいていたとすれば、そこから侵入した者がマーティンにこんなことをした。事前にこの家に侵入して窓の鍵をあけた者がいたとしても、わたしたちはそれに気づかないでしょう。気づいたとは思えない」

「窓の鍵は毎晩確認していますか？」

「いいえ。わたしが窓の掃除をすると、マーティンが確認する。窓は鍵のかかったままにしてた。彼がそれを望んだから。どの窓の鍵があいてたの？　あなたもそれは教えられるはずよ。いずれにしろわかるんだから」

「寝室の窓です、東側の。プライバシースクリーンは作動しています」

「ええ、常に作動してる。夫婦の寝室よ。ドアには防犯カメラも設置してあるから、必要なら……」ベスは言いかけてやめた。「もう手に入れてるわね。でも、侵入したのが一週間か二週間前だったら、そこには映ってないわね。フィードは七十二時間ごとに上書きされるから」

「ミセス・グリーンリーフ、ご主人は武器を、スタナーを所持していましたか？」

「いいえ、退職するときに制式武器は返還した。彼はわたしにそう教えてくれた。結婚以来、わが家に武器がないのは初めてだと。わたしが尋ねるまでもなく、彼はそう言ったの。あなたたちが見つけたスタナーは夫のものじゃない。マーティンは自殺なんかじゃない」

遺留物採取班の班長の合図に、イヴは腰をあげた。「少々失礼します」

やがて戻ってくると、イヴは立ったまま言った。「科学捜査班の仕事はひとまず終わりました。しばらくのあいだ、このアパートメントは封鎖しておかなければなりません。どこか滞在できるところはありますか？　どなたか連絡してほしい人はいますか？」

「僕がカーリーの家まで連れていくよ」ウェブスターはベスの手を自分の唇に押し当てた。「一緒に彼女に説明しよう。ベンとルークには僕が知らせておく」

「そうね、それがいちばんいいわ。ああ、かわいそうな子どもたち」今度は涙を止められず、ベスは頬をぬぐった。「荷物をまとめないと」

「僕が手伝おう」

「それはだめよ、ウェブスター」イヴは首を振った。「わたしがご一緒するほうが賢明でしょう、ミセス・グリーンリーフ」

「わたしが証拠をこっそり隠したりしないようにするために」

「規則どおりにおこなうために」イヴは言い返した。「警部はそれを重要視していたと思います」

「その点についてはあなたの言うとおりね」

「ミセス・グリーンリーフ」ロークは彼女と同時に腰をあげた。「このたびのことは誠に残念です」

「心からの言葉だと思うわ、ありがとう。わたしたちは二人とも外部の人間よね？　どちらも警官の配偶者。その立場を完全に理解するのはほかの人たちには無理よ」

「ええ、無理だと思います」

イヴはベスのあとについて寝室まで行き、差し出がましくならないように戸口で待った。

「あら、いいのよ、はいってきて。遠慮しないで。着替えと、バスルームに置いてあるものが必要なの」

ベスはクローゼットのドアをあけ、そこで立ちすくんだ。

「まあ、これを見て」ベスはつぶやいた。「汚れてたり散らかってたりするのが我慢ならないのはわたしのほうなのに、ここはどう？　わたしの服はごちゃごちゃで、彼の服はきれいにまっすぐ並んでる。なんて夫婦かしらね――なんて夫婦だったのかしら――それはこれからも変わらない。わたしのバッグが置いてある、あの棚に手が届かないの。いつもマーティンが取ってくれた」

「お手伝いします」

イヴがバッグをおろしてベッドに置くかたわらで、ベスは服を何着か引っ張りだした。

「わたしは彼を全身全霊で愛してた。理解できる？」

「ええ、できます」

ドレッサーから衣類を取り出しながら、ベスはこちらを振り返った。「あなたなら理解できると思う」彼女はドレッサーに置かれた額入りの写真を持ち上げた。二人のうちのひとりがカメラに向かって笑いかけている。「その気持ちを大事にして。手放さないで」

ベスは写真をバッグにしまった。「彼はあなたを褒めてたわ」

「えっと……今なんて？」

「マーティンはあなたに感心してた。あなたは数年前に、疑いが晴れるまでバッジと武器を返還しなければならないときがあったでしょ」

「ええ」あれはいまだに胸がちくりとする。スズメバチに刺されたような傷が心に残っている。

「彼はその件を知ってたし、引退した身ではあるものの捜査の行方を追ってた。彼は教えてくれた――わたしは彼の話の聞き役だから――あなたは清廉潔白で、本分を尽くす並はずれた警察官だと。それを忘れないでほしいわ。彼は今あなたの手の内にあるんだから」

「ミセス・グリーンリーフ、持てるかぎりの力を尽くすことをお約束します。わたしの部下たちも同じ所存で捜査にあたり、今夜ここで起こったことの真実を突き止めます」

「あなたを信じるわ。きっと彼もそうしただろうから。ドンにも協力させるの？」

「ウェブスター警部補には捜査の進捗状況を知らせますが、それ以上、彼を捜査に参加させるわけにはいきません」

ベスは被害者用のものと目される抽斗をあけ、きれいに折りたたんだ白いハンカチを取り出した。彼女はそれを一度頬に押し当ててから荷物のなかに入れた。

「ドンはマーティンのことが大好きだったから、簡単には引き下がらないでしょう。彼はあなたに夢中だったこともあったわね」

「それはちがいます」

ベスはほほえんだ。「ええ、ちがう。でも、自分ではそう思ってたの。だからまるっきりちがうわけじゃない。ドンがダルシアと見つけたものは期待できそう。自分でも自分がいやになるんだけど、わたしはドンが先に彼を見つけてくれてよかったと思ってる。そうじゃなかったら、わたしはいったいどうなってたか。粉々に壊れて、二度と元には戻れなかったかもしれない」

「いいえ、それはありません」確信があったので、すらりとその言葉が出た。「あなたは警官の妻ですから」

「そうね。そのとおりだわ」涙を押し戻すかのように指先を目に当て、それからだらりと手を放した。「バスルームに必要なものを取りにいったら、捜査の邪魔にならないように出かけます。マーティンには明日会いたい。家族で会いにいくわ」

「お会いできるようになり次第ご連絡します」

うなずいて、ベスはベッドの縁をまわり、左側の枕にしばし手を置いてからバッグを持って寝室をあとにした。

ウェブスターに付き添われて玄関まで行ったとき、彼女は振り返らなかった。

二人が外に出てドアが閉まると、イヴはふうっと息を吐き出し、両手で髪を掻き上げた。

「やれやれ。さてと」

「いろいろきつい夜だったね」

「ほんと。ねえ、あなたには感謝してる」

ロークは眉をあげた。「わかっているよ」

「わたしが事態に対処してるあいだ、ウェブスターのことを抑え込んでおいてくれたから助かった」

「僕はそんなことをしたのかい？　彼を抑え込む？」

「彼が悲しみや怒りをぶちまける相手をしてくれて、わたしの邪魔をしないようにしてくれた。彼は正しい手順を踏んだ。それが大事なのはわかってるから。でも、そうするのは容易ではなかったでしょう。グリーンリーフは彼にとって父親のような存在だった。ウェブスターはその人に会いにいき、彼が死んでるのを見つける」

イヴは話しながら部屋を歩きまわった。「自殺のように見える遺体を見つける。それをごまかすことはできたし、それほど大変なことでもない。侵入者や格闘があった形跡をこしらえ、コンピューターの遺言を削除する」

「きみの目にかかったら、磨き上げたガラス越しに見るようなものだろう」

「まあね。でも、やってみることはできた。彼はやらなかった。彼は通報し、制服警官と医療員を現場に入れた。正規の手続きを踏んでわたしを要請した。彼は冷静さを保った。それは容易なことではなかったでしょう」

「とはいっても、死体の第一発見者で、被害者とのつながりがあり、住居にはいる鍵も持っていたから、まずは彼を容疑者リストから削除できるようにしないと」

「彼の供述は事実と合致するし、セキュリティフィードもそれを裏づけるでしょう。犯人は寝室の窓から侵入した。つまりその人物は、ミセス・グリーンリーフがその窓を掃除した日から今夜までのあいだに、アパートメントにはいって窓の鍵をあけておいたということ。上階に住んでる隣人は今夜寝室にはいったから容疑者リストに載る」

「自殺の線は捨てたんだね」

「正式にはまだだけど。まだできない。でも、これは計画的な偽装自殺で、彼がアパートメントでひとりきりになるタイミングを見計らって実行された。彼に騒いだり抵抗したりする隙を与えないよう、すみやかに実行する。彼の指をスタナーに押しつけ、それを床に転がし、遺言をコンピューター画面に残す。タイムスタンプは死後一分以内だったけど、それだけでは証拠にならない。タイムスタンプが狂ってたのかもしれないし、計測器の死亡時刻《TOD》が百パーセント正確だとも言えない。自殺で通らないことはない」

イヴは寝室に戻った。「犯人は彼が二、三時間ひとりきりでいることを知ってなくてはならない。知ってれば、妻が出かけてしばらくしてから実行できる。〝あら、やだ、忘れ物しちゃった〟とか言って、戻ってこられたらまずいでしょ。その場合は避難はしごで上か下に行けばいい。犯人はグリーンリーフの耳が少し遠くなってることを知ってるか？　間違いなく知ってる。彼の普段の生活、趣味、だいたいのスケジュールも把握してる。スクリーンには野球中継がついていた」イヴはその様子を思い描きながら付け加えた。「音量は大きくないけど、小さすぎるほどではない。それでも、犯人は忍び足で寝室から出て、あたりに目を配り、聞き耳を立てる」

イヴはドアまで引き返し、寝室を出た。「立ち止まり、スタナーをチェックし、グリーンリーフが書斎のドアに背を向けてることを確認する。彼の背後に立つ」イヴはデスクチエアの後ろで足を止めた。「スタナーを彼の喉に突きつけ、発射する。それでおしまい。彼は数秒、身を震わせたあと、デスクに突っ伏す。

　そこで、犯人は最初のミスを犯す。凶器のスタナーにグリーンリーフの親指と人さし指をしっかり押し当て、鮮明な指紋を残した。けれど、グリーンリーフが自分で撃ったなら指紋は普通そんなふうには残らない。指紋がついてるのはどうしてそこだけなの？　自殺するまえに、自身で武器から指紋を拭き去ったからという説に納得できるか？　できない。喉に武器を押し当てたとき、彼の手は少しも震えなかったのか？　とりわけ彼の神経系統が乱れてからも、微動だにしなかったのか？　そうは思えない。手に汗もかかず、ほんの少しでも震えたりしないなんてことある？」

「納得できないことはほかにもある」

　イヴはロークのほうを振り向いた。「たとえば？」

「遺書だ。人間味がまるでなく、あまりに短くて、冷たい。あの夫妻の仲の良さを、互いにとって相手が運命の人であり、長年連れ添ってきたことを知っている者にとっては、よけいそう感じる。罪悪感や遺憾や詫《わ》びの言葉はあったが、愛の言葉、子どもや孫たちについての言葉はひとこともなかった」

「そのとおり」イヴは握りこぶしにした両手を腰に当てながら歩きまわった。「ねえ、警官みたいな考え方をするって言われるのがいやなら、証拠について警官みたいな分析をしないほうがいいわね」

「わかっているよ」

「あの遺書を残した者には優先事項があった。罪——グリーンリーフがおこなった職務についての罪。警官たちを破滅させた警官。犯人の動機はそれ。これまで見てきたところではね」

「今夜は——というか、きみの体内時計はもう朝だと伝えているだろうが——きみが見るべきものはあまりないな」

「元気が復活したかも」イヴは自分が張りきっているのを感じた。「でも、ここではもう封鎖する以外にやることがなさそう」

イヴは捜査キットを回収した。

「あなたが運転してくれるなら、本当の朝になったときホイットニーに読んでもらう報告書が書ける。ピーボディにメッセージを送って、ここで落ち合うことにする。二人で現場を再検証してから、同居人と暮らしてる隣人にもう一度事情聴取したい。その二人のことを調べてからね」

イヴは捜査キットを取り上げた。「セキュリティフィードも見たい——このアパートメントのドアと、ビルの入口のドア」

「復活した元気をそれで使い果たしたら、少し眠ろう」

「そのつもり」玄関を出ながらイヴは言った。「グリーンリーフのことはあまり知らなかった。あまり好きじゃなかったけど、実際にはあまり知らなかった」

「これからよく知るようになるよ」理解と励ましをこめて、ロークはイヴの腰のくぼみに手を添えた。「この事件が片づくころには、きみ以上に彼のことを知る者はほとんどいなくなるだろう。何を知るにしろ、きみは彼のために闘う。ウェブスターがきみに頼ったのは、それがわかっているからだ」

「グリーンリーフ警部は自分の職務だと見なしたことをやった。わたしは自分の職務を果たすだけ」

イヴはアパートメントのドアを封印した。

4

夜明け前に目覚めると、そばにいるのはイヴの背骨の付け根で体を丸めている猫だけだった。

「時刻」とつぶやき、天井に現れた表示を見つめる。

05:04

ベッドに横たわったまま、まだ五時ではなく六時だったらよかったのにと心から思った。すっかり目が覚めてしまったのだ。ロークはきっと超億万長者用のスーツをきっちり着こなし、地球の裏側だか地球外だかのどこかにいる誰かとの会議に臨んでいるのだろう。

もう一度眠るのはもう無理だろうと思い、イヴは昨日入手したものを吟味しはじめた。

グリーンリーフが死を迎えるまでの十二時間に、彼の住むビルを出入りした者は大勢いた。一八〇〇時に、隣人であり友人でもある女性が黒のノースリーブ・ワンピースに、黒のハイヒール・サンダルという姿でビルにはいるところが映っていた。彼女は二〇四八時にベス・グリーンリーフと一緒に笑いながらビルを出ていった。

ビールを抱えたウェブスターは、二一二三時にビルのエントランスまでやってきた。その八分後、医療チームがビルに到着し、一分も経たないうちに二人の制服警官が続いた。ウェブスターがロビーのメインドアに近づいていったのは、被害者の死亡時刻《TOD》の五分後。アパートメントの防犯カメラのフィードには、彼が玄関に着き、ドアをノックし、しばらく待ったのちなかにはいる様子が映っており、それはＴＯＤを七分、というより八分近く過ぎていた。

計測器や操作方法によって一、二分の狂いが生じることはあるだろう。だが、多く見積もってもせいぜい三分で、七分誤差が出るということはない。

これで主観をまったく交えずにウェブスターを容疑者リストからはずすことができる。

イヴはアパートメントのドアのフィードをＴＯＤの二十四時間前まで戻した。グリーンリーフが正午前に外出するまで動きはない。その後一四〇〇時ごろ妻が出かけている。彼はそれから約一時間後に帰宅し、妻は夫の約三十分後に帰宅した。

エルヴァ・アルネズが二〇三七時にやってくるまで、グリーンリーフ家を訪れた者も去った者もいなかった。

イヴはまた寝室の窓のことを考えた。侵入口であり脱出口である窓。

考えたおかげでよけい目が冴《さ》えてしまったので、イヴはベッドから出て照明を命じた。ギャラハッドも寝返りを打ったが、体の向きを変えただけだった。いっぽうイヴはまっすぐコーヒーのもとへ向かった。

朝のうちにやることは考えてあったのに、と思いながら、イヴは至福のひと口を味わった。書類仕事を片づけ、留守のあいだに発生した事件や解決した事件に目を通す。休暇から仕事にゆっくりと戻る構想も浮かんでいた。大きな事件でも発生しないかぎり、未解決事件のファイルを引っ張りだしてじっくり調べてみるのもいいかもしれない、と。

その見込みはなくなった。

コーヒーを飲み干すと、イヴはシャワー室へ向かった。

熱めで最強に命じたジェットに打たれながら、イヴは頭のなかで朝の予定を確認した。犯行現場、アルネズの再聴取、同居人のロバーズの事情聴取。二人のことは昨夜調べたが、グリーンリーフと以前から知り合いだった事実も、元警官とのつながりも見つからなかった。

ロバーズは十代のころに微罪がいくつかあった。万引き、公共物汚損（落書き）、暴行——彼が殴った男は酔っぱらって女性の胸をつかみ、相手の同意なしに性交におよぼうとしたことを裏づける証人が何人かいたため、告訴は取り下げられた。

それをのぞけば、彼らの記録はきれいなものだった。二人とも安定した職に就いている。アルネズはダウンタウンにあるブティックのマネージャー、ロバーズは自動車整備士。

とはいえ、妻を別にすれば、エルヴァ・アルネズは生きているグリーンリーフに最後に会った人物だとされている。

彼を殺した犯人をのぞけば。

イヴはシャワー室から出て、乾燥チューブに飛び込んだ。目を閉じ、渦巻く温風に身を委ねた。

二杯目のコーヒーを飲もうと考えながら、ローブをつかんだ。シャワー室から出ると、オートシェフの前にロークがいて――やっぱり超億万長者のスーツを着ている――その足に猫がまといついていた。

「今あげるから待ってて」と言ってから、彼は肩越しに振り返った。

あの顔で。結婚して三年が過ぎたけれど、あの顔を見ると、いまだに軽いジャブを食らったかのように胸がズキンとする。

「きみの食事も用意するよ。今朝のきみはワッフルの気分じゃないかな」

「ワッフルなら毎朝でもいいわ。わたしは五時に目が覚めたの」

「僕もそれより少し早かっただけだ。ほら、これが欲しいんだろ。しばらく留守をした埋め合わせだ」ロークは床に皿を置いた。「急いで食べるなよ。僕は食事を受け持つから、きみはコーヒーを用意してくれないか」

「いいわよ」

猫は急いで食いついてから、自分のサーモンを脇から盗むやつがいないことを確認するとゆっくり味わいだした——猫にも食事を味わう習慣があるとすれば。

ロークがシッティング・エリアのテーブルに蓋付きプレートを運んでいくかたわらで、イヴはコーヒーをプログラムした。そのときリンクが着信を告げた。

ベッドのサイドテーブルに置いたリンクを取り上げる。「ホイットニーだわ」

「だったら出ていいよ。コーヒーは僕がやっておく」

「部長」リンクの画面にホイットニーの大きな浅黒い顔が映し出されると、イヴは応答した。

「警部補。やっかいな事態になったな」

「はい」

「マーティン・グリーンリーフとの付き合いは三十年くらいになるはずだ。意見が食い違うこともないわけではなかったが、彼の高潔さや献身を疑ったことは一度もない。自殺はときにこの仕事のむごい副産物になることがある。きみの報告書を読むかぎり、彼の場合は自殺ではないと見ているようだな」

「わたしは午前中にもう一度現場を検証して、モリスとも話し合ってから判断したいと思っています、部長。ですが、今回の件は自殺ではないと見ています」

「ウェブスター警部補が彼を発見したせいで、ますます面倒なことになったな」

「ところが、部長、わたしは利点だと感じています。ウェブスターは容疑者リストからはずせます。ビルの本館とグリーンリーフ警部のアパートメントのセキュリティフィードを確認しましたので。ウェブスターはＴＯＤよりあとに到着し、その数分後に現場にはいりました。記録《ログ》によれば、アパートメントにはいって二分と経たないうちに、彼は九一一に医療チームと制服警官を要請しています。彼が入室したのは警部が亡くなって八分近く経ってからでした」

「それは彼にとっても市警にとっても幸いだ。利点について教えてくれ」

それについては逐一考え抜いてある。

「これが殺人だった場合、犯人は来客があることなど知らず、死体が発見されるまでにはまだ二、三時間あると思っていたでしょう。ウェブスターのおかげで初動捜査がすみやかにおこなわれた。それに、妻が死体を発見していたら現場を汚染していたかもしれません。警察官の妻とはいえ、とっさに死体や凶器に触れたり動かしたりすることはありえます。ウェブスターは現場を保存し、手順に従った。彼はわたしに直接連絡せず、通信司令部を通して臨場を要請しました」

ホイットニーはイヴを見つめたままうなずいた。「彼は捜査チームには加われない」

「はい、承知しております。彼には逐次情報を提供し、必要に応じて彼の意見を利用することにしました。彼は遺族とかなり親しいのです、部長」

「それはきみの判断に任せよう。殺人だと決まったら知らせてくれ。きみはきっとそう断定するだろうから。彼は友人ではなかったが、知り合って三十年にもなる男だ。彼が自分の経歴に誇りを持っていたことは知っている。その経歴に自殺などという汚点を残す人間ではないと思う」

「そのご意見はありがたく頂戴します。モリスとの話が終わり次第ご連絡します」

「よろしい。おかえり、警部補。ホイットニー通信終了」

「今日はスタートが早いね」ロークが言った。

「そういうこと」イヴはリンクを元に戻した。「でも、ワッフルで始められるだけまし」

ベーコンもあるし。ロークが蓋を持ち上げるとそれが見えた。ふっくらしたベリーまである。

イヴはワッフルをバターとシロップの海に浸した。

「まだ殺人とは断定できない、相手がホイットニーでもできない。モリスの報告書を手に入れるまではね」

「でも、殺人なんだよね」

「当然よ。自殺に見せかけた計画としては悪くない。悪くない」イヴは繰り返した。「絶対確実とは言えないけど。でも、もしウェブスターが発見してなかったら？　妻が見つけてショックを受けることは予想できる。彼女は夫の遺体にすがりつき、現場を汚染してしまう。夫のそばへ駆け寄るときに凶器を蹴飛ばすか、それを拾い上げるかして、現場を汚染してしまう」

　その場面が見える、とイヴはワッフルを食べながら思った。それが捜査ミスにつながるところが見える。

「誰がこの事件を担当するにしろ、鍵のかかってない窓がひとつあることには気づかないかもしれない。そんなマヌケは尻を蹴飛ばしてやりたいけど、気づかないかもしれない。あるいは、犯人が鍵をかけておくまえにウェブスターが到着したのかも。外から窓の鍵をかけることはできる？」

「僕が？　それとも誰でも？」

　墓穴を掘ったわね、とイヴは思った。

「あなた自身のことから聞かせて」

「できるし、やったこともある」

　イヴはワッフルを食べながら考えた。「どうやって？」

「それはもちろん鍵と窓によってちがうが、アラームが取りつけられてなくて、シンプルだけど頑丈なサムターン錠がいいね。できるだけ音を立てずにやりたいなら、いちばん簡単なのは錠がついている部分の窓ガラスに強力な磁石を押し当てる方法だろう。手際よくやれば鍵をはずしたり掛け直したりできる。初心者だと少々時間がかかるから根気がいるし、手際の良さもかなり要求される」

「可能性はある」イヴは食事を続けながらその場面を思い描いた。「避難はしごでぐずぐずしてたら、誰かに見つかる恐れがある。外は暗いけどまだ九時を過ぎたばかりだし、人通りも少なくない。気持ちのいい夜だもの。ただの可能性ね」

「別の可能性としては、妻が鍵をはずし、そのまま忘れてしまった。妻は鍵をかけ忘れることはないと言い、きみはその言葉を信じる。僕も同感する。ほかの捜査官はそう思わないかもしれない」

「窓の鍵が一箇所か二箇所あいてたら、被害者か妻がうっかりした可能性もある。避難はしごに続く窓の鍵だけがあいてたら？」

首を振りながら、イヴはベーコンを食べた。

「それは初心者がやらかすミス。この犯人は計画だけはきっちり練ってたけど、プロではない。警官だとも思わない」

「きみは警官の仕業かどうかを案じているんだね」

「もちろん」

案じなくてはならない。被害者はＩＡＢの警部なのだから。引退していようがいまいが。

「でも警官なら、凶器に親指と人さし指の鮮明な指紋だけを残すほど物知らずじゃないでしょ。それに、わたしが犯人なら、方法を見つけて窓の鍵を外からかけるか、現場を去るまえにほかの窓の鍵もいくつかあけておく。捜査官は当然、疑問に思う。この窓も鍵がかかってると思い込んだだけなのか、窓をあけて風を入れたあとで鍵を掛け直すのを忘れてしまったのか、と。この窓はやけに目立つけど、本人は〝ただの偶然ですよ〟と言いたがってる。偶然なんてバカバカしい」

　ロークは指を一本立て、サーモンをたいらげたうえベーコンまで狙おうとしている猫に警告した。

　ギャラハッドは動きを止め、一心に毛づくろいを始めた。

「さらに、遺書がある」

「あなたの感覚は正しかった。あの文面はおかしい。それに、彼が自殺を考えてたなら、妻は知ってたでしょうね――妻には隠し事をできなかったから。それにホイットニーはさっき、うなずける意見を言った。グリーンリーフは自分の経歴にとても誇りを持ってて、そこに自殺などという汚点を残す人間ではないって」

　イヴはコーヒーを飲んだ。「これから自殺しようという男がどうして野球中継をつけてるの？　まあ、心を落ちつけるためとか、いつもどおりでいるためとか、理由はつけられるかもしれないけど。でも、わたしはそんなの信じない。ウェブスターが訪ねたことは有利に働く」イヴは付け加えた。「グリーンリーフがスタナーを喉に押し当てて死ぬつもりだったら、雑談でもしようって彼を誘ったりしないでしょ。ウェブスターに遺体を発見させたかったという説もあるとしたら、約束の時間は九時ごろなのに、なぜ死ぬのを九時二十分ごろまで引き延ばしたの？　彼は九時二十分近くまで実行しなかった——妻が隣人と出かけてから三十分も経ってるのよ」

イヴは肩をすくめた。「タイミングがおかしい。これは推測ではなく事実。タイミングがおかしいのは、来客があることを犯人が知らなかったから」

腰をあげて歩きだし、クローゼットにはいるなり、イヴはここ数週間その日に着るもののことを考えずにすんでいたことに気づいた。そして衣服に覆われた深い森のなかで、何を着たらいいのかを考えた。

「クソ。しばらくやってなかったから忘れちゃった」

「今は真夏だよ」猫のように忍び寄ってきたロークが背後にいて、イヴの両肩に両手を置いた。「涼しくて軽いものがいい。じゃあ、きみがいつもの調子を取り戻すまで僕がアドバイスしよう」

ロークは自分のスーツと同じ色合いのパールグレーのパンツを手に取った。「上に淡いピンクを持ってくると釣り合うだろうが、僕はきみのことをよく知っている」

「そのとおり」

「だから白にしよう。その麻のジャケットは襟の折り返しと袖口に、ダークグレーの革の細い筋がはいっている」

「オーケイ」そのジャケットを手にすると、すでに魔法の裏地がついていることに気づいた。「これは新品？」

ロークはただほほえんでいる。「そのようだね」

イヴはラベルに目をやった。「レオナルド」

「彼はきみの好みだけでなく、きみに何が似合うかを知っている。あとで寄って、家の工事の進み具合を見てこないとね。三週間も間があいたからかなり進んでいるだろう」

「わかった。なんとか時間を作りましょう。ピーボディからはその話をたっぷり聞かされるだろうけど」

ロークが朝食のプレートに戻しておいた蓋が床に落ちる音がした。

「なんてやつだ」

彼が猫を叱りにいくかたわら、イヴは着替えはじめた。

バッジと武器を取りに戻ってくると、蓋は所定の位置に戻され、猫の姿は見えなくなっていた。

「あいつはただ見ていただけだというふりをしようとした」

笑いそうになりながら、イヴは武器用ハーネスを装着した。「これでよし」

「僕をごまかすことはできないとわからせてやると、あいつは怒って去っていった。あたかも、信じてもらえないのは侮辱だとでもいうように」

「あなたが猫と口論してるのを知ったら、仕事上のライバルたちはどう思うかしらね」

「あれは口論ではない」

イヴはジャケットをはおると彼のそばに行き、そのゴージャスな顔を両手で包んでキスした。「出かけるまえに殺人事件《マーダー》ボード、というか今はまだただの事件ボードを準備する時間はあるわね」

「手伝おうか？」並んで歩きだしながらロークは尋ねた。

「大丈夫よ、あなたは太陽系を買うんでしょ」

「それまでにあと二十分ぐらいあるよ」

「そういうことなら、ＩＤ写真を作成してもらおうかな――ウェブスターのものも含めて。わたしは現場写真のほうをやる」

イヴの仕事部屋《オフィス》にはいると、ロークは頼まれたことをやり終えてから、イヴがまだボードの前ですべてが自分にしっくりくるように並べているので、二人のコーヒーを用意した。

「強力な磁石」イヴは作業しながらつぶやいた。「それで外から窓の鍵を操作する」

「ひとつの方法としてね」ロークは念を押した。「ローテクの鍵に、ローテクの道具」

「たぶんね。わたしが間違ってて、これはプロの仕業か、少なくとも住居侵入の経験があって、引退した警官を殺すことなど屁《へ》とも思わないやつの仕業なのかも」

イヴは少し下がってボードを見つめた。「まだ情報が足りないわね」

「きみはもっと手に入れるよ」

「ええ、そうする。そのために出かけるわ」

「ピーボディによろしく」ロークはイヴを引き寄せ、額にキスし、唇にキスした。「僕のお巡りさんを頼んだよ」

「任せて」

　ロークは最愛の人がいない初日を迎えるエリザベス・グリーンリーフのことを思った。そしてポケットに手を滑り込ませ、そこに入れておいたグレーのボタンをこすりながら、最愛の人が出かけるのを見送った。

　イヴはダウンタウンへ車を走らせた。現場にはピーボディより先に着いてしまうだろう。けれど、あの現場をひとりで検証してみたかった。静けさと朝日のもとで。

　運転席に座り、いつもの騒音を聞きながら見慣れた通りを走るのは心地よかった。時刻がまだ早かったので、バーゲンセールをがなり立てる広告飛行船の空爆はなかった。けれど、大型バスは停留所に停《と》まるたびにガスを排出し、早出の者たちを吸い込み、夜勤を終えた者たちを吐き出していく。

　公認《L》コンパニオン《C》たちは大半が夜明け近くに切り上げたはずだが、長い夜を終えて、おそらくベーグルを手に入れようとする者や、仕事の話をしている者も数人見かけた。

　犬の散歩代行者は預かった犬——さまざまなサイズと種類——を連れ、デイサービスのナニーは預かった子どもを連れている。

車の窓をあけると、カートで売っているコーヒーや朝食のブリトーのにおいが漂ってきた。さらに一ブロック進むと、壊れたリサイクル機《リサイクラー》から残念なにおいが漂ってきた。商店主たちがセキュリティ・シャッターをあける金属音が轟《とどろ》き、どこかの窓からははずむリズムを刻むベースの音が流れてきた。

駐車スペースを探すつもりは端《はな》からなく、積み降ろしゾーンに車を停めると〝公務中〟のライトを点灯させた。

イヴは歩道からビルを眺めた。グリーンリーフのアパートメントの寝室は、脇道と向かいの集合住宅ビルに面していた。どちらのビルも一階に店やレストランははいっていない。

制服組に付近の聞き込みをやらせよう。空を見上げて避難はしごに動きがあったことを目撃した者がいないとはかぎらない。

イヴは脇道にはいっていき、上方を見やった。

はしごを路上までおろすのは簡単だ。フックがあればいい。そのための用意はしていたので、イヴははしごのいちばん下の段にフックをかけた。

はしごは音を立てて下がってきた。

その音に気づいた者はいるだろうか？　気づいたとすればなぜ？　はしごをじっくり眺めると、ハンドル部分に指紋採取用の粉が付着していた。遺留物採取班は要望に応じ、ここでもきっちり仕事をしてくれたのだ。

イヴははしごを登っていった。

二階にたどりつくまえに、住人が窓から顔を出した。目を怒らせた五十歳くらいの女性で、その手には大きなキッチンフォークが握られている。

「いったいなんの真似《まね》よ？」

イヴはバッジを取り出した。

「あ、そう。いったいなんの真似なの、巡査？」

「警部補。仕事なんです。ゆうべ八時半から九時半までのあいだに、この避難はしごにいる者を見かけましたか？」

「いいえ。避難が必要なことはなかったし、ここは安全な地域だから。このへんをこっそり歩きまわってる者を見たら、叱りつけてやって、警察を呼ぶわ」

女性はフォークを持つ手を下げたが、まだ握ったままでいる。「このビルに押し入った者がいたの？」

「それを確かめようとしているんです。あなたは三二一号室の真下にお住まいですね。ゆうべ――やはり、八時半から九時半までのあいだに、上のほうで何か物音がしませんでしたか？」

「いいえ。グリーンリーフ夫妻のアパートメントね。二人とももの静かで、立派な人たちよ。それに、ここは造りがしっかりしてるから、ご近所の物音は聞こえないわ。どたどた歩きまわったり、音楽やスクリーンの音量を大きくしたりしないかぎり」

女性はようやくフォークを置き、窓から少し身を乗り出して上階に目をやった。「何か事件でもあったの?」

「ええ、そうなんです」

「それはお気の毒に」

身をかがめると、寝室のなかが見えた。ベッドはすでにきちんとメイクされている。

「どうしてわたしの姿が見えたんですか?」

「はしごが降ろされる音が聞こえたから、これを手に取ったの」と言って、フォークを指先で叩いた。「それから様子を見にきたわけ」

「窓はあけてあったんですね」

「部屋の空気を入れ替えるために」

「ゆうべもあけてありましたか?」

「窓は仕事に出かけるまえに閉める。窓をあけるのは朝起きて空気を入れるとき。夜はあけたいと思わない。ここは安全なところだけど、つまらない目に遭いたくないでしょ?どっちにしても、はしごの音は聞こえなかったでしょうね。あたしたちはリビングルームでスクリーンを見てたから」

「わかりました。ご協力ありがとうございます」

「悪い事件じゃなければいいけど」

そう言いながら、女性は窓を閉めて鍵をかけた。

イヴははしごを登りつづけ、グリーンリーフ家の寝室の窓まで行くと身をかがめ、磁石でサムターン錠をまわすところを頭に思い浮かべようとした。

たぶん不可能ではないだろう――ロークなら間違いなくやれる――が、コツと根気がいる。それでも、やってみる価値はある。殺人を自殺に見せかけたいなら、やってみる価値はあるだろう。

イヴは体を起こし、上方を見た。

けれど、もっと簡単な方法もある。

数日前に侵入する方法を見つけ、鍵があいたままの窓があることに誰も気づかないことを当てにする。

はしごを降りながら、イヴはその線を検討した。

昼間なら住人は大半が仕事に出かけている。修理人や配達員は人目につきにくい。

この犯行には手数がかかる、面倒だらけだ。つまり自殺に見せかけるのは、殺すのと同じくらい重要だということだ。

はしごを元に戻すと、イヴはフックを回収し、車に戻った。

マスターキーでビルにはいり、階段を使った。

防音設備はしっかりしている、三階に着くとイヴはそう思った。くぐもった話し声――スクリーンの音量が大きいため――それに、お決まりの赤ん坊の泣き声のようなものも聞こえる。だが、その赤ん坊の泣き声も、はるかかなたのトンネルから漏れてくるような感じだった。

労働者階級が住む、まともな集合住宅ビル。住人たちは目覚めて一日を始めようとしている。あるいは、夜勤の者たちは寝るまえに食事をとろうとしている。

イヴはレコーダーを作動させ、手足をコーティングしてからドアの封印をはがした。室内にはまだ遺留物採取班の粉のにおいが漂い、薄く積もった層が射《さ》し込む朝日に照らされ、埃《ほこり》が光のなかで舞っている。

まずは寝室へ行き、ベッドに捜査キットを置いてから問題の窓へ向かった。

昨夜、捜査後に鍵をかけた窓の鍵をふたたびあける。記憶にあるとおり、鍵は音も立てず、スムーズにまわった。

イヴはクローゼットのほうを見やった。ベス・グリーンリーフは靴やイヤリングのことであたふたしていた。却下した靴はしまわれていなかったが、クローゼットのそばに置かれている。

近づいていき、二段のシューズラックを眺めると、大半が彼女の靴だった。かがみ込んで新品らしき靴を拾い上げる。

靴底に傷跡はついていない。

そのままの姿勢で靴を抱えたまま、イヴは窓のほうを振り返った。

ベスが何かしゃべっているところを想像する。

〝なんでこんな靴を買ったのかしら〟とかなんとか。

イヴは窓に背を向け、新品の靴を床におろすと、シューズラックから別の靴を取り出した。

その靴をラックに戻し、窓まで歩いていき、もう一度プライバシースクリーンの後ろに手を滑り込ませて、鍵をまわす。

三秒で鍵はすんなりあいた。

エルヴァ・アルネズにもできたはずだ。

今のところグリーンリーフとの関係はなく、動機もないが、手段はある。それには殺人のほうを引き受ける共犯者が必要だ。

そう、彼女には再度話を聞こう。同居人からも話を聞こう。

イヴはまた鍵をあけ、今度は窓もあけた。静かに、なめらかな岩のようにスムーズにあいた。窓からベランダに出て、窓をそっとおろす。

頭のなかで秒数を数えながら、窓をあけ、室内にはいり、窓を閉める。

七秒。慎重にゆっくりやったとしてもせいぜい十秒。

「それからあなたはスタナーを取り出し、寝室のドアまで行く。足を止め、耳を澄ます」イヴは自分でも犯人のルートをたどった。「廊下に細心の注意を払う。そっと部屋を抜け出すと、そこからグリーンリーフの姿が見える。彼はドアに背を向け、デスクチェアに座ってる。スクリーンには野球中継が映ってて、近づいていく音をごまかしてくれる。彼の背後まで行き、その喉元にスタナーを突きつけ、発射する。あっという間の出来事。彼は痙攣《けいれん》し、デスクに突っ伏す。例の遺書をコンピューター画面に表示させる——できるかぎりTODに近い時間に。凶器に彼の指を押し当て、それを床に落とす。

あなたは彼がたしかに死んでることを確認する？　おそらくする。それから来たときのルートを戻る。ウェブスターが玄関まで来たことを知るには、あなたはまだそこに居残ってなければおかしい。理由はわからないけどそうだったとしたら、あなたはあわてて逃げ出す。侵入するときに磁石を利用したとしても、そんなことをしてる暇はない。とにかく逃げ出す、とにかく姿を消す」

その考えをめぐらせたまま、イヴはピーボディのノックに応えてドアをあけにいった。

「わあ、おかえりなさい——よかったー」

「あ、そう」

「まず、仕事を始めるまえに、楽しかったですか？」

「楽しかった」

ピーボディが髪に赤いメッシュを増やしたのは間違いない。どうやったらそうなるの？　なんでそんなことするの？　けれど、派手なピンクのジャケットに比べればなんてことない。

いつものピンクのカウボーイブーツ（趣味が悪い）はピンクのスキッドに変わっていたが、イヴは自分がほっとしているのか、うんざりしているのかわからなかった。

「帰ってくるなりこんな事件で、お気の毒です」

「警官の仕事なんてこんなものよ。お気の毒なのはグリーンリーフ警部」

「たしかに」ピーボディの茶色の目が警官の目に変わった。「いい家ですね。家庭的で、きれいに片づいてるけど、住み慣れた感じがする。ウェブスターが発見したとか？」

「ここでね」報告書には書いておいたけれど、イヴは手短に説明した。「これは自殺とはならない。モリスと話し合うまで断定はしないけど、自殺なんかじゃない」

「彼には敵が多かったでしょうね」

「ぐるっと見まわして。何が見える？」

「いい家」ピーボディは歩きまわりながら繰り返した。「すっきりしたきれいな家。遺留物採取班の粉やなんかは残ってるけど、それをのぞけばきれいです。すごく整頓されてる。装飾品はあるけど、ごちゃごちゃしてない。書斎は彼の部屋。リビングルームの造りからすると、夫妻はここで一緒にスクリーンを見たりして過ごしてたでしょう。家族の写真がいっぱい飾られてる。冷蔵庫には子どもが描いた絵が貼ってあります」

ピーボディは寝室に移動し、クローゼットをあけた。「彼の服はすべてきちんと整理されてますね。妻のほうはそうでもない。服が押しのけてあって、何か探そうとしたか、何を着るか決めようとしたみたいです」

「今の聞こえた?」

「何がですか? 何も聞こえませんでしたけど」

「やっぱり。今、窓の鍵をあけたんだけど、あなたには聞こえなかった。侵入口」

「友人が――たしか上の階に住んでるんですよね――犯人のために窓の鍵をあけたと思うんですか?」

「彼女はこの部屋にいた。もう一度調べてみる価値はある。彼女と同居人のことは調べたんだけど、怪しい点は見つからなかった。でも、もう一度やってみて損はない」イヴは窓の鍵をかけた。「ロークが言うには、窓ガラスの外側で磁石をうまく使えば鍵を操作できるんですって」

「ほんとですか?」ピーボディは窓辺まで行った。「ああ、たしかに、考えてみればそうですね。路上からでも上階からでも、避難はしごを利用するのは難しくない。でも、どうしてそんな大変な思いをしてまで自殺に見せかけたいんでしょう?」

「それも疑問のひとつ」

いい疑問だとイヴは思った。警官なら抱く疑問。

「その答えはまだ見つかってないけど、重要なことよ。彼にただ死んでもらいたいなら、もっと簡単な方法はいくらでもある。でも、犯人は自殺に見せかけたかった。わが家でみずから命を絶つ。ＩＡＢ時代の職務に罪の意識と悔恨の念を覚えて」

イヴは書斎のほうを振り返った。「犯人は妻が彼を発見すると思ってる、そういう事態も望んだのかもしれない。これは私怨よ、ピーボディ。そこは大事。とはいっても……グリーンリーフは苦しまなかった、意識がないまま死んだ。苦しむのは遺族のほう。それも大事なことなのかもしれない」

イヴは後ずさりした。「隣人と話をするわよ。ＥＤＤに連絡して、電子機器を押収しにこさせて。ここにはまた戻ってきて現場を再検証するけど、隣人が出かけるまえに捕まえたいの」

5

ドアをもう一度封印してから、イヴたちは上階へ向かった。

「ちょっとお伝えしておきたいことが――ささっとすませます。ダラスがいないあいだに、例の家のほうはずいぶん進みました」

「ええ、わたしたちもそうだと思ってた。今日、寄ってみるつもりよ」

「そう来なくちゃ！　ウォーターフィーチャー（池や噴水など、水が織りなす景観）のほうは完了したんです。あれはとんでもないですよ、あ、すごすぎるってことです。これ以上は言いたくないな、ダラスに自分の目で見てもらいたいから」

「ロークと行くわよ。アルネズとロバーズ、グリーンリーフ家の二階上で、位置も真上。便利よね」

「そうですね。ここに住んでどのくらいですか？」

「もうすぐ一年」イヴはドアの前で立ち止まった。防犯カメラはないが、安全性の高い錠が取りつけられている。「それは別の意味も持つ。長いあいだに彼女たちは親しくなる。

だけど」

イヴはノックして、待った。

デンゼル・ロバーズが応答した。白いオーバルタイプの名札がついたグレーのワークシャツ、グレーのバギーパンツを細い体にまとっている。三十歳手前の混血人種で、顎から耳たぶにかけて円を描くように整えた短いひげを生やしている。淡い緑の目は疲れているように見えた。

イヴはバッジを提示した。「ミスター・ロバーズ、NYPSDのダラス警部補とピーボディ捜査官です。なかであなたとミズ・アルネズからお話をうかがいたいのですが」

「彼女は、えーと、着替え中だ。俺たち、ゆうべはほとんど寝てないんです。マーティンのことですよね。なんてことだ」彼は疲れの見える目をこすった。「どうぞ、なかへ。彼女を呼んできます。よければ、座っててください」

彼はドアを閉め、寝室へ戻っていった。

間取りは下の階と同じだ、とイヴは思った。

見渡したところ、グリーンリーフ家ほどきれいに片づいてはいないし、温かみを感じさせる家族の写真もない。そして、現代風の家具や中間色が目立つ。

大型の壁面スクリーンの前には、地味なグレーのゲルソファやスクープチェアが配されている。キッチンのそばにあるテーブル——渋いグレー——の真ん中には、瑞々《みずみず》しい花を活《い》けた白い花瓶がのっていた。

体の向きを変えてもうひとつの部屋に目をやったとき——仕事部屋らしく、ワークステーションがドアに面している——寝室のドアがあいた。

アルネズの目にも疲れが見え、少し潤んでいたが、メイクでなんとかうまくごまかしている。

今日はベルトとスリットポケットがついたネイビーのワンピース、つま先が白いネイビーのハイヒールという装いだ。髪はねじってアップにし、耳から下げたシルバーの三角形のイヤリングが見えるようにしている。

仕事モードだ、とイヴは思った。高級ブティックのマネージャーになりきっている。

「ダラス警部補」

「朝早くからごめんなさいね。こちらはわたしの捜査パートナーのピーボディ捜査官」

「お茶を淹れてきてやるよ」ロバーズがアルネズの背をさすった。「さあ座って。あなたたちもお茶でいいですか。コーヒーもありますが。エルヴァはコーヒーを飲まないんだ」

彼は笑みを浮かべようとしたが、うまくいかなかった。「それでどうやって朝、起きられるのかわからないけど」

「我々はけっこうよ。ありがとう」

「さあ座って」ロバーズは繰り返し、アルネズをソファのほうにそっと押し、彼女の頬を撫でた。「すぐ戻ってくるよ」

アルネズは彼の手をぎゅっと握って、うなずいた。「どうぞ座ってください。考えないようにしようと思っても、マーティンやベスやご家族のことを考えずにいられなくて。あたしたちが出かけるまえに見た彼のことを何度も思い返してたの。彼は全然……普通だった。まったくいつもどおり。こんなことになるなんて信じられない」

「グリーンリーフ夫妻とはとても親しかったのね？」

「ええ。特に親しかったのはベスのほうだけど。彼女は面白い人だし、優しいし。あたしたちがここに越してくる少しまえ、彼女はダーリーと一緒にあたしがマネージャーをしてる店に来たの。すぐ打ち解けて話してるうちに、ベスはデンゼルとあたしの引っ越し先の真下の部屋に住んでることがわかったのよ。引っ越してきた日にはクッキーを持ってきてくれた」涙がこみあげ、アルネズはまばたきした。「ベスとはここのロビーや、この近所でよく顔を合わせるようになって、そのうち、彼女があたしたちを日曜のブランチに招いてくれたの」

ロバーズがお茶を持って戻ってくると、アルネズはほほえんだ。「デンゼルは断る言い訳を考えようとした」

「いや、俺はあまり親しくなりたくなかったんだよ」彼はアルネズの隣に座って、肩をすくめた。「年配の夫婦とすごく仲良くなれるとは思えなかったし」今度は顔をしかめた。

「ごめん、今の言い方はよくなかった」

「彼はあたしのために行ってくれたの」アルネズはロバーズの手を軽く叩いた。「そしたら、いい感じだったのよね？」

「ああ、そうなんだ。彼らは感じのいい人たちだった。夫のほうは元警官だったことがわかった。警官と仲良くなれるなんて思ってもみなかったよ、いくら引退してるとはいえ。あ、他意はないですよ」

「気にしてないわ」イヴは請け合った。

「だけどマーティンは大丈夫だった。ゲームもやるんだ。俺もゲームは気晴らしになるから好きだし、彼は孫がいるからけっこう詳しかった」

アルネズは目尻を軽く押さえた。「ときどきあなたのことを負かしてたわよね」

「しょっちゅうじゃないけど、たしかに、俺はときどき負けた」

「ミズ・アルネズとミズ・グリーンリーフが出かけたとき、あなたは自宅にいたの？」

「ああ、くつろいでスクリーンを見てた。アクション映画――エルヴァはそういうのがあまり好きじゃないから、ちょうどいい機会だと思って。ポップコーンとビールを用意して楽しんだんだ。ところが、彼女は帰ってくると、泣きながら〝マーティンが死んで警察が来てる〟と言った。どうすればいいかわからないって」

ロバーズはアルネズに腕をまわし、その髪に唇を押し当てた。

「ミズ・アルネズが出かけてるあいだ、誰かと会ったり話したりした?」

「いや、ずっとひとりだったよ。長時間、職場で過ごしたあとだからね」ロバーズはアルネズの手を持ち上げて唇を押しつけた。「羽を伸ばして映画を見ながら、緊張をほぐしたかったんだ。なんで?」

「ただの形式的な質問」

「ふうん、だけど……エルヴァの話では、あなたは何が起こったのか教えてくれなかった。マーティンがどうして死んだのかも、どうして警官が大勢いるのかも、どうしてあれこれ聞くのかも……。彼は卒中か心臓発作かなんかを起こして、助けを呼ぶことができなかったんじゃないかと思ってたけど、それにしては……」

「看取られない死の場合には決まった手順があるの」イヴは次のスイッチを押して、相手の様子をうかがうことにした。「我々は現段階で、彼の死が殺しによるものか自殺なのかを決定しなければならない」

「あなたは誰かが……」アルネズはロバーズの手のほうへ手を伸ばした。「それとも、彼が——彼が自殺したと考えてるの? なぜ? なぜ、彼がそんなこと——ああ、こっちのほうがよけいつらい、ベスにはつらすぎる」

ピーボディがあとを引き継いだ。「あなたたちのどちらでもいいですが、彼が自殺すると思える理由がありますか? 雰囲気が変わったとか、気持ちが落ち込んでたなんてことに気づきました？」

「いいえ」一瞬ためらったのち、アルネズは繰り返した。「いいえ。たしかにゆうべはあまり注意して見てなかったし、ベスにかかりきりで、そのまま出かけた。でも、彼は元気そうだった。あたしにはいつもの彼のように見えた。デンゼル、あなたは？」

ロバーズは身じろぎして、アルネズをそばに引き寄せた。「そうだな、なんていうか、昔を懐かしんだりすることはたまにあった。一緒にゲームをしてるときに、悪党どもを追いかけたことなんかを話してた。で、その悪党が仲間の警官だと気が滅入《めい》るみたいなことも。だけど、彼はもう引退してたんだしな」

「仮に侵入者がいたとして——でも防犯カメラがあるでしょ」アルネズが言った。「マーティンはいつも、ここのセキュリティは万全だと言ってた。それに、彼は警官だったのよ。自分の身を守るすべは知ってた。あれが——えーと——自然死じゃなかったのはたしかなの？　彼はそれほど年寄りじゃないけど、ありえなくはない」

「自然死ではなかった」イヴは話題を変えた。「ミズ・グリーンリーフと一緒に寝室にいたとき、何かいつもとちがうと感じたことはない？」

「寝室で？　べつに感じなかったけど。服やなんかは散らかってた。どれにするか決められないときはそうなのよ、あとでまた片づけるんだけどね。ベスは整頓好きで、何もかもちゃんとしてないといやな人なの」

「わかったわ、ご協力ありがとう」

イヴが腰をあげると、アルネズとロバーズも立ち上がった。

「ベスに連絡してもいいか――連絡したほうがいいか、教えてくれます？　家族がいることは知ってるの」アルネズは付け加えた。「仲のいい家族。マーティンはすてきな一家の長で、あたしたちはその家族とも知り合うようになった。出しゃばったりはしたくないんだけど、あたしたちがベスのことを考えてることを知っておいてほしい。あたしたちに何かできることがあれば力になりたいってことも」

「テキストメッセージなら喜ばれると思いますよ」ピーボディが言った。「彼女がそういう気分になったときに返事を書けるから」

「そうね。そうしてみるわ。願わくば……正直言って、自分でも何を願えばいいのかわからない」

「何か思いついたことがあれば、どんなささいなことでもいいから、わたしに連絡して」

イヴはドアまで歩き、足を止めた。「窓がいくつかあいてるわね」

「ああ、家にいるときはね」後ろからついてきたロバーズがドアをあけた。「光熱費は家賃に含まれてないから、節約できるときはそうしてる」

「あらためて、ご協力ありがとう」イヴは廊下に出て、ピーボディとともに階段のほうへ向かった。「彼らの頭に窓のことを吹き込んでおきたかったの。印象は？」

「まず、あの二人はうまくいってるようですね。波長が合ってます。それから、彼らの反応、疑問、供述には偽りがないように思えました」

「たしかに、うまくいってるようね」イヴは同意し、三階のドアの封印を解いた。「それに、ロバーズは彼女を大切にしてる——彼女を保護してる。彼らの反応、疑問、供述には偽りがないように思える。徹頭徹尾」と付け加えながら三二一号室にはいる。「まるで練習したかのように」

「ほんとにあの二人を疑ってるんですか？　例の窓の件はわかります。アルネズには鍵をあけておく機会と手段があった。でも、どうして？　動機はなんです？」

「わたしが彼らのことを疑うのは、もっと詳しく調べるまでは今のところあの二人以外に候補者がいないから。動機は、誰がやったにしろ私怨だと判明するはず。というわけで」イヴは捜査キットを取り上げた。「捜索開始」

地方銀行の貸金庫の鍵が見つかったので、金庫をあけるための捜査令状を請求した。夫妻それぞれのメモブックには各種医師、歯科医、弁護士、ファイナンシャルプランナー、この集合住宅ビルのオーナーなどの氏名と連絡先が載っていた。

グリーンリーフには来週、聴力検査の予定がはいっていた。妻にはその翌日、目の検査の予定がはいっている。

二人とも、近づきつつある結婚記念日をメモしていた。

ベスのハンドバッグのひとつから、ケースにしまわれたハーブ煙草《たばこ》が三本見つかった。市販薬、ビタミン剤、救急箱二つ——ひとつはキッチンに、ひとつはバスルームに。温熱パッド、冷却バッグ、厳選されたコインのささやかなコレクション。

長年つつがなく暮らしてきたあいだに溜まった日用品の数々、殺人に結びつくものはひとつとしてない。

「グリーンリーフが過去であれ現在であれ脅迫されたことをファイルしてたとすれば、それは彼のコンピューターにあるはずよ。ＥＤＤなら必ず見つける。それは彼らに任せましょう。わたしはモリスと話がしたいけど、銀行があき次第、貸金庫を調べないと」

「そろそろあく時間ですよ」

捜索を終え、イヴはリスト・ユニットに目をやった。「困ったな。ウェブスターと会うことになってるのよ。あなたは銀行をお願い、わたしはモリスと話す。セントラルで落ち合いましょう。会議室を確保しておいて。ウェブスターの聴取にはわたしのオフィスよりそっちのほうがいいし、取調室には入れたくないから」

「ほんとにいい家ですね」ピーボディはもう一度室内を見まわした。「すてきな思い出にあふれてるのが目に見えるだけじゃなく、肌でも感じられます。感じられないものが何かわかります？」

「なんなの？」

「警官臭。たぶんフリー・エイジャーの感覚《バイブ》なんでしょうけど、わたしには警官臭が感じられないんです。彼は辞表を提出したとき、仕事のこともさっぱり忘れたような気がします」

「フリー・エイジャーじゃないけど、わたしも同じことを感じた——それをバイブとは呼びたくないけど。その感覚はウェブスターの供述とも合致する」イヴはドアをまた封印した。「彼の話によれば、グリーンリーフは彼や一緒に働いた警官たちのところに立ち寄ったり、連絡を取り合ったりしてたけど、仕事を手放すことができないタイプじゃなかったそうよ」

「グリーンリーフは何年勤めてたんですか？」

「四十五年」イヴは下へ向かいながら答えた。「奉職してからの二十年間をのぞいて、あとはずっとＩＡＢ」

「四半世紀もスパイ・チームにいたら敵だらけ、警官の敵が大勢できるでしょう。警官なら殺しを自殺に見せかける方法も知ってますよね」

「ええ、そうね。もしそうだとしたら、もっと上手にやるべきだった」

路上に出たところでパートナーと別れ、イヴはモルグへ車を飛ばした。

白いトンネルにはイヴの靴音が響き、化学製品のレモンの香りが漂っているが、死臭を消し去ることはできていない。

いまだに謎だが、いんちきレモンは逆効果ではないのだろうか。

ドアを押してモリスの解剖室にはいると、彼は地味な黒のスーツ、黒いシャツと黒いネクタイという恰好《かっこう》で、その上に透明の防護ケープをはおっていた。

一本に編んだ長い髪は、うなじでぎゅっと丸められている。

その姿を見て、愛する女性を亡くした悲しみが甦《よみがえ》ったのかと心配したが、すぐに黒衣はグリーンリーフへの敬意の表れだと気づいた。

部族や軍隊を思わせる音楽を小さく流しながら、モリスはY字切開をていねいに縫いはじめた。

「もうすぐ終わる?」

「ああ。早出したんだ。彼をあまり待たせたくなかったから」

「彼のこと、知ってたの?」

「会ったのは一度だけ、ここでね。彼の調査の対象で、その後解雇されると同時に、複数の加重暴行および恐喝、証人威迫の罪に問われ、刑務所にはいるより自殺を選んだ警官がいたんだ」

「いつごろのこと?」

「六年、いや七年くらいまえだったな。グリーンリーフ警部はその二、三年後に引退したと思う」

「その死んだ警官の名前は覚えてる？」

「いや、覚えてないが、調べてあげてもいいよ」

「こっちで調べるから大丈夫。グリーンリーフのことを教えて」

「彼は体を大事にしていた。おそらくあと二、三十年は人生を謳歌《おうか》できただろう。七十代の男にしては筋緊張も正常だ。心臓と肺も丈夫で、臓器に疾患はひとつもない。脳機能の低下の兆候も、ドラッグやアルコールの乱用も見られない」

縫合を終えるとモリスは歩きだし、手を洗い、クーラーボックスからペプシを二本取り出した。

「最近、インプラント置換をおこなった、左の下顎大臼歯――たぶん、ここ四週間以内だろう。インプラントは四本あった。左の腰と膝に軽い関節炎があり、ときどき痛むかもしれないが、置換の段階にはほど遠い。ごく普通の衰えだよ、ダラス。健康体だった」

「スタナーによるもの以外に傷痕はなし？」

「左の臀部《でんぶ》に回復中の軽い打撲傷がある」モリスはその画像をスクリーンに呼び出した。「攻撃や防御の際の傷ではない。二、三日前に尻をぶつけたんだ。年を取るほど皮膚は薄くなり、傷になりやすい」

「わかった。スタナーの傷痕について教えて」

モリスはマイクロゴーグルをイヴにも用意した。

「フルパワーのスタナー、接触発射。頸動脈《けいどうみゃく》からは少しそれているのがわかるが、それでも目的は充分達せられる」

「ええ、わたしも現場で遺体を調べたときに気づいた」

「接触の際に皮膚が少し裂けたことにも気づいただろう。さっきも言ったように彼の皮膚は薄いが、火傷はともかく、擦りむけたりするだろうか」

「皮膚に押しつけた。強く。そんな必要はないのに。接触発射だけで神経系統は過熱して、やがて停止する。彼もそんなことは知ってるはずよ」

「もちろん知っているだろう。情動のせいで強く押しつけたとも考えられる。とはいえ」

「わたしは〝とはいえ〟の先をずっと待ってるの」

「きみはすでに現場で結論を下したと思うが」

「結論は下してない。疑問に思ってるだけ」

「火傷の痕がなぜそれほど深くて明瞭なのかと思っているなら、それはいい疑問だ」

　モリスは火傷の痕をスクリーンに呼び出し、拡大した。

「仮にグリーンリーフ警部がみずからスタナーを喉に押し当てたとすれば、それほど明瞭な傷痕は残らない。残りようがない。スタナーを発射した瞬間、体は痙攣するだろう――接触発射の場合は特にそうなる。彼の手はすぐに何も持っていられなくなる。まして武器を接触点にしっかり押し当てつづける――私の推定によれば五秒ないし六秒――など、とうてい無理だろう」

「殺人ね」

「きみはすでにそう判断していたが、私はそれを裏づけることができる。これはどう見ても殺人だ。グリーンリーフ警部はみずから命を絶ったのではない。何者かが彼の命を終わらせたのだ」

「彼のデスクには飲み物のはいったグラスがあった」

「お茶、ハーブティーだ」

「ラボは毒物検査をやってる？」

「ああ」

「よかった。わたしはひとつも漏れがないようにしたいの、徹頭徹尾」イヴはペプシの蓋をひねり、歩きだした。「凶器のスタナーは警察支給のものだったけど、新しいモデルじゃなかった。それを手に入れる方法はいくらでもある。ラボに年代を割り出させて、わかるかぎりの情報を手に入れてもらう。グリーンリーフのものじゃないのよ。彼は引退するときに自分のスタナーは返還した。それは確認が取れてる。凶器にシリアルナンバーはなかった、削り落としてあった。シリアルナンバーは記録されてるわよね。支給日、支給された人物、返還されたり再割り当てされた年月日。あのいまいましい窓め」

「なんのことだい？」

「彼は窓には必ず鍵をかけてた。そこは肝心な点。ゆうべはひとつだけ窓の鍵があいてた、寝室の窓。避難はしごから直接近づける窓」

「なるほど」モリスは唇に笑みを浮かべた。「手がかり」

「そう、すごい手がかり」イヴはモリスのほうへ戻った。「彼がモルグに来たのはその一度だけ？」

「いや、厳密に言えばちがう。彼と会ったのはそのときだけだが、どうも気になってログを確認してみたんだ。たしか彼は、それ以前にも三度か四度訪れていた。もっと多かったのかもしれない」

「わかった、調べてみるわ。急いで取りかかってくれてありがとう」

「彼のために」モリスは遺体を見下ろした。「彼が来たときのことははっきり覚えている。その目に悲しみが浮かんでいたから。解剖台にいた男は警察の恥だったが、グリーンリーフの目には悲しみがあった」

そのことはいったん保留しよう。今はセントラルに向かわなければ――ウェブスターを聴取し、ホイットニーに報告しなければならない。

それに、銀行の貸金庫からもすごい手がかりが見つかるかもしれない。

広告飛行船はもう活動を開始していたので、耳を貸さないことにした。セントラルへ車を走らせながら、イヴはこれまでに手に入れた情報を逐一検討した。早くこれを書き留め、マーダーブックとマーダーボードの準備をしたかった。

けれど、ウェブスターのほうが先だ。

セントラルの駐車場に車を入れ、なんとかエレベーターに乗り込んで上に向かった。シフト交代の時間帯は避けることができ――いつもこうだといいのに――どっと押し寄せてきた警官、技術者、犯罪者、被害者たちの大半はすぐにまたどっと降りていったので、息をする余裕ができた。

殺人課にはいっていくと、いきなりジェンキンソンのネクタイに襲われた。

どうせこのとんでもないネクタイに痛めつけられるのは決まっていたが、わが家に帰ってきたような気がした。

ピンクの象が若草色の野原を跳ねまわっているようなネクタイをした、救いがたい者がいる家かもしれないものの、それでもわが家だ。

「やあ、ボス、おかえり」

イヴはなぜかしっかり持っていたサングラスを取り出し、それをかける真似をした。

ジェンキンソンは何も言わず、歯をちらりと見せて笑った。

「ヘイ、警部補《LT》」

サンチャゴはカウボーイハットをかぶっているので、またカーマイケルとの賭けに負けたのだろう。

イヴは部下たちの〝おかえり〟の嵐をやり過ごした。

「バクスターとトゥルーハートは？」

「事件を担当した」ジェンキンソンが答えた。「アヴェニューCで窓からの飛び降り」彼は手を叩いて〝ペシャンコ〟を表現した。

「ウェブスター捜査官が来ることになってる。着いたら、えーと、ピーボディが会議室を確保してあるはず」

「第一会議室」

「そこに案内し、わたしに知らせて」

「グリーンリーフのことは聞いた。自殺するようには思えないが」

「自殺じゃない」イヴは言い、自分のオフィスへ向かった。

まずはコーヒーだ、と思いながらオフィスにはいる。

デスクの上方で大きな黒い風船が揺れている。笑顔の代わりに目にはXが使われ、口角の下がった口元から血のようなものが滴って、メッセージになっている。

〝悪党ども、気をつけろ！〟

〝ダラスが街に戻ってきたぞ〟

イヴはかぶりを振り、風船が漂うにまかせ、コーヒーをプログラムした。

「そうそう、気をつけなさいよ」

イヴはデスクにつき、ホイットニーへの最新情報を手短にまとめ、殺人と断定したことを伝えた。それを送信していると、紛れもないピーボディの足音が聞こえてきた。スキッドを履いていてもドスンドスンという音を立てられるのだ。

ピーボディは小型の証拠品ボックスを抱えてはいってきた。

「貸金庫の中身です」そして、風船を見上げてニヤリとした。

「誰のアイデア?」

「ざっくりしたところはわたしの考えかもしれないけど、これは共同作業です。イメージとかメッセージとかは話し合いで決めたり」

「気に入ったわ」

ピーボディはつま先で跳び上がった。「絶対気に入ると思ってました」

「中身」

「まずは夫妻の遺言書のハードコピーとディスクコピー」ピーボディは証拠品ボックスをおろした。「ざっと目を通しましたが、ごく標準的なものです。子どもと孫たちに具体的な指定がいくつかあって——形見のようなものですが、あとはすべて残された配偶者が相続します。二人とも亡くなった場合は、子どもたちのあいだで均等に分けます」

ピーボディは中身を取り出し、イヴのデスクに並べた。

「キャッシュが二千ドル、結婚指輪セット——たぶん妻の母親のものだと思います。遺言に、母方の祖母の結婚指輪セットは娘に譲ると書いてありますから。保険証券——二人とも二十五万ドルの生命保険にはいってて、死亡保険金は残された配偶者が受け取るか、子どもたちで均等に分けます。

すごくクールな年代物の懐中時計——おそらく彼の高祖父のものでしょう——は長男に譲られます。ほかには、夫妻のパスポート、彼のバッジ。彼はバッジを重要書類とともにここにしまってたんですね。以上です」

「オーケイ、ボックスに全部戻して封印して。それから会議室に行く」

「ウェブスターとわたしは同時にここに着きました。会議室に案内しておきました」

「助かった。じゃあ、始めましょう。ウェブスターの聴取がすんだら、ホイットニーに詳しい報告を口頭でしたい。モリスが殺人だということを裏づけてくれた」

「当然ですね」

「ホイットニーがついてれば、被害者のファイルを閲覧できる。グリーンリーフが調査した警官のリストが欲しい。下された処分を戒告、降任、免職に分ける。その結果、告発された者、起訴された者、投獄された者。そしてそのせいで自殺した者、どんな状況であろうと殺されたり死んだりした者」

「まずは〝マジかよ〟と言わせてください。かなり時間がかかりますよ」

「フィーニーに頼んで電子オタク《eギーク》の手を借りればいいでしょ。必要ならＩＴに詳しい巡査を引き入れなさい」

イヴは会議室のドアの前で足を止めた。「捜査が進むうちに、動機がＩＡＢでの仕事以外にあると判明するかもしれない。その場合はそっちの線を追う。今のところはこの線を追う」

室内で、ウェブスターは会議テーブルにつき、コーヒーカップを覗き込んでいた。スーツには着替えていたものの、不眠から来る顔の青白さや疲労はごまかしきれていなかった。

「グリーンリーフ警部のことはお気の毒でしたね、ウェブスター」ピーボディが声をかけた。

「ああ。遺族はただもう打ちのめされてる。我々は朝の四時ごろ、ようやくベスを説得して睡眠剤を飲ませたんだ」

イヴは席についた。「昨夜はそこに泊まったの？　娘さんの家に」

ウェブスターはうなずいた。「つい二時間前まで。今日も戻るよ。彼女たちに何か伝えてやれることがあればいいんだが」

「まずは警部の死が他殺だと正式に断定されたことを伝えてあげて」

彼はまたうなずいた。「そうでなければならない。ほかの方法は考えられない。僕は何度も思い返してみた。誰がやったにしろ、僕は間に合わなかった。もう少しのところで間に合わなかった。犯人はあの寝室の窓から侵入したにちがいない。玄関の防犯カメラに何か映ってたなら別だが。何か――」

「あなたの事情聴取はピーボディ捜査官がやる」イヴは話をさえぎった。

「僕の?」

「そう。記録開始。ダラス、警部補イヴおよびピーボディ、捜査官ディリアは、マーティン・グリーンリーフ警部殺害事件について、ウェブスター、警部補ドナルドの参考人事情聴取をおこないます。事情聴取はピーボディ捜査官が主導します」

「それでは。警部補、あなたはIABでグリーンリーフ警部の部下として働いていましたね」

「ああ、僕がIABに異動になったとき、彼は僕の上司だった。僕は彼が引退するまで六年近く彼のもとで働いた」

「あなたは私生活でも彼と付き合いがありましたね」

「たしかに。私生活でも仕事でも、面倒を見てもらったと言ってもいい。グリーンリーフ家は僕の代理家族になった。マーティンは父親のようなものだった」

「昨夜、ダラス警部補におこなった供述のなかで、あなたは昨日の昼下がりに、IABのあなたのオフィスでグリーンリーフ警部と会ったと言っています」

「そうだよ」

「そのときに、お二人はあなたが彼の住居を訪ねることを決めた。その日の夜九時に」

「そのとおり」

「IABでグリーンリーフ警部と会ってから彼の住居で遺体を発見するまでの、あなたの移動や行動について詳しく教えてくれますか？」

またもやウェブスターはコーヒーを覗き込んだ。それから、カップを脇へ押しやった。

「僕には未処理の書類仕事や検討すべき事案が残っていた」と彼は話しはじめた。

イヴはウェブスターの順を追った説明に耳を傾けた。彼には考える時間があった、気持ちを落ちつかせる時間があったのだ。多少こまかい点が加わっているものの、大筋は昨夜の話と変わっていない。

安定している。

「亡くなられたグリーンリーフ警部の住居の書斎で彼を発見したとき、あなたは何をしましたか？」

「彼の肩に手を置いた。彼はまだ温かかった。床にスタナーがあるのを目にし、コンピューター画面のメッセージを読んだ」

「彼を動かそうとしましたか、蘇生《そせい》させようとして」

「彼はすでに亡くなっていた。あれが仕組まれたことなのはわかっていた。彼のことはよく知っているのですぐに偽装だとわかった。現場をそのままの状態で保存するため、僕は後ろに下がって通報し、医療チームと制服警官を要請した。それから通信司令部を介してダラス警部補の臨場を要請した。マーティンには僕が知るなかで最高の警官をつけてあげたかったから。

医療チームが到着すると僕は彼らに身分証を提示し、マーティンが死んでいることを伝えた。そして現場や遺体の状態を乱すことなく死亡を確認してほしいと頼み、彼らはそれに応じた。医療チームがそれをおこなっている間に、二人組の制服警官が到着した。僕はふたたび身分を明らかにし、ひとりにはアパートメントのドアの外で安全を確保してダラス警部補を待つよう、もうひとりには僕と一緒に警部のもとに残り、現場を保存するよう指示した」

ほっそり顔を手でこすってから、ウェブスターは深く息をついた。「僕は何ひとつ乱してない。彼を発見してから僕が手を触れたのは玄関のドアノブだけだ、医療チームと制服組をなかに通すためにね。僕自身がアパートメントに着いたときは、ドアの両側に触れた。玄関をはいってすぐのところにあるテーブルに持参したビールを置いたから、そこにも触れているかもしれない。本当にはっきり覚えてないんだ。書斎のドア枠にも触れたかもしれないが、それはないと思う。僕は彼の肩に触れた。それ以外にはない」

ウェブスターはひと息入れ、イヴを見つめた。

「犯罪現場を保存するのは、僕がバッジを手に入れて以来ずっと重要視してきたことだ」

そうだったのだろう、とイヴは思った。それは疑う余地がない。

「ＩＡＢでグリーンリーフ警部と会ってから彼の住居で遺体を発見するまでに」とピーボディは聴取を続けた。「その夜、彼のアパートメントを訪ねることについて誰かに話しましたか？」

「デニソン監察官も日曜出勤で遅くまで働いていて、何か軽く食べていきたいかと聞かれた。だから、そこで初めて警部と会う約束があることを話し、そのときに今が何時か気づいたんだ。僕は仕事を終わりにして、デニソンと一緒に外に出た。たしか八時半ごろだった」

「グリーンリーフ警部がひとりで自宅にいることは話しましたか？」

「いや、ただ彼の自宅に寄るとだけ。デニソンとは一ブロック歩いたところで別れ、僕は着替えるために自分のアパートメントまで歩いて戻った。仕事に没頭していたせいで予定より遅れていたけど、スーツを着替えたくなったんだ。途中でビールを買い、警部の自宅へ向かった。ダラスが明らかにしたところによれば、死亡時刻《TOD》と僕がビルに到着したときの差はあまりなかった」

「実際には、ＴＯＤはあなたがビルにはいる五分前だった」イヴは口をはさんだ。

彼はイヴに悲しみをたたえた目を向けた。「どっちにしても、僕は遅かった」

「警部補」ピーボディは彼の注意を引き戻した。「その日ＩＡＢで、あるいはそれ以前でも、グリーンリーフ警部はあなたに脅迫に関する懸念を表明したことがありますか？」

「昨日はなかった。それがなんであれ、彼には何かを不安がるような様子はなかった。引退してからもなかった。脅迫がおこなわれたときは、彼は僕やＩＡＢの者たちとそれについて話し合った」

「脅迫は記録されていますか？」

「報告があれば、どんな脅迫でもすべて記録し、ファイルする。今朝、グリーンリーフ警部の死をスカイラー警部に伝えたとき、僕はその記録をダラス警部補と共有してほしいと頼んでおいた」

「あらためて、このたびは本当にお気の毒でした。あなたのご協力と情報はとても役に立ちます」

「記録のために、もう一点だけ」イヴは言った。「あなたにはごく私的な面から、グリーンリーフ警部と妻のエリザベスとの間柄を眺める機会があったわね。二人の仲はどんなふうだった？」

「非常に安定していた。互いへの愛と、家族への愛を礎とした結婚生活。互いを尊重し合う関係」

　ウェブスターはまた息をついた。「彼らは互いのジョークに笑った。互いに一緒にいることを楽しみ、互いに相手のことを気づかった。結婚を考えている者はみな、彼らの結婚生活を見て、あんな盤石で長続きする関係を築きたいと願うだろう」

「わかったわ。事情聴取を終わります。記録停止。今のところ、わたしたちが聞きたいことはそこまでよ」イヴは言った。

「モリスは何を見つけた?」

「詳しい報告書を書かないと」

「ダラス。頼むよ」

イヴは書面にしたものを渡そうと思っていた。少し距離を置くために。

けれど、彼には知る権利がある。

「わたしが発見したこと、遺留物採取班の班長が発見したことは、主任検死官によって裏づけられた。まず、凶器についていたグリーンリーフの指紋は、あまりにもきれいではっきりしすぎてる。そのうえ二箇所しかない。つまり、これから自殺しようとしてるベテラン警官が、一度しか武器を取り上げず、パワーの強度も確かめなかった――パワー装置に彼の指紋はついてなかった――ということになるけど、わたしには納得できなかった。さらに言うと、彼の首についてたスタナーの傷痕。あまりに深く、あまりに明瞭だった。検死官は火傷の程度、皮膚に電極によるかすかな裂傷があることから、スタナーは頸動脈のあたりに強く押しつけられ、五、六秒間そのまま動かされなかったと判断した」

「ありえない」

「そう、ありえない。スタナーが落ちていた位置も、わたしはおかしいと思った。普通は電撃を受けたら、手を振りまわす。おそらく、おそらくスタナーはもっと遠くに落ちたでしょう。仮に彼の指に力がはいらなかったとすれば、おそらく膝に落ちる。あるいは椅子のアームに当たって跳ね返るかもしれない。だけど、もし指に力がはいらなかったのなら、彼は何秒間もスタナーを急所に押し当てていられなかったはず」

「だからきみに担当してほしかったんだよ。だからきみを要請したんだ。僕は武器の位置なんて考えてなかった」

「ほかにも、ロークが気づいたことがある。あの遺書。彼が愛し、長年連れ添ってきた女性への別れの言葉には読めなかった。妻への愛の言葉も、子どもや孫たちについての言葉もなかった」

「それも見落とした」ウェブスターはつぶやいた。「まるで気づかなかった」

「あなたは彼と密接な関係にあったから。だからあなたは捜査に加われない。情報は絶えず伝えるわ」

6

イヴが腰をあげると、ウェブスターも立ち上がった。

「何かやらせてくれないか？　単純作業でもつまらない仕事でもなんでもいい」

「あなたの警部がまだ脅迫ファイルのコピーを送ってなかったら、あなたに催促してもらうこともできるわよね」

「いいとも」彼はイヴとピーボディとともに会議室を出た。

「遺族にも事情聴取をしないとならない。窓のことも知ってそうだし、寝室にも自由に出入りできそうだし」

「まいったな」ウェブスターは髪を掻き上げた。「疑いはすぐ晴れるだろうが、きみは遺族と話をしなければならない。僕が地ならしをしよう」

「ゆうべ、ミズ・グリーンリーフと会ってた女性たちのこと知ってる？」

「そのうちの二人は会ったことがある――三人だな、ゆうべ会ったひとりを加えれば。うん、そっちも地ならしできそうだ」

「上階に住んでる隣人にはゆうべまで会ったことがなかったの？」

イヴは答えようとする彼を手で制した。ブルペンから怒鳴り声が聞こえてきたのだ。歩調を速め、イヴはブルペンにはいっていった。

ジェンキンソンが腕組みし、足を踏ん張って立ち、目の前にいる男――安物のスーツに磨き上げた靴、おそらく警官だろう――に怒鳴りつけられている。

さらにもうひとりの警官が怒鳴っている男の腕に手を置き、引き戻そうとしていた。ライネケは捜査パートナーの片側に立ち、サンチャゴとカーマイケルもその反対側にいた。制服組の半分は奥の仕切《キ》り《ュ》ボ《ー》ッ《ブ》クスの外に立ち、残りの半分は傍観している。

「俺がそんなたわごとを鵜呑《うの》みにするとでも思ってるのか？」

冷静すぎるように見えるジェンキンソンは、一歩踏み出した。「あんたは俺に追い出されるまえに、すごすご引き下がると思うけどな」

「俺を脅してるのか？」男はジェンキンソンの胸を指でつっついた。

「あいにく、そういうことだ」

ジェンキンソンがニヤニヤしているのを見て、イヴは割り込んだ。

「待ちなさい」イヴはジェンキンソンのほうに手をあげた。「あなたはじっとしてて。いったい何が起こってるの？」

「おいおい、ランシング、いったいどうしたんだ？」

ウェブスターが話しかけるのを聞いて、イヴはそちらを見た。「このバカを知ってるの？」

ランシングがさっとイヴのほうを向いた。「話をしたい、あんたと俺で、ここで、今すぐに。何様のつもりだか知らないが、よく聞け、善人の死を捜査だなんてでたらめな言い訳で揉《も》み消そうとしてるなら、あんたを葬ってやるからな」

「ランシング、やめろ。頼むからやめてくれ」同僚がまた彼の腕を引っ張り、今度は腹に肘鉄を食らわされた。

「あんたは自分がホイットニーのペットのプードルで、どこかの金持ちのおもちゃだから無敵だと思ってるのか？　あんたについて調べるべきことは洗いざらい調べあげてやるからな、ビッチめ、それから穴ぐらに押し込んで窒息させてやる」

イヴは男がわめきちらしているあいだ、相手を品定めした。

ダークブロンドの髪、まぶたが重そうな茶色の目、引き締まった体。

そして、抑制がきかなくなっている。

「彼の階級は、ウェブスター？」

「ちくしょう」ウェブスターは髪を押しやった。「監察官だ」

「ちょっと話を整理したいだけ。監察官、あなたはこれから忙しくなりそうだから、早く始めたほうがいいわよ。とりあえずのところは、どんな形でもうちの捜査官に身体的に接触するのはやめて、わたしのブルペンからとっとと出ていきなさい」

「あんたの指図は受けない」と言い、彼はイヴを押しのけた。

ジェンキンソンを制止するには彼の胸を平手で叩かなければならなかったが、かろうじて止められた。

「こいつはクソいまいましい手であんたを押しやがったんだよ、LT。このクソッタレは俺の目の前で、LTにクソいまいましい手を出しやがったんだ」

ランシングは肩をぐるぐるまわし、あざ笑った。「おい、おまえ、自分に何かできると思ってるのか、おっさん？」

「あなたを粉砕したあと、その骨で自分の歯をほじる以外に？」イヴはジェンキンソンの胸をしっかり押さえたままにした。「そのぐらいかしらね。わたし？　わたしはもっとあくどいわよ。あなたをボコボコにしながら、それをわたしのブルペンの余興にしたら今日の目玉になって――」

「やってみろよ、ビッチ」

「頼むよ、ランシング。ウェブスター、俺には彼を止められない」

ウェブスターはもうひとりの警官を見て、首を振った。「彼女に任せておけよ」

「きっとスカッとするでしょうね」イヴはそう続けると、怒りで顔に赤いまだら模様ができたランシングにほほえみかけた。「でも、あくどくやる。あなたは上官にもバッジにも敬意を払わず、びっくりするほど愚かな行為でグリーンリーフ警部の名を汚《けが》すことを選んだから――」

「彼の名前を口にするな。彼の名前をその汚れた口から出すな。さもないと、あんたの歯を喉まで押し込むぞ」

「ここにはいってきたときからレコーダーは作動させてるから、あなたのびっくりするほど愚かな行為は記録されてる。同僚への暴行、上官への暴行。わたしはしかるべき懲戒処分が下されるのを見届けることを自分の使命とする。その懲戒処分が下されてもなおバッジを持ちつづけたいなら、すみやかに立ち去りなさい」

「くたばれ」

「決めるのはあなたよ」

ランシングは武器の台尻に手をかけた。背後に控えた一ダースもの警官たちが、一斉に同じことをするのが見えるようだ。

まったくもう。

「引き下がりなさい、監察官」イヴは静かに言った。「今すぐ引き下がりなさい」

「俺はあんたにくたばれと言ったんだ。あんたはグリーンリーフ警部をだめにしようとしてる。だめになるのはあんたのほうだ。あんたとあんたの部署にいるできそこない連中だ。あんたは敗北する、俺があんたをやっつけるから」

「いったいどうするつもり？」

ランシングがあいているほうの手で拳を固めるのを見て、イヴは思った。

まずい。やっぱりそれか。

「下がれ、監察官！」

ホイットニーが飛び込んできた。彼が冷静さの奥にあれほどの怒りを浮かべているのを見たことがあっただろうか。

「部長、自分はダグラス警部補に対して正式な訴えを起こします。グリーンリーフ警部の死の手抜き捜査に関する不正行為および職務怠慢で。さらに――」

「私のオフィスへ、ランシング監察官。私が戻るまで執務室の前室で待て」

「部長――」

「指示は与えただろう、監察官。一度しか言わん」

「彼女は市警の面汚しです。ご存じでしょう。そんなことはずっとわかっていたのに」ランシングは荒々しく飛び出していった。

「申し訳ありませんでした、部長」デニソン監察官が口を開いた。「警部補、みなさん。彼は取り乱しているんです。上司からグリーンリーフ警部の死を知らされ、主任捜査官のダグラス警部補はまだ自殺とも他殺とも断定していないと聞いて。私は彼を落ちつかせようとし、彼を追いかけ、止めようとしました」

ホイットニーがうながした。「警部補？」

「こちらの監察官はランシングを止めようとして、逆に腹に肘打ちを食らわされました。こちらの捜査官は脅しも非難もおこなっていません」

「デニソン、ＩＡＢに戻って、きみの上司に私のオフィスに来るよう伝えてくれ」

「承知しました。ウェブスター、まいったよ……」かぶりを振りながら、デニソンは歩き去った。

「警部補、簡単にまとめてくれ」

「記録は取ってあります、部長。大声が聞こえてブルペンにやってきたとき、レコーダーを作動させせました」

「けっこう。きみのオフィスへ」

「お楽しみは終わりよ」イヴはブルペンを出ながら告げた。「みんな警官に戻って」

「コーヒーが必要になりそうだ」

「デスクチェアに座ってください、部長。すぐにコーヒーをお持ちして記録をスクリーンに表示します」

ホイットニーはデスクチェアに腰を落ちつけ、長いため息をついた。「彼は口頭だけでなく身体的にもきみを脅したのか？」

「はい、そのとおりです、部長」

コーヒーを差し出すと、ホイットニーはうなずいて受け取った。「記録を見るまえに、ひとつ聞きたいことがある。きみはどうやってジェンキンソンが彼を殴るのを止めたんだい？」

「説明が難しいので、スクリーンをご覧ください」

ホイットニーは黙ったままスクリーンを眺め、イヴはコーヒーを飲んだ。コーヒーは頭のガンガンする痛みにも、腹の底の激しい怒りにもなんの効果もなかった。

「ペットのプードルか」ホイットニーはつぶやいた。「というよりロットワイラー（警察犬としても用いられる）だな。もう一杯くれ」彼は空になったマグカップを渡した。「彼はデニソン、ジェンキンソン、そしてきみに暴力をふるったことが記録されている。彼は仲間の警官たちに身体的危害を加えると脅し、いわれのない非難を浴びせ、ＩＡＢでの立場を利用して個人的な理由からきみのことを調べ上げると脅し、反抗的かつ暴力的で、悪態をつきまくり、抑制がきかなくなっていた。彼はもう終わりだ」

「部長――」

ホイットニーは払いのけるように手を振った。「彼はこれまでにも処分を受けているんだ、ダラス。職務命令違反。彼は以前から口論が絶えない男で、記録はされていないものの、自分が言ったことや、相手が言ったことの泥沼にはまり込んでいる。ＩＡＢについての不満はよく聞くが、それにしても彼の場合は不満が多すぎる。彼は終わりだ」

ホイットニーは腰をあげた。「記録のコピーと詳細な報告書のコピーを送ってくれ」

「承知しました」

「私がたまたまあの場にいなかったとしても、きみは一部始終を私に報告したかな？」

「はい。彼は抑制がきかなくなっていました」

「同感だ。もうひとつ聞きたい。きみ自身はどうやって感情を抑制しつづけることができたんだい？」

ここで、イヴはため息をついた。「ジェンキンソンが彼を攻撃するのを止めるより、自分を抑えることのほうが困難でした。ですが、わたしが攻撃したら、ブルペンの全員がそれに加わったかもしれません。そんなことを彼らの経歴に残すわけにはいきません」

「それも同感だ。さて、この件を片づけに戻るまえに、私がたまたまあの瞬間に立ち会うことになった理由を話そう。ジェンキンソンの部長刑事試験の結果だ。私は彼の上司に直接伝えたかった」

「はい。合格したんですよね。しないわけがありません」

「またしても同感だ。きみは彼を呼んでこっそり伝えるかい？」

「率直に言う許可をください、部長」

「許可する」

「まさか、こっそり伝えるなんてありえません。ここは一致団結したチームです」

彼らはそれを日々証明している。さっきも実証したばかりではないか。

「部長からお伝えになりますか？」

「これはきみの役目だ。だが、私もその場にいたい。ところで」オフィスを出ながらホイットニーは言った。「愉快な風船だね」

「ブルペンのユーモアです」

「きみのブルペンはユーモアには事欠かないな」

イヴはジェンキンソンの席に近づいていき、彼の反抗的な顔と尋常ではないネクタイを眺めた。「ジェンキンソン」

「俺はあのクソッタレ野郎に言うべきことを言った。機会があればもう一度言ってやるよ。ここでは、俺たちは互いのために立ち上がる。みんな俺たちのＬＴのために立ち上がるんだ」

「わたしにはあのクソッタレ野郎をやっつけられないと思うの？」

「ダラスならあの野郎を叩きのめして、やつの残骸で床をきれいに拭くだろう。だからって、俺に先にやらせてもらえなかったことを少しも残念がらないわけじゃない」彼は肩をすくめた。「俺は傍観してなきゃならないんです、部長」

「了承した」

「みんな、後ろ盾になってくれてありがとう」イヴはブルペンの全員に向かって言った。

それからジェンキンソンに手を差し出した。「あなたの気持ちとサポートにも感謝してるわ、ジェンキンソン部長刑事」

ライネケ――ジェンキンソンから昇進の可能性があると聞かされていた唯一の人間――は、自席で両方の拳を突き上げて叫んだ。「やったー！」

「マジか?」ジェンキンソンはつぶやいた。「クソッ」

背中をポンと叩かれたり、腕をパンチされたりの祝福を受けていると、ホイットニーが手を差し出した。「おめでとう、部長刑事《DS》。よく頑張った」

「ありがとうございます。おい、おまえたち、このDSのためにちょっとどいてくれ。ボスが説得してくれなかったら、俺は試験なんて受けてなかっただろう。こっちこそ、サポートに感謝するよLT」

「ええ、いつでも、どこでもそうするわ。五分間だけバカ騒ぎを許す」イヴはやかましい連中に向かって声を張り上げた。「五分経ったら、あなたたちの給料を払ってる市の仕事に戻るのよ。ピーボディ、さっき指示した警官のリストを手に入れて」

自分のオフィスに戻ると、イヴはマーダーブックとボードを作成した。

ランシングについての報告書に時間を取られるのは癪《しゃく》にさわったが、やらないわけにはいかなかった。

次は証拠品ボックスをあけて、グリーンリーフの遺書と保険証券にじっくり目を通した。

彼のバッジが自分に譲られることをウェブスターは知っていただろうか？

ボックスをふたたび封印し、もう一度コーヒーを用意してから、グリーンリーフの経済状況について調べはじめた。

動機が金に関することなら、安物のリスト・ユニットや小銭目当てに人を殺す者がいることは知っている。グリーンリーフ家にはもっと金目のものがある。彼らは収入の範囲内で暮らしてきて、貯金もあり、投資も少ししていた。彼らは子どもたちのために大学進学《カレッジファ》資金《ンド》を積み立てて利用したし、孫たちのためにもそれを開始していた。

ギャンブルはしない、過剰な出費はなし。この一年の最大の贅沢は、八月中旬に行く予定のジャージー・ショアの海辺の貸別荘を一週間レンタルしたこと。

家族だ、とイヴはまた思った。彼らの人生の礎であり、中心であるのは家族だ。

リンクが鳴り、イヴはウェブスターからのメッセージを読んだ。

〝ランシングの件はすまなかった。彼の短気は有名だが、二年前に妻に出ていかれてからさらにひどくなった。言い訳にはならないがね。もうすぐ僕たちがマーティンに会いにいくことを知らせておきたかったんだ。終わってからきみに連絡すれば、遺族と話すいい機会になると思う〟

イヴは簡潔に返信した。

〝遺族がその気になったら連絡して〟

それから、アルネズとロバーズはまだ容疑者候補リストから除外できないし、情報も増えていないので、二人のことをさらに調べはじめた。

デンゼル・ロバーズ、クイーンズ生まれ、親はシングルマザー、妹が二人。十代のころに微罪がいくつかあり、その後の暴行罪は告訴が取り下げられた。ハイスクール卒業後、二年間専門学校《トレードスクール》で学び、自動車整備士の資格を取得した。

クイーンズにある〈ケナーズ・オートリペア・アンド・ボディショップ〉に就職し、ハイスクール時代のパートタイム勤務も含め、もうすぐ雇用期間は十三年になる。五年前に主任整備士に昇進し、安定した収入を得ている。

それでも、ロウアー・ウェスト・サイドに越してきたから、通勤にはさぞ時間がかかるだろう。彼は二年か三年ごとに資格を増やしている。それらの資格は商用車両、重機、バイクを扱うために取得した。

それだけの経験と訓練を積んでいれば、どこででも主任整備士として雇ってくれるだろうに。

イヴは〝忠誠心〟と書き留め、丸で囲んだ。

調べを続けるうちに、彼がその安定した収入の一部で〝クラシックカー〟と呼ばれるものを購入し、それを修理して復活させ、売っていたことが判明した。

彼はそこから多額の収入を得ていた。

そしてその収入の一部を、クイーンズのレストランでシフトマネージャー兼ホールスタッフ・リーダーとして働いている母親に仕送りしていた。さらに、妹二人の授業料も援助してやり、二年前には長女のほうの結婚式費用も助けてやっていた。

イヴはまた書き留めた――〝家族〟

経済面にあいまいな点はなさそうだ――大きな出費はクラシックカーおよびそれを復活させるための部品の購入。けれど、その投資から充分な利益をあげている――少なくともイヴの目にはそう見える。

金銭上のやりとりについてロークにもっと詳しく調べさせることは、書き留めておくまでもなかった。

ロバーズに結婚歴はなく、二十四歳のときにダイアン・ゼッドという女性と同棲《どうせい》しただけだ。その関係は十一カ月続いた。

暴行の告訴が取り下げられて以降、犯罪歴はない。

それだけでなく、グリーンリーフとのつながりも見つからなかったことは認めざるをえない。ロバーズとアルネズがあの集合住宅ビルに引っ越してくるまえに、彼らに面識があったことを暗示するものは何も出てこなかった。

こうなっては彼を容疑者リストの末尾のほうへ移動させるしかない。

とはいえ、アルネズのほうももう少し調べてみた。

ブルックリンハイツ生まれ、ひとりっ子、両親は彼女が九歳のときに離婚。父親はコロラドに転居しそこで再婚、一児をもうけたのち離婚、その後アラスカに移住している。

母親はアルネズを連れてロウアー・ウェストに引っ越し、不動産と税金関係を多く扱う法律事務所の秘書の仕事に就いた。学校――夜学――に通って法律事務職員《パラリーガル》を目指した。

再婚はしていないものの、十年一緒に住んでいる相手がいる。その人物とともにアトランタに転居した。

アルネズはニューヨーク大学《NYU》のビジネスカレッジを卒業した――主にオンライン授業を受講。職歴――ハイスクール時代に〈ファッショニスタ〉にパートタイムで十八カ月間、その後ハイスクールを卒業するまで〈グロリアズ〉でパートタイム勤務。カレッジ時代は〈イン・スタイル〉でパートタイム勤務。その後〈ビー・ブージー〉でアシスタントマネージャーとして二十カ月パートタイム勤務。〈ララ〉でアシスタントマネージャーとして二十三カ月間フルタイム勤務。〈オピュランス〉で共同マネージャーとして十六カ月間フルタイム勤務。その後は〈トレベール〉のマネージャーとして現在に至る。

階段を一段ずつ登るたび、安定した収入は増えていき、職場はより上品でより高級な店へと格があがっていく。

かなりの野心家で、賢くて、現実的だ。それはどれも責められない。

結婚歴はなく、ロバーズと暮らすまで同棲歴もない。

犯罪歴なし。

生活のなかでいちばんお金をかけているのは、これまでのところでは衣装だ。

カレッジ卒業後にパリ旅行もしている。それ以来、贅沢な旅はしていない。ジャージー・ショア、ハンプトンズ、冬季休暇に出かけたと思われるメキシコ。

彼女の収入や暮らしぶりに不相応なものは何もない。

グリーンリーフとのつながりを示すものは、ロバーズとともにあのビルに越してくるまでひとつもなかった。

つまり機会と手段は依然としてあるが、動機がない。

念のためロークに金銭面を確認させるにしても、アルネズは容疑者リストの末尾に移動させよう。

焦点を切り替える頃合いだ。

イヴはインターコムのボタンを押した。「ピーボディ、これまでにわかったところまででいいから、グリーンリーフとつながりがあって、死亡したか投獄された警官のリストを送ってもらえる?」

「いいですよ。あまり進んでませんけど、マクナブに彼の担当分も送るように伝えます。わたしは死亡したほうをやってて、彼は投獄されたほうをやってるんです」

「それでいいわ」

待っているあいだに、イヴはコーヒーをお代わりし、腰を落ちつけてボードを眺めた。

事件の夜ベス・グリーンリーフが会っていた、アルネズ以外の女性たちのこともカタをつけなくてはならない。事件に関わっているとは考えられないが、彼女たちはグリーンリーフがひとりきりであることを知っていた――というより、予期していた。おそらく窓に関する習慣も知っていただろうし、そのうちの誰かが当日までのどこかの時点でグリーンリーフ家に立ち寄り、寝室の窓の鍵をあけることはできただろう。

彼女たちのことはすでに調べてあり、不審な点は見つからなかった。もっとも、半世紀前にダーリー・タナカが抗議活動で何度も逮捕されたことを勘定に入れれば別だが。

タナカはベス・グリーンリーフといちばん年が近い。

アーニャ・アボットは六十三歳、キャシディ・ブライヤーは三十六歳。つまり、二十八歳のアルネズはグループの最年少になる。

不思議なのは、高級ブティックの野心的な三十歳未満のマネージャーと、引退した警察官の妻で、七十歳を超える最近引退した教師とのあいだにどんな共通点があるのかということだ。元（たぶん）抗議活動家で、〈アナザー・チャンス〉の現代表者であり運営者である人物との共通点もわからない。〈アナザー・チャンス〉は難民や公民権を奪われた者たちが住居や仕事を探すのに力を貸すかたわら、衣服や食事の提供、法律相談、教育機会の世話もしている非営利団体だ。

あるいは小児科医——身上調査をおこなったところでは、アボットはルイーズ・ディマットの無料診療所で月に十二時間ボランティアをしていた。

あるいは写真家——ブライヤーには四歳と二歳の子どもがいて、現在は親専業者になっている。

とはいうものの、自分自身の場合はどうだっただろう。友好の輪はどのように広がったのか。メイヴィス——元ペテン師、現在はセンセーションを起こす歌手、一児の母で二人目を妊娠中。前述のルイーズ——金持ちの医者にして無料診療所の創設者、元公認コンパニオン《LC》で現在はセックス・セラピストの夫を持つ。

そうそう、ナディーンも——スクリーンで自分の番組を持つ報道記者であり、作家であり、アカデミー賞受賞者。

ピーボディ——フリー・エイジャーで、物知りで、信頼できる警官。でも、自分の捜査パートナーとのあいだに友情が築かれるのはわかる。フィーニーとの友情もそうやって築かれたのだから。

マクナブはこの友好の輪にこっそり潜り込んできた。それはピーボディを愛しているからだけではない。イヴには彼のエレクトロニクス系の話は半分も理解できないし、彼の服装にいたってはこちらの理解を超えている。それでもマクナブは輪のなかに留《とど》まりつづけ、EDDの彼に余分な仕事を押しつけても文句を言ったりしないのだ。

シェール・レオ――彼女の場合も友情が生まれるのはわかる。南部訛《なま》りのゆったりした話し方と、ものやわらかな見た目の奥に生きているのは、したたかな地方検事補だ。

そしてマイラ――自分が精神分析医と、それもNYPSD随一の精神分析医と個人的に親しくなろうとは思ってもみなかった。それからミスター・マイラ――あの緑色の目はいつも夢見心地だけれど、実は慧眼《けいがん》の持ち主だ。それに、彼はイヴの心をめろめろにすることもできる。

モリス――彼の場合も友情が生まれて当然だ。

仕事仲間と友達になる必要はないし、逆に何かと複雑になることもある。けれど、イヴは手に入れた友情を大切にしている。

ブルペンの部下たちのことも数に入れるだろうか？　入れる。とはいっても、必要なときには尻を蹴飛ばすけれど。

最後はローク。尋常ではない愛はもちろんのこと、二人のあいだには本物の友情が存在しているから。

というわけで、表面的にはこれといった共通点がない者同士でも、関係や愛情や友情を築くことは可能で、実際に築いている者もいることはわかった。けれど、その表面下には絆を固める何かがなくてはならない。

強く結びついた絆は、相手に心理的な安全領域《コンフォートゾーン》を大幅に超えた行動を起こさせることが可能で、そういう例もめずらしくない。あるいは、犯罪者をかばったり、犯罪行為を正当化する方法を見つけてやったり。

殺人さえ辞さないこともある。

これは考慮に入れるべき事柄だ。

しかしそのとき、コンピューターが着信を告げたので、その件はひとまず置き、警官のリストに目を通すことにした。

まずはピーボディが〝結局死亡した者〟と名づけたリストから手をつけた。グリーンリーフのキャリアを考えれば、リストは長くなるだろう。

彼が調べた警官たち――呼び出され処分に付された者もいれば、なんらかの罪で告発された者もいる。しかしそれでも、罪を逃れた者はいる。

とりあえず、自然死と事故だと判断された死は脇に置くことにした。そちらも調べなくてはならないが、今すぐではない。

まずは片手では足りない数の、獄中で死んだ者たちから始めた。

悪質な警官、悪徳警官。仲間の警官を殺したり、障害が残る体にしたり、裏切ったり、破滅させたりした警官。

そしてその報いを受けた。

イヴはひとりずつ丹念に調べ、ここ最近のグリーンリーフとのつながりを探した。配偶者またはパートナー、身内、恋人、同僚からのつながりも。

そして、自分用に候補者のリストを作っていった。

それから投獄された警官または服役中の警官に移り、何人か候補者を見つけた。

そのなかでセレン・ブレナー元捜査官に目をつけた。ブレナーは捜査官まで昇進し、ロウアー・ウェストにある三八分署の違法麻薬課《イリーガルズ》に所属していた。

ファイルの記載によれば、彼女は薬物を私物化してキャッシュに換えたり、売人から賄賂をキャッシュまたは薬物で受け取っていた。依存症となっていたギャンブルにつぎ込むために。

ついには自分の行動の証拠を隠すため、彼女を密告した情報提供者を追い詰め、彼の指を折り、母親にもっとひどいことをすると言って脅した。

情報提供者は前言を撤回したが、というより撤回しようとしたが、グリーンリーフは彼を説得して証言させた。ブレナーは司法取引をして求刑八年以上十年以下となり、結局、六年間服役した。

彼女は二年前に仮釈放で出所して、現在は女性の元受刑者のためのセンターで住み込みのカウンセラーとして働いている。

「グリーンリーフ警部のアパートメントまでほんの数ブロックじゃないの」イヴはつぶやいた。「あなたを今日のリストの筆頭に置くわよ」

次に移ろうとしたとき、リンクに受信があった。

ウェブスターだ。

〝僕たちはカーリー――ベスの娘――の家に戻ってきた。家族は全員ここに集まっているから、ちょうどいいと思う〟

〝すぐ行く〟

イヴは必要なものを掻き集め、帰署しない場合もあるので、やりかけの仕事を自宅に送信しておいた。

ブルペンでは、なりたての部長刑事と彼のパートナーは捜査に出かけ、バクスターと彼のパートナーは戻ってきていた。

「ペシャンコだった？」

「ああ」バクスターは自席でくつろいでいた。「男は浮気を妻に見つかった——これが初めてじゃなかった。夫婦は喧嘩になった——これも初めてじゃなかった。夫は妻の鼻の骨を折り、目のまわりに痣《あざ》をこしらえた」

「それも初めてじゃなかった」

「医療歴がそれを裏づけてる。妻は夫を強く押したことを認め、彼は後ずさり、窓下のローチェストを越え、そのまま落下していったと言ってる。窓はあいていて、プライバシースクリーンはとうに破れていた。ラボに確認してもらうが、そんなふうに見えた。

夫がペシャンコになると、妻は通報した。彼女は正当防衛だと主張してる。第三級殺人を要求してもいいが、でもな、ダラス、立件は難しいだろう」

「自分は妻の言葉を信じます」真摯なトゥルーハートが自席から発言した。「隣人は夫が以前にも彼女をめった打ちにしたと言っていました」

「こういう事態に備えて窓をあけたままにしてたのかもしれない」イヴは考えをめぐらせた。「それを妻に認めさせるのは難しいけど」

「そうだな。彼女が浮気者の夫の死を悲しんでるとは言えない」バクスターは付け加えた。

「だが、ショックを受けていた。もしかしたら、彼女はこういう事態に備えてわざと夫に殴らせたのかもしれない。しかし彼が殴ったことはたしかだ。彼女は遅番の仕事を終えて帰宅した。夫の愛人はアパートメントを去るところだった。それも裏が取れてる。彼らは口論になり、愛人は逃げ去った。これはあらかじめ計画してたとは思えない」

「報告書を仕上げて。ピーボディ、ついてきて」

「そうだ、ジェンキンソンが昇進したんだってな。うちにも部長刑事が誕生したわけだ」

「その彼はどこにいるの？」

「バーで賭けビリヤードをやってた失業中のチンピラ二人。酒をしこたま飲んで、それからゲームをめぐって喧嘩になった。喧嘩が過熱し、片方が相手をキューで強打して死なせた」

「そういう午後の過ごし方もあるのね。出かけるわよ、ピーボディ」

7

「ジェンキンソンの件は感動しました」ピーボディはあわててイヴを追いかけ、グライドに乗った。

「彼は自分の手で勝ち取った」

「そうですね。彼は昇進のことなんてひとことも口にしなかった。ダラスも」

「彼がそれを望んだから」

「やっぱり。ブルペンに部長刑事《DS》がいるのはすごくいいことです。ダラスは面倒な雑務を彼に押しつけられるし」

「ありがたい副産物だわ」

「ところで、わたしたちはグリーンリーフ警部の遺族を事情聴取しにいくんですか？」

「そのつもり。さて、どうなることやら。あなたが送ってくれたなかから候補者をリストアップしたから、あとで送っておく」

「ほんとですか？　もう？」

「今のところ、目についた人物はひとりいる。セレン・ブレナー元捜査官、収賄、暴行、証人を脅迫したかどで、八年以上十年以下を求刑され、六年の刑に服した。違法麻薬課《イリーガルズ》に所属、ギャンブルの借金を払うために薬物を私物化した。自分を裏切った情報提供者をひどい目に遭わせた。彼女は仮釈放され、グリーンリーフのアパートメントと数ブロックしか離れてないところで住み込みで働いてる」

　イヴは階段に切り替え、駐車場の自分の車がある階まで軽快に降りていった。

「ほかにも怪しいにおいをさせてる者は二、三人いたけど、いちばんにおうのは彼女」

「六年の刑に服した悪徳警官がセントラルに近い場所で住み込みで働きたいと思うとは、誰も考えませんよね」

　ピーボディが助手席に乗り、シートベルトを締めているかたわらで、イヴはウェブスターから教わった住所をダッシュボードのコンピューターに打ち込んだ。

「悪徳警官といえば」ピーボディが話を続けた。「やってることはちがうけど、悪い警官がいますね。ランシングのやつときたら、常軌を逸してるだけじゃなく、手がつけられない。ダラスを撃つんじゃないかとマジで心配しましたよ」

「彼はそうしたかった」イヴはあっさり言った。「今、その罰が当たってる」

「当たって当然です。彼はわたしにも向かってきたんです」

「なんですって？」イヴはさっと振り返った。「ブルペンで？」

「ええ、彼はブルペンに乗り込んできて、もうひとりのほう――デニソン――がランシングを引き止めようとした。ランシングはわたしがダラスのパートナーだと知ってて向かってきたにちがいありません」

「あなたに手を出したの？」

「いいえ。怒りをぶつけただけです。最初は民間人かと思いました。わたしを怒鳴りつけて、ダラスは――あのビッチは――どこにいるんだとわめいたんです。彼も警官なんだとわかったころには、グリーンリーフの件について、わたしたちが他殺を押し隠そうとしてると文句をつけ、わたしのでかい尻を蹴飛ばしてやると脅しだして、ジェンキンソンが止めにはいりました」

イヴが黙ったままでいると、ピーボディは肩をすくめ、また肩をだらりと下げた。「彼は荒々しく乗り込んできたときのように、まずわたしを混乱させ、それから罵りだした。わたしにも対処できたと思います。そのつもりでしたけど、ジェンキンソンが止めにはいり、みんなも立ち上がって。ランシングは攻撃目標をジェンキンソンに移した。そこにダラスがはいってきたんです」

いやな出来事を振り払うかのように、ピーボディは全身を震わせた。「よく思いつきましたね。とっさにレコーダーのスイッチを入れたのはよかったです」

「わたしのブルペンで騒ぎが起きてるのが聞こえたら、記録しておきたいの。ジェンキンソンは先に手を出すようなことはしない。そんなことをするほど愚かじゃない。それも記録しておきたい。まったくもう、どうしてわたしに報告しなかったのよ」

「そうなんですけど、考えてみるとそんな時間はほんとになかったんです」

「わかった、わかった」イヴは冷静になれと自分に命じた。「たしかにそのとおりね」

「もっと正直に言うと、わたしは対処できなかった自分に腹が立ってるんです、今でも。ジェンキンソンさえ邪魔しなければって」

「ジェンキンソンは邪魔して当然よ。彼はあのときやるべきことをやった、ほかのみんなも各々やるべきことをやった。あなたも。あなたは自分の立場をわきまえていた。この聞き取り捜査が終わったら、その一件を報告書にまとめてほしい」

「えー、ダラス」

「そうしなければならないの。ホイットニーはランシングのバッジを取り上げる。それはもうどうすることもできない。彼が服務規律違反を犯したり、常軌を逸した行動を取ったりしたのはこれが初めてじゃない。ランシングは抵抗するでしょう。わたしたちはホイットニーにあらゆるものを提供する、あなたが今、話してくれたことも含めて。あなたの上司として、あなたにはその一件を正確で詳細な報告書にまとめ、わたしと、ホイットニーと、ランシングの上司に送ることを命じる」

怒りの息を吐き出しながら、イヴはステアリングを拳で叩いた。「クソッ」

「すみませんでした。わたしは――」

「謝らないで」イヴはぴしゃりと言った。「謝る必要はない」

イヴは目的地の一ブロック先に車を停めた。路上に駐車スポットが見つからなかったからではなく、少し歩きたかったためだ。

「彼はあなたとわたしとジェンキンソンに身体的危害を加えると脅した。そしてきっと、とことん拳を振りまわしたでしょう。悪くすれば、武器を抜いた可能性が大きい――あのときホイットニーが登場していなければ。ランシングは証拠もないのに結論に飛びつき、論理の飛躍を防ぐための証拠を集めようともせず、あなたやわたし、そして自分の前に立ちはだかる者なら誰にでも、暴力を振るおうとした。こう考えてみて」イヴは声を張り上げた。「彼がほかの警官たち、武器を帯び、訓練を積んだ者たちにそんな態度を取るなら、自分を怒らせた民間人、容疑者、隣人にも同じことをするんじゃないの？」

「そうですね。そのとおりです。それは考えてもみなかった。わたしはすっかり混乱してました。この聞き取り捜査が終わったら、詳細な報告書を作成します」

「それでよろしい」車を降りかけて、イヴは足を止めた。「この点だけは受け入れがたいだろうから事実を言わせて。あなたの尻はでかくない」

ピーボディは少し笑った。「どうも。頭に居ついて困ってたんです」

「じゃあ頭から追い出して、残りは仕事に使って。ホイットニーがランシングのバッジを取り上げるのはもっとものだけど、わたしたちはまだバッジを持ってるんだから」

少し歩くのは効果があった。にぎやかなニューヨークの歩道、露店の花屋のカートからひょいと漂う甘い香り、停留所にのろのろと寄ってくる大型バスが吐き出す音。このソーホーの南のはずれで自作を展示している路上画家《ストリートアーティスト》が放つ色彩と飽くなき希望。

イヴはピーボディがそちらに目をさまよわせていることに気づいた。

「だめよ。寄らない」

「寄るんじゃなくて、考えてるだけです。うちのリビングルームに画家の絵を飾ろうかと思ってるんです。わたしたちのテーマを描いているようなものを。マクナブに相談してからじゃないと買いませんよ、絶対に彼が気に入るという保証がないかぎりは。共有する壁に絵を飾るには二人の意見が一致しないと」

「それはルールなの?」自分の〈結婚生活のルール〉にはそんな条項はない。「うちにはあらゆる種類の絵がそこらじゅうにあるけど」

「その絵はロークがすでに持ってたものでしょ?」

「ええ。大半はそう。たぶん。よくわからないけど」

「ダラスはそれでいいんですよね。でも、わたしたちは一からスタートさせるんだから、相談が必要なんです」

つまり時と場合に応じたルールということか、とイヴは判断した。

グリーンリーフの娘のカーリーは夫のジェドと子どもたちと一緒に、次のブロックのなかほどにある三階建てのタウンハウスに住んでいた。

白いレンガの壁は濃紺で縁取られ、三つの縦長の窓下にはピンクの花々やあふれるほどの青葉で満たされた植木箱が置かれていた。

警官の子どもだというだけあって、セキュリティは万全だ——防犯カメラ、掌紋認証プレート、インターコム、そして洒落《しゃれ》てはいるが安全性の高いドア錠セット。

それでも、イヴがブザーを押すと、訪問者の名を尋ねることもなくドアはすぐ開いた。

「きみの姿を捜してたんだ」ウェブスターが言った。「みんな奥のファミリーエリアにいる。大変な一日だった、だから——」

「わたしは元気も活力もオフィスに置いてきたの。それ以上言わないで、ウェブスター」

「ごめん、ごめん。大変な一日だった」彼は繰り返した。「ランシングのせいでますます大変になった」

「彼はこの件とはなんの関係もない。そのこともう言わないで」

「頑張ってみるよ」

ウェブスターは二人を奥に案内した。広々としたリビングルーム、ガラス戸で仕切られたホームオフィス、パウダールーム。その先はキッチンとダイニングとラウンジエリアが一体になった開放感のあるスペースだ。

強化ガラス戸から舗装された小さなパティオが望め、そこにティーンエイジャーを中心とした子どもたちがいる。

それより年下の子どもたちは屋内で床に寝そべり、おもちゃのミニカーで遊んでいる。大人たちは立ったり座ったりしている。みんなあちこちに広がっているが、家族に一体感があることは疑いようがなかった。

「こちらはダグラス警部補とピーボディ捜査官。えーと、ベン・グリーンリーフと彼の妻のマイナ、カーリーと彼女の夫のジェド・メトカーフ、ルーク・グリーンリーフと彼の夫のショーン・ビー」ウェブスターが紹介役を務めた。

まずカーリーが前に出てきた。父親のような長身痩躯《そうく》、髪は大胆な赤だが後ろに撫でつけ、うなじで地味めのシニヨンにしている。飾り気のない黒いワンピースを身にまとい、今しがたまで泣いていた痕がうかがえる。

「お越しいただきありがとうございます。わたしはみんなにコーヒーを持ってくるわ。ジャック、子どもたちを外に連れてって」

床にいた年嵩《としかさ》の子が顔をあげた。反抗的な目をしている。「行きたくない」

「外よ」カーリーは言った。「ミニカーも持っていきなさい。あとでレモネードを届けさせるから」

「わかったよ」少年はあの反抗的な目を剥《む》いた。目玉が飛び出して部屋の外に飛んでいかないのが不思議なくらいに。「おじいちゃん《グランパ》が死んだんだ」少年はイヴに言った。

「そうね。とてもお気の毒だわ」

「グランパは僕とキャッチボールしてくれたし、公園で野球してるときも見にきてくれた。もうできないね。行くぞ、ヘンリー。おまえもだよ、ケイリー。外で遊ぼう」

「ミニカーを運ぶのを手伝ってやるよ」ショーン——ジムで鍛えた体をした混血人種、茶色の目の縁を赤くしている——がいちばん年下のケイリーを抱き上げ、半ダースほどのミニカーを拾い上げた。

そして子どもたちを引き連れてパティオへ向かった。

「座ってください」ジェド・メトカーフが椅子のほうへ手を振った——どうやらその二脚は来客のためにあけておいたようだ。

四十代半ばで混血人種のメトカーフはなめらかな肌と端整な顔立ちをしていて、口調にかすかな特徴があった。事前の身上調査では、彼は二十年前にロンドンからニューヨークに移ってきていた。

「このような大変なときにお邪魔しなければならないことをお詫びします」イヴは切りだした。

「僕の父は職務を果たしました」そう言ったのは末っ子のルークだ。「父もあなたたちが職務を果たすことを望んだはずだ」

ベス・グリーンリーフが手を伸ばし、息子の手にその手を重ねた。

ルークは母親譲りの目を持ち、兄や姉より小柄でがっちりした体つきをしていた。

モデルのようなほっそりした体、漆黒の髪、磁器のような肌を持つアジア系のマイナが腰をあげた。「カーリーを手伝って、コーヒーの用意をしてきます。お義母《かあ》さんにはお茶をお持ちしますね」

「ええ、そうね、わたしはお茶が欲しいわ」

「ドンの話では、きみは最高の警官だから捜査を頼んだそうだが」母親の向こう側にいるベン・グリーンリーフがイヴをまじまじと見つめ、ピーボディに視線を移し、また冷静に値踏みするような目をイヴに向けた。「きみが記者会見でこの捜査について語っているのを見た。きみは堂々としていて、とても自信がありそうに見えた」

彼もそう見える、とイヴは思った。それに身体的な特徴だけでなく、何から何まで父親にそっくりだ。

「記者会見で自信のないところを見せたら、メディアに食いものにされてしまいます。ウェブスターがわたしを要請したのは、自身の経験から、あなたのお父さまを殺した犯人を突き止めて逮捕するためなら、わたしと捜査パートナーがあらゆる手立てを尽くすことを知っているからです」

「犯人はあれを自殺に見せかけようとした」ルークは母親の手の下で自分の手をひっくり

返し、手をつないだ。「犯人は父のことをわかってなかった。あなたは騙《だま》されなかった」

「現場には自殺が偽装であることを示す手がかりがありました。主任検死官はわたしの発見を裏づけ、さらに別の発見を加えた。このたびのことは心よりお悔やみ申し上げます。我々もグリーンリーフ警部の人生が途中で奪われたことは残念でなりません。その人生の大半で市民への奉仕に心血を注いだことを思うとなおさらです」

「IABの警官は仲間に好かれるとは言えない」ベンが口をはさんだ。

「ええ、たしかに。お父さまに危害を加えたがっていた警官に心当たりはありますか？」

「二年前だったら、きみ、と言ったかもしれない」

「ベン」

ウェブスターはたしなめるように声を発し、キッチンにいるベンの妻と妹は見損なったというような目でじっと見ている。

「すまない。すまない」ベンはぎゅっと目を閉じた。「今のは失礼だし、間違っているし、考えが足りなかった」

「その全部でしょうね。警部が引退されたのは、わたしが一時的に停職処分になるしばらくまえですし」

「それに、父はその件についてあらゆる点できみを支持した。わかってみれば正しい判断だった。すまなかった」ベンはもう一度謝った。「母さんも、気まずい思いをさせてすまなかった」

「うちは今、誰もがみんな望ましい状態ではないもの」ベスは慰めるように彼の腿を軽く叩いた。

「コーヒーです、警部補、捜査官」カーリーが広いアイランドカウンターにコーヒートレイをセットし、カップを二つファミリーエリアに運んできた。「ブラックと、砂糖とクリーム入りですよね。本で読んだし、最初の映画も見ました。ロークにもある意味では、何度か遭遇したことがあるの」

「ある意味では？」イヴは聞き返した。

「〈インディペンデント・デザイン〉、わたしが勤めてる会社で、ロークとは取引があるし、彼の仕事を請け負うこともある。もちろん、わたしのことは知らないでしょう。わたしは組織の歯車の、そのまた歯にすぎないから」

「偉い歯だよ」弟が言った。「歯車にとっては重要な歯だ」

「そうかも。でも、ロークと直接つながるほど偉くもなければ重要でもない」

話題を変えているのだ、とイヴは思った。この場の雰囲気がふたたび穏やかになる時間を作るために。そして、兄のベンに心を静める時間を与えるために。

調整役だ。

「ベンへの質問にわたしも答えたいんだけど。うちの父が脅しを受けてたことは知ってる。

そのことについては家では口にしなかった、というか、わたしたちの聞こえるところでは言わなかった」

「子どもたちが聞いていますからね」ピーボディが話しだした。「大人や親は、まさか子どもが聞いているとは思いません」

「ええ、そのとおりなのよ」カーリーはうなずき、パティオのほうへちらっと目をやった。「そのことについて父があれほど用心してた理由は、それしか考えられないわ」

ショーンが部屋に戻ってきた。「落ちついたよ。ハルとフリンが面倒を見るのを引き受けてくれた」

「ありがとう」

マイナが義理の母親にお茶を持ってくると、カーリーは自分のコーヒーを注ぎ、椅子に腰をおろした。

「だけど、父は引退するまえに二度、わたしたちみんなにその話をしたことがある。最初は次男のフリンがまだおなかにいたときだから、あれは十七年くらいまえね」

「警部は誰のことを心配していたんですか？」

「それはわたしたちのことよ。でも、そういう意味じゃないわよね。たしかに具体的な人物がいたわ。父はその警官の脅迫を重大に受け止めて、わたしたち全員に――ああ、ショーンはいなかったわね、ルークが彼と出会うずっとまえの話だから――用心してくれと頼んだの」

「名前はわかりますか？」

「アダム・カーソン」ベンが答えた。「覚えているよ、そう、あれは十七年くらいまえだ。ハルはまだ赤ん坊で、生後二カ月くらいだった。マイナと私は自宅をリフォームしようとしていた。父はセキュリティをもっと高性能のものにしろと言い張った。我々が本格的に入居するまで六カ月もあったのに。我々はよくそこに行った。マイナはハルと一緒にそこで二人きりになることもあったし、自分たちの手に負えないことをやってもらう職人が一緒にいることもあった」

「僕は大学院にいた」ルークが記憶を甦らせた。「だけど、休暇には帰省したし、週末もたまに家まで飛んで帰った。父は僕たちに名前を教え、ＩＤ写真を見せて、この人物を見かけたらすぐ自分に連絡しろと警告した。そして、見かけたのが街頭ならその場から離れ、自宅ならドアの鍵をしっかりかけておくようにと」

「あれは怖かったわ」カーリーが言った。「父がわたしたちにあんな言い方をするのは初めてだった。だから父も恐怖を感じてるんだと思った。父の話によればこのアダム・カーソンという男はパトロール警官で、捜査の結果、悪徳警官、暴力警官であることが判明した。父は立件し、カーソンは解雇され、収賄と、勾留中の容疑者を死亡させた罪で起訴された。彼は監獄行きになると父は確信し、そのとおりにはなったんだけど、投獄されるまえにカーソンは保釈金を支払った。そして、この恨みはおまえの家族で晴らす、と彼は彼に誓った――カーソンは父に誓った」

「彼はご家族の誰かを襲おうとしましたか?」

「当時ジェドとわたしは、ここから数ブロック先のフォースクエア住宅に住んでた。ダウンタウンの住人」カーリーは付け加えた。「父はその家に私服警官を二人つけた――わたしたちには言わなかったけどね。彼らは家に押し入ろうとしたカーソンを捕まえた。彼はドロップ・ウェポンとナイフ、それに手錠を所持してた。彼は制式武器を返還しなくてはならなかったから、ドロップ・ウェポンとナイフを持ってたの。きっとそれを使うつもりだったのよ」

「保釈は取り消されました」ジェドがあとを引き取った。「彼は終身刑を言い渡され、仮釈放の可能性はなかった。裁判ではほかの罪も明らかになった――私は裁判の動向に注目していたんです。容疑者に対するレイプ、みかじめ料の徴収、などなど。マーティンの強い勧めに従って高性能のセキュリティを備えてはいたが、もしカーソンがそれを突破していたらどうなっていたか……。あの警官たちは我々の命を救ってくれた。彼らが我々の命を救ってくれたのは、マーティンが我々を見守るよう彼らに頼んでくれたからなんです」

「彼の脅しは続きましたか?」

「カーソンはリストに載っています、ダラス」ピーボディが告げた。「警部補の精査はまだそこまで進んでいなかったんですが、わたしはリストに載せたことを覚えています。彼は刑務所で刺されました、十年ないし十二年前のことです」

「わかった。彼とのつながりを調べることにする。身内、刑務所内で親しくなった囚人、当時彼と行動をともにしていた警官。あなたは〝二度〟と言いましたね」

「ええ。あれは――ジャックがようやく歩きだしたころだったかしらね、ジェド？　わたしの記憶がたしかなら、八年くらいまえのことよ。捜査官の、セレン・ブレナー」

その名前はすでに挙がっていたが、イヴはうなずくだけにした。「彼女も家族に危害を加えると言ってあなたのお父さまを脅したんですか？」

「彼女は切羽詰まってる、と父が言ったのを覚えてる」ルークが言った。「ショーンと僕は結婚したばかりだった」

「僕たちはヴィレッジのヘンテコな狭い部屋に住んでた」ショーンが付け加えた。「一階は〈タロット・タトゥー〉という店で」

「タロット占いをしてもらいながらタトゥーを入れてもらう。懐かしいなあ。それはともかく」ルークは先を続けた。「父が訪ねてきた――セキュリティシステムを持った技術者を連れて。ちなみにロークのところのシステムだよ、それで何か伝わるなら」

「警部はあなたたちの部屋に最高のシステムを備えさせたかった」

ルークはイヴに向かってうなずいた。「僕は〝頼むよ、パパ、そんな深刻にならないでよ〟みたいな感じだったんだけど、父は僕たちを座らせて、自分が調べたこの女性は切羽詰まってて、ギャンブルにどっぷりつかってると言った。証拠はつかんでないけど、押収した違法ドラッグが証拠課に行くまえ、その一部を私物化してる疑いもあると」

「自分はおまえに何もかも奪われたから、おまえからも何もかも奪ってやる、彼女はそう言ったんだよな？」ベンはきょうだいたちに尋ねた。

「わたしもそう聞いたのを覚えてる。彼女は自分を裏切った男を病院送りにした。彼女は自分の母親が病気だったので保釈金を用意した」カーリーが言い足した。

「だけど、刑務所にもはいったよ。終身刑じゃなかったけど」ショーンが思いだした。

「人は殺してない」

「その後、彼女から脅迫はありますか？」

「いいえ」カーリーは母親ときょうだいたちの顔を見てから、繰り返した。「いいえ。今回の件がなければ、彼女のことは思いださなかったでしょう」

「わかりました。捜査の参考になります。ほかにありませんか？」

「ないこともなかった」ベンは母親の手を取った。「母さん？」

「脅しはあったわ。そのほとんどはくだらない話だとか、その場の勢いのようなものだとか、容疑は晴れたにしてもＩＡＢに調べられたことに対する腹いせだと彼は考えてた。ＩＡＢの警官は仲間に好かれるとは言えない」ベスは繰り返した。「でも、あの窓の鍵があいていた件は……」

「ええ、そうです。犯人はあの窓から侵入したと我々は考えています。犯人はあなたたちのアパートメントの間取りも、家庭のルーティンも把握していた。あなたが外出されてから帰宅するまで、グリーンリーフ警部はひとりきりだと思い込んでいた。そういう知識や思い込みがあり、なおかつ警部に危害を加えたがっていた人物に、どなたか心当たりはありませんか？」

「ないわ。それ以外には考えられないけど、心当たりはないの」

「やったのは警官に決まっている」

イヴはベンに視線を戻した。「ところが、現時点ではそういうことだとは思えないんです。少なくとも、訓練を積んでいるにしろ研修を終えたばかりにしろ、警官の仕業とは思えません」

「そりゃ、きみたちは常に仲間をかばうだろう」ベンは苦々しく言った。

「そんなことはないよ、ベン」この聴取のあいだアイランドカウンターにもたれていたウェブスターが、手をついてそこから離れた。「それはでたらめだ。この二人はＩＡＢが嗅ぎつけることもできなかった悪徳警官グループと対決した。彼女たちはそいつらと闘い、そのグループをつぶし、その任務をこなすためにみずからを危険にさらしたんだ（イヴ＆ローク３３『裏切り者の街角』参照）」

「口出ししないで、ウェブスター」

ウェブスターはイヴのほうに向きを変えた。「いいや、するよ。きみをこれに引き入れたのは僕だ。彼女とピーボディがマーティンを最優先することにほんの少しでも不安があったら、ダラスに捜査を頼んだと思うか、ベン？　彼女たちは殺人を扱う警官で、僕が知るなかで最高なんだよ。ダラスは殺人を扱う警官たちの一団を、僕が知るなかで最高のチームを率いている。もし僕がモルグ行きになったら、僕の代わりにぜひ彼らに闘ってほしいね」

「そんなこと言わないで、ドン」ベスがつぶやいた。「言わないでちょうだい」

「わたしたちはみんな苦しんでるんです」マイナが会話にはいってきた。「わたしたちは――」

「言い訳はやめよう」ベンは妻に向かって首を振った。「私はまた謝らなければ。まいったよ、ドン、父さんもきっと今のきみのように私を非難しただろう。そして彼の言うことは正しかっただろう、きみの言うことが正しいように。少しだけ時間をくれ。私はどうもこれにうまく対処できない。ちょっと子どもたちの様子を見がてら、外の空気を吸ってくるよ」

シヨーンはベンが外に出ていくのを待ってから口を開いた。「どうして警官じゃないと思うんですか？　問い詰めてるんじゃなくて、ただ尋ねてるだけです。その二つにはちがいがある」

「ミスがあったんです」イヴは質問に答えた。「訓練を受けた警官でも、衝動的にやったなら犯すかもしれないミス。だけど我々はこれを計画的な犯行と見ています。もはや警官ではなくなった警官だから、腕がなまった？　そうかもしれません」

「でも、そうだとしたら……警官以外の者がなぜこんなことをするんです？」

「あなたたちが今この部屋に集まっているのは、愛する人を亡くしたからです。あなたたちは悲しみや怒りを覚え、誰かを非難したくなる、誰かに責任を負わせたくなります」

「もちろん、みんなそうよ」カーリーは両手を広げた。「当然よ」

「当然です。あなたたちのお父さまの仕事、不断の努力、職務のせいで、バッジと職場を奪われた警察官――なかには自由を失い、命まで失った者もいます」

「だからそう言ってるでしょ」カーリーが言いつのる。

「悪い警官にも彼らを愛する者がいます」

「ああ」カーリーはぐったりと椅子に背を預けた。「ああ、そうよね」

「我々はお父さまが調査した警官たちに目を向け、彼らとつながりのある者たちに目を向けます。彼らを探しつづけ、事実と証拠をたどります。何か思いだしたら、これかもしれないと思うことがあったら、ひょっとしたら、と思うようなことでもいいので、わたしかピーボディ捜査官に連絡してください。我々が追跡しますから」

イヴは腰をあげた。「あらためて、お悔やみ申し上げます。グリーンリーフ警部は引退されていましたが、警部の死は殉職だと思っています」

「そう言ってくれて、ありがとう」カーリーも腰をあげ、イヴに近づいていき手を差し出した。「父の死に意味を持たせてくれて、ありがとう」

「僕が玄関まで送るよ、カーリー」ウェブスターが先に立って歩きだした。「ベンは――」

「何も言わなくていいのよ、ウェブスター。その必要はない」イヴは言った。

「今日、彼が話してくれたんだ……昨日、マイナには夜間のクラスがあった。彼女は陶芸を教えていて、ゆうべは有望な生徒数人に特別授業をする予定がはいっていた。ベンは母親に夜の女子会があることを思いだして、ちょっと父親の顔を見にいき、彼らが気に入ってるスポーツバーでビールを飲もうと誘うつもりだった。

ところが帰宅してみると、隣人が庭でバーベキューをしていた――彼らはロウアー・イーストの豪邸に住んでるんだ。そして隣人に〝子どもたちを連れて、食べにおいでよ〟と誘われた。それで結局、隣人や子どもたちと一緒に過ごすことになり、父親には会いにいかなかった。彼はまだその後悔を振り払うことができずにいる」

「振り払うのに力を貸してあげて。時間は少しかかるだろうけど、あなたなら助けてあげられる」

「なあ、カーリーが言ってた手がかりを追跡する捜査に僕が力を貸せたら――」

「あなたにはできない。それについてはお互いに了解したわよね。あなたが捜査に立ち入ることはできない」

ウェブスターは情けない顔をして、両手をポケットに押し込んだ。「自分が役に立たない人間に思える」

「そんなことはない。あなたは警部の家族が団結するのを支えてる。その調子で頑張って。わたしたちはもう行かないと」

ドアの外で見送っているウェブスターを残し、イヴたちは歩きだした。

「セレン・ブレナー」ピーボディが言った。「彼女は当たりかもしれませんね」

「わたしたちは必ずそれを突き止める」

8

〈オープン・ドアーズ〉が入居しているビルはグリーンリーフ警部の住居から数ブロックしか離れていない場所にあるが、そこはうらぶれた地域の入口だった。沿道に軒を連ねるのは安っぽいタトゥースタジオやバーで、上階の大半は安宿になっている。

角地には煤《すす》けた二十四時間年中無休のストアがでんと構えていた。そのとき、十代の少年グループが店からぶらりと出てきて、音を立ててフィジーを飲みながら、何をしようかとあたりを見まわした。彼らが何をしだすにしろ、ろくなことにはならないだろうとイヴは思った。

しかし今は、それを心配している場合ではない。

ブロックのなかほどに位置する〈オープン・ドアーズ〉は、そこらによくあるタトゥースタジオと、〈ザ・ダーティ・グラス〉という名にふさわしい薄汚れたバーにはさまれていた。

都市戦争後《ポスト・アーバンズ》に低コストで建てられたそのビルは、くたびれてはいるもののなんとか持ちこたえていて、外装に修理の跡がところどころ見られる。屋内で何がおこなわれているかを示す看板は出ていなかった。

目立たないようにしておくためには、おそらくそれが賢明だろう。

「見栄えをよくしようとしてますね」ピーボディが感想を述べ、イヴが眉をあげると肩をすくめた。「ドアをきれいなブルーに塗ってます。なんなら暴動被害防止柵も同じブルーですよ。上階の窓には植木箱が置いてあります――そこなら盗まれる心配がないから。プレハブも補修したばかりみたい、建物を維持しようとしてるんですね」

ピーボディはビルをさっと見上げた。「〈オープン・ドアーズ〉が所有してるのはどこまででしょうね」

「全部」

「ほんとですか？……八階建てですよ」

「なかで何をやってるのか確認するわよ。最新のセキュリティ――ロークが開発したシステム。高性能で値段も高い」

イヴはブザーを押した。

コンピューターではなく、人間の女性の声が応答した。

「こんにちは。ご用件はなんですか？」

イヴはカメラにバッジをかざした。「ＮＹＰＳＤのダラス警部補とピーボディ捜査官。

セレン・ブレナーさんとお話ししたいのですが」

「はあ。あなたのIDをスキャンするはずなんだけど、どうしよう、やり方を思いだせない。ビビ！　ごめんなさい！　助けてほしいの！　警察が来てるんだけど、どうやってスキャンとかすればいいか忘れちゃったのよ」

別の女性の声が聞こえた——年は彼女よりだいぶ上で、声は落ちついている。「いいわよ。外の警察官がバッジを掲げているのが見えるでしょ？　それを取り込めばいいの——そうそう。そしたらスキャンして認証をクリック。それでよし！　彼女のバッジ番号、氏名、階級が認証されたわね？」

「あ、ほんとだ。彼女は問題なしだわ。警察は二人いるけど」

「そうね。今度は二人目の警察官がバッジを掲げているのが見えるわね？　今と同じようにやればいいの」

「わかったわ。ごめんなさい」

「謝らなくていいのよ。あなたはよくやったわ。さあ、あの二人をなかに入れてあげて」

「そのやり方は覚えてる！」

ブザーが鳴り、鍵がはずれる音に続いてガシャンという音が聞こえた。

はいったところはロビーのような空間で——きれいに磨き上げられ、カウンター上の水差しタイプの花瓶に活けた名も知らぬ小さな花から、ほのかな香りが漂ってくる——床はフェイクウッド、壁はまばゆいほど白かった。

壁には絵が飾られていて——街角の風景や静物画——なかには天才的な才能を感じさせるものもあった。年のころは二十代前半、見事なブレイズヘアと浅黒い肌を持つ女性が、腰までの高さがあるカウンターにつき、ふっくらした下唇を噛《か》んでいる。

その隣に立つ年上の女性——六十歳を少し過ぎたところか——は、ほっそりした手を若い女性の肩に置いている。若い女性は白い襟のシャツを、年上の女性は丸首の花柄のシャツを着ていた。

「お客さまにご挨拶して、ションダ」

「えーと。〈オープン・ドアーズ〉へようこそ。ご用件はなんでしょう?」

「ダラス警部補とピーボディ捜査官はセレン・ブレナーさんにお話があって伺いました」

「〝えーと〟は言わないのよ」ビビが小声で注意した。「そういうときは息を吸ってごらんなさい」

どう見ても緊張しているションダは、言われたとおりにした。「ミズ・ブレナーはセッション中です」これでいいの、と聞くようにビビのほうを見る。

「それでいいわ。スクリーンでスケジュールを確認して、彼女のセッションが終わる時間がわかれば、お客さまに伝えられるでしょ」

次の〝えーと〟が口から出そうになったが、ションダは気を取り直し、息を吸い込んだ。

「ミズ・ブレナーはまもなく手があくはずです。お待ちになりますか？」

「ええ、待ってるわ」

「ちょっと失礼」ションダはビビに耳打ちしたいらしく、姿勢を低くするように手で合図した。

「いいわよ。それでかまわないわ。さて、お客さまが待っていることをどうやってセレンに知らせるか覚えているかしら？」

「大丈夫。任せて」

ションダが何やら操作しているとドアのブザーが鳴った。女性がスワイプカードをポケットに滑らせながら入室してきた。三十代半ばで痩せぎす、疲れた目はイヴとピーボディを即座に警官だと見抜いている。

「おかえり、トーニャ。今日はどうでした？」

トーニャはその疲れた目をビビのほうへ向けた。「まあまあね」彼女はテイクアウト用バッグを持ち上げた。「ボスがポテトサラダを持ち帰らせてくれた。キッチンに置いておくわ」

「うまくいったの？」

トーニャはほんのり顔を赤らめ、うなずいた。

「ラベルを貼っておいて、味見したいから。じゃあ、ションダ、セレンのセッションがもうすぐ終わるから、わたしはお客さまを彼女のオフィスに案内するわ。助けが必要になったら、どうやってわたしに知らせればいいかわかるわね？」

「もちろん。トーニャが来たことは記録しておくのよね？」

「そのとおりよ」

「受付の実習は何日目ですか？」ピーボディがションダに聞いた。

「まだ二日目なんです。すみません、あんまり――」

「とてもよくやってますよ」ピーボディは相手の言葉をさえぎった。

「ほんとに？」ションダは顔をスポットライトのように輝かせた。「ありがとう。実習をすべて終えて上達したら、外で働けるんです」彼女はまた下唇を噛み、ビビを横目で見た。

「街で、という意味だけど」

「頑張ってね」

「階段を使ってもいいですか？」ビビが尋ねた。「エレベーターは二台とも調子が悪いんです。すぐに修理を依頼しますけど、彼らのことは信用していません」

「階段でかまいません」イヴは答え、彼女のあとについて階段口まで行った。

「さっきはご親切にありがとう」ビビはピーボディに言った。「ションダには自信が必要なんです」

「自分が訓練を受けはじめたときのことを思いだしたんです。大失敗してしまうんじゃないかと、びくびくしました」

「仮に失敗したとしても、その責任の一端は指導者にあると思っています。彼女がことさら緊張していたのは、あなたがたが警察官だからです。トーニャもそうでした。事情はおわかりですね」

「我々は困らせるために来たんじゃないんです、そちらの……」

「わたしたちはクライアントと呼んでいます、警部補。ここでは彼女たちにサービスを提供しているのだということをわかってもらえるから。警官を見たら逃げ出したくなる衝動がなくなるには、しばらく時間がかかります」

「あなたはどのくらいかかったんですか？」

そこで、ビビは笑い声をあげた。「まだ逃げ出したくなることもあります」

三人は三階に到着した。

「この階にはカウンセリング室、教室、オフィスがあります。一階は先ほどご覧いただいた受付兼チェックインカウンター、それにみんなが集う共用エリア、キッチンと共同ダイニングホール。二階には物品寄付──衣類、靴、身だしなみ用品など──を仕分けるエリアもあります。お望みでしたら、セレンが館内を案内すると思います。彼女のセッションはもうすぐ終わるはずです」ビビは三階の閉まっているドアのほうを手ぶりで示した。

「グループ・セッション中なの。彼女のオフィスは廊下の突き当たりです」

廊下を進むまえに、イヴは上のほうへ目をやった。「歌が聞こえるようですね」

「古いビルで、防音設備はありません。でも、上手ですよね。四階にもいくつか教室があります。あれはうちの歌姫《ソングバード》たちです。ここには歌唱力と声量に恵まれた者たちがいて、それで身を立てたいと思っている者もいます。わたしたちはショーを開催しているんです。この〈オープン・ドアーズ〉以外にも、ホームレスの避難所、リハビリセンター、療養センターなどで。

四階は芸術分野が中心で、声楽、楽器演奏――楽器の寄付もあるんです――美術と工芸の教室などがあり、この三階にはカウンセリング室、スタッフルームなどがあります。初歩的な教育は五階です。うちに来るクライアントはかろうじて読み書きができる程度の者が多く、大半はまともな職に就くには英語力が不充分です。だから読書力、語学力、計算力の授業を」

「ここで働きだしてどのくらいですか?」

ビビは閉まっているドアの外で立ち止まった。「わたしは十二年間、刑務所にいました――二度の服役で。息子は取り上げられたけど、それでよかったんです。わたしは麻薬常用者でした。麻薬を売るよりも自分で使うほうが多かった。差額を埋め合わせるために体を売り、息子をつらい目に遭わせた。チャンスがあれば盗みもやりました。最初に出所したときはすぐ元の生活に逆戻りです。一発打つだけで何も不安はなくなる、わかりますよね？　わたしは刑務所に戻り、二度目の出所をしたとき、もうここに戻ってきてはいけないと悟った。戻ってきたら死ぬとわかっていたんです」

ビビはドアをあけた。セントラルにあるイヴのオフィスより狭い部屋で、古びたメタルデスクにはディスクファイル、前世紀に誰かが急いで継ぎはぎしたようなコンピューターシステムが置かれ、プラスティック製の客用の椅子が一脚ついていた。

細いカウンターにはコーヒーメーカー——オートシェフではない——と小型のウォーターサーバーがのっていた。

「〈オープン・ドアーズ〉のことは保護観察官から聞きました。まだ活動を始めたばかりだけど、わたしに向くかもしれないと言って勧めてくれたんです。それでわたしはここに来ました。どん底まで落ちたし、ほかに行くところもなかったから。ここに少し腰を据えて頑張れば、立ち直れると思いました。それが二十六年前のことです。〈オープン・ドアーズ〉にわたしは救われた。それは絶対に間違いありません。最初に刑務所にはいったのは二十二歳のときで、ここを訪れたときは三十六歳になっていました。昔のわたしが息子を取り上げられたのは、あの子が三歳になったばかりのとき。息子が母親を許す気になるまでしばらくかかりました。わたしはその許しに値する人間になるまでしばらくかかりました。母親にされたこと、してもらえなかったことがいろいろあったのに、息子はいい人間に育ちました。わたしは二人の孫、家族、人生、生きる目的を手に入れた。〈オープン・ドアーズ〉がなかったら、そのどれひとつとして手に入れられなかったでしょう」

ドアがあく音、話し声や足音が聞こえて、ビビは振り返った。「どうやらセッションが終わったようです。少しお待ちいただけますか。あなたがオフィスで待っていることをセレンに伝えてきます」

一歩進んで、ビビはためらった。「昔の生活が荒れていた時代に、わたしの常連客のひとりには警官がいました」

「名前はわかる？」

ビビは驚いたように目を見開いた。「四十五年以上前のことですよ」

「名前はわかる？」イヴは繰り返した。

「そうですねえ。少し考えてみます。セレンを呼んできます」

「ここの成功例はどのくらいでしょうね」ピーボディが聞いた。

「そこにひとりいる」イヴはビビのほうへ顎をしゃくった。「一階のカウンターにいた女性も、チャンスをものにする見込みがありそう」

イヴはこちらへ向かってくる女性を見つめた。犯罪者の顔写真《マグショット》やＩＤ写真で見ていたので、すぐブレナーだとわかった。混血人種、後ろでポニーテールにしたダークブラウンの髪、ほっそりした顔、そして奥二重のハシバミ色の大きな目にはなんの表情も浮かんでいなかった。

「警部補、捜査官、わたしがセレン・ブレナーです。どういったご用件でしょう？」

「あなたのオフィスでお話ししませんか？」

「いいですよ。でも、二十分後に個人セッションがあるんです」

「なるべく早くすませます」

「まずいコーヒーか水しかお出しできないんですが」ブレナーは言い、なかにはいってドアを閉めたイヴを見つめた。

「ありがとう、我々はけっこうです」

「わたしはまずいコーヒーを飲むわ。どっちにしても、うちの予算ではあなたたちの口に合うようなものは出せないんだけど。あなたのことは知ってます。わたしがいたとき、あなたはすでにフィーニー警部のペットだった」

他人からペットと呼ばれたのは一日で二度目だ、とイヴは思った。「ペット？」

「悪気はないのよ。わたしが檻に入れられたとき、あなたはもう捜査官になってたと思う。どうしたのよ、このポンコツ」彼女はコーヒーマシンに向かって言った。「もう一回行くわよ。わたしは二年前に出てきたから、あなたの評判は聞いてる。ほら、泥水みたいなやつが出てきた」

ブレナーはコーヒーを手にして、デスクに寄りかかった。「そんなわけで、あなたたちがグリーンリーフ警部のことについて話をするために来たのだということは、いやでもわかる」

「だったら、説明はカットできるわね。昨夜の所在を教えて」

「ニュースでは死亡時刻《TOD》を言ってなかった」

イヴは迷わず告げた。「二〇〇〇時」

「ヤベェ」一瞬、目に恐怖を浮かべ、それから目を閉じた。「その時間は外出してたの。わたしはここに住み込みで働いてる。ときどき外に出たくなるのよ。だから散歩した」

「ひとりで？」

「それが散歩の大事なところよ。ひとりきり。最後のセッションを終えて、書類仕事を少しやって、一階で夕食をとった。ここにはフードサービス業で働く訓練を受けてるクライアントたちがいるの。料理はおいしいときもあればそうでもないときもあるけど、たいがいいける。わたしが外出したのは七時半ごろ。ビルの入口に防犯カメラがあるから確認できるわよ」

ブレナーはゆっくりコーヒーを飲んだ。「事件が起こったのはそのころなのね。これは信じてもらえるとは思わないけど、わたしは警部がどこに住んでるかも知らないの」

「ここから三ブロック半のところ。楽に歩いていける」

「また言うけど、ヤベェ。もちろんよね、セントラルに近いもの。そりゃそうだわ」

その目には最初に恐怖が現れ、やがてあきらめのようなものに変わった。

「わたしにとって散歩は至福の時なの。数ブロック南へ行くと公園がある。というか、遊び場みたいなものだけど、親やナニーのためのベンチが置いてある――子ども連れの場合はね。わたしはそこまで行って、屋台ですごくまともなレモネードを買って、ベンチに腰をおろして、一日が終わった余韻に浸っていた。雨じゃなければ、週に二回くらいそれをやる。大変だった日は特に」

彼女はまたコーヒーを口にした。「昨日は大変な一日だった。クライアントのひとりが逮捕されたのよ、万引きで。まったくもう。おまけに違法ドラッグを所持してた。なんてバカなの。わたしは彼女を更生させるのにずっと取り組んでて、かなりの進歩が見えはじめたと思ったところだった。わたしの考えは甘かった。だから一日が終わった余韻に浸る必要があったの」

「ここに戻ってきたのは何時？」

「暗くなるまえ。たぶん八時半ごろだと思う。もう充分ひとりの時間を過ごしたから。ビビはここに住んでる、キットも。わたしたちには三階にスタッフルームとは名ばかりの部屋があって、そこは共同エリアと分離されてるの」

ブレナーは肩をすくめてみせたが、コーヒーを見つめたままだった。

「クライアントはわたしたちにそばにいてほしくないときがたまにあるし、わたしたちもクライアントにそばにいてほしくないときがたまにある。わたしたち三人はスタッフルームに引っ込んで、アスター——逮捕されたクライアント——のことで愚痴をこぼし合い、そのうちキットがもうやめようと言って、下に降りていってポップコーンを作り、わたしたちの隠し場所から——わたしたちには隠し場所があるのよ——コークを三本出してきて、それから三人でスクリーンを見たの。コメディ。わたしたちには笑いが必要だった。寝たのは十時半ごろかな。わたしは気が晴れた。そしたら今朝、グリーンリーフのことを聞いて、あなたたちはわたしのところまでたどりつくだろうと思った。汚い行為の染みはいくら洗っても落ちない。わたしは汚いことをした。言い訳はできない」

わたしを騙すこともできたのに——わたしが臨機応変にあなたを騙したように、とイヴは思った。

「あなたは彼を脅し、彼の家族を脅した」

「わたしが？」ブレナーは首を振り、天井を見上げた。「そうね、たぶん脅したかもしれない。たぶんあのときは本気だったかもしれない。わたしは怖かった、そして怒ってた。怖がるより怒るほうがずっと楽だった。わたしが悪いんじゃない、事情があったのよ。だから悪いのは彼のほうにちがいないって。たしかに、わたしは彼を脅した。たぶん、見逃してくれたら性的なサービスをする、と持ちかけることさえした。向こうがイエスと言えば、わたしはそうしてたと思う」

ブレナーはコーヒーを脇に置いた。「わたしは何もかもだいなしにしたのよ、警部補、捜査官。だいなしにしてからわかった。わたしは警官になりたかったんだと。本当になりたかったの。でも、それを棒に振った。ギャンブルがやめられなかったから、その負けが込んだから。そして、負け金を支払い、ギャンブル好きを正当化する方法を見つけることをやめられなかったから」

彼女はかぶりを振った。「わたしはすべてをだいなしにした。獄中で何を発見したと思う？　わたしよりもっとひどい体験をした人がいるということ。子どもを失った女性――わたしに子どもはいなかった。生き延びるために無茶なことをして獄中で死んだ人。わたしには頑張って訓練を受けて手に入れた仕事があった。まともな住まいもあった。わたしはそれをみんな投げ出して、他人に危害を加え、あれほど欲しかったバッジを汚した」

ドン、ドンという音が聞こえ、ブレナーはまた天井を見上げた。「ダンス・クラス」とつぶやく。

彼女が水のボトルを取りにいくあいだも、ドン、ドンという音は、なるほどリズミカルに続いた。

「刑務所にいるときここの話を聞いたの、わたしのカウンセラー、わたしの社会復帰カウンセラーから。出所するとわたしはここに来た。またギャンブルに戻るのが怖かったから。わたしはギャンブルをやりたかった。今でもやりたくなるけど、やらなかった。ずっとやってない。わたしはカウンセラーになる訓練を受けた。わたしにはその素養があった。捜査官時代より上達が速かった。ここでのわたしの記録を見ることもできるし、デラと話してくれてもいいわ――デラ・マクロイ、ここの創立者。ここは彼女のもの。彼女がいたから〈オープン・ドアーズ〉が存在してるの」

ブレナーは両手で顔をこすった。「わたしはグリーンリーフを追いかけなかった。あのころは、チャンスがあっても追わなかったとは言えない。彼のせいだと自分に言い聞かせてたから。そうしなければいられなかったから。何年も経って、わたしは自分のせいだったことを理解し、認めた。何もかも自分のせいだった。わたしの選択も、行動も。わたしはその選択や行動の報いを受けた。そして服役した」

「昨夜のセキュリティフィードを見たいんだけど」

「いいわよ。今、受付には誰がいるのかな」

「実習生」

「そう、そう、ションダね。彼女はまだそのやり方を知らないだろうし、あなたはわたしにはやらせたくないわよね。ビビにやってもらえるけど」

「それでいいわ。それから彼女とキットという女性に、あなたの所在と行動を裏づけてもらえるかしら？　昨日の二一〇〇時から二一三〇時までの」

「いいけど、でも――」

「グリーンリーフ警部のＴＯＤは二一〇〇時から二一三〇時のあいだなの」

ブレナーは驚いて目を見開き、やがてその目は安堵《あんど》の色に満たされた。「騙したのね。さすがだわ」

「そうかも。でも、セキュリティフィードは見せてもらうし、問題となってる時間にあなたと一緒にいた二人とも話をするわよ」

「段取りをつけるわ」ブレナーは両目を押さえた。「オーケイ、大丈夫。段取りをつけてくる。ビビにフィードのコピーを持ってきてもらうから、あなたたちはこのオフィスで彼女を聴取できる。わたしはキットを捜してくる」

ブレナーが出ていくと、ピーボディはイヴを見つめた。「彼女の言うことを信じるんですね」

「あなたは？」

「信じます。ダラスもですよね」

「あなたの理由は？」

「まず、ダラスが実際より早いTODを伝えたとき、彼女は青くなりました――顔から血の気が引いたんです。それに、公園まで散歩したという話には真実味があります」

「そのアスターという人物の件は調べて、間違いないことを確かめるわよ」

「事実だろうけど確認する。同僚の二人と一緒に過ごしたことも、スクリーンを見たことも、全部確認します。彼女は怒ったり、はぐらかそうとしたりしなかった。弁護士を呼んで、とも言いませんでした」

「すべて作戦だったかもしれない」

「そうかもしれません。そして彼女はフィードのデータを改竄《かいざん》し、同僚二人を説得しなければならない――殺人のアリバイを提供してもらうために。ダラスはそんなこと、何ひとつ信じてません」

「わたしは何ひとつ信じてない。でも調べて、確認する」

そうして確認作業を終えると、二人は次に移った。

〈アナザー・チャンス〉とダーリー・タナカは八階建てのビルは持っていなかった。彼女が組織を運営している場所は、やはりポスト・アーバンズに建てられた古い倉庫だった。きれいなブルーのドアはない代わりに、外壁は落書きやストリートアートで埋め尽くされているが、意外にも卑猥《ひわい》な言葉や性的描写はなかった。

セキュリティはまともだ。高性能ではないものの、充分用は足りる。掌紋認証プレートや防犯カメラはないが、安全性の高い錠セットが備わっていて、今は作動していなかった。

イヴたちは気楽なリビングルームと心地よい病院の待合室をミックスしたようなエリアにはいっていった。

テーブル、椅子、小型のソファ――どれも使い古されている――が置かれ、子どもたちの遊び場にはさまざまなおもちゃを収納した箱が並んでいる。

座席で待っている人たちは透明のショートグラスにはいったものを飲みながら、おしゃべりに興じている。

受付用の傷だらけの長テーブルに目下ついているのは、まだアルコール飲料を購入できる年齢に達していない青年で、オレンジ色の前髪を片方の目元まで垂らし、爆弾から信管を除去する者のような集中力を見せて、おんぼろコンピューターのキーボードを慎重につついている。

近づいていくと、青年は片方だけの鮮やかな緑の目でイヴを見つめた。

「ダーリー・タナカ」

「オーケイ」回転椅子をテーブルの端まで滑らせ、青年は廊下の奥に向かって叫んだ。「おーい、ダーリー。これから警官を二人そっちに行かせるよ。インターコムが故障してるんだ」とイヴに向かって付け加えた。

「まだ警察だとは名乗ってないけど」

青年は鼻で笑った。「おいおい、よしてくれよ」

「ここでどのくらい働いてるの？」

「スタッフとして？　六カ月くらいかな」

「年は？」

「十一月で十九歳になる。成人だ。俺にねちねちと聞くのは何か理由があるのか？」

「ない。ただの好奇心」

「ダーリーの部屋は左手の三番目だ」

ピーボディを連れて、イヴは廊下を進んだ。かつてはオープンエリアだったのだろうが、そこをオフィス、物置、狭い休憩室らしきものに分けるため、急ごしらえのパーティションで仕切っている。

ダーリー・タナカは俄《にわか》づくりのオフィスで、ノアの方舟《はこぶね》から運んできたような古臭いデスクに向かっていた。壁にはお知らせ、ビラ、気持ちが上向くことわざ、ロックバンドの古いポスター（アヴェニューAのものが多い）が貼られている。

タナカは〝ちょっと待って〟というように指を一本立て、リンクでの会話を続けた。

「二箇所だけよ、ニコ。当面のあいだはそれでずいぶんちがうわ。ウンコは誰でもするでしょ？　トイレを修理してもらえなかったら、今度こそきちんと直してもらえなかったら、わたしたちはそこで泳ぐ羽目になるのよ」

彼女は椅子を回転させながら話している。縞《しま》模様の髪——白とグレー——を肩のあたりまで無造作に波打たせ、着ているTシャツの胸には〝いつでもまた力になるよ〟と書かれていた。

真っ赤に塗った唇、黒い瞳、耳にはイヴの拳が通りそうなフープ・イヤリングをつけている。

その真っ赤な唇に笑みが広がった。「あなたならやってくれると信じてた、ニコ。わたしの次のウンコはあなたに捧《ささ》げます。じゃあね」

タナカはリンクを切り、それをデスクに積んであるフォルダーの上に置いた。

「お待たせ、ダラスとピーボディ。座ってちょうだい。今日は懇願デーで、つまりわたしのプライドは家に置いてきたというわけ。でも、あなたたちはマーティンのことで来たのよね。ベスと家族が彼に会いにいくまえに彼女と話した。わたしはここを抜け出せるようになったら、妻と一緒にカーリーの家に寄るつもり」

「グリーンリーフ警部が殺された夜、あなたはミズ・グリーンリーフたちと一緒にいましたね」

「そう、月一の集まりで。最初はブッククラブとして始めたのよ。やれやれ、あれはもう二十年、いえ二十五年もまえのことか。そのうちわたしたちは、ブッククラブは顔を合わせておしゃべりしたりワインをいっぱい飲んだりする口実にすぎないことを認めた。だからブッククラブの部分は廃止した。ベスとわたしは結成当時からの初期メンバー。付き合いはもっと長いの。ベスがマーティンと出会うまえからの知り合いだった」

「そして、あなたは警部とも友人でした？」

「わたしたちは住む世界がちがった」と言いながらタナカはほほえんだが、その目には悲しみが宿っていた。「わたしは元抗議活動家、彼は骨の髄まで警官だった。だから常に意見が一致するとはいかなかった。

それでも……それでもね。彼はわたしたちがここでやってることを支援してくれた。このデスク」タナカはそれを拳で軽く叩いた。「これは彼の父親のものだった。マーティンが警察学校《アカデミー》を卒業したときに父親から譲られたデスクで、わたしがここを始めるときに譲ってくれたの。彼は準備も手伝ってくれた。引退してからはときどきここに寄って、簡単な修理をやってくれた。わたしはあの憎たらしい野郎が大好きだった」

「ミズ・グリーンリーフとはどこで知り合ったんですか？」

「銃禁止集会。当時わたしが参加しない集会、抗議活動、デモ行進はなかったけど、これはわたしにとって特別な使命だった。彼女にとってもそう。彼女は教師だった。若かったわ、二人ともとても若かった。彼女は学校銃乱射事件《スクールシューティング》で生き残った。同僚ひとりと受け持ちの生徒二人――十二歳――は助からなかった。だから彼女にとっても特別な使命だったのよ。集会での演説は熱がこもっていて、説得力があった。彼女がとても魅力的だと感じたことは素直に認める」

「お二人のあいだに濃密な関係はあったんですか？」

「あのね、わたしは非同性愛者《ストレート》は口説いたりしないの、彼女は明らかにストレートだった。だけどわたしたちは気が合って、集会のあとで飲みにいったりするようになった。そしてそれは俗に言うように、美しい友情の始まりだった。彼女がマーティンと結婚したとき、わたしは花嫁の付添い人を務めた。わたしがフローラと結婚したときは、ベスが付添い人になってくれた」

「あなたとミズ・グリーンリーフはグループの初期メンバーだと言われましたね。ほかの人たちはどういう経緯で参加するようになったんですか？」

「まあ、そうね、はいったけど去っていく人もいた。引っ越したり、興味を失ったり、忙しすぎたりで。今でも続いてるのは、たとえばプル。彼女はあの場にはいなかった。夏は家族と一緒にメイン州で過ごすから。プルは大学時代の友人。彼女は金持ちで気立てもいい男と結婚した。わたしにとってはありがたいことで、このビルを買うとき夫婦で援助してくれた。プルは春と秋の集まりにはだいたい参加する。冬の大半はカリブ海沿岸のベリーズで家族と一緒に過ごすのよ。それはともかく、わたしはプルを参加させ、ベスはアーニャを参加させた。アーニャはすごく面白くて、一緒にいて楽しい人。小児科医だからきっと人を笑わせるのが得意なんでしょう。ベスは自分の学校にアーニャが講演に来たときに彼女と知り合ったの。その後、わたしはキャスを参加させた。キャスはわたしの妻が作品を展示してるギャラリーのオーナーの娘。それから、現在のこの女性グループにはエルヴァがいる。ベスが参加させた。同じビルの住人なの」

「では、あなたはメンバー全員をよく知っているんですね」

「まあね。そうねえ、アーニャとは知り合って二十年くらいになるかな。彼女はわたしを笑わせてくれるし、政治的信条も一致してる。友人の必要条件じゃないけど、損にはならない。抗議活動やデモ行進があれば、わたしは支援したいし、アーニャをあてにできることもわかってる。キャスはというと、彼女が子どものころから知ってるし、彼女のことは何から何まで好き。キャスは今日ここにいるの、ボランティアで。彼女には子どもが二人いて、今は親専業者みたいなことをやってる。ここでは彼女に働く機会を提供してるし、ささやかながら未就学児童のデイケアもやってるの。誰にとっても得でしょ」

「彼女と話すことはできますか？」

「もちろん。たぶん二階にいて、得になるならどんな機会でも利用する人たち《チャンサーズ》に面接のコツを教えてるはず。わたしたちの目的のひとつには、求職者が仕事を探す手伝いをして、職場に定着させることがあるの」

「チャンサーズ」

タナカは笑みを浮かべた。「流行《はや》ったのよ」

「ピーボディ、ミズ・キャシディ・ブライヤーと話をしてみて」

ピーボディは腰をあげた。「そのシャツ、すごく気に入りました、ミズ・タナカ」

「ありがとう。誰かが力になってやらないとね」

ピーボディが出ていくとすぐ、タナカのリンクが鳴った。「どうしてもこれに出なくちゃいけないの。すぐすませるから。プル！　ちょうどあなたのことを考えてたのよ。ええ、そうなの。あなたが聞いてるかどうかわからなかったから」

タナカの目は涙があふれそうになっている。彼女はティッシュをひったくり、こぼれ落ちる涙をぬぐった。

「もっと悪いのは、フローラとわたしは今夜行くことになってるの。行くわよ」タナカは少しして言った。「今は警察と話してる」

彼女は泣きながら笑い声をあげ、目元の涙を払った。「そう、自発的に。もちろん、知らせるわ。彼女もきっと喜ぶでしょう。ちがうわよ、わたしなんかとてもとても――え、なんですって?」

タナカは体から力が抜けてしまったかのように、椅子に背を預けた。「そんな――本気なの? プル――まあ、どうしましょう。あなたはわたしの女神だわ。言葉が見つからない……サムに伝えて……今は言葉が出てこないけど。ええ。もう頭がぐちゃぐちゃ。ええ。これが終わって、ちゃんと話せるようになったら折り返してもいい? 大好きよ。二人とも大好き。一時間待って、いいわね? 連絡するから。大好きよ」と彼女は繰り返した。

リンクを切ると、彼女は指で目頭を押さえた。「ごめんなさいね」涙を流しながら言う。

「ちょっと待って。わたしが大学で出会ったこの不可解で、すてきで、毒舌家の女性が、たった今言ったの。彼女とその素晴らしい夫が、驚くべき家族の全面的な支持を得て、わたしたちに二十五万ドル寄付してくれるって」

「ずいぶん気前がいいですね」

「彼女はわたしたちを救ってくれた。彼らはわたしたちを救ってくれた。いやだ、もう」彼女は抽斗をあけ、さらなるティッシュを取り出した。「ここはわたしのすべてなの。このおんぼろビルが。ここ一年で、ここはもう……すっかり古びて、ぼろぼろよ、わかるでしょ？　安全な場所を提供できなければ、人助けはできない。あなたならどれほどお金がかかるかは知ってるはず、〈ドーハス〉や〈アン・ジーザン〉を運営してるんだから」

「わたしではありません。ロークがやっています」

「その財力と、見事な気前の良さと、壮大なビジョンとの相乗効果を理由に、わたしは彼を褒めたたえる。あなたに言うつもりだったんだけど、わたしの信頼性は〈ドーハス〉のスタッフに聞いてもらえばわかる。わたしたちはよく彼らと一緒に働くのよ。うっかりしててごめんなさい。プルとサムが葬儀のために戻ってきてくれる――いつおこなわれるにしても――と知ったうえに、寄付の話まであって、わたしは完全にやられちゃったの」

涙を乾かし、タナカは深呼吸した。「だから、ほかに何をあなたに話せばいいかわからない」

「話はまだエルヴァ・アルネズのところまで進んでません。彼女はいちばん最近、あなたたちのグループに加わったんですよね？」

「そう、まだ一年ぐらい、それがお役に立つなら。若い新人を加えて、緊張感を失わないようにしようと思って。エルヴァのことはほかの仲間のことほど知らないのはたしかだけど、お互いにだんだん慣れてきたわよ。わたしは彼女がいつも最新ファッションを身につけたり、そんなのほとんど必要ないような女性にバカ高い服を売ったりするのをからかう。彼女はまるで気にしてない。それどころか、くだんのチャンサーズが面接や仕事に着ていけるように、服を――すごく高価な服を寄付してくれた。そのうえ、半年くらいまえに、チャンサーズのひとりを店員として雇ってくれた。トーニーはまだそこにいて、けっこううまくやってるみたい」

「ミズ・アルネズとミズ・グリーンリーフが親しくなるのは、同じビルに住んでいるから自然なことのように思えます」

「ベスは冗談で、エルヴァは自分の面倒を見てるとか、見ようとしてると言ってる。エルヴァが市場に買い物に行くときは、何か必要なものがないかベスに確かめたりしてる。わたしたちの集まりのときは、行き帰りは必ず一緒なの、そんな感じよ。微笑《ほほえ》ましい光景だけど、ベスは自立心がとても強いの――というか、強かった」と言い直した。「マーティンがいなくなったから、それもぐらつくでしょう。彼女は強いけど、マーティンへの愛は本物で不変だった。あの二人は本当に心から愛し合ってた」

「最後にミズ・グリーンリーフの寝室にはいったのはいつですか？」

「寝室？」タナカはきょとんとした。「おかしな質問ね。はっきり覚えてないけど――ちがう、待って。思いだしたわ、頭がまた考えられるようになった。なぜそれが重要なのかは考えつかないけど。あれは四月にちがいないわ、ベスが春の掃除戦争を始めるから。ほんとに戦争なのよ。まるでいつも清潔な家じゃないみたいに。でも、彼女は戦争を開始するの。実戦にはクローゼットを一掃することも含まれる。彼女には服も靴もいっぱいある──彼女のものとマーティンのもの。わたしはそれを手に入れるために行った。箱に詰めるのを手伝った。だから四月だったはず。なぜ？」

「こまかい点の確認です。あなたは〈オープン・ドアーズ〉とも連携していますよね？」

「ええ、そうよ。あそこは素晴らしいし、本当に必要とされる組織なの」

「でしたら、セレン・ブレナーを知っていますね？」

「さあ……そうは思えないけど。わたしはたいがいデラとじかにやりとりする。デラとも二、三十年の付き合いになるの。昔の抗議活動仲間。彼女は〈オープン・ドアーズ〉の創立者」

ピーボディの重い足音が聞こえてくると、イヴは立ち上がった。「お忙しいところ、ご協力に感謝します」

「わたしは必要なときには警官に協力することを学んだの。今回は、わたしにできることなら本当になんでもします。わたしはマーティンが大好きだった、心から大好きだった」

「彼に危害を加えたがっていた人物に心当たりはありますか？」

「恨んでる者は多かっただろうし、そのほとんどがかつてバッジを保持してた者だと思う。でもそれは、あなたにはわかってることね。わたしは具体的なことはわからない。マーティンはわたしには仕事の話をしなかった、詳しいことは教えてくれなかった。だけど、担当者があなたでよかったわ、それにあなたのパートナーで」ピーボディが開いたドアの前までやってくると、そう言い足した。「この犯人を捜し求めてるのがあなたたちでよかった。ナディーン・ファーストの本はとても面白かった」

「そうですね」イヴはドアへ向かいかけて、引き返した。「あなたはセバスチャンとも仕事の関わりがありますか？」

口元に笑みを浮かべて、タナカは曲がった指で唇を軽く叩いた。「黙秘権を行使しようかしら」

「わかりました。ご協力ありがとうございました」

ピーボディは外に出るのを待ってから話しだした。「ブライヤーのほうは新しい情報を何ひとつ加えてくれませんでした。彼女は少し泣いた――泣かないようにしようとしてましたけど。事件の夜のことなどを思いだしてもらいましたが、どれもほかの者の話と一致します。あの寝室に最後にはいった日については、クリスマスの前週だと答えました。グリーンリーフ家でパーティが開かれ、招待客はみんなコートを寝室のベッドに置いておいたそうです」

「彼女たちは事件とは無関係ね。最後のひとり――アーニャ・アボットが捕まるかどうか試してみて、リンクでいいから。それから彼女をざっと調べて、何か引っかかる点があったら直接会いにいきましょう」

「了解です」

「しまった」イヴは時刻を確かめて言った。「ねえ、これからあなたを自宅まで送る――ここからはけっこう近い。それからわたしは家に帰って、遅くなったけどホイットニーにホロで報告して、死亡したか免職になった警官の精査を再開する」

「わかりました、でも……わたしたちの新居にもすごく近いですよ。そこで降ろしてもらって、ささっと見てもらうのもいいかも。たとえば、十五分くらい？　マクナブに連絡して、二人で警官リストにもっと時間をかけて、ダラスにもっと名前を渡せるようにしますから」

　なるほどそれはいい考えだと思ったので、イヴはリンクを取り出した。「ロークに今のわたしの状況を連絡させて。わたしたちの勤務時間はとっくに過ぎてるわよ」

9

　表示画面に現れたロークはにっこりした。「賢人はみな同じことを考えるものだ」彼は言った。「そろそろきみがどこで何をしているかを、確認しようと思っていたんだ」

「わたしはニューヨーク市街で悪党どもを狩ってる」

「じゃあ、いつもどおりだね。言葉の綾《あや》でもない、きみが街なかにいるのが見えるから。悪党は見つかったかい？」

「まだだけど、一日はまだ終わってない。シフトは終わった、仕事は残ってる。これからピーボディを〝豪邸プロジェクト〟まで送っていく。彼女との取引の内容は、わたしが豪邸の進捗状況をささっと見ていくなら、彼女とマクナブは今夜グリーンリーフ事件の捜査にもっと時間をかけてくれる、というもの。あなたもその取引に加わりたい？」

「偶然にも僕はすでにダウンタウンにいて、同様の取引をきみとしようとしていた」

「じゃあ、そこで会いましょう。すぐ行く」

「やったー！」ピーボディは車に乗り込み、座席で跳びはねた。

「仕事中に浮かれて跳びはねるのは禁じられてる」

「シフトは終わってます」

「シフトは終わっても、職務は終わってない。事件はあのリストに載った誰かとつながってるにちがいないのよ」

イヴは自問した――もしこの点に絞って、つながりを探していったら、捜査は泥沼にはまり込むのではないかと。

いいえ。肝心なのは絶対につながりよ。

「まだ最後まで調べきってない」イヴは結論を出した。「それに、これまでに事情聴取したなかで、そのつながりがある者はひとりもいない。あるいは、わたしたちにはそのつながりが見つからなかった」

「同時に」ピーボディがあとを引き取った。「犯人はあの窓に、おそらくは室内から近づくことができるか、それが可能な人物と結託する必要があった。それに、グリーンリーフ夫妻の習慣を知り、アパートメントの間取りを知ることができるほど、夫妻のどちらかのことをよく知ってる必要があります」

信号待ちをしながら、イヴはエアボードに乗った少年がすばやく後方宙返りを決めるのを眺めた。

見事なフォームだ。

「アルネズとロバーズのアパートメントの間取りはグリーンリーフ家と同じだったわよね」イヴは指摘した。「ほかの居住者のアパートメントもその可能性がある。ということは、あのビルに住んでる者、あるいは住んだことのある者を数に入れられる。あるいはあのビルの居住者の知り合いも」

「あるいはセキュリティフィードが三日ごとに上書きされることを知ってる者。そして、その期間を避けて侵入する方法を見つける。一週間とか、二週間前。それより長くあいだをあけることはないと思うんです、ダラス。窓の鍵がはずれてることに夫妻がいつ気づくともかぎらないですから」

「そうね。あれほど計画を練っておいて、そこだけ運任せにはしないでしょう。アルネズは夫妻をのぞくと最後に寝室にはいった。大ざっぱに言えば、それは殺人の三十分前」

「ええ、あのやっかいな動機さえなければ、彼女はかなり怪しく見えますね」

「彼女は……あの目つきをした」

「あの目つき？」

「ウェブスターがアパートメントのドアをあけたとき。ほんの一瞬だけど、彼女はあの一種独特の目つきをした」

イヴは首を振った。「事実から離れないようにしましょう。彼女には手段と機会があった。だから、わたしたちはそこをもっと詳しく探る。彼女はあの女性グループのなかで、ひとりをのぞいて、みんなより何十歳も若い。彼女に同年代の友人はいるのか？　タナカの話では、ミズ・グリーンリーフはアルネズに面倒を見てもらってると冗談交じりに言ったそうよ。市場に行くけど何か必要なものはないかとか、そういうことをミズ・グリーンリーフに確認するんですって」

「親切ですね」

「そうかも。グリーンリーフ家に関する情報が増えて、アルネズが夫妻のアパートメントに行きやすくなる、とも言える。〝大豆《ソイ》ミルクの一リットル・ボトルと代用卵を買ってきたわよ〟そしたら、こう言われる。〝おはいりなさいよ、クッキーでもどうぞ〟」

「はあ、わたしはクッキーなんてめったにもらわないけど、ロンダ・グラップラーに頼まれて買い物することはたまにあります。覚えてますか、ダラスの元隣人です」

「覚えてる。今はメイヴィスが住んでる部屋から、廊下を少し進んだところの住人。そのへんを通りかかれば、彼女のゴミをアパートのリサイクル機《リサイクラー》に放り込んでやってた。わたしが住んでたとき、彼女はもう百歳になろうとしてたんじゃないの？」

「現在は百二歳です」

「グリーンリーフのほうが三十歳若いし、健康で元気よね」イヴは核心をついた。「わたしは親切で人なつっこい隣人を非難してるだけかもしれない。それに、彼女には寝室にはいるちゃんとした理由があったんだから。でも、今のところあの女性グループで目立ってるのは彼女だけなの。ほかの人たちはみんな長い知り合いで、そのほとんどが知り合って何十年にもなるのよ」

「わかりました、協力します。アルネズとロバーズはグリーンリーフ家の二階上の――同じ間取りの――アパートメントに引っ越してきた」

「それより少しまえに、グリーンリーフとタナカはアルネズが切りまわしてるブティックに寄って、彼女と会ってる。それは偶然だとは思えない。グリーンリーフは服なんていくらでも持ってるし、そこは近所の店だし。高級だけどセールもやってて、呼び方は思いだせないけど、店の商品を見てるだけ、みたいな人もいる」

「店の商品を見てるだけ、はショッピングと呼んでます。それか、ブラウジングですね」

ピーボディは少し考えた。「店内を〝見てまわる《ブラウジング》〟して、そのあとで買うか買わないか決めるんです」

「店にはいるまえに買いたいものを決めておけば、買うだけですむから時間の節約になるのに。買う気がないなら、家でおとなしくしてればいいのよ」

「実際に見てみるまで、何を買いたいのかわからないこともあります。したがって、ブラウジングはどんなものが売られているか、それを自分のものにしたいかを確かめる機会でもあるのです」

「じゃあ、先に見ておかなかったら欲しいと思わないわけ？　実際に見るまえから欲しくないなら、それはそもそも必要ないってことなんじゃないの？」

ピーボディはいぶかしげに目を細めた。「今のは〝ピーボディを罠《わな》にはめる〟質問ですね。わたしは黙秘権を行使し、話を進めます。待って！」彼女は両方の人さし指を立てた。

「人々が店内をブラウジングして欲しいものを見つけて購入すれば、経済効果を生みます。そして税収が増えます。商人は諸経費を支払っても利益をあげるから、商売を続けることができます」

「ふうん。じゃあ、ショッピングバッグを引きずってる人たちはみんな、こう考えてるのね――わたしは市民としての義務を果たし、経済に貢献した。わたしがたいして欲しくもないのにこんなに買っちゃった店の商人は、今夜も家族を養うことができるわ」

イヴはピーボディをちらりと見た。「あなたもそのピンクのジャケットを買ったとき、そう考えてたの？」

「いいえ、わたしは〝すてき〟って考えてました。それでも経済効果はありますよ。それはそれとして……じゃあ、彼女たちは〈トレベール〉でブラウジングしてるときに出会って、その後、アルネズとロバーズが引っ越してきたんですね」

「そのほうが必然的にお近づきになりやすい」お近づきになりやすい、は重要なポイントだろう。「そこに引っ越すと、ロバーズは仕事に行くにも、家族に会いにいくにも、クイーンズまで通わなくてはならない」

「だけどアルネズは職場まで徒歩で行けます。ロバーズは彼女の擁護者です。彼女にとって何がいちばんいいかを考えてます」

「彼女にとっていちばんいいのは警部を殺すことかも――でも、わたしたちはまだそこまで行ってない」

ざっと調べてみるけれど、そこで行き詰まるのは避けること、とイヴは自分に言い聞かせた。

「彼女たちは仲良くなった」イヴは付け加えた。グリーンリーフが長年の友達とのグループに彼女を誘い入れるほど」

「マクナブとわたしはもうすぐものすごい豪邸に引っ越して、ダラスのいちばん古い友達と彼女の家族と一緒に暮らします。それはメイヴィスと彼女の家族とマクナブとわたしが、ダラスを通した友達であるし、わたしたちが彼女と同じビルに移ったからでもあって、そこはダラスがロークと一緒に暮らすために引っ越したとき、彼女たちが引き継いだアパートメントでした。人と人とのつながりって複雑ですね」ピーボディは締めくくった。「それに、あちこちで交わってる」

「ねえ」イヴは勢い込んで言った。「わたしは彼女たちを容疑者リストに載せたままにする。その可能性は低いけど、残しておく。つながりが見つからなかったら、彼女たちは除外する」

「本当に見つかると思うんですか、そのつながりが？」

「消すことができないの」イヴは認めた。「はっきりとはわからないけど、グリーンリーフと一緒にアパートメントに戻ってきたときから、彼女の何かが気になる」

「わたしはその場にいなかったから、その感触はありません。でも、調べます。詳しく調べます」

「それでいいわ」イヴはゲートの前に車を寄せた。ゲートはなめらかにあいた。

「ダラスの車は登録されてるんですよ、開けゴマ《オープン・セサミ》リストに。メイヴィスはそう呼んでます」

「わかった。ゴマの種子のことでしょ？　本で読んだから知ってる。でも、何かをあけるのに、なんでゴマが選ばれたの？」

「オシャレな言葉だから。セ・サミ！　超クールじゃないですか？」

たしかに。ヨーロッパ旅行に出かけているあいだに、芝はすくすく育って一面の緑になり、若木や花を咲かせた低木があちらこちらに陰を作っている。枯れ枝や枯れかけた枝、生い茂る雑草や雑木、土くれはとっくに運び出されていた。

広い石畳の通路を進むと屋根付きの玄関ポーチがあり、鮮やかなハッピーブルーに塗られた椅子や、ちょっと腰をおろしたくなるようなポップなパープルに塗られたベンチが置いてある。色とりどりの植木鉢では花々が咲きそろっていた。

不規則に広がるレンガ造りの邸宅の玄関ドア――鮮やかなブルーとポップなパープルの中間のような色――はすでにあいていた。

イヴは黙ったまま舗装された駐車場に車を入れ、車から降り、ポケットに両手を入れてたたずむと、家をじっくり眺めた。「メイヴィスは自分の家を作りたいんだとどこかで思っていたけど、わたしは完全に間違っていた。これは彼女の家、いかにも彼女らしい家だけど、あなたの家でもある」と言い添え、ピーボディのほうを見た。

「これはあなたたちの家。そんなのおかしいけど、でもそうなの。それに奇跡的にバランスが取れてる。これ――この家、この庭。数カ月前はどこかの金持ちが荒れるにまかせた掃《は》き溜《だ》めだった。それが今は？　超クールよ」

「わたしはとても気に入ってます。わたしたちがこの家を救ったような気がするんです、わかりますよね？　がらんとした家は寂しそうにここに建ち、ふさわしい人たちが甦らせ、空虚さを満たしてくれるのを待ってたんです」

「あなたはふさわしい人よ」イヴは言った。

「なかを見てくださいよ。もっとすごい奇跡が起きてますから」

玄関へ向かいかけると。メイヴィスがポーチに飛び出してきた。

「何よ、まえよりまた大きくなってる」

「ええ、もう六カ月ですから」

木の葉色の小さなショートパンツに、膨らみに張りつくピンクと白のストライプのTシャツ姿のメイヴィスの腹は、また大きくなったように見えた。髪は——今日はピンクで毛先を木の葉色に染めてある——高い位置でポニーテールにしているので、彼女が跳びはねるのに合わせて揺れている。

跳びはねる者が二人。メイヴィスとピーボディが意気投合したのも無理はない。

「帰ってきたのね！　ここに来た！　見にきた！」メイヴィスは両手を突き出し、それから頭上に振り上げた。

「もう、あんなに跳びはねちゃいけないのに。おなかの子がバシャバシャ動きまわって、彼女の胸郭に頭をぶつけちゃうじゃないの」

「大丈夫、二番《ナンバー・ツー》ちゃんは健やかです」ピーボディはイヴを安心させた。

ナンバー・ワンのほうはドアから飛び出してきて、こちらへ向かってくる。

ピンクの七分丈のオーバーオールには、なかに着たシャツと同じパープルのボタンがついていた。金髪の巻き毛はツインテールにしてあり、バカみたいにかわいい顔の両サイドで——母親の髪と同じように——揺れている。

「ダス！　ダス！　ダス！」

熱追尾ミサイルのようにまっすぐイヴのもとに駆け寄ってくると、抱っこしてもらう気満々で跳びはねている。しかたなく、イヴはベラをさっとつかんだ。ベラはチェリーのようなにおいがした。顔じゅうにぶちゅっとやられたときにその味がしたので、この子はチェリー味のポプシクル《アイスキャンディ》かぺろぺろキャンディを食べたらしい。

悪くない味だ。

ベラはわけのわからないことをしゃべり、腹の底から笑い、それからイヴの首に両腕をまわしてきつく抱き締めた。

「こすって《Rub》、ダス」

「この子はわたしにマッサージしてほしいの？」

「ラ・ラ・ラ《La-la-la》」ピーボディが教えてやると、ベラはまた笑った。

「ラ・ラ・ラブ、ダス」

「なんだ、そういうことか、やあね《ヘル》」

「ヘル」ベラはにっこりしながら真似した。

「もう、あなたのママに怒られちゃうでしょ。まあいいわ、わたしもあなたにラブよ」

この子を愛さないやつなんている？

「ラ・ラ・ラブ、ピーボディ」

「この子は覚えが早いわね」

「しゃべる練習をしてるんです。わたしにも少しやって」ピーボディは両腕を差し出した。

ベラはその腕に飛び込み、何やらしゃべりながらぶちゅっというキスをしてあげた。

ピーボディがベラを抱いたまま腰で支えると、彼女たちはベラのおしゃべりを聞きながら家の玄関へ向かった。

「オーガストに会うのは次の機会に」ピーボディがイヴに言った。「マクナブはもうすぐ着きます。ロークも」

「この子が何を言ってるか、どうしたらわかるの？」

「聞き取れるようになればわかります」

「会いたかったわ！」メイヴィスがイヴにさっと両腕をまわし、ベラと同じようにきつく抱き締めた。大きく膨らんだおなかにいる子がぶつかった。

「ねえ、おなかの子が動いてるわよ」

「二番ちゃんはあんたに会えて喜んでるの」

「見えるわけないじゃない」少し不安になりながら、イヴはそっと体を離した。「見えるの？」

「ベラミア、赤ちゃんがキックしてるよ」

「やりたい！」ベラは急いでピーボディから這《は》い降りると、メイヴィスの腹に耳を押し当てた。「ボン、ボン！」そう言って、頭のネジがはずれた人のように笑った。

「ギリシャはどうだった？　アイルランドは？　早く聞きたい。ワインをあけましょう。あたしはだめだけど」そう付け加えて、メイヴィスはおなかをそっと叩いた。

「わたしもだめ。まだ仕事があるのよ。でも、どんなふうか、いろいろチェックしたい」

「いっぱい変わったよ。はるかに変わった。驚くべき創造の神たちは一時間ぐらいまえに仕事を終わりにしたけど、レオナルドのスタジオは仕上げていった」

今度はピーボディが跳びはねた。「完全に?」

「完全に、途方もなく素晴らしく。レオナルドはそこで完成の余韻に浸ったり、そわそわしたりしてる。あたしのスタジオも完成した。明日、残りの機材や家具が運び込まれる」

メイヴィスは腰をくねくねさせた。それを見て、イヴはまた胎児がバシャバシャ動くところが脳裏に浮かんだ。

「それに――だめよ、待って。シーッシュ!(shitの婉曲表現)あのとき、あんたはピーボディとマクナブの家を見る機会が全然なかったわよね。こないだドリアンが情報提供者みたいな役をやりにきたとき(イヴ&ローク56『32番目の少女』参照)。彼女、スクールではどうしてる?」

「旅行中もロークが確認してた。問題なしよ。でも、あなたは知ってると思った」イヴは言った。「セバスチャンに相談すれば、確認する方法を見つけてくれるんじゃないの?」

メイヴィスはおなかに手を当て、ほほえむだけだ。「ねえ、ひとまわりしてみない? ピーボディの側のほうからはいって」

「走る!」ベラが宣言し、すぐ実行に移した。

「何が超すごいかわかる? あの子はできるの。あの子は好きなところに走っていけるの

ない」

「ここは素晴らしいわね、メイヴィス。本当に」

今度は、肩から腰までくねらせた。「言わせてもらうけど、あんたはまだなんにも見てないよ。この子もきっとそうなるわ」

一行は家の片側のほうへ歩きだした。

家のまわりを進んでいると、ベラが遊び場にある滑り台の階段をよじ登りだした。数週間前には遊び場はできていたが、菜園は作りはじめたばかりで、花や蔓《つる》植物はまだ若く、ピーボディのウォーターフィーチャーは本当に基本的なところしかできていなかった。

ベラが「ワーイ」と歓声をあげながら滑り降りる横で、イヴは急に足を止めた。

「すごいわ、ピーボディ」

一メートル半くらいの高さの岩から水がこぼれ出し、流れ落ちている。岩には岩棚と斜面があって急流が形成され、岩だらけの小川のようなところに流れ込み、きらきらと輝く小さな水溜まりに行きつく。そこでは岩で作られたドラゴンが見張っていた。

岩の隙間からは、花や苔《こけ》やその他の植物が顔を出していた。

あたかも自然が、ロウアー・マンハッタンにある裏庭に滝を置こうと決めたかのような景色だった。

「超サイコーじゃない?」腹の上で手を組んで、メイヴィスは顔を輝かせた。

「すごいわ」イヴはまた繰り返した。「ほかに言葉が出ない。やったね、ピーボディ。すごいわ」

「ほんとに大変だったんです。半分ぐらいまで来たところでパニックになって、これじゃ、ただ岩を積み重ねてるだけの人――わたしですけど――になっちゃうと思いました。わたしが途中であきらめないように、レオナルドが説得してくれたんです」

「あたしのムーンパイ」

「どうやって？」イヴは聞いた。

「自分もデザインのことでときどきそういう気持ちになると言ってました。その感触は正しくて、やっぱりだめだとわかることもある。でも、そういうことが起きても修正はきく。どこか悪いところがあるときは、どこが悪いかわかるから直すことができるって」

「でも、これはとっても美しいわよ」

「まったくそのとおり」イヴの背後からロークが言った。「ピーボディ、きみは天才だ」

ロークは彼女の頬にキスした。「本物の天才だ」

ベラがロークを見つけて叫んだ。「オーク」そして駆け寄ってきた。

ロークはベラを抱き上げてキスした。「また大きくなったね。きみも」とメイヴィスに向かって言う。

「どんどん成長してる」メイヴィスはおなかをそっと叩いた。「あの子も」とベラにほほえみかける。「あっちでもこっちでも。あたしたち、週末にうちの裏庭からトマトやピーマンを収穫したの。レタスも。ピーボディがサラダを作って、そこに金蓮花《キンレンカ》を添えた。そしてみんなでここに座って、自分たちが育てたものを食べたのよ」

メイヴィスは目尻の涙をぬぐった。「いつかそのうち、ここに来て、この景色を眺めたりベラが遊んでるところを眺めたりしても、涙もろくならない日が来るのはわかってる。でも、今は？　ここに来るたび涙腺がゆるんじゃうの」

「ママ、泣いちゃう、ハッピー」ベラが告げ知らせた。

「そう、ママはハッピーなのよ。さあ、なかにはいりましょう、ピーボディ宅に。あたしが大泣きするまえに。キッチンから始めたら、ピーボディ？」

「わたしの幸せな場所《ハッピープレイス》です。片側にはリビングエリアに通じるドアがあって、もうひとつのドアはマッドルーム（濡れたり泥で汚れたりした靴や服を脱ぐ部屋）に通じてます」

「見たわ」イヴが言った。「パープルでもなければブルーでもない色にしたでしょ」

「プラムブルーです。全体の調和を保ったままにしたかったので。裏口にはアコーディオン・ドアを取りつけました」

「ピーボディはしぶったんだけど」メイヴィスが脇から言った。「調和が勝った。あけて、ピーボディ！」

ピーボディはリンクを取り出し、コードをタップした。ガラスドアが滑るように開くと、ベラが拍手した。

　メイヴィス宅のほうの開口部ほど広くはないものの、それでも充分余裕がある。

　ロークのタブレットで画像は見ていたけれど、これは……。

「滝のときのように、ねえ見て、見て、と言いたい気持ちはあります。でも、心のなかで言うだけなら、メイヴィスもじろりとにらんだりしません」

　ピーボディはどれもソフトな色にしたかったようだ――キャビネット、ガラス扉付きのキャビネット、カウンター、何もかも。棚にはすでに、美的感覚の鋭いピーボディの目で選んだキッチン用品やオシャレなダストキャッチャーが並べてある。

　ロークが生きている壁《リビング・ウォール》と呼んでいたものは、おそらくこの部屋の要だろう。落ちついたブルーの植木鉢にはいった観葉植物はこぼれ落ちたり、這い上がったり、広がったりしている。

「その植木鉢はみんな姉が作ったんです」

「そうですってね。それを聞いたとき、きっと変なやつなんだろうけど、それもいいんじゃないと思った。でも、全然変じゃない」

「マクナブも考えてくれたんですよ。そのベーキング・カウンターはわたしの身長に合わせた特注品です」

「へえ、彼はポイント獲得ね。それにパイも。ここはあなたらしいわ、ピーボディ。その壁も、どれもこれも、いかにもあなたらしい」

「わたしも涙腺がゆるんできました」目に涙をためてピーボディは言い、カウンターを撫でた。「わたしには常に家がありました。いくつも。わたしはそういうふうに育ったから。わが家、祖父母の家、親戚の家。わたしには常に家があった。マクナブもです。わたしたちはアパートメントをわが家にしてたけど、二人ともそれが仮の住処《すみか》だとわかってた。ここは……」

ピーボディは息をついた。「ここはわたしたちの家です。わたしたちがここにいるだけで、助けになることはわかります。セキュリティ面でも、子どもたちのことも、庭のことも。でも、メイヴィスとレオナルドがわたしたちの家にしてくれたんです。マクナブとわたしはけっしてそのことを忘れません」

「また泣かせないでよ」メイヴィスはピーボディを抱き締めて、揺らした。「あなたたちもあたしたちの家族よ、だからそう思って。あたしはレオナルドを連れてくる。せっかくの会える機会を逃したくないだろうから。さあ、パパを連れてこようね、あたしのベラ」

「走る！」

「いいわよ。二人を案内してて、ピーボディ。あたしたちが見つけるから」

「オーケイ」ピーボディは鼻をすすり、涙をぬぐった。「オーケイ。では、ダイニングルームへ――まだ準備中ですけど。母は照明を作ってくれてます――この話はもうしましたよね。茶色いガラス」

「聞いた」

「母はもうすぐ完成すると言ってるけど、わたしには見せてくれないんです。でも、おおよその寸法は聞いてるから、わたしはテーブル作りに取りかかるつもりでした」

「もちろん、あなたたちならやるでしょう」

「ところが先週、マクナブとブルックリンのとある場所に出かけたんです。巨大なチャリティショップやフリーマーケットがあって、アンティークや中古品を売ってる場所です。そこで、リビングルームにちょうどよさげな素晴らしいソファを見つけました。カバーを張り替えたりするだけですぐ使えます。でも、すごい掘り出し物はそれじゃないんです。あるテーブルを見て、父の作ったものが思い浮かびました。それはまだ実家で使ってるはずです。オークの厚板で作った大きなライブエッジ・テーブル（天板の両サイドに木の自然な形を取り入れたデザイン）で、脚はファームハウス・スタイル。おそらく十二人掛け。わたしたち二人のときとか、気の置けない仲間とのときは、ここにはカウンターがありますけどね。そのテーブルは傷んでて、脚の何本かには犬に思いきり噛まれた跡がありました。でも修理はきくし、なんとか値段を負けさせれば、かなり負けさせれば買える金額だった。

　そのテーブルは父のことを思いださせたので、わたしはじっくり品定めしました。そうしたら天板の裏側に父の名前と日付があるのを発見したんです。父はいつも自分の作品にサインを入れてました。わたしは大声で泣きだしました」

「無理もないよ。運命がきみをそこへ導いたんだね」

ピーボディはロークに向かってうなずいた。「わたしもそう思いました。日付は、わたしが生まれた年でした。だけど、こんなことってあるんでしょうか。すごい確率ですよね？　しかもブルックリンで」

「運命は確率などものともしない」ロークが言った。

「ですよね。現にあったんだから。そこでそのテーブルを売ってた男性は駆け寄ってきました。わたしが床に座り込んで大泣きしてたから。それはもういいとして、彼は十五パーセント値引きしてくれて、マクナブはさらに五パーセント負けさせました。今はガレージに置いてあります――そこに入れる車は持ってないので。今のところは。作業場として使おうと思ってます。父にはまだ教えてないんです。感謝祭に家族で来てもらおうと思って。感謝祭には間に合いますよね」

期待に満ちた目で見つめられ、ロークはピーボディの肩をさすった。「きみたちならできるよ、余裕でできる」

「そこがどうなるか目に見えるようです。わたしは椅子探しを始めますよ。新品じゃなくて、揃いでもないやつ。調和はまた別の話です。だからダイニングルームはまだしばらくかかりますね、リビングルームも」ピーボディは先に立って歩きながら言った。

「わたしは絶対、今週末までに決めますよ。フィーチャー・ウォール（四面ある壁のうち、一面だけ特徴づけた壁）をやるかやらないか。だけど、すでに一面には暖炉と本棚があるんですよね」

その暖炉を両側からはさんでいる本棚はまだ空っぽだ。以前見たときの暖炉は古びて、煤けていた。

それが今は木の枠のなかで光り輝いている。ピーボディがひと目見るなり大騒ぎした木製装飾もすべて輝いている。

「だから壁はソフトな感じにしようと思ってます——部屋の広い空間とすんなりなじむような——そして、ストリートアートを飾ります。ソファは昔懐かしいクラシックなもの。イメージとしては都会のファームハウスですね」

パウダールームはソフトな感じではなかったが、大胆で、趣があって、折衷的だった。

「わたしたちのオフィスは階下の部屋を利用することにしました。それから、そこにもリビングスペースを作ろうぜ、ということになりました。パーティ用のスペースとか、くつろいで映画を見るスペースとか。そこにホームバーとバカでかいスクリーンを設置して。だからオフィスはこっちです」

ピーボディが両開きのポケットドアをあけると、イヴは目をしばたたいた。

壁のペイントについては、飛沫《スパッター》だかスプラッターがどうとか言っていたけれど、まさにそれが施されていた。

さまざまな色の塗料を飛び散らせ、ＥＤＤを思いださせる突飛で、バカバカしくて、支離滅裂な空間ができあがっていた。

「これをやったときは楽しかったですよ。飛び入り参加自由で、そこらじゅうにペイントして。あのときのベラを見せたかったです」

ベラとその両親が近づいてくる音が聞こえ、イヴは振り返った。

幸せいっぱいの顔をしたレオナルドは背後からハグしてきて、イヴの頭のてっぺんに顎をのせた。「この子は今、自分の遊び部屋の壁もこんなふうにしたがってるんだよ」

「そうするのよね、ベラ？」

ベラは部屋に駆け込んできて、クルクルとまわった。「ペイント！」そして何かを跳ね飛ばすように小さな手をあちこちに振った。「ウー！」

「父が製作中のパートナーズデスクはこの部屋の真ん中に置くつもりです。この家の元の持ち主はここを正式な客間みたいな感じで使ってました。だけど、あの壁紙はマジかよ《ジーザス》でした。あ、ごめん、ジーズ（ジーザスの婉曲表現）」ピーボディは言い直した。「ここにはスクリーンを何台かと、座って話し合えるエリアを設置し、クローゼット内にオートシェフ置き場を作ります。マクナブはわたしたちのコンピューターシステムを構築中で、ロークとフィーニーが仲間に加わってくれてます」

「僕たちにとっては楽しい遊びだ」

「あなたたちの〝楽しい〟はちょっと理解できない。なかなかいいワークスペースね」イヴは言った。「たとえクレイジーな壁があっても」

マクナブが跳びはねるようにはいってきた。「パーティに遅れちゃったかな?」

彼は間違いなくこのクレイジーな壁になじんでいる。

「わたしたちはもうすぐパーティから抜け出さないといけないのよ」イヴはマクナブに言った。「仕事が残ってるの。だから……」とピーボディを指さす。「取引」

「どういうこと?」マクナブが聞いた。

「わたしたちは死亡したか免職になった警官リストを推し進めなければならないの」

「なんだ、それなら順調だよ」マクナブはポケットがいっぱいついたカナリア色のバギーパンツのポケットに両手を入れた。「俺は次の一団を終わらせた。だからちょっと遅れたんだ。ダラスの自宅とオフィスのユニットに送ってあるよ」

「じゃあ、すぐ取りかからないと。ねえ、この事件が解決したらまたここに来て、家じゅうのツアーをしてもらう。両方とも。素晴らしい家ね、すごくいい感じだわ」

「これも取引しましょう」メイヴィはレオナルドの腕のなかに心地よく収まった。「あんたが事件を解決したあとの最初の土曜日の夜、あんたたちはディナーとツアーに来る。あたしたちはグリルを手に入れる。使い方はピーボディがよく知ってるから、レオナルドとマクナブに教えてあげられる。ベラと二番ちゃんとあたしは、その役目は遠慮することにするわ」

イヴはロークのほうをちらりと見た。彼がうなずくことはわかっていたけれど。「オーケイ。それで決まり」

すでに自分の車を返していたロークがイヴの車の運転席につくと、ファミリー――彼らのことはそれ以外に呼びようがない――は手を振って見送った。

「〝豪邸プロジェクト〟は順調に進んでいる、予定よりも早く」

豪邸のゲートが開いた。

「じゃあ、感謝祭よりまえね」

「僕は十月に設定したが、今は九月中旬だと思っている。彼らにはまだジタバタすることがあるかもしれない――これはあっちのスペースに置きたい、とか。あるいはピーボディのように考えたり――あのテーブルを塗りたい、とか。しかし工事の完了は、やはり九月中旬だろう」

「その場にいるあなたがいっぱい見える」

「そうなの?」

「この壁を取り壊すなら、こうしたほうがいい。この壁をここに残したいなら、ああしたほうがいい」

「このプロジェクトに加わって、僕は大いなる喜びと満足を得ている。あの家はハッピーな場所になった。今後もますますハッピーになるだろう」

「その点については、わたしも同感しないわけにいかない。ベラと今度生まれてくる子はあの家で成長していく、わたしたちが子どものころはそういう人間が存在することを知らなかった温かい人たちに囲まれて。メイヴィスとレオナルドは子育ても、その環境を整えるのもうまい。そこにピーボディとマクナブが加わる。フリー・エイジャーと電子オタク《e ギ ー ク》がそばにいれば便利よね。双方にとって旨《うま》みのある取引だわ」

イヴは座席の背に頭を預け、目を閉じた。

「夕食は外でとろうと思っていたんだが、それは選択肢にないね」

「ごめん。捜査はハッピーな場所とは縁遠いの。あなたは〈オープン・ドアーズ〉という組織を知ってる?」

「聞いたことがあるような。組織の目的は?」

「元受刑者の女性たちに、必要なら住むところと、仕事に就くトレーニングを提供したりしてる」

「ああ、それなら知っている。グリーンリーフとつながりがあるのかい?」

「ううん、スタッフのひとりには会ったけど、彼女の容疑は晴れた。〈アナザー・チャンス〉はどう?」

「もちろん、よく知っているよ。〈ドーハス〉はそこと連携しているから」

「ダーリー・タナカ」

「思い当たらないな——エルヴァ・アルネズが挙げていた名前のなかにあったよね？　エリザベス・グリーンリーフの女性グループのひとり」

「記憶力がいいわね、そのとおり。彼女はそこを運営してて、疑いも晴れてる。デラ・マクロイという人は？　わたしの時間が無駄にならずにすむから」

「たしかに、彼女のことは少しだけ知っている。もし僕の意見が役に立つなら、きみはそこで時間を無駄にすることになるだろう。今、思いだしたけど、彼女は〈オープン・ドアーズ〉の創立者で、資金を集めて組織を発展させるために休むことなく働くかたわら、善行を施している。彼女は本当に驚くべき女性だと思う」

「納得がいくし、あなたの意見は参考になる。ただ、その線を追ったのは時間の無駄だったとは言えない。その組織を調べなければならなかったし、スタッフを尋問して容疑を晴らさなければならなかった。時間を取り戻したいと思うことはできるけど、時間を無駄にしたことにはならない」

「食事をしながら、僕に何ができるか教えてくれ」

「詳しく調べたい金銭面があるんだけど」

「そうやってきみは、僕に夜の楽しみを提供してくれるんだね」

「ホイットニーに最新情報を報告しないといけないいんだけど、ホロでやりたい」

ものだわ。

「お安いご用だ」

そうよね、あなたにとっては、とイヴは思った。早く自分で操作できるようになりたいものだわ。

「金銭面のほうが終わって時間が余ったら、その死亡したか免職になった警官リストのほうも少し引き受けるよ。そっちも楽しそうだ」

そうよね、あなたにとっては、とイヴはまた思った。

「その申し出は歓迎する。リストはめったやたらに長いの。ジェンキンソンが昇進した」

「それは朗報だ。でも、きみはそうなると思っていたんだよね」

「ブルペンのみんなの前で発表したとき、彼が少しもじもじしたのは愉快だった。今日はヤンシーに連絡するつもりだったのに、あなたがあの絵をすごく気に入ってくれたことを伝えようと思って」

「彼とは話したよ。シニードも」

「ほんと?」

「ヤンシーの話では、朝一番に彼女から連絡があったそうだ。彼はものすごく感激していたよ」

「それでも、わたしは連絡しなきゃ」イヴはふたたび座席の背に頭を預けた。「わたしたちは本当に二十四時間前くらいに戻ってきたばかりなの?」

ロークはイヴの手に手を重ねた。「殺人はこっちの都合なんか考えてくれない、今だってそうだろう?」

「まったくね。スパゲッティ・アンド・ミートボールでも食べない?」

「なんて素晴らしい考えなんだ」

10

わが家の門を通り抜けたとき、もし選んでいいなら、ベッドにバタンと倒れ込んで十時間眠りたい、と思ったことを素直に認める。

そんなことはしないのだから、口に出して言うまでもない。

玄関まで行くと、ロークはイヴの手を取って関節にキスした。「食事をすれば元気が出るよ」

顔に出ていたのか。わざわざ言うまでもなく。

もちろん、サマーセットはぬうっと立っていた。猫はそっと近寄ってきて、リボンのようにイヴの脚に巻きついた――まるで、昨日イヴに完全に腹を立てていたことなどなかったかのように。

「ツアーはいかがでしたか?」

「きみもそのうち、あそこまで行かなければならなくなるぞ」ロークはサマーセットに言った。「ピーボディの滝は芸術面でも力学面でも研究対象になる」

「私も拝見しました、数日前にも見にいきました。まさに、そのとおりです。もう少しあちらでゆっくりされて、お食事もすませてくるのかと思っておりましたが」

「仕事」イヴは階段のほうへ向かいだした。

「ああ。それはそうですね」

口調の変化に気づいて、イヴは肩越しに振り返り、ロークの台詞《せりふ》を拝借した。「殺人はこっちの都合なんか考えてくれないの。だから」と、ひとこと付け加えた。「気をつけなさいよ」

仕事部屋《オフィス》にはいると、イヴはジャケットを脱いで脇に放った。

「食事が先だよ、イヴ。きみはだいぶ弱っている」

「どうしてもホイットニーに報告したいのよ」

「時刻を考えたら、彼もおそらく夕食をとっているころだろう。僕たちもそうしよう。それから彼に報告すればいい」

「チッ、たぶんあなたが正しい。彼にはメッセージを送って……一時間後は都合がいいか聞いてみる。一時間あれば食事をすませて、情報を少し整理できるわね」

「名案だね。じゃあ、そうしよう。十分使って、マーダーブックかボードのどちらかを準備したら？　僕は食事の準備をする。食事をしながら、僕に最新情報を聞かせてくれ。予行練習だ」

イヴは十分をマーダーボードに使った。目に映るもの《ビジュアル》はこれまで例外なくプラスに働いてきたから。そのビジュアルのおかげで、アルネズとロバーズはまだイヴの容疑者リストにいる。今のところそのリストに載せる者はほかにいないので、彼らはリストの筆頭に置かれている。

少なくとも、死亡したか免職になった警官リストを精査する機会があるまでは。

「準備できたよ、こっちで食べよう。ワインでも飲んで」

ロークが小さなバルコニーに出るドアをあけ、二人とも新鮮な空気を味わった。彼はパスタに付け合わせのサラダを添えたけれど、文句は言わなかった。

「わたしは怪しいやつを見つけたと思ったの」とイヴは切りだし、ロークにセレン・ブレナーのことを話して聞かせた。

ロークは話に耳を傾け、うなずき、ワインを飲んだ。

「彼女が潔白なのはたしかなのかい？」

「彼女には鉄壁のアリバイがある。データを改竄してるといけないからセキュリティフィードをEDDに送ったんだけど、たぶん何も出てこないでしょう。彼女のアリバイを証明する人間が二人いるし、三人で見てたという映画も、その時間帯も正しいことが判明した。彼女の保護観察官は彼女を成功例だと見なしてるし、出所してからの経歴もきれいなものだった。それに……」

「それに?」

「彼女はピンとこなかった。とにかく、ピンとこなかったの」

「だけど、容疑者候補はまだほかにもいるよ」

イヴはミートボールを突き刺した。「ものすごく大勢いる」

「その大勢の金銭面を調べるのは僕なのかい?」

「たぶん、そのうち。今夜は、アルネズとロバーズをとことん調べてほしい」

イヴを見つめながら、ロークはフォークにパスタを巻きつけた。「隣人だね」

「彼らには何か感じるから。まあ、その理由が〝彼らには機会が目の前にあったから〟というだけかどうかはわからないけど。夫妻と親しくなって、時間をかけて、目的のための努力をする。そして努力の甲斐《かい》があったので、実行に移す計画を練る。寝室にはいり――ベスがいつも時間に遅れることは知ってる――彼女がそちらを見てないときに窓の鍵をはずしておく」

イヴはミートボールを食べ、フォークを振った。

「アルネズはベスと一緒に出かけ、ツーフロア上にいるパートナーに合図を送ればいいだけ。彼は日没後に避難はしごを降り、警部を殺し、自殺に見せかけてから上階に戻る。アルネズは帰ってきたらもう一度寝室にはいって窓の鍵をかけるつもりだったと思うんだけど、そこにわたしたちがいたから、そうはいかなくなった」

イヴは食事を続け、罵倒語を吐き、また食べた。「そんな単純な場合もある。そうじゃないときもあるけど、そんなこともありえる」

「わかった、調べてみるよ。とことん、ね」

「あなたの見立てはこれからでしょ」

「僕はきみの直感を信じている」ロークはためらわずに言った。「だが、リストは長いときみは言っていた」

「ええ、そうよ。ほかにもグリーンリーフ家にはいり込めるほど夫妻と親しくなった者がいるかもしれない。たとえば、妻が出かけてる隙に警部に会いにいったりとか」

イヴにはその光景が見える――そんな単純なことかもしれない。

「ちょっと寄ってみただけ。〝調子はどう、マーティン〟的なやつ。そしてトイレを借りたいと言って、寝室へまっしぐら。十秒ジャスト」

「そして彼の妻は、きみに聞かれても知らないから言えないだろう」

「そうそう。あるいは、犯人はあのアパートメントをずっと見張ってて、夫妻のルーティンを把握した」

ロークはうなずいた。「人というのはけっこう、自分で思っているより予測がつきやすい行動を取っている」

「そうなのよ。あのビルに住んでるか、そこの住人となんらかの接点がある者。そういう者ならあなたの言う磁石の手段を使える。あるいは夫妻のアパートメントに住人がいないとき、事前に忍び込むこともできる。窓の鍵をかけ直しておくことは心配しなくていい、もう用はすんでるんだから」

イヴはワイングラスを手に取った。「そんなに単純じゃない場合もある」

「そうだね。僕の直感が必要かな？」

「それがなかったら、あなたは民間の専門コンサルタントになってない」

「そこまで言うなら。この事件に関しては、僕には磁石の手段は見えない」

「理由は？」

「犯人はまず、すべての窓に鍵をかけておくという彼らの習慣――というより、ルールかな？――を知っていなくてはならない」

「そうね」パスタを巻きつけながら、イヴはうなずいた。「それを知ってるとして」

「それを知っているなら、侵入方法はすでに見つかっているだろう。侵入方法が見つかっているなら、どうしてわざわざ、よけいな時間をかけたり危険を冒したりしなくてはならないんだ？　さらに、セキュリティフィードはループ処理され、三日ごとに上書きされるんだよね？　ならば、もっと単純なのはビルの正面からはいることだ――マスターキーを使うにしろ、接点のある住人に入れてもらうにしろ。グリーンリーフ家、またはほかの住人との接点。窓の鍵をあけ、去っていく」

「夫妻が気づいて、また鍵をかける恐れもある」

「その恐れはある。だが、ほんの二、三日のことだから可能性は低い」

イヴはパスタを巻きつけたままのフォークを彼に突きつけ、おもむろに自分の口に運んだ。「あなたなら磁石を使ったでしょ」

「おそらく、使っただろう。しかし僕が侵入するとしたら――昔の話だが――盗みが目的で、人を殺すことじゃない。きみはひとつの目的――というより二つか、自殺に見せかける必要があるから――を持つ者を探している」

「そうなると、どうしてもアルネズとロバーズに戻っちゃうのよ」

「ひとつの見方としてはね」肩をすくめ、ロークはさらにワインを飲んだ。「別の見方として、そこの女主人は春の大掃除の際には窓の鍵をあけることを認めている。もし担当捜査官が自殺を受け入れるなら、彼女はあの窓だけ鍵をかけ忘れたのだろうと考えるのは簡単だ。いずれにしてもグリーンリーフ警部は死んだのだから目的は達成された。なぜ窓の鍵などというささいなことを気にするんだ？　そんなことはいくらでも説明がつくのに。まだある」

ロークは指を一本立てて、イヴの反論を封じた。「タイミング、ウェブスターの予期せぬ訪問。もし犯人がウェブスターのノックや声を聞きつけたなら、鍵を操作する計画と発見される危険を天秤《てんびん》にかけるだろう。そして逃げるほうを優先させる」

「そこは賛成。もうひとつの問題。わたしたちは妻の予定について、警部が誰に話してたか知りようがないってこと。その点についてわたしが引っかかるのは、これは衝動殺人じゃないし、一日とか二日で立てた計画殺人でもないってこと。もっと時間をかけた犯行」

「たしかにそう思える」ロークはあいづちを打った。「獄中にいる警官には時間がたっぷりある。その警官とつながりがある人物にも」

「そして、アルネズにもロバーズにもそんなつながりは今のところ見つかってない。今のところはね」

「僕は金銭面に取りかかるよ。ここを片づけたら、きみのホロ・ミーティングの設定をしてあげよう」

「ここはわたしがやる。あなたはホロの設定をやって。あなたは正しかった」とイヴは言い足した。

「ほう、あまりにも多すぎて言い尽くせないだろうが。この事件については、具体的にどこかな？」

「食事は効き目があった。やる気がわいてきたからそれを利用する」

後片づけをしながら、イヴは頭のなかでホイットニーへの報告を復唱した。キッチンから出てくると、ロークはイヴのコマンドセンターのそばにいた。

「いつでもいいように準備できている。あとは任せて大丈夫？」

「もちろん。自分でも最初からできたかも。あなたのたった四倍か五倍くらいの時間しかかからないだろうけど、わたしにもできたかもしれない」

イヴは立ち止まってマーダーボードを眺めた。「あなたの指摘は鋭かった。犯人には目的があった。そして自分にはまだ二時間ほど余裕があると思ってた。もしかしたら、もう少し自殺の種を蒔《ま》いておくつもりだったかもしれない。でもそのとき、ウェブスターがドアをノックする音が聞こえた。犯人はもう逃げ出すしかない、しかも急いで。

玄関から出ることはできない——そうする予定だったかもしれないけど。侵入口の窓に鍵をかけ、目的を果たし、自殺の種を蒔き、玄関から外に出る。ビルのなかに時機をうかがう隠れ場所があったかもしれない。ほかのアパートメント、階段、地階のトランクルームかランドリーエリア。この事件は警官とつながりがあり、警官には捜査官が初動捜査でセキュリティフィードを確認するという知識がある。犯人はそれが終わるまで待ってから去っていく。もう安全」

「それだときみのリストは短くならない」

「少しも短くならない」

「僕はきみの容疑者候補を見つけられるよう、なんとかやってみるよ」

イヴはもう一度アルネズの写真を見つめた。「彼女はあの場にいた。もし彼女がこれに関わってるなら、すごく頭がいいのか、それともすごくバカなのか。わたしにはまだ決められない」

ロークがいなくなると、イヴは位置につき、ホロを呼び出した。

カジュアルな服装のホイットニーを見ると、いつも一瞬ドキッとさせられる。デスクについているホイットニーは、ネイビーの無地のTシャツを着ていた。そんな恰好をしていても、指揮官の威厳は薄らいでいない。

「部長、今晩の予定をあけてくださりありがとうございます」

「きみは一日じゅう働いた。あるいはそれ以上か」彼は付け加えた。「その後わかったことは？」

「わからないことのほうが多いです。身上調査、事情聴取、行動と時間の確認がすんだので、グリーンリーフ警部の家族は全員、疑いが晴れたと言えます。我々は警部が取り調べた者たちを掘り下げる作業を始めています。わけてもNYPSDを辞めさせられた者、刑事罰に問われた者に重点を置いています。前述の理由でその後自殺した者、殺された者、死んだ者。そして彼らとつながりのある者――家族、配偶者、パートナーなども」

イヴは今日の捜査の進捗報告をした。セレン・ブレナーの聴取も含めて。

「ブレナー捜査官のことは覚えている。彼女が潔白なのはたしかか？」

「はい、断言できます。ピーボディ捜査官とマクナブ捜査官は警官のリストをまとめる作業を続けています。わたしもこれから加わります。明日はそれらの人物たちをさらに調べていきます」

「少しまえにエリザベス・グリーンリーフと話をした。葬儀は明後日《あさって》おこなう予定だそうだ。私はできるだけ大勢参列してもらいたい、正装で。きみときみのチームは、捜査上の理由がある場合はその義務を免じる」

「我々もできるかぎり参列します、部長」

「それでいい。我々は警官殺しを追っているんだ、警部補。ほかから人員を引き入れることができるなら、そうしなさい」

「承知しました」

「それから、背後に気をつけてもらいたい」

「部長?」

「ランシングが本日バッジを失い、正当な理由により即時解雇された。彼の上司もその決定を支持した。彼はその決定に納得せず、その判断の裏づけとなり正当解雇の理由であるところの、みずからの……リアクションを記録した内容にも納得していない。さらに、きみのブルペンでの言動に対する自己責任はどれひとつ認めなかった」

「認めるとは思っていませんでした」

「背後に気をつけるんだ、ダラス」ホイットニーは念を押した。「ランシングのことはどうも気になる」

「わかりました」

「引き続き、捜査の進捗を知らせてくれ。この事件は過去の警官に行きつく。そいつはかつて私の部下だったかもしれないのだ」

ホイットニーはしばらく黙り込んだ。何も言わなくてもわかる。イヴには彼の肩にのしかかる重荷が見えるようだった。

「健闘を祈る《グッド・ハンティング》」と言い、ホイットニーは通信を終了《サインオフ》した。

イヴはホロ・プログラムをシャットダウンし、コーヒーをプログラムした。そしてコマンドセンターにつき、狩りを開始した。

およそ一時間後、グリーンリーフが引退したところまで年代順に遡ったところで、イヴはようやく連絡を取ってみようと思える人物を見つけた。彼が指揮を執った最後の内部調査の対象は、採用されて八年以上になる巡査で、懲戒処分二回以上、過剰な暴力行為に対する苦情や非難の声が何件もファイルに記されていた。

ドレーク・ミルロッド巡査は最後の勤務日となった夜、酩酊《めいてい》状態でパーティから帰宅する途中の六十代のトランス女性（出生時に男性と割り当てられたが、現在は女性である人を指す）に行き合わせた。ミルロッドはパトロールカーを停め、装着していたボディ・レコーダーのスイッチを切り、捜査パートナー――採用されて三カ月にも満たない新入り――に同じことをしろと命じた。

アグネス・カート巡査にはその命令を無視できる良識があったので、彼女のレコーダーにはミルロッドがトランス女性を嘲弄する場面がはっきり映っている。女性は酔っていたため、最初のうちは面白がっていた。

やがてミルロッドは彼女を地面めがけて投げつけ、手錠をかける過程で——そんなことをする理由はどこにもないのに——手の指を二本折り、顔面や身体に暴行を加えた。

カートが止めようとすると、ミルロッドは彼女に襲いかかり、スタナーを抜き、撃つぞと脅した。それからその武器をトランス女性に使用した。

カートが応援を呼ぶと、今度は彼女を撃った。彼女が地面に倒れても、レコーダーにはミルロッドがすでに意識を失っているトランス女性をまた撃つところが映っていた。

応援が到着するまでにミルロッドの言い訳はできあがっていた——女性の攻撃に対処しようとしたところ、自分のパートナーがそのあいだにはいってきたのだ、と。

女性は病院に搬送される途中で死亡した——頭部外傷、神経機能不全。カートは脳震盪《のうしんとう》を起こしていた。彼女のレコーダーには事態の一部始終がしっかり記録されていた。

ミルロッドが停職処分を受けたあとにおこなわれた内部調査で、カートの記録と供述の正しさが裏づけられ、グリーンリーフは解雇を勧めた。ミルロッドは第二級殺人、暴行、制式武器の乱用、その他多数の罪に問われた。

ミルロッドは目下、地球外の刑務所で二十五年の刑に服しているが、弟と両親と前妻は健在である。

地球外から復讐や殺人を指示するのは容易ではないものの、彼はグリーンリーフ、カート巡査、担当検事に対し、公の脅迫的声明を発していた。

イヴはカートから始めた。

「カート巡査、ダラス警部補です」

「イエス・サー。警部補のことは存じ上げています」

「わたしはグリーンリーフ警部殺害事件の捜査を指揮してるの」

ピーボディと同じ年頃で浅黒い肌をしたカートは、情熱的な茶色の目を閉じた。「ミルロッドのことを知りたいんですね。警部補、彼はあと十五年は地球外にいます」

「承知してるわ。彼は投獄されたあと、あなたに連絡を取ろうとした？」

「いいえ」

「どんな内容でもいいから、彼と関わりのある誰かから連絡はあった？」

「裁判が終わってからはありません。警部補、わたしはあのことを忘れようとしてきたんです。わたしは警官になってようやく二カ月が過ぎたところで、頑張って仕事を覚えて、いい警官になろうとしていました。わたしは彼に不利な証言をしました。それ以来、大勢の警官がわたしと一緒に働きたくないと言いだして、だから――」

「だったらそれは、彼らが間違ってる。完全に間違ってる。わたしはその一件を調べ、あなたの記録を確認し、あなたの供述に目を通した。その記録はあなたが応援を呼んだことや、捜査パートナーが手に負えなくなったという供述が事実であることを証明してる。あなたがやったことはすべて正しい。間違ったことは何もしてないのよ」

「ありがとうございます。ですが、まわりから信頼され、自分もまわりを信頼できるようになるまで何年もかかりました。わたしはすでに終わったこととして、そっとしておきたいんです」

「了解した。連絡はないのね？」

「ありません。もしあれば報告しています。十五年後に彼が出てきて、わたしを見つけ出そうとしたら、そう簡単にはあきらめないでしょうから。グリーンリーフ警部は頼りがいがあってプロに徹したかたでした――そういう人はあまりいませんでした。今でもあまりいません。警部の死とその状況を聞いて、わたしは心の底から残念に思います」

「わかったわ、巡査。これだけ言わせて。頼りがいのある人があまりいない状態が続いてるなら、わたしがあなたを引き受ける。わたしはしっかりした警官を認めてるの」

カートはその情熱的な目をまた閉じた。「それは大変ありがたいことです。口で言い表せないほど。でも、わたしは殺人課には行きたくないんです。いまだに彼女の顔が頭に浮かんで。マンディ・レビンズ、六十三歳。ご厚意はありがたいのですが」

「もし気が変わったら、いつでも歓迎する。あなたはできることはすべてやったのよ、巡査。あなたは自分の務めを果たした。それを忘れないで」

イヴは弟に移った。ポール・ミルロッド、三十六歳、子ども二人、七年前に結婚、現在はニューメキシコ州アルバカーキに住み、未成年を専門とするセラピストをしている。リンクに応答したハンサムで穏やかな顔は、警戒しながらも無表情を装っていた。

「ＮＹＰＳＤ？」

「そうです。わたしはこちらで殺人事件の捜査を率いている者です。被害者は元ＩＡＢの警部で、十年前にあなたのお兄さんの調査を指揮していました」

「なるほど。僕がどんな助けになるかわからないけど」

「お兄さんとはよく話しますか？」

「いや、連絡はずっと取ってない。最後に話をしたのは兄が起訴されたときで、裁判で僕に情状証人をやってもらいたいからニューヨークまで来いと言われたうえ、弁護士費用の二万ドルを用立てろと言われた。僕は両方とも断った。それ以前となると僕が大学に進んだときが最後かな、その後連絡は取り合ってない。あれは僕が十八歳のときだから、十八年ぐらいまえのことだろう」

ポール・ミルロッドは片手をあげた。

「お互いの時間を節約させてくれ。ドレークは昔からずっといじめっ子だった。あいつは僕が逃げ出さないかぎり、とことん僕をいじめた。両親だろうと、前妻だろうと、いじめることができる相手は誰でもいじめた。あいつにはバッジと武器を与えるべきじゃなかったんだ」

「彼のファイルに目を通したけど、ミスター・ミルロッド、異論はないわね。彼は両親にも連絡したかしら」

「してないな。連絡があれば僕に教えるはずだ。両親も今はこっちに住んでる。彼らは何度もあいつに心を折られた。家を抵当に入れて弁護士費用を払えと命じたり、自分の両親を脅迫したり。あいつは母親を殴ったんだよ、警部補。あれがまさしく最後の一撃だった。あいつは今、自分のいるべき場所にいる」

「彼が復讐することに手を貸しそうな者に心当たりはある？」

「ないよ。あいつはありがたいことに、もう十八年も僕の人生に関わってこなかったし、僕もあいつの人生には関わらなかった――あの最後のいまいましい会話をのぞいて。僕は本当にあなたの助けにはならないんだ。できることならそうしたいけど」

　イヴは彼のことを信じた。

「時間を割いてわたしと話をしてくれて、ありがとうございました」

「どういたしまして。ひとつ加えてもいいかな？」

「どうぞ」

「あいつは危険な男だが、そうなるのは自分より弱い相手に対してだけだ。いじめ野郎の大半がそうであるように、あいつも臆病者なんだ。僕は弟で、あいつの目から見れば弱い者だった――たしかに何年ものあいだはそのとおりだった。うちの母は女性だ、だから弱い者になる。あいつの前妻も女性だから弱い。だが、あいつがその警部を自分より弱いと見なしつづけた可能性は低い。たとえ復讐の手段を見つけられたとしても」

「アドバイスをありがとう」

「うまくいくといいね」

　イヴは椅子に座り直し、考えをめぐらせながら今の会話の報告書を仕上げた。

　ミルロッド、可能性は低い。そこまで切れ者ではないし、たとえ仕事はずさんで料金は安くても、殺し屋を雇えるほどの金の余裕もない。

　ロークがはいってきたので、そちらに目をやった。「たぶんあなたのほうが、わたしよりツキがあるかもしれない」

「これを聞いても、はたしてきみはそう見るかな」目の前にあったので、ロークはイヴのコーヒーを手に取って口をつけた。「アルネズとロバーズ。金回りに急激な変化はなかった。彼女はパートタイムを含めると十五歳から働いている。僕が確認したところでは、アルネズと母親は協力し合って彼女のカレッジ費用を捻出した。彼女は主にオンライン授業を受講し、働く時間を増やした。彼女の金銭感覚はしっかりしている」

　ロークはイヴのコーヒーを置き、少しのあいだ水に切り替えることにした。

「きみも知っているとおり、彼女は職場を転々としているが、それは彼女なりの戦略だ。

隠し口座はなく、不自然な入金や引き出しもない。請求書の支払いは遅れたことがない。家賃を別にすれば、いちばん大きな支出は被服費で、彼女の職業経歴を考えればそれもうなずける。

アルネズの母親は四年ほどまえに、同棲相手と一緒にジョージア州に転居した。アルネズがそちらへ旅した記録は見つからなかったから、母親との仲はあまりよくないのかもしれないと思う」

「彼女のアパートメントには家族の写真がなかった。一枚も」

「それは無理もないよね？　彼女は生まれてからずっとニューヨークで暮らしている。母方と父方の祖父母はその地域に住んでいないし、祖父母のもとを訪れた旅の記録もない」

「すべての家族が家族だとはかぎらない」

「まったくそのとおりだ」ロークは同意した。「いっぽうロバーズは生まれ育った街で自動車整備士として働きつづけていて、家族もすぐ近所に住んでいる。彼の金銭の出し入れを見れば、家族を扶養していることがわかる。余裕があるときは気前よく援助する。彼は給料だけでもいい暮らしができるうえ、クラシックカーを復活させ販売している。彼は商売気があり、腕もいいようだ。彼の商売はとてもうまくいっている。

彼の金銭面にも怪しいふしはない。その線は行き止まりだと言わなくてはならないな」

「わかった。それだけ調べてないなら、やっぱりないんでしょ。祖父母たちはどう？　アルネズの」

「母方の祖父母は——離婚した。祖母はネヴァダ州リノに、祖父はテネシー州メンフィスに住んでいる。父方のほうはまだ夫婦のままで、二十年くらいまえ、妻の家族が住んでいたウィスコンシン州に転居した。彼らはその後、フロリダ州タンパに引っ越している。やはり、どちらへも旅した記録はないし、金銭的な援助やプレゼントがあった形跡もなかった。互いに連絡を取り合っているかどうかはわからないが、ほかの点を考えるとそれも怪しいな」

「オーケイ。まあ、いいでしょ」行き止まりを迎えて立ち往生しているようでは、頭が固い。というか、愚かだ。「とにかく先に進まなくちゃ」

「そっちに手を貸そうか？」

「あなたに渡せる候補者が何人かいる。金銭面を続けるっていうのはどう？」

「僕の好物だ」肩が凝っているのが見えるようだったので、ロークはイヴの背後にまわって凝りをほぐしてやった。

「だけど、きみは金銭面から手がかりがつかめると本気で思っているのかい？」

「犯人は警官なのよ、もしくは警官とつながりがある者。グリーンリーフ家に侵入したり、彼らの習慣を知ったりするには、同じビルに住んでるか、近くに住んでるのがいちばん簡単だとまだ思ってる。あのビルの住人を調べてみたけど、何も出てこなかった。でも、たとえば彼らの金銭面に何か怪しい点があったら？　収入か支出――殺しを請け負った者への報酬、あるいはなんらかの脅迫に対する報酬。または、食いものにされやすい依存症の持ち主」

「よし、わかった、調べてみるよ。名前を送ってくれ。あと二時間やろう。二時間だよ」ロークは念を押した。「今夜のところはそれで終わろう。きみの食事の効果も薄れはじめている」

「そうかも。でも、コーヒーがある」

「あと二時間」ロークは自分のオフィスへ戻りながら繰り返した。「僕も譲歩したんだ」

そのとおりだし、彼のおかげで時間を節約できていることはたしかだから、イヴは逆らわなかった。

イヴは腰を据えて、年代を遡る作業を続けた。新鮮な憎しみを持つ者のほうが可能性は高い。あるいは、ここ三年ないし五年以内に出所した者。

イヴは分割スクリーンを使って、その両方を推し進めた。さらに、リンクで数人と会話することもできた――なぜかというと、地球はそのアホみたいな軸のまわりを一回転することを思いだしたから。

二時間を使いきるころには、何人かの名前をリストから除外するか、リストのいちばん下まで落としてもいいと思った。

「わかってる、わかってる」と戻ってきたロークに言った。「今、終わりにしようとしたところ。四人除外した、ブレナーを入れると五人。それに確率が超低い者が三人。あとはあなたが送ってくれたばかりのデータに目を通したいだけ」

「僕が説明してあげるよ」ロークはイヴの手を引っ張って立たせた。「僕のもっとも信頼できる推測によれば」と、イヴを連れ出しながら説明しはじめる。「さらに三人をきみの容疑者リストから除外でき、ひとりをその確率が超低い者に入れられる。その名前とデータは朝になってから見ればいい」

「やったあ。あと五十万人くらいしか残ってない。ウソ。まじめな話、こっちは着実に進んでる。そこにあなたが三人か四人加えてくれたら、とても助かる。ピーボディとマクナブも約束を果たした。だからチェックすべき名前が増えたけど、彼らも除外作業を始めたから、差し引きゼロに近い」

猫はベッドで四肢を伸ばしていた。そして片目を薄くあけ、武器用ハーネスをはずすイヴをちらっと見てからまた目を閉じた。

「それから事情聴取したい者が二人。ひょっとしたらツキに恵まれるかも」

イヴはベッドの端に腰かけ、ブーツを脱いだ。

「着実に進んだおかげで、またやる気がわいてきた」

「今も？」

「今も。そして、もう三週間以上も猫をベッドから追い出してないなあと思ってる」ロークはイヴの隣に腰をおろした。「あいつを甘やかしちゃだめだよな?」

「そうよ」イヴはくるりとまわって、ロークにまたがった。「わたしが何を考えてるかわかるでしょ?」

「うすうす気づいている」

「うすうすどころじゃないわ」

イヴは彼の唇を奪い、その瞬間を楽しんだ。

二人の家、二人のベッド、二人の、まもなく腹を立てる猫。

仕事は待ってくれる、朝までだけれど。そして夜は二人のもの。

「すてきなシャツね」イヴは褒めながらボタンをはずしていった。「だから乱暴に扱うのはやめておく」

「シャツならいっぱい持っているよ」

「それでも。わが家はいいわね」イヴは彼のシャツをそっと脱がし、後ろで髪を束ねていた革紐《かわひも》を引っ張った。「たとえそのまえの――えーと――約二十六時間にいろいろあったとしても、わが家はいいものだわ」

ロークはイヴのシャツを引っ張りあげて脱がせた。「ギリシャの太陽のおかげで、きみの肌は輝いている」イヴの頬を指でたどり、顎の浅いくぼみを通り、喉元まで撫でた。

「その輝きもニューヨークにそのうち消されちゃいそう」

「じゃあ、消されないうちに味わっておこう」

そしてロークはイヴの喉元に唇を押しつけた。それから体の位置を変え、イヴをあお向けにしてベッドに倒した。

ギャラハッドがうなり声をあげ、床に跳び降りて、ゆっくりと去っていった。

イヴは思わずほほえんだ。

「もう慣れてもいいはずなのに。とはいってもね……」イヴはロークを自分のほうに引っ張った。「わたしも慣れることができる日が来るとは思えない」

いつでも新鮮だからだ。ふたたび唇を触れ合わせ、ロークはそう思った。素晴らしくなじんでいるのに、まばゆいほど新鮮だ。その味、その肌の感触、その姿態――暗闇のなかでも彼女だとわかるだろう。それでも、彼女を腕に抱くときは新鮮で突き刺さるようなスリルを覚える、いつもどんなときでも。

二人はベッドの上を転がった。脈拍は高まっているのに、まだじゃれ合っている。ロークの唇の下で、イヴの鼓動は強さと速さを増している。その両手はすばやく動き、彼の背中をつかんでから、腰まで下げていった。

二人は互いを思う存分求めた――軽くつねったり、じらすように撫でたり。やがてロークはイヴと一体になったのを感じた。呼応する鼓動、響き合う息。

ロークがなかに滑り込んできて、二人がゆっくり結びついていくと、イヴは両手で彼の顔を包んだ。

イヴは彼の目をじっと眺め、あの野性味あふれるアイリッシュ・ブルーの目を覗き込んだ。自分が感じているものすべてが、自分が彼に与えたすべてが——与え合い、奪い合ったすべてがそこに宿っていた。

そこには欲求があり、欲情があった。それを見るといつもスリルを覚える。けれど愛はあまりに揺るぎなく、あまりに果てしなく、あまりに偽りなく、ほかの感情を凌駕《りょうが》していた。それがいつになっても、イヴには不思議でならない。

一瞬、イヴの体は燃えるように熱くなった。あらゆる思いがあふれて燃えていた。それから燃えるような熱さは、お湯につかるような温かさに変わり、イヴを頂きまで運び、そこで揺さぶり、底まで落としてから、また頂きへ向かわせた。

目を見つめ合いながら、何もかもすべてがイヴのなかで輝きを放った。

ロークは彼女の名前を、名前だけを口にし、それからもう一度唇を合わせた。

ロークがみずからを解き放つ瞬間、イヴは彼にしがみつき、一緒に登り詰めた。

11

いきなり体内時計に起こされ、またしても夜明け前に目覚めた。

かたわらのシーツはすっかり冷えているので、ロークはとうに起きて、着替えをすませ、しばらくまえからオフィスにいるにちがいない。

ギャラハッドはイヴの背骨の付け根で体を丸め、眠っている。

照明を十パーセントで命じ、ベッドから転がり降りると、コーヒーを求めて寝室のオートシェフまで行った。

真夜中のように感じる時間に起きたので、何かしてもいい気がした。ショートパンツとタンクトップを身につけ、コーヒーを片手にエレベーターでジムまで降りた。

五キロのランニングをすることに決め、コーヒーを飲みながらプログラムをスクロールし、場所をニューヨークに設定した『逃げるか闘うか《フライト・オア・ファイト》』を選んだ。

ぎらつく夏の日差しのもとで、五番街は静まりかえっている。人けのない通りには古いチラシ、持ち帰り用カップ、ずたずたになったショッピングバッグが、コロコロ転がったり、パタパタはためいたりしている。ミッドタウンのショッピングの本場のショーウィンドウには、煌《きら》びやかなドレスや洒落たスーツを着た、こわばった顔のマネキンたちが展示されていた。

あるいは、割れたガラスの向こう側に裸で倒れている。壊れたものもあれば、血が飛び散っている不気味なものもあった。

けれど、割れたショーウィンドウから半身を外に出している死体を見ても、マネキンと見間違えることはなかった。死体の血はまだ新しいようで、大量に流れ出ている。そちらのほうへ駆けだしながら、イヴは右肩に注目した――より正確に言うなら、右腕がないことに注目した。

警官はどこまで行っても警官だ、たとえホログラムのトレーニング・プログラムのなかにいても。だからそばまで行って調べてみることにした。

都市戦争《アーバンズ》時代なのか？　それにしては爆弾が落とされた痕跡もないし、通りで戦闘が繰り広げられている音もしないし、軍隊や準軍隊も出動していない。

死体のもとまで行って目にしたのは、かつて人間だったものが、死体の脚を意地汚くムシャムシャと食べているところだった。

死んでいた女性がパッと目をあけた。彼女はうなり声をあげた。両手と両膝をついて彼女を食べていたものは体を起こし、よろめくような足取りでこちらへ向かってくる。

「本気？」

　イヴは武器に手を伸ばした。手にしていたのは、スタナーではなく拳銃だった。とっさに胴体を狙いたくなったが、ロークと一緒に見た、妙に面白いゾンビ映画を思いだし、頭部を撃った。

　ゾンビが倒れると、死体の肉の大半をむさぼり食われた女性が、割れた窓から這い出してきた。その目は見境のない食欲でぎらぎらしていた。

　イヴは彼女の眉間を撃ち抜いた。

　すると、ゾンビたちがぞろぞろ現れた。割れた窓からふらふらと出てきたり、マンホールから這い出してきたり、足を引きずりながら歩道を歩いたり。

　イヴは「これはだめだ」とつぶやき、逃げ出した。

　上階に戻ったときには、ロークはソファでくつろぎ、猫は彼の膝の上で体を伸ばし、テーブルにはコーヒーのポットがのっていた。きっといつもの習慣で、スクリーンをミュートにして株式市況ニュースを流していたのだろう。

「ゾンビってなんで存在したの？」

　ロークは妻にほほえみかけた。「ウイルスから生まれたという説もある」

「わたしは早く起きたから五キロのランニングをしようと思って、ちょうどよさそうなプログラムを表示させたら、ゾンビがミッドタウンからアッパー・ウェストまでそこらじゅう食い散らかしてるのよ」

「ああ、『フライト・オア・ファイト』だね？　きみはどっちにしたんだい？」ロークはコーヒーのポットに手を伸ばしているイヴに聞いた。

「その両方。五番街でゾンビのドアマンに捕まりそうになったけど、回転ドアで彼の首を九割がた刎《は》ねてやった。わたしはただ走りたかっただけなのに」

「プログラムを終了させて、別のやつを選ぶこともできただろう」

「それじゃ途中であきらめたみたいじゃない。とにかく、汗をかいたからシャワーを浴びてくる」

イヴが出ていくと、ロークはギャラハッドの額を優しく掻いてやった。「彼女は自分で思うより楽しんだに決まっている」

イヴが戻ってくると、猫はベッドに寝転がり、ロークが用意した朝食にはドーム型の保温蓋がのっていた。

「それで、わたしがゾンビと闘ってるあいだに、どの惑星を買ったの？」

「ところが、今朝は南太平洋でのプロジェクトに必要な微調整をおこなっていたんだ」

ロークが保温蓋を取り去ると、黄金色のオムレツ、サクサクのクロワッサン、それに桃がのった小さなパフェのようなものが現れた。

「しかし午後は、きみが興味を持つかもしれないから知らせておくが、きみのビルのクラブ・エリアの件で、デザインオプションについて検討するつもりだ」

オムレツにほうれん草がはいっていることは確かめるまでもない。けれど切ってみたら、ハムとチーズもはいっていた。「あれはわたしのビルじゃない。あなたが証書にわたしの名前を載っけただけでしょ」

ロークは二人のコーヒーをなみなみと注いだ。「ダーリン・イヴ、きみの名前が証書に記載されている場合、きみはそのビルを所有していることになるんだよ。もうひとつ教えておこう。ストーン――あの罵倒されても身から出た錆《さび》のテナントは、クラブと住まいをジャージーシティに移すことにした」

「ほんと？　罰が当たったのね。あのクソッタレ野郎。そういえば、クソッタレじゃないけど、前回の事件に関わってた男がいたでしょ。金属彫刻をやってて、イライザ・レーンにシアン化物を盗まれた人（イヴ＆ローク57『死者のカーテンコール』参照）」

「ああ、あの男性か」

「ピーボディが彼の持ってたランプにめろめろになったの。わたしはピーボディ側の家をちらりと見たから、あそこにそのランプが置いてある景色が見える。とはいっても、彼女が何をやっててどこをどうしたとかってことは、あなたのほうがよく知ってるわよね。あの男性にランプの写真を送ってもらったら、それによく似たランプでもいいけど、彼女の新居に合うかどうか見てもらえないかな」

「もちろん、いいとも」

「よかった」イヴは卵をスプーンですくった。「それから、メイヴィスが大喜びするだろうってピーボディが言ってた庭用の彫像があるの。わたしもメイヴィスなら気に入ると思う。レーンはシアン化物を盗む口実として、彼に制作を依頼した。その作品は今頃はもう仕上がってるかもしれないし、ああいうことがあったから解体してしまったかもしれない。どっちにしても、わたしたちはそういうやつを手に入れたいのよ、ね？　新居が完成したら贈るやつとして」

「改築祝いとして、ね。きみの話を聞いていると、ふさわしい贈り物を前もって考えているようだね」

「わたしは前もって考えてるんじゃないし、考える必要もない。それに、商品を見てまわるブラウジングとは絶対ちがう」ピーボディとの会話を思いだして付け加えた。

「ブラウジング？」

「たぶん店にいないとできないはず」

クロワッサンを二つに割ると湯気が立ち昇った。それにバターをたっぷり塗ると、その瞬間にバターは溶けだした。

「よし、わかった。彼に画像を送らせてくれ。ピーボディが合うと思ったなら、きっと合うだろう」

「これでよしと。考えたりブラウジングしたりしないですむ。もっといいのはショッピングもしなくていいこと。今日は悪徳警官たちや、彼らを愛してる者たち――愛していた、でもいいけど――のことだけ考えられる。そうあるべきだから。もしかしたらマイラに連絡して、相談に乗ってもらうかもしれない。彼女もわたしの考えに賛成かどうか確かめる。グリーンリーフの告別式は明日なの」

「きみは参列するの？」

イヴは肩をすくめ、食事を続けた。「捜査がどんなふうに進んでるかにもよる。死者に敬意を払うのは大事だけど――」

「彼を殺した者を見つけ出すのはもっと大事だ」

「そういうこと。自殺も大事なポイント」と付け加え、料理を口に運ぶ。「彼を殺しただけじゃなく、それを自殺に見せかけた。殺人をごまかすためか、あるいは遺族にさらなる苦しみを与えるためか。やっぱり今日のうちにマイラと話してみる。スケジュールのどこかに組み入れてもらう」

「死なせるだけでは苦しみが足りないということ？」

イヴは首を振りながら、パフェを味見し、この桃は裏庭の木からもいできたのだろうかと考えた。

どっちでもいいけれど、とてもおいしい。

「愛する人が殺された、そこにはショックと悲しみがある。たぶん〝もし〟と〝なぜ〟もある。自殺の場合は苦しみの種類がちがう。〝あの人はわたしを置いて逝ってしまった、彼はそれを選んだ。なぜわたしは彼の危機に気づかなかったの？〟これは妻にとっても、家族にとってもショックよね？　たぶん。それとも、鏡なのか」

ロークはいぶかしげに眉をあげ、二人のカップにコーヒーを注いだ。「ああ、そういうことか」

「そう、鏡に映したような仕返し。自殺した者、グリーンリーフにそこまで追い込まれた──と犯人は思ってる──者を失ったことへの仕返し。自分の家族に、そのちがう種類の苦しみと悲しみを与えて逝ってしまった者。見方はどうあれ、それは重要なことよ」

イヴはテーブルに手をついて腰をあげた。「もう着替えなくちゃ。三十分のつもりだったのに、ゾンビどもに思ったより時間を取られた」

「ゾンビはこっちの都合なんか考えてくれない」

まったくだと思い、イヴはクローゼットへ向かった。本日の服のコーディネートなんて自分でちゃんとできる。

まずはカーキのパンツ──黒とは全然ちがう色だから──それからネイビーのジャケット──夏だし、薄手だから。白のノースリーブシャツはその二つによく合いそうだから。

ネイビーのブーツは目の前にあったから。べつにいいでしょ？

ベルト選びは少し迷った——茶色かネイビーか——けれど、ネイビーで、茶色の革の細い縁取りがあるやつを見つけた。

イヴは急いで着替えをすませ——あいつにチャンスを与えるな！——ジャケットは手に持って出てきた。

武器用ハーネスを装着しながら、ちらっとロークのほうを振り返る。

「ふん、何よ？」

「きみがとても爽やかで、それでいて腕利きに見えるなと考えていただけだ」

イヴはバッジとリンクをつかんだ。「それは皮肉？」

「とんでもない。それどころか、きみを見た悪党はこう思うだろう——〝へっ、あんな女、簡単に倒せるぜ、そうだろう？〟。そしてそいつはボコボコにされて、きみの足元でひれ伏している自分に驚くんじゃないかな？」

イヴは思わずニヤリとしてから、自分に指を当て、上から下に滑らせた。「これだけでそこまでわかるの？」

「僕にはわかる」ロークは立ち上がり、イヴを引き寄せて抱き締めた。「今日は予定が詰まっているが、何か金銭面で調べたいことが出てきたら知らせてくれ。男には楽しみが必要だ」

「わかったわ」イヴは彼にキスした。「さっきのクラブ・エリアの件だけど、メイヴィスかアヴェニューAがギグをやると思う」

ロークはキスを返した。「頭に入れておくよ。僕の爽やかで、それでいて腕利きのお巡りさんをよろしく頼むよ」

「やることリストのトップに置いておく」

セントラルへ向かう途中で、イヴはフィーニーにメッセージを送り、マクナブをもう一日貸してほしいと頼んだ。容疑者候補を絞り込む作業もやることリストのトップにある。マイラにも相談の件でメッセージを送ろうかと思ったが、あの厳格な業務管理役を怒らせないほうがいいと思い直した。しかるべき手続きを踏むとしよう。

年代を遡る作業を続けること、とイヴは自分に言い聞かせた。けれど、自殺に焦点を合わせる。間違った方向へ進んでいるのかもしれないけれど、いずれにしても候補は絞り込まなければならないのだから、そこから始めよう。

自分は自殺した者たちを担当し、解雇または投獄されたときに自殺の道を選んだ者たちの家族関係を分類する。

警官の選別を開始する。その警官が生きていれば、まずニューヨークとのつながりがあるかどうか。投獄されたなら、グリーンリーフ家に侵入する手づるがあるかどうか。出所したなら、ニューヨークに戻ってきているかどうか、または目的を遂げるために頼ることができる者とのつながりがあるかどうか。

死亡している場合も同様の選別をおこなう。

けれど、やはり自殺がなんらかの役を果たしている。

おそらく。

イヴは朝の渋滞と闘いながら、考えに考え抜き、ちがった角度からも考え、いくつもの仮説を組み立てた。

セントラルの駐車場に車を入れるころには、その日の基本プランはできあがっていた。

車から出るなり、彼が見えた。柱の陰で待ち伏せしていたようだ。

今日は安物のスーツ姿ではない。ズボンと黒いシャツ。ひげも剃《そ》らず、髪に櫛《くし》も入れておらず、ゆうべボトルを一本か二本あけたような目をしている。

「ランシング、そんなことをすればますます不利になるだけよ」

「不利になるのはおまえのほうだ。おまえのブルペンのクソッタレどもが、そばにいないからな」

「わたしを襲うことが警部のためになると本気で思ってるの?」

「俺がおまえをやっつければ、誰かがおまえに代わる。おまえはウェブスターを騙した。ホイットニーのことも騙せるかもしれない。だが、俺はおまえがどんなやつか知ってる」

イヴは上のほうに手を振った。「駐車場にはカメラがあるのよ、ランシング。わたしのレコーダーもある、昨日みたいにね。バカなことはやめて、帰りなさい」

「俺はこのチャンスを逃さない。おまえのようなやつがバッジを持ってて、俺が持ってないとはどういうことだ？　ふざけるな」

ランシングが近づいてくると、イヴは身構えた。そのとき車がはいってきて、急ブレーキをかける音が聞こえた。

バクスターがすばやく車から出てきた。「何をやってるんだ、ランシング？」

「引っ込んでて、バクスター」イヴは嚙みつくように言った。

「ダラス」

「これは命令よ」

「そいつじゃ敵にならない。洒落たスーツに洒落た車」ランシングは唇をひん曲げた。

「おまえの取るに足らない部下のひとりだ。二人とも相手になってやるよ」

ランシングがさらに近づいてくると、酒臭い息がにおった。どうやらはったりをきかせているのではなく、本気で言っているのだろう。

イヴは相手に先に殴らせた。彼は裏拳打ちを顔面に決めるのは、相手への侮辱になると思っているようだ。

イヴは血の味を感じた。

「クビになるだけじゃなく」と言いながら、次の攻撃をブロックした。「檻にはいることになるわよ」

「そうは思わないね」

裏拳は使わなかったが、イヴは拳を使った。ランシングはよろめきながら後ずさりし、それから猛然と向かってきた。

相手はたとえ酔っぱらいで制御がきかないとしても、イヴは二、三発食らった。それ以上かもしれない。彼の拳が左の胸にめり込んだとき、痛みが全身を貫いた。

イヴはパンチをかわしながら、後ろ回し蹴りを入れて相手を倒し、続けざまに自分の関節がヒリヒリするほどのクロスパンチを決め、あとは両脚を払って尻もちをつかせた。

「動かないで！」

イヴが拘束具に手を伸ばそうとすると、ランシングはアンクル・ホルスターに忍ばせた護身用武器を取り出した。光線がそれてイヴを当てそこない、向かってくるバクスターに命中した。

「このクソッタレ！」イヴはランシングの手からスタナーを蹴り落とし、自分の武器を取り出した。「当たったの？　バクスター、撃たれたの？」

「ああ、だけど当たってない」バクスターは落ちているスタナーを足で押さえてから、ランシングに手錠をかけたイヴに、スーツの上着をめくってみせた。「魔法の裏地。〝シン・シールド〟に拍手を送ろう。なんてことだよ、ダラス、こいつは警官仲間に武器を使いやがった」

「彼は警官じゃない。彼は酔っぱらいで、救いようのないバカよ。あなたを逮捕します。警察官に対する暴行罪、武器を隠して携帯したことによる不法所持罪、その武器を警察官に使用した罪」

「くたばれ、おまえら二人とも消え失《う》せろ」

「あら、残念、消えるのはあなたのほうよ。バクスター、お願いがあるの。あなたのその洒落た車を駐車してから、この救いようのないバカを留置課へ連れてって」

「いいとも。唇から血が出てるぜ、LT。シャツにも血がついてる」

「クソ、クソ、クソッ！」

「俺の捜査キットに染み取りスティックがはいってる。よければ取ってきてやるけど」

「大丈夫、とにかくこのドアホをわたしの前から消して。それとEDDに連絡して、誰かにここのセキュリティフィードを掻き集めさせてほしい。わたしのレコーダーも持っていかせて。こっちはいろんな人と話をしなきゃいけないのよ」

「オーケイ。強烈なやつを食らったんじゃないのか」バクスターはイヴの胸を指さした。

「わかってる。駐車、もろもろの対応。それからあなた」バクスターが小走りで車へ向かうと、イヴは告げはじめた。「あなたには黙秘する権利があります」

改訂版ミランダ準則を読み終えると、ランシングをバクスターに任せた。まずはマイラのオフィスに行こう、とイヴは思った。今や事情がまるでちがう。

「唇から血が出ていますよ」エレベーターのなかで、親切な制服警官がわざわざ教えてくれた。

怒鳴りつけたいところだが、すでに口元はスズメバチに刺されたように痛むので、楽しみはお預けにした。

あの業務管理役は今日の段取りを整えているころだろう。イヴは言うことを心のなかで唱えた――今ここでわたしを怒らせたら後悔するわよ。

何か言う間もなく、業務管理役は目を大きく見開いた。

「警部補！　怪我《けが》したんですね。何があったんです？　今、冷却パックを持ってきますから。医療員を呼びたいですか？」

「わたしはドクター・マイラに相談したいの、できるだけ早く」

「もうすぐ来ますよ。どうぞ座ってください。血が出ていますよ」

「大丈夫よ。しばらくすれば、どうにかなるから」

そのときヒールが床を打つ音が聞こえ、マイラが颯爽《さっそう》とはいってきた。淡いピンクのワンピースと、それにぴったり合う、腰のあたりで揺れる丈のジャケットという装いだ。

「おはよう。今朝は――まあ、イヴ！　いったいどうしたの？」

「ランシングです、駐車場で。その件や捜査状況についてご相談したくて」

「なかで座って話しましょう。コールがあってもつながないで、用件を聞いておいて。ランシングはどこにいるの？」マイラは強い口調で聞き、イヴをオフィスへいざなった。

「バクスターが留置課へ連行してます。彼は普通じゃない、普通じゃないんです。そのうえ酔ってました」

「いいから座りなさい」マイラはしゃべりながらキャビネットまで行き、医療用品を取り出した。パチンと音をさせて冷却パックを作動させる。「これを顎に当てておいて、わたしはその唇に治療棒《ヒーリング・ワンド》を使うから」

「こっちのほうにします」イヴは冷却パックを胸に当てた。「あいつ、わたしのおっぱいを殴ったんです。卑劣よ！」

「そうよね」マイラはつぶやき、ワンドでの治療を始めた。「最初は少し痛むわよ。ゆっくり息をして」

「息をしてます。彼がこだわってるのはグリーンリーフのことじゃない。きっかけはそうだったかもしれないけど、彼は特にわたしに対して不満があるんです。べつにいいですけど、彼はしばらく現れないから。彼は護身用武器を使い、その光線がバクスターに命中しました。パワーは最強になってました。あのゲス野郎は深刻なダメージを与えたかったんです」

「まあ大変。バクスター捜査官は負傷したの？」

「いいえ。彼はあれを着てました――魔法の裏地がついたやつ」

「ああ、〝シン・シールド〟ね。それじゃ、みんなロークに感謝しないと」

「ランシングの代理人はできるかぎりのことをするはずです──代理人はそのためにいるんだから。この件がなければ解雇の再審査を求めたでしょう。でもそれは、いったん措《お》くとして。彼らは精神鑑定を要求します」

「当然ね。それはわたしがやります」

イヴはほっと胸を撫でおろし、目を閉じた。「よかった。安心しました。もうワンドのほうはいいんじゃないですか？」

「これでよしと。今のところはね。また痛むだろうし、もう少し腫れるけど、傷口はふさがったわ。顎のほうは痣になりつつあるし、腫れてきている。深呼吸を続けて」

「あいつには昨日まで会ったこともなかったのに。それはともかく、この件は全部ホイットニーに報告しますけど、わたしはグリーンリーフ殺害事件の捜査のことで相談に乗っていただきたいんです」

「いいわよ。わたしは彼の死を聞いてとても残念だったわ」

「ご存じだったんですか？」

「ええ。彼はひたむきな公僕だった。彼は自分の方針に基づいてきっちりした線を引く人で、その線の引き方や引く場所に誰もがみんな賛成していたわけじゃなかった」

「あなたはどうでした？」

「わたしは彼の人格を尊重していたし、彼もわたしのアドバイスが必要だと感じれば、わたしの人格を尊重してくれた。ほら、顎にパックを当てて、胸を見せてごらんなさい」

「べつにいいですよ。そこを殴られたのは初めてじゃないから」

マイラの穏やかなブルーの目が険しくなった。「わたしが医師でもあることを忘れたの？　ほかの傷も見せて、わたしが医療員を呼ばずにすむようにして」

「わかりましたよ」シャツのボタンをはずしだし、指関節の痛みに顔をしかめた。

「手のほうもすぐ治療するわよ。わたしはちっともプロらしくなくやるつもり。それにね、あなたの指関節の状態を見て喜んでるの。あなたがたくさんパンチを決めた証拠だから」

恥ずかしさと闘いながら、イヴは目を閉じた。「あいつの顎をはずしてやったと思います。回し蹴りで。あれはうまく決まりました。絶対に彼の鼻はつぶれたはず」

「胸はすごい痣になっているわよ。そこにワンドを使います。少し痛むだろうけど、すぐ楽になるから。三時間ないし四時間置きにワンドの治療が必要よ」

「はい、はい。事件のことをお話しします。入手した情報はあとで送りますけど、わたしは自殺の偽装にこだわってるんです。ギャッ！　ヒィー！　クソッ！」

胸の傷は痛んだ。ものすごく痛い。

「深呼吸を続けて」

「はい。説明します」

イヴが説明するかたわらでマイラがワンド治療を施すうち、痛みはやわらぎ、ズキンズキンする程度になった――虫歯が痛むような感じか。

「彼とはここ一、二年で五回くらい会ったかしら」なおも治療しながら、マイラは言う。「自殺の兆候なんてまったくなかったわ。彼を知る者なら誰でも、彼がそんな方法をとる人間ではなかったことは知っているでしょう」

「犯人はうまくごまかせると思ってたんです。あの窓は犯人が犯したミスだと思います。あるいは、ウェブスターがやってくるまでに鍵をかける暇がなかったのか。でも、警部を殺すだけでは報復にならなかった」

「彼の評判を汚し、遺族にさらなるショックを与える。すべての情報を検討してからにしたいけど、でも――ほら、すんだ、初回の治療はこれでいいでしょう」

「ありがとうございます。楽になりました」

腰をあげて、マイラはまたキャビネットへ向かった。今度は染み取りスティックを持って戻ってきた。「そのシャツの染みをどこまで落とせるかやってみるわ」

「大丈夫――」イヴは言いかけた。

「大丈夫じゃないでしょ」膝をついて、マイラは血痕を落としはじめた。イヴは困惑しながら彼女を見つめた。

「でも」マイラは話の先を続けた。「あなたの口頭報告を聞いたかぎりでは、自殺が関連しているという印象を受けた。今も言ったようにあとで検討するけど、現時点で言えるのは、グリーンリーフ警部が取り調べた警察官とつながりがある人物――精神的なつながりでもいいけど――を探したらどうかということね。免職になった警察官、おそらくなんらかの犯罪で起訴されているでしょう。だけど、その警察官のNYPSDでのキャリアが終わったのは、グリーンリーフ警部に悪事を発見されたから。

さあ、もうほとんど消えたわ」マイラはつぶやいた。「その元警察官はみずからの命を絶った」

「わたしもその方向に傾いてました。でも、IABの決定と結果がその警察官とつながりのある者――配偶者とか、子どもとか――を自殺に追いやることもあるのではないか、とも考えてしまいます」

「もしそうなら、犯人は配偶者か子どもを狙う、というより、すでに狙っていたでしょう。警部のことはあとでいい、家族を失った苦しみを味わったあとで」

「なるほど」それはわかる。「そのとおりですね」

「これは復讐よ。彼の自宅で、制式武器で殺し、死体をそのまま残して配偶者に発見させる、という計画だった。彼の事件ファイルを調べてみなさい」

「わかりました。とりあえず、やりかけた絞り込み作業を終わらせてから、そちらに集中します」

「適切な手入れをすれば、残りの血痕も取れるでしょう。頑固な染みが少しあるけど、まず気づかれないわね」

「サマーセットは気づきます。本当です」

顔をあげて、マイラはほほえんだ。「無傷で帰れないときもあったでしょ」

「仕事ですから。力を貸してくださりありがとうございました。何から何まで」

「あなたはデータを送って、わたしは次のワンド治療のリマインダーを送るわ。それと、わたしに教えなかった傷があったら、そこにもワンドを当てるのよ」

立ち上がりながら、マイラはきれいなピンクのワンピースのしわを伸ばした。「鎮痛剤《ブロッカー》を飲んだらどう？」

「ええ、たぶん。隣人の件ですけど、彼らを調べたんです。何も出てきません。警官リストに載ってる者との家族関係もありませんでした――これまでのところは」

ほほえみながら、マイラは冷たい手をイヴの腫れている顎に当てた。「家族は自分で作り上げるもの、でしょ？　ブロッカーを飲みなさい」

家族は自分で作り上げるもの、と頭のなかで繰り返し、イヴは殺人課へ向かった。それはたいがいの者よりよく知っている。たぶん誰よりもよく知っている。

だから鏡に映したような自殺の線を推し進め、それから家族関係を見つける。

でもそのまえに、ホイットニーに面談を所望しないといけないし、予備のレコーダーも必要だ――そうすれば自分のレコーダーはＥＤＤに渡しておけるから。

　殺人課にはいっていくと、ジェンキンソンと本日の彼のネクタイ――エレクトリックブルーの宇宙空間に、超新星の燃え立つような残骸がまき散らされた柄――がよろよろと立ち上がった。

「やめてよ、ジェンキンソン。唇は腫れ、顎は痛むというのに、あなたはわたしの網膜を焼き切りたいの？」

「バクスターが言ってたが、あのクソろくでもない《ファッキン》クソバカ《ファックヘッド》のクソ野郎《ファック》が、あんたのおっぱいを殴ったんだってな。しかも、そこを狙ってたっていうじゃないか」

「いいかげんにしてよ」イヴはとっさに胸の前で腕を組んで、つぶやいた。「向こうのほうがもっとひどい目に遭った」

「当然《ファッキンA》だ。バクスターにクソ光線を浴びせたそうじゃないか」

「なんともなかったよ」自席からバクスターが言った。「魔法のやつがあったから。ランシングは檻にいるよ、ＬＴ。弁護士を呼べと叫んでる」

「とんでもない《ファッキン》腰抜けだ」とジェンキンソンは意見を述べた。

「それから、ホイットニーがあんたのオフィスにいるよ」

「あら、ちょうどよかった。ピーボディ、部長との話が終わったらはいってきて」

「わかりました。大丈夫ですか？」

「わたしは自分のオフィスにも着かないうちから、顔面を殴られ、クソおっぱいも殴られた。わたしはヒーリング・ワンドと冷却パックの世話になり、今からその一部始終を部長に報告しなきゃならないけど、それが終わったら自分の仕事ができる。だいぶよくなってきてる」

オフィスにはいると、ホイットニーは後ろで手を組み、細い窓の前に立っていた。彼は振り向き、じいっとこちらを見た。

「座れ」

「部長、デスクチェアを使ってください」

「私は座れと言ったんだ」そしてデスクチェアを指さした。

イヴは座った。

彼は自分のＰＰＣを掲げた。「たった今、駐車場のセキュリティフィードを見終わったところだ」

「そうですか。わたしのラペル・レコーダーをＥＤＤに渡さないといけないのですが」

ホイットニーは何も言わず、手を差し出した。

イヴはジャケットの折り襟からレコーダーをはずし、部長に手渡した。

「きみは彼を説得しようとした」

「そのとおりです」

「バクスター捜査官が到着すると、きみは彼に引っ込んでいろと命じた」

「そうです。ランシングは武器を携帯しているように見えませんでしたが、護身用武器を携帯していないという保証はありませんでした。結局、持っていたわけですが。ランシングはわたしには武器を用いないという気がしました、あの時点では用いないと。彼は自分の手を使いたがっていました」

「きみは彼にそうさせた。彼のほうから先に殴らせた」

「部長、わたしは自分の武器を抜いて彼を拘束することもできましたが、彼が最初の攻撃を仕掛けるまでは、まだ話し合いの段階でした。もしわたしが攻撃的な方法をとれば、あの状況を緩和するチャンスはなくなっていたでしょう。わたしは駐車場のカメラとわたしのレコーダーが作動していることを指摘しました。バクスターが証人です。それでも彼は殴ってきたのです」

「コーヒーを用意しよう、二人分」彼はオートシェフのほうを向いた。「あの男は酔っていた」

「はい」

「そして待ち伏せていた」

「そのようです。部長――ありがとうございます」イヴは礼を述べ、コーヒーを受け取った。「部長、ランシングは明らかにわたしに対して何か含むところがあります。その内容や原因はわかりません。問題は昨日から始まったのかもしれません。彼はわたしがグリーンリーフ警部の件を自殺ですませようとしたと思い込んでいました。そして今度は、自分がバッジを失ったのはわたしのせいだと思っています。彼の問題がなんであろうと、彼は自分を抑えることができなくなっていました。わたしを襲った代償を払うことなど、彼にはどうでもよかった――しっかり記録されていることも、証人がいることもどうでもよかった。大事なのはわたしに仕返しすることだったのです」

イヴはコーヒーに口をつけ、熱さで唇が痛むと顔をしかめた。けれど、痛みを我慢してでも飲む価値はあった。

「ドクター・マイラはご自分で彼の精神鑑定をするつもりです」

「この件についてマイラと話したのか？」

「グリーンリーフ殺害事件の捜査面について相談したかったので。わたしが誰かと立ち回りを演じたことは、姿を見ればわかりました。正直なところ、ランシングの状況を彼女に知らせておいたほうがいいと感じたんです」

ホイットニーはコーヒーを飲み、また細い窓の前まで行った。「私も同じことを考えるだろう。きみとの話し合いが終わったら、その足で彼女のところへ行くつもりだった。移動の手間が省けたよ」

ホイットニーはまたこちらを向いた。「きみの判断はすべて正しかった、昨日ランシングと渡り合ったときのように。きみはあの裏拳をよけるべきだったし、よけられたとも思う。あれはきみが下した選択だ。そのほうが彼に救済と罰を与えやすくなる、彼が明らかに必要としているものを。

今朝はＩＡＢに寄って、少し話をしてみるつもりだ。私の知るかぎりでは、きみやきみの捜査方法に不満を持っている者はいないがね。もしそんな気配を察したら、私が解決をはかる」

「わかりました」

「このマグは持っていくよ。あとで返すから」

「どうかお気になさらず」

「警官の不祥事は市警全体に打撃を与える。顎を冷やせよ」そう付け加えて、ホイットニーは去っていった。

イヴはデスクチェアに背を預け、目を閉じた。

一分だけ、とイヴは思った。一分だけ静けさに浸ろう――せめて頭がまだガンガン鳴り、体じゅうがズキズキする今だけは、静かにしていたい。

そのときピーボディの重い足音が聞こえ、イヴは座り直した。

12

ピーボディは片手に冷却パックを持ってはいってきた。

「もう冷やしたわよ」と言いだしたが、ピーボディは冷却パックをデスクに置いた。

「もう少ししたらまた冷やしたほうがいいです。ダラスの顎はひどいことになってますよ。左の娘《ガール》さんは見えませんけど――」

イヴは左の胸に手を当てた。「見る気じゃないわよね」

「でもきっと、すごく痛むはずです」ピーボディはもう一方の手に持っていた鎮痛剤《ブロッカー》を差し出した。

「飲みたくない――」

ピーボディは厳しい目をして、ブロッカーをイヴの口のほうへ押しやった。

「何するのよ、ピーボディ、上司に向かって」

「ロークに連絡させないでください」

彼女を殴ったところで、気分は晴れないだろう。「そんなことできるわけない」

「あら、できますよ。絶対、連絡しますよ。それがいやなら飲んでください」

イヴはブロッカーをひったくり、口に放り込んで、飲み込んだ。「何をそんなに怒ってるの?」

「何を怒ってるかですって? 何を怒ってるかですって?」

ピーボディは降参したように両手をあげ、そのままくるりとまわった。「彼はダラスを襲った。顔面を殴り、乳房を殴った、そんなことをする理由はないのに。ひとつもないのに。彼は警官だった、そして仲間の警官を追いまわした。彼はあなたを撃とうとしたんですよ――狙いははずれてバクスターに当たった」

「バクスターはお節介なのよ」イヴはつぶやいた。

「いったい何を考えてるんですか? あなたはLTなんですよ! 彼はわたしたちのLTを追ってきて、わたしたちの仲間を撃ったんです。もしバクスターにあの魔法の裏地がなかったら、彼も負傷してました。いいですか、もしランシングがまだ檻に入れられてなかったら、ジェンキンソンはきっと彼を捕まえようとしたでしょうし、わたしもランシングに張りついていたでしょう。ブルペンの全員がそうしたはずです」

「まさにそういう事態を避けようとしたの。わたしが処理した。もう解決したのよ。興奮して体じゅうの血が頭にのぼるまえに、あなたには鎮静剤《スーザー》が必要かもよ」

「スーザーなんかいりません」ひどく腹を立て、イライラして、ピーボディは客用の椅子に勢いよく腰をおろした。「痛いっ！　クソッ！」

イヴはまた座り直した。「尻用のブロッカーが欲しい？」

半笑いの表情を浮かべてから、ピーボディは両手で顔をこすった。「彼はあなたを攻撃したんですよ、ダラス。彼は駐車場で待ち伏せして襲いかかった、ありもしないことを理由に。わたしたちは捜査に取り組んでます。わたしはダラスが遅くまで働いてたことを知ってます、ゆうべの最終メモを受け取りましたから。マクナブとわたしも遅くまで働きました――ロークもきっとそうだったでしょう」

「そうだった」

「それなのにこの男はダラスにしつこく迫る――一度ならず二度までも。どうなってるんですか？」

「彼は普通じゃないの。以前からおかしかったのかどうかはわからないけど、今の彼は普通じゃない。その件は対処された。今後は精神科医や弁護士や法廷が、その他もろもろに対処する。彼は服役するでしょう――わたしもそこは譲れない。彼はわたしがだめなら、ほかに攻撃する相手を見つけるだろうから。彼には精神科医が必要だけど、同じくらい代償を払うことも必要なの。そして、その件は対処された。だから落ちついて」

「いいですか、あなたはわたしのLTで、わたしの捜査パートナーで、わたしの友達です。誰かがあなたの顔を殴れば、わたしはちょっと怒りっぽくなるんです」

「それはわかってるし、ありがたいと思う」ピーボディの目に浮かんでいた猛烈な怒りと、かすかな恐怖は消えていた。「これで仲直り?」

「たぶんコーヒーがあれば、もっと機嫌が直ります」

「じゃあ、コーヒーを手に入れなさい。わたしたちにはやることがあるんだから。さっき、マイラに相談したの」

ピーボディがコーヒーを手に入れているあいだに、イヴは説明した。

「ダラスはすでにそっちに傾いてましたよね――自殺の線がキーになるって。これでその線がさらに精緻化されます。マイラはそういう仕事をしてるんだと思います。精緻化して明確にする」

「警部を殺すだけでは飽き足りなかった」イヴは言った。「殺すだけなら方法はごまんとある。計画の一部には、捜査が始まるか始まらないかのうちにそれを終わらせることもはいっていた可能性はまだある。警部は自殺でした、はい終わり。あるいは市警と彼の遺族に、彼は自分のやった仕事に自責の念を感じて生きていられなかったと思わせ、その重荷を背負わせたままにすることもはいっていたかも」

「でも、鏡に映したような自殺説が声高に叫んでます」

「だからわたしたちはその線で行く。各自のリストから自殺者を選び出し、そこに焦点を絞る。同様の方法で自殺した者をリストのトップに上昇させる。ほかの方法をとった者も残すけど、わたしたちが正しい線を進んでるなら、方法も反映されてるはずよ」

「とはいっても、警官にはありがちな方法ですね」

「そうね。わたしが持ってるのはモリスがくれた自殺警官の短いリスト。グリーンリーフ警部が現役時代の最後の数年間にモルグまで訪ねにいったというやつ。ないよりはましって感じ。

　ラボに寄って、凶器の識別に何か進展があったか確かめてみる。進展がなければ、まあ、あれば報告が来るからないんだろうけど、わたしたちは記録を調べなくちゃならない」

「どんな記録ですか？」

「凶器はブラックマーケットやグレーマーケットのものじゃなく、警察支給のものだった。犯人はシリアルナンバーを削除していた。でも、警官が支給された武器を無くしたら、紛失届を出すから記録が残る」

「そのはずです」ピーボディが言った。

「記録されてないなら、彼は代わりの武器を支給されなかったということ。警官に引退、死亡、免職という事態が発生すれば、武器は返還され、記録される。武器を再支給されれば、それは記録される。武器に経年劣化による破損あるいは損傷や故障があったら、それは記録される」

「たしかに。わたしもそれは知ってました。つまり……わたしたちが捜すのは、グリーンリーフに使用したスタナーに該当するもの——紛失届が出されてるか返還されたもの。返還の場合は、新たにそれを支給された者を突き止め、確認する」

ピーボディは頬を膨らませた。「それはまたコツコツ作業になりますね」

「フィーニーに会いにいって、そのコツコツ作業を手伝ってくれる電子オタク《eギーク》を借りられないか頼んでみるわ。さしあたっては情報の照合をやる。わたしたちはスタナーを使用して自殺した警官を調べる。自殺に使用された武器は証拠として調べられる。それは保管されたままかもしれないし、捜査が終わってから廃棄されたかもしれない」

「犯人は自殺に使用された武器をグリーンリーフ殺しに使ったかもしれないということですね。それはありそうです」

「じゃあ始めるわよ。マクナブと協力して進めて。わたしはフィーニーのところに行って誰か引っ張り込む」

イヴはグライドを使ってEDDまで行った。この線は悪くない。有益な情報がいくつかつかめれば、胸にパンチを食らったおかげでマイラとの早朝ミーティングにつながったのと同じくらいの価値はある。

まあ、完全に同じとは言えないけど。ブロッカーの助けを借りても、まだ少し痛むから。

EDDの大混乱《サーカス》はその痛みを忘れさせた。これにはジェンキンソンのネクタイも真っ青だろう。

強烈な色、奇抜なデザインが――そしてそれは、とりあえず髪だけに限った話――空間を支配している。色とりどりのバギーパンツ、サロペット、スキンパンツが渦巻き、それを身につけている者たちは、ほとんど絶え間なく移動している。

マクナブの姿がちらりと見えた。パーティションで仕切られた自分のキューブで、椅子を小刻みに動かしながら作業している。いつもポニーテールにしている艶やかな金髪には、真っ赤なメッシュがはいっていた。

おそらくピーボディとの連帯の証《あかし》だろう。もうため息をつくことさえバカらしい。

イヴは正常を保てるフィーニーのオフィスへまっすぐ向かった。

フィーニーは信頼を裏切らず、いつもの茶色のスーツを着ていた――でもこれは夏用の薄手で、照りつける日差しに焼かれた糞《ふん》のような色だった。それよりやや濃い茶色のネクタイは少し斜めにぶらさがっているものの、今のところ染みはついていない。

生姜《しょうが》色に白髪が交じった針金のように硬い髪は爆発し、しょんぼりした顔を縁取っている。

フィーニーはデスクにもたれ、片足で床を軽く叩きながら壁面スクリーンをにらみつけていた。

こちらを振り向くと、彼のバセットハウンドのような目が燃え上がった。「あのランシングのクソッタレ野郎」

「バカな真似をして解雇されたバカ野郎に殺人課のLTがセントラルの駐車場で襲われれば、そんな噂はすばやく遠くまで広まるよ。おまけにバクスターを撃っただと？　そいつはきみよりずっとひどい顔をしてると言えよ」

「噂は広まるのね」

「鼻はつぶれて、顎の関節はたぶんはずれてる。肋骨《ろっこつ》は痛むだろうし、右腕はしばらく使い物にならないでしょう」

「まあいいだろう。クソッタレめ」フィーニーはイヴの左肩のほうへ目をやった。「どうなんだ、きみの……えーと、わかるだろ、なんだ、その、ガール部分は？」

「何よ、みんなそんな話をしてるの？　なんともない。大丈夫よ。どこもかしこも」先へ進めよう、とイヴは思った。しかも高速で。「グリーンリーフ殺害事件の探索にもっと人が欲しいの」

フィーニーはうなずいた。イヴのガール部分についての論議が見送られたことに、明らかにほっとしている。「マクナブは必要なだけ使っていい。ほかには？」

「わたしは凶器に関して二次検索を始める」

イヴの説明を聞きながら、フィーニーはデスクからぐらぐらするボウル――妻のシーラ作――を取り上げ、砂糖がけアーモンドをひとつ口に放り込んだ。

「きみの自殺警官が逮捕されたとしたら、逮捕の際に武器は没収されるだろう」彼はイヴにボウルを差し出した。

「そのとおり」イヴはアーモンドをひとつ取った。「ドロップ・ウェポンだったかもしれない――それだと追跡は難しい――それか、犯人は記録分類課か証拠課に協力者がいるのかもしれない。悪徳警官には悪徳警官が寄ってくる」

フィーニーは唇をぎゅっと結び、険しい表情を浮かべた。「たしかに、あいつらはそうだな。犯人がシリアルナンバーを削り落としたのは追跡されたくなかったからだ」

「そのとおり。だから可能性は低いけど、シリアルナンバーがグリーンリーフと結びつく場合もある。わたしたちはすでに死亡したか投獄された警官の線を進めてたけど、自殺した警官に焦点を移すところなの。やることがたくさんあるのよ、フィーニー。わたしたちはリストから除外する作業をやってるけど、なかなか進まないの。そこにこれが加わったら、這うようなスピードになってしまう」

「僕がやるよ。グリーンリーフのことはそれほど好きじゃなかったけど、彼は公私ともに規範に従って生きた人だ。僕がやる」フィーニーは繰り返した。「きみの手元にあるものを全部送ってくれ。マクナブとラボにこもって、二人三脚で進めるよ」

「感謝するわ、とっても」

フィーニーはアーモンドを口に放り込んだ。「昔、彼に追われたことがある、グリーンリーフに」

「なんで?　いつ?」

「きみがここに来るまえだよ、嬢ちゃん。二十年近くまえにちがいない。ガセネタで、彼は僕の疑いを晴らしてくれた、それで終わりだ。それでもあまり好きになれなかったな」と言い、アーモンドをもうひとつ口に放り込んだ。「だが、彼には自分の規範があり、それを守り抜いた。彼の命を奪ったのが誰にしろ、そいつはただの警官殺しじゃなく、卑《ひ》怯者《きようもの》でもある。だから僕はこの仕事を引き受ける」

期待していた以上だった、と思いながらイヴは殺人課へ戻っていった。フィーニーが腰を据えてくれるなら、作業はより速く、より無駄のないものになるだろう。

「フィーニーが引き受けてくれるって」ブルペンを通り抜けながら言った。ピーボディの〝イェーイ〟という声を背中に、イヴは進行方向を変えてオフィスへ向かった。

淹れたてのコーヒーでやる気をキープしたまま、現在手元にあるデータをすべてフィーニーに送った。それから一分かけてマーダーボードをつぶさに眺め、犯行現場、デスクに突っ伏したグリーンリーフの死体、スタナーによる火傷の角度に注目した。

「やっぱり、卑劣ね」イヴはつぶやいた。「丸腰の男を背後から襲うなんて」

イヴは椅子を回転させてデスクに戻り、自分の担当のリストを呼び出した。二人目を見つけかけたところで、オフィスのほうへ近づいてくる足音が聞こえた。

今度は何よ、と思ったとき、ウェブスターが戸口に立った。

「やあ、大変だったな、ダラス。今聞いたところだ」

「もう終わったこと。対処された」

「彼がああいうやつだとは知ってたが……だけど、まさかこんなふうにきみを攻撃するなんて、ほかの警官がいる前で、セントラルの駐車場なんかで」

「もう終わったこと」イヴはもう一度言った。「彼がもしわたしとバクスターを片づけていたら、次に狙われたのは自分だと知っておいてもいいんじゃない？」

　髪を掻き上げてから、ウェブスターは疲れきった目でイヴを見た。「ああ、わかったよ。座ってもいいかな？」

「あなたには最新情報を知らせるつもり。そのまえに二時間ちょうだい。フィーニーが探索を手伝ってくれることになったから、今日は進展があると思うの」

「フィーニーに勝る助《すけ》っ人《と》はいないね。だけど、僕もきみに知らせたいことがあるんだ。二、三分もらえたら」

　イヴは肩をすくめ、椅子を指さした。「その椅子が危ないことは知ってるわよね」

「ああ、知ってる」ウェブスターは慎重に客用の椅子に腰をおろした。「きみの予算で新しい客用の椅子を買えることは知ってるはずだけど」

「なんでわたしがそんなものを欲しがるの？」

　彼はイヴにほほえみかけた。疲れ果て、悲しみにくれた男の笑みだった。「なあ、僕はきみに首ったけだった」

「よしてよ、ウェブスター」

「いや、ちがうんだ」彼は手を振った。「過去の話だし、僕がバカだった。そして僕はバカなせいで許される範囲を超えて、報いを受けた。その当然の報いは僕をまともにするのに、ほかのどんな方法より効き目があった。ロークにさんざん痛めつけられた礼を言うのは難しいが、僕は感謝してるんだ。僕の考えを正してくれたし、僕をちがう方向へ導いてくれた。

僕はマーティンにそのことを話した――ベスにも。彼らは僕の血を拭き取り、話に耳を傾け、肋骨やらなんやらを冷やしてくれた。そして僕が越えてはならない線を越えたことを教えてくれた。弁解の余地はなかった。それが家族だ――彼らは血を拭き取りながらも、はっきり言ってくれる。だから」

ウェブスターは息を吐き出した。「あの夜、僕はマーティンに話したいことがあって会いにいった。聴取のときにも、僕はそう供述した。僕がどんなことを話したかったのか、きみは聞かなかった」

「それは聴取したときも今も事件とは関係ないし、あなたの問題だから」

「そのとおり。でも、彼にはもう話せないし、ベスにはこんなときによけいな心配はさせたくないんだ。意外かもしれないんだけど、僕が彼に話したかったことはきみにも関係が

そうよ」

「わかった。でもそれは捜査とは関係ないから、さっき言った二、三分をもう使い果たしてある。だから僕の口から聞いてほしい」

「これから言うことは、きみが事件を解決するまで実行しない。僕の上司も賛成してくれた。だけど僕は辞表を提出したんだ」

「なんですって？」心底驚いて、イヴはさっと顔をあげた。「なぜ？」

「なぜなら僕の愛する女性が、地球外で一緒に暮らすことを望んでるから」

「だって――アンジェロと出会ってからまだ一年も経ってないじゃないの」

ウェブスターはまたほほえんだ。「きみだってロークと一緒になるのに、時間はかからなかっただろう？　出会ったときに直感が働けば、それは正しいんだ。僕たちはそのことを話し合った。彼女がこっちに来るか――オリンパス警察署の署長を辞任して。それとも僕がNYPSDを辞めてあっちへ行くか。僕があっちに行くと決めたのは、そのほうがいいと感じるからだ。僕はマーティンにそのことを話したかった」

わたしには関係ないことよ、とイヴは自分に言い聞かせた。でも……彼らともつながりがある。「一大決心ね、ウェブスター。向こうでいったい何をするの？」

「そのことも考えてある。一時の感情じゃないんだよ、ダラス。警官ではいられない。自分の上司と一緒に暮らし、その後結婚するのはどうもね。僕は民間人になろうと――」

イヴがバカにするように鼻で笑っても、ウェブスターはほほえむだけだった。

「だけど、マーティンにあんなことが起こったから……僕は講師かトレーナーになりたい。指導し、訓練して、立派な警官を育てる手助けをしたいと思った。ランシングの悪い例があったあとでは、その思いがさらに強まってる。必要とされてるのは、捜査方法、容疑者の扱い方や緊迫した状況を緩和させる方法、尋問の仕方だけじゃない。道徳観念、信頼性、バッジを尊ぶ気持ちも必要なはずだ。僕には向いてると思う。上手に教えられるようになりたい」

「あなたはたぶん、そうなれるでしょう。ただね……それは大変よ」

「ちがう方向へ進むことになるからね。僕はダルシアと一緒にやるよ。それが僕の望むすべてだ。僕はきみに伝えておきたかったんだ。さあ、もう邪魔するのはやめるよ」

ウェブスターが腰をあげると、こちらへ向かってくるヒールの音が聞こえてきた。

ダルシア・アンジェロ署長は戸口に足を踏み入れた。ゆるいウェーブのかかったダークヘアは肩まで流れ落ちている。スペースシャトルの旅をしてきたばかりだろうに、体の線を強調するクリーム色のワンピースとスカイハイヒール姿の彼女は、ランウェイを歩くモデルのように颯爽としていた。

「ダルシア。びっくりしたよ……わざわざこっちまで来てくれたんだ」

「もちろん来るわ。ドン」イヴがいるのもかまわず、ダルシアは両腕を広げ、彼を抱き締めた。「マーティンのこと、本当にお気の毒だったわね」

ウェブスターと抱き合ったままでも、彼女の目は、その警官の目はボードをしっかり見つめていた。

「先にあなたの部屋に寄ってきたの」ウェブスターのほうに顔を戻して、ダルシアは彼の頬に唇を押し当てた。「荷物を置いてきた。ＩＡＢに行ったら、あなたの警部がダラスのところで話をしていると教えてくれた」

ダルシアは体を離し、イヴに手を差し出した。「警部補」

「署長」

「内輪の話があるなら、わたしは遠慮します。でも、わたしがニューヨークに一週間いることと、わたしで力になれることがあればなんでもすることを伝えておきたくて」

「それはありがとう。ウェブスターは捜査に直接関わることはできないのよ」

「そうでしょうね」

「あなたも、彼との関係を考えるとね」

「ああ」ダルシアはうなずいたが、ボードを見つめる目には警官としての心残りのようなものが浮かんでいた。「わかりました」

「だけど、ウェブスターにはこのまま情報を伝えつづけるし、彼がその情報をあなたと共有したり、もし何かあればあなたの意見を参考にしたりすることには反対しない」

「それは寛大なお取り計らいだわ。本心からの言葉よ。ドン、警部からの伝言。マーティンのご遺体が運ばれてくる葬儀場に行くまえに、片づけなければならない仕事があるんですって。あなたの仕事が終わったら迎えにいくから、一緒に行ってあなたの家族と過ごしましょう」

「きみがそばにいてくれることがどれほど心強いか」

「こんなとき、ほかに何ができる？　準備ができたら知らせて。一緒に行きましょう」

ウェブスターは彼女の両手を唇に持っていった。「長くはかからないはずだ。時間を割いてくれてありがとう」とイヴに言い、それからダルシアに向かって言った。「彼女に話したんだ」

「よかった。待ってるわ。ここでじゃなくて」ウェブスターの後ろ姿を見送りながら、イヴを安心させようとして言った。「でも、少しだけお話しできれば」

「いいわよ。どうしたの？」

「そのまえに、何があったのか聞いてもいい？」ダルシアはイヴの顔に手を向けた。

「むかつくことがあったの。相手は目下、檻にいて、わたしよりひどい顔をしてる」

「それを聞いて嬉しいわ。もうひとつ。あなたはわたしたちの計画や、ドンの決断を容認できないでしょ」

「容認するもしないもないわ、わたしは口を出す立場じゃない」

「彼はあなたを尊敬してるの。わたしもよ」ダルシアはほほえんだ。「だからその立場にいる」

「わたしがどう思うか知りたいなら、教えてあげる。大事なときに、あなたはやってきた。あなたの顔を見るなり、この事件が起こってから初めて、彼のストレスと悲しみが取り除かれた。それは長くは続かないけど、大事なことだと思う」

「ええ、長くは続かない」

ダルシアはボードを振り返った。その目には悲しみがあった。

「マーティンは彼の父親だった、あらゆる意味で、大事なときには。わたしはあなたに協力して、どうしても彼から父親を奪った者を見つけ出したい。でも、あなたがそうさせないわけは理解してる」

「わたしは彼が辞表を提出してあなたのもとへ行くのは理解できる。わからないのは、なんで二人とも宇宙をまわる星に住めるのかってこと」

「地球も宇宙をまわる星よ」

「はいはい、みんなそう教えてくれる。二人とも自分の欲しいものを追い求めてるんだと思う。いいんじゃない？」

「いいわよね」ダルシアはうなずいた。「もう仕事に専念させてあげる」そのまえに彼女はボードに近づき、犯行現場の写真の死体にそっと手を触れた。「彼がこんな目に遭わされるなんて間違ってる」

そのとおりだ――ダルシアが去っていくとイヴはそう思った。でも、そんな目に遭って当然だという者もいない。

やっと仕事を再開したとき、ピーボディからメッセージが来た。


〝もう一度冷やす時間ですよ〟


「いつから上司になったのよ」イヴはつぶやいた。それでも冷却パックを作動させ、痛む顎に当てて仕事を続けた。

三人目を見つけると、そろそろ聴取を始めてもいいだろうと感じ、オフィスをあとにしてブルペンまで行った。

「話を聞きにいくわよ」

「わたしはひとり見つけたと思います。マクナブもひとり送ってくれました」ピーボディが報告する。

「それで五人になる。話し合いの場を持ちましょう。まず、あなたのを教えて」

「コルトン・ジェイン警部補。汚職のネットワークを持ってて、十六年ぐらいまえに逮捕された。内部調査を率いたのはグリーンリーフです。ジェインは現行犯逮捕されたんですよ、ダラス、内部調査は二次的なものでした。でも、彼は裁判が始まるまえにドロップ・ウェポンで自殺した――彼は冷たい武器《コールド・ウエポン》（火器ではない武器）も二つ持ってました。妻は夫に忠実で、仕組まれた罠だと主張し、市警と主任取調官のグリーンリーフを相手に訴訟を起こしました。結局どこにもたどりつかず敗訴だったんですけど、騒ぎ立てたのは事実です。彼は十六年前の今月に自殺しました。妻は犯行現場から六ブロックほどのところにあるＩＴ企業で働いてます」

「話してみる価値はあるわね」

「彼女は二度目の妻で、夫より十歳くらい若かったんです。彼が自殺したとき、子どもはまだ二歳でした。夫の遺体を見つけたのは彼女です。

次はマクナブがくれたマルシア・ロード、パトロール警官です。過剰な暴力行為による懲戒処分二回、その後、子どもの腕の骨を折りました――その子は万引きで捕まったんです。医療員を呼ぶ代わりに、彼女はその子に――腕が折れてるのに――手錠をかけました。十一歳の子です。見物人のカメラが一部始終をとらえていました――苦痛に悲鳴をあげる子、黙らないともう一方の腕も折るぞと脅す彼女」

「わかった」イヴはつぶやいた。リチャード・トロイにひどい仕打ちを受けた記憶が甦り、そのとき折られた腕がうずいた。

「彼女の父親も警官でした――一四分署の捜査官。彼女は父親の制式武器を手に入れ、自殺しました。父親は騒ぎを起こし、グリーンリーフに抗議し、ホイットニーに抗議した。その後まもなく辞表を提出しています。彼は私立探偵の免許を保持し、アルファベット・シティに事務所を構えてます」

イヴはうなずき、自分の車を駐《と》めてある階へ向かった。

「元警官、今は私立探偵、グリーンリーフに近づく方法はあるわね。住所を入力して。わたしの分も加えてから、五人と会うのにいちばん合理的なルートをプログラムすればいいわね」

「ダラスはどんな人物を見つけたんですか？」

「オグリビー、捜査官ジャスティン。組織犯罪課。わかってみれば、その犯罪に立ち向かうより自分が加わってたほうが多かった。マフィアの金でケイマン諸島にある贅沢な家を買い、ついでに贅沢なボートと車を購入した。優雅な生活を送れたのもグリーンリーフが掘り下げて調べるまでの話。妻はとっくに彼を捨てて出ていったけど、当時十八歳だった息子は父親に忠実だったから残った。息子が父親を発見した。彼の死は自殺と裁定されたけど、疑問は多く残った。オグリビーはたくさんの死体が埋められたことを知ってたし、ことによると、彼も自分が手を下した死体を埋めたかもしれない。彼の弁護士たちは免責と証人保護プログラムを求めた」

「マフィアにやられたんですか？」ピーボディが住所を入力しながら尋ねた。

「その可能性は五分五分だと思う。息子は警察学校《アカデミー》に出願したけど却下された。息子のスティーヴンは現在三十二歳、デリバリーフード店勤務。その店はグリーンリーフ家が住むビルの界隈《かいわい》にある」

「話し合いの必要ありですね」

イヴは住所を読み上げ、ほかの二人についても簡単に説明した。ピーボディはプログラムに取りかかった。

「どうやらロード、元捜査官エリから始めたほうがいいようね」

ピーボディは車の流れに乗り入れるイヴの横顔を見つめた。「もう一度ヒーリング・ワンドを使ったほうがいいですね」

「今ちょっと忙しいし、ワンドも持ってない」

気をきかせて、ピーボディはポケットからそれを取り出した。「持ってるんですよ」

「わたしは運転中なの。やらなきゃいけないことがあるの」

「ランシングは正当防衛でスタナーを抜いたと言ってるそうです。ダラスとバクスターが自分の武器に手を伸ばしたからって」

「そんな話、どこで聞いたの？」

「ジェンキンソンは敵の動向を知るために、地面に耳をくっつけてるんです」

「あ、そう。その線はだめよ。わたしたちはそんなことしてないし、記録もそれを証明してくれる。正当防衛を主張するのは難しいわよ、武器を隠し持つのは不法だし、先に攻撃してきたんだから」

「ダラスは彼を気絶させても正当だと認められたでしょう」

「それだと彼に逃げ道を与えてしまう。だからそうしなかったの」

「妻は彼から逃げ出し、離婚調停で身体的にも精神的にも虐待を受けたと訴えました」

イヴは助手席を見やった。「わたしが彼のことを調べなかったと思う？」

「おっと、失礼しました。でも、ナディーンの最初の本が出版されたときからダラスに関する記録をつけてることは知らないかも」

イヴはステアリングをきつく握り締めた。「記録？　そんなこと、どうして知ってるの？」

「EDDが彼の電子機器を詳しく調べてるんです。小鳥が教えてくれたんですけど、彼らは階層の奥深くにダラスに関するファイルが隠されてるのを発見しました」

「なんで鳥なの？　小鳥なの？　鳥は誰にもなんにも教えてくれないでしょ」

「オウムは教えてくれますよ。しゃべりますから。そして小さなオウム——インコ——もしゃべれるんです。いとこのウーマはアフリカングレー《ヨウム》を飼ってるんですけど、めちゃくちゃしゃべります」

「そんなの気味悪い」

「えー、すごくかわいいです！」

「気味悪い」イヴは譲らなかった。「でも、おかげで、ランシングがわたしを目の敵《かたき》にする理由の手がかりを得られそう。そして彼はそのファイルを見て、こんなものは知らねえなと言うわよ」

怒りのあまり、イヴは路上駐車場を探すのはやめて、臭くて汚いのにバカ高い公共駐車場に車を入れた。

少し歩いて怒りを静めないと。

「もう一回集中」イヴは命じた。「ロード。彼の娘は――彼にはほかに子どもがいた？」

「いいえ」

「ひとりっ子、父親と同じ道を選び、クビになり、刑事裁判に――民事かも――直面する。彼女は仕事で不祥事を起こし、屈辱を受けた。父親の履歴《ファイル》に懲戒処分はあるの？」

「ありません」

「じゃあ、まじめに勤めたか、捕まらなかったかのどちらかね。だけど、娘はまじめに勤めず、逮捕される。その結果を受け入れるより、死を選ぶ」

歩くのは効果があった――頭がすっきりして、怒りもだいぶ静まった。

ニューヨークは暑さと慌ただしさのにおいがする。歩道のテラス席には最初のランチ・ラッシュが押し寄せ、ずらりと並ぶグライドカートも大繁盛で、暑さと慌ただしさに加えてソイ・ドッグ、フライドポテト、ピザ、ブリトーなどのにおいが漂ってくる。

半ブロック先では、スリーカード・モンテのペテンが進行中だった。

ペテン師はイヴに気づき、あっという間に商売道具を畳んで去っていった。イヴはそれを頭から払いのけた——追いかける価値もない。

そこで、ロードの事務所が入居しているビルの前で足を止めた。

一階にあるレストランはごくまともな店にちがいない。テラスのテーブルは満席で、給仕スタッフは大忙しだ。

街路に接した入口の外壁にはビル案内板があった——〈ローリのダンススクール〉、〈トンプソン会計事務所〉、〈クリエイティブ・ネイルアーティスト〉、そして〈ロード探偵事務所〉。

なかにエレベーターは一台も見当たらなかったので、階段へ続くドアを押しあけた。

二人は三階まで階段を登った。

ジョン・カルフーン弁護士と〈テスの壁面装飾〉は、案内板に表示するまでもないと判断されたようだ。

ロードの事務所には彼の名を入れた磨《す》りガラスのドアがあった。

ドアをあけたところには狭い受付エリアがあり、誰も座っていない椅子二脚、こぢんまりしたコーヒーコーナー、デスク一台が置かれていた。

三十歳くらいのブルネット美人がそのデスクにつき、コンピューターで作業している。彼女は作業の手を止め、イヴとピーボディにほほえみかけた。「こんにちは」

イヴはバッジを提示した。「ミスター・ロードとお話ししたいのですが」

「身分証をスキャンさせていただいてもよろしいですか?」

「どうぞ」

きれいにマニキュアした手で、彼女はデスクの抽斗からスキャナーを取り出し、イヴのバッジを確認し、それからピーボディのバッジを確認した。

「申し訳ありませんでした、警部補、捜査官。なかには偽の身分証を使ってクライアントの情報を手に入れようとする者もおりますので。ミスター・ロードはただ今クライアントと面談中ですが、長くはかからないと思いますので、よろしければそちらでお待ちください。お急ぎでしたら、ミスター・ロードの都合を聞いてくることもできますが」

「我々はここで待ちます」

「コーヒーでもお水でも自由にお飲みください」

どちらにも興味がなかったので、イヴは室内を見まわした。狭いが掃除が行き届き、きちんと整頓されている。鉢植えに一本だけある木は、イヴの想像では、日差しのほうへ向かって伸び、緑の葉をきらめかせている。

それだけで幸せな気分になる。

「こちらで働きだしてどのくらいになるの?」

「もうすぐ五年です。仕事は気に入っています」ふたたび顔に笑みを浮かべる。「スクリーンや映画で見たようなことは起こらないですけど、実はそれを期待していたんです。ワクワクするんだろうなと。思っていたのとはちがうけど、それでも面白いです。ここではいろんな調査をおこなっています。家庭内の問題の調査、保険調査、身上調査、それに行方不明者を捜したり、ミスター・カルフーンのお仕事を手伝ったりすることもあります。彼は弁護士で、この階に事務所があります」

「じゃあ、あなたはずいぶん忙しいわね」

「そうなんです。ここを紹介されて訪ねてくるクライアントも多いです。ミスター・ロードはとても優秀な探偵ですから」

彼女の背後のドアが開いた。現れた男性は、苦悩と怒りの板挟みになったような表情を浮かべていた。

「追跡調査の予約をしていかれますか、ミスター・ティビッツ?」

「いや、その必要はない。もう終わりだ。結論は出た」

家庭内の問題ね。去っていく男性を見ながらイヴは思った。配偶者か同居人の浮気。

受付係は腰をあげ、同情するような目で男性の後ろ姿を見送った。「少々お待ちください」彼女はイヴにそう言って、ボスのオフィスにはいっていった。

彼女はまもなく出てきた。「どうぞおはいりください。ミスター・ロードには三十分くらいあとにクライアントと会う予定があることをお伝えしておきます」

「なるべくそれより早く終わらせるようにします」

受付係はイヴたちがなかにはいるのを待って、ドアを閉めた。

オフィスは受付エリアの優に二倍の広さがあり、やはり掃除が行き届き、きちんと整頓されていた。ロードはそこのデスクに向かっていた。

彼の後ろには街路に臨む窓が二つあり、プライバシースクリーンが作動している。

ロードはがっしりした体つきをしていた――肩幅が広く、胸板も厚い。何も手を加えていない髪はグレーというより白に近く、それを短く刈って骨格のはっきりした浅黒い顔を縁取っている。

彼は大きな手をしていて、それをデスクの上で組み合わせ、イヴを品定めするように眺めた。

「きみは私がグリーンリーフを殺したかどうか知りたいんだろう。私は殺してない。だが、彼が死んで残念だとは思わない」

13

そういう方法もある、とイヴは思った。

勧められるのを待たず、デスクの向かいにあるフェイクレザーの椅子に座った。

「あなたは娘さんが死亡したことで、グリーンリーフ警部を責めましたね？」

「彼はそれを助長した。懲戒処分、再トレーニング、精神科治療やメンタルヘルスケアを勧めることもできたのに、彼はそうしなかった、する気がなかった。かたやホイットニーは部長になったばかりで、自分の部下のために立ち上がろうとはしなかった。娘の監督者もそうだった。あの子のために立ち上がる者は誰もいなかった」

「彼女は未成年の腕を折り、医療支援を頼むことを怠り、さらに身体的危害を加えると脅しました。仕事上で過剰な暴力行為におよんだのはあれが最初ではありませんでした」

「それより悪いあやまちは、最初の時点で、あるいは二度目でもいいが、娘をパトロールからはずさなかったことじゃないか？　あの子は叱責されただけだった。本来なら、路上から引き戻し、トレーニングを受け直させ、カウンセリングを受けさせるべきだったのに。

もうひとつ言わせてもらえば、あの未成年は万引き、ずる休み、反抗的態度の前歴があった」

最初の部分に反論はできない、全面的に賛成するわけではないが。でも、二番目については――「その子に前歴があれば、あなたの娘さんの過剰暴行が正当化されるとお思いですか？」

「思わない」彼から怒りがすっと引いていった。「私はまさにそれを娘に言った。最後には私もあの子に味方するのをやめた。だからあの子は、私が金庫にしまっておいた制式武器を持ち出して自殺したんだ」

「なんとも残念なことでしたね、ミスター・ロード」ピーボディが話しはじめた。「ですが、あなたは娘さんの味方でした。あなたは部長や、ＩＡＢの警部や、娘さんの監督者のところへ談判しにいきました」

「私には何もいいことはなかった。娘にとっても、それは同じだった。グリーンリーフは強硬姿勢を貫いた。メディアや警官叩きが好きな者たちはそこらじゅうに群がった。あのビデオのせいで」

「あのビデオのせいで」イヴは割り込んだ。「そして、あなたの娘さんの行動のせいで、では？」

「娘は間違っていた。なんてことだ、私は二十七年奉職したから、娘が悪かったことはわかる。あの子にはその誤りを正すチャンスが必要だったが、誰もそれを与えてやらなかった。グリーンリーフはあの子が死んでから十二年四カ月と十日生きた。彼についにそのときが来ても悲しくはないね」

「彼が殺された夜の二〇〇〇時から二二〇〇時のあいだ、あなたはどこにいましたか」

「さっき帰っていった男を見ただろう？　彼はここ三年近くの妻の行動を知りたくて私を雇った。妻の話では、仕事で昇進するチャンスを高めるため、何かの夜間クラスに申し込んだということだった。早い話が、彼はそれを怪しみ、三日前に私を雇った。

調べはひと晩でついた――彼女の夜間クラスがあるとされている夜、それはグリーンリーフが死んだ夜でもあった。私は彼女の自宅があるビルの前で張り込み、彼女が出てくるのを見守った。彼女は男性――白色人種、目と髪は茶色、三十歳くらい――と落ち合い、すぐにベタベタしだした」

ロードはかぶりを振った。「彼女が夫と暮らしているビルから十歩も行かないところで、彼らは互いの体をさわりまくる。そしてタクシーに乗った。私は数ブロック、彼らのあとをつけた。タクシーが停まったところは男の住まいだった。私は鮮明な写真を撮り、男のＩＤを手に入れた――私は高性能の機器を持っているんだ。わかってみれば、二人は職場の同僚だった。男のビルの前で張り込んでいると、二人はバルコニーに出てきた。私は決定的瞬間の写真を何枚も撮った。彼らはまた互いの体をさわりまくっていたんだ。写真にはすべてタイムスタンプが表示されている。二人が屋内に戻ったのは二〇〇〇時ごろ、プライバシースクリーンを作動させる手間を惜しんだので、さらに決定的瞬間の写真が撮れた。

　彼女がひとりでビルから出てきたのは二二〇〇時を少し過ぎたころだ。タクシーが待っていたから、呼んでおいたのだろう。彼女はバルコニーにボクサーパンツ一枚で立っている男に投げキスをした。私は彼女の自宅まであとをつけた。私が彼女のアパートメントで監視を始めたのは〇七〇〇時。監視を終えたのは二三三〇時、それから自宅に戻って、すべてを報告書にまとめた。令状がなくてもそのファイルのコピーは渡そう。私のクライアントを巻き込まないと約束してくれるなら。ただでさえ対処しなければならないことが、彼にはあるんだから」

「あなたが監視していたことの証拠はありますか？　その決定的瞬間の写真を撮っていたことを証明できるようなものは？」

「私はなんでもひとりでこなす。ずっとそうしてきた。やれやれ。妻の浮気相手の男のビルがよく見えるところに、車を駐める場所はなかった。私はスプリング・ストリートまで歩いていって駐車した。彼のビルの向かいに夜はバーになる小さなカフェがあり、テラス席付きだったから、その席に座り、ブルーミン・オニオン（タマネギを花のようにカットし、フライにしたもの）とアイスティーを注文した。レシートを持っている、時刻も印字されている。給仕スタッフは私のことを覚えているだろう。私はフリーのカメラマンだと名乗り、アートブックのために街頭写真を撮っていると教えた。

彼女はその話を信じた。私は仕事柄、写真を撮るのは慣れている。さらに信用させるために彼女も何枚か撮ってやり、印刷して渡してやった。だから覚えているはずだ」

「わかりました。ファイルをいただければありがたいですし、あなたのクライアントは巻き込まないようにします」

ロードは椅子を転がしてコンピューターの前に移動した。「きみが犯人を見つけてくれることを願っている」

「犯人を褒めたたえるために？」

ロードはファイルのコピーを命じながら、イヴをちらりと見た。「いや。私はバッジを返還したが、バッジが象徴するものを信じている。今でも法と秩序を信じているんだよ、警部補。彼が死んだことは残念だと思わないが、彼を殺した者は檻にはいるのが妥当だ」

路上に出ながら、ピーボディは首を振った。「彼も娘のこととなると頑固ですね。でも、彼はグリーンリーフ殺しにはなんの関係もないと思います」

「理由を三つ述べよ」

「わかりました。自分はアリバイを作っておくけど、手はずを整えておいて誰かに殺させることは可能だったでしょう。でも、彼はグリーンリーフが死んでよかったというより、

〝私はもう気持ちの切り替えができているんだ〟という感じがします。二つ目の理由。彼はグリーンリーフよりホイットニー――彼は部長だから――か、彼女の監督者を狙ったんじゃないでしょうか。そしてそのどちらかを襲うなら、十二年前にやっていたはずです。三つ目、もしアリバイが本物だとしたら、本物でしょうけど、実行犯を雇うためのアリバイにしてはあまりにもきちんとしてるし、偶然に頼りすぎてます。ミセス・グリーンリーフが外出する夜と、浮気妻がみだらなことをする夜がたまたま重なるなんて」

「説得力のある理由だし、わたしも賛成。わたしたちはファイルを調べ、アリバイを調べるけど、彼はちがうわね」

「じゃあ、ひとりアウトですね。あの角のカートに寄って、食べるものを買ってから、次に行くのもありですよね」

においほどおいしくないに決まっているけれど、今はそのにおいがとてもおいしそうに感じる。

ソイ・ドッグにしようかと思ったけれど、トッピングをいっぱいのせたら――そうやって食べるものだから――とんでもないことになるからやめて、フライドポテトで手を打った。ピーボディはソイ・ドッグにしたけれど、トッピングはマスタードだけだった。

駐車場へ向かいながら、イヴはフライドポテトを一本取り出した。ひと口噛んだだけで、唇は火がついたようになった。

「クソッ！」

「塩のせいですね」ピーボディは同情して顔をしかめた。「やっぱりワンド治療が必要です。傷口が少し開いてたから塩でヒリヒリするんです」

「最悪」イヴはつぶやき、痛む場所に手を当てた。そしてフライドポテトをピーボディに押しつけた。

「ほんとに食べちゃいけないんですけど……」車に向かって歩きながら、ピーボディはポテトをかじり、ドッグをかじった。「車のオートシェフから何か冷たいものを手に入れましょう。アイスキャンディとか」

「アイスキャンディは舌に色がつくでしょ。わたしにどうやって紫や緑の舌で、プロらしく容疑者を聴取しろっていうの？」

車に乗ると、イヴはペプシをオーダーし、ヒリヒリする痛みが引くまで唇に当てていた。

それからさらに三人を聴取した結果、三人ともしっかりしたアリバイがあり、ひとりは問題の夜は出産センターにいて、夫が八時間付き添っていた。その家族は自宅にいたので、ピーボディは新生児に甘い声で話しかけた。

「かわいかったですね！」

「魚みたいだったわよ。厚かましい人面魚みたいな」

「ひどーい。そんなことないですよ、ダラス。まあ、あの子は父親を見て泣きだしましたけど、彼女が新しい命を産んだことは真実のように思えました。それに、殺人のアリバイ工作に出産を利用するとしても、なかなか予定どおりにはいきません」

「そう、彼女はちがう。それからあの男もちがう。長く一緒に暮らした恋人と駆け落ちして、昨日ハネムーンから戻ってきたばかりだもの。それに兄との——死んだ警官の兄とのあいだに緊密な絆があるようには見えなかった。兄は弟がゲイであることに文句ばかり言ってたし。コルトン・ジェインに先立たれた妻もちがう。最後は誰だっけ？」

「ダラスが見つけたオグリビーです」

「オグリビー、スティーヴン」市内を横断する通りの渋滞を掻き分けて走行しながら、イヴは言った。「三十二歳、結婚歴なし、記載された同居人なし。コミュニティカレッジに入学するも、不登校により一学期間で除籍。警察学校《アカデミー》への出願は却下。職を転々としてる。店員、商品補充係、オンラインセールス、現在は〈グラブ《G》＆ゴー《G》〉のデリバリー員」

「切羽詰まらないかぎり〈G＆G〉には頼みませんね」ピーボディがコメントした。「切羽詰まったことは数回あります。あれは間違いでした」

「彼はブログもやってる。というか、ブログを利用して、陰謀論に取りつかれた見地から、人種差別、同性愛嫌悪、女嫌い、トランスジェンダーへの反感、政府に対する反感を吐き出してる。ブログの名前は〝本物の男〟」

「すてきな人みたいですね」

「そう、本物の王子。彼は職場の上に住んでる。ここ二十二カ月間はそこで働いてる――最長記録達成。表面的には、こんな計画を練れるほど賢いようには見えない。卑劣さについてはなかなかのもの。だけど、彼の父親は汚職で逮捕された、マフィアとのつながりから生じた汚職で」

「となると、息子にもそういったコネが受け継がれてるかもしれないし、警部を殺す仲立ちをしたかもしれない」

「ありえなくはない。低レベルのコネ、持ちつ持たれつみたいな」

イヴは路上駐車できる場所で、おんぼろ車とおんぼろ車のあいだにあいているスペースがあるのを見つけた。とはいえ、この界隈の車両のほとんどはおんぼろにランクされるけれど。

〈グラブ&ゴー〉とその上階に居住用ユニットがあるビルも、おんぼろにランクされる。外壁は煤けたグレーで、ヘタクソな落書きで飾られている。

イヴいちおしの落書きはこう要求している。

〝コックスとカンツを合体させろ〟

ごていねいに巨大なペニスをヴァギナに突っ込む絵が描かれているが、女性の体についての画家の知識は皆無に等しかった。

「あれはヴァギナ《ギニー》に見えませんね――少なくとも人間のものじゃないです」ピーボディが意見を述べた。「それに、あのペニス《ウィーニー》の大きさは尋常じゃないです」

「まずわたしは、警察の捜査官が〝ギニー〟とか〝ウィーニー〟という言葉を使うのを気にしてはいけない。待って」ややあって、イヴは言い直した。「ほんとは気にせずにいられない。それから、あの巨大なおっぱいに乳首の代わりにスマイルマークをつけた絵は、同じ画家のものだと思う」

ピーボディはその絵をしげしげと眺め、うなずいた。「あの画風は見誤りようがないですね。この画家が描いてるのは自分の願望だという気がします――おそらく、巨大な勃起を達成したい、受け手はみんな巨大でハッピーな胸を持っててほしい、というのが全男性の願望だと思い込んでるんでしょう」

「その解釈は大変よろしい」イヴは判断を下した。「それでギニーとウィーニーの失点はほぼゼロになる。ほぼ、ね。さあ、こっちを片づけるわよ」

二人は店にはいった。ピーボディが言ったように、切羽詰まった者しか利用しないような店だ。

カウンターには怪しげな肉が陳列されている。その肉はフードウォーマー・ライトのもとで徐々に色が変わりはじめていた。しなびたレタス、トマト、怪しげなランチョンミート、先週のどこかの時点でカットされたとおぼしきタマネギは、冷蔵ケースのなかであえいでいる。カウンターのスピナーラックに入れられた食品サンプルのスライスピザは、どこか寂しそうで、恥ずかしそうに回転していた。

カウンター係——たぶん十七歳くらいで、ひどいニキビと闘っている——は期待に満ちた目でイヴを見つめた。

「何が欲しい？」

「スティーヴン・オグリビー」

「なあんだ」たちまち期待がしぼんだ。「彼は五時ぐらいまで来ないよ。夜の五時から十二時」

「オーケイ」

「ねえ、うちのサブマリン・サンドはスペシャル料金だよ」

「ええ、きっとスペシャルでしょ」イヴはそう言って、ドアへ向かいだした。「わたしたちはパスする」

イヴはマスターキーを使い、居住用ユニットへ続く一階のドアをあけた。

「彼は五階です」ピーボディが言い、ため息をついた。「五階、いい有酸素運動ですね」

階段を登りだすと、一週間前のタマネギと腐りかけた怪しい肉が混ざったようなにおいがした。あらゆる階で、騒音が非常扉に当たって跳ね返ってくる。閉鎖空間にこもった熱気は凄《すさ》まじいものだった。

「いい有酸素運動ですね」とピーボディは繰り返した。「余分な水分が流れ出ていくのを感じます」

「どうやら本物の男たちは、防音壁もなく、温度調節器も壊れてるゴミ捨て場に住んでるようね」

「そのゴミ捨て場は〈G＆G〉の大型ゴミ容器のようなにおいがします」

五階にたどりつくと熱気はほんの少し下がり、騒音は増大した。スクリーンのコメディ番組のバカみたいな作り笑いが聞こえるかと思えば、「僕のだよ！　僕のだよ！」と叫ぶ子どもの声も聞こえてくる。

オグリビーのドアの向こうは静かだった。

ドアの上方には防犯カメラが設置されている――高品質のものだ。そのうえ、二重のポリス・ロックを取りつけ、掲示まで出ている。

〝何か売りつけたいなら、施しを求めてるなら、
神のたわごとやリベラル主義のでたらめを押しつけたいなら、
とっとと帰れ！〟

「ね、彼はすてきな人みたいって言いましたよね？」

イヴは錠一式《ロックセット》の真上に貼られたステッカーを指先で叩いた。自由民兵団の一員であることを高らかに謳《うた》っている。

「それに、どうしようもないアホだわ」

イヴはブザーを押した。ドアに体をくっつけると、なかで罵る声が聞こえた。

彼は閉じたドアの向こうから叫んだ。「おまえらビッチは文字が読めないのか？」

「あなたは読める？」イヴはバッジを防犯カメラのほうへ掲げた。

オグリビーは二重の防犯チェーンをかけたままのドアを細めにあけた。「いったいなんの用だ？」

「ここで二、三分時間をもらうか、それがいやならセントラルでじっくり話を聞きたい。選んでいいわよ」

「令状がないならドアをあける必要はない。自分の権利は知ってる」

「そう、その必要はない。わたしが令状を手に入れればいいだけ。それに時間がかかるようだと、たぶんわたしはイライラする。イライラすると、仕事するのにもっと時間をかけがちなの」

「俺の弁護士がなんと言うか聞いてみることもできる」

「できるわよ。その人に連絡したいならすれば。わたしたちは待ってる。でも、納税者の時間を無駄にしたくないから、待ってるあいだに令状を入手する。家宅捜索令状もね。あなたの部屋からはゾーナーのにおいが漏れ出してる。それとも、わたしたちをなかに入れて、ちょっとおしゃべりしてもいいけど」

彼はあざ笑った。「ふん。俺がゾーナーで捕まることを心配してるとでも思うのか？自分で楽しむために使ってるだけで？」

陳腐なたとえかもしれないが、彼はビーズのような目をしている。抜け目なく目を光らせる彼にぴったりだとイヴは思った。

「あなたはすでに流通目的の所持で二度逮捕されてるから、やっぱり、三度目は少し心配したくなるかも。あなた次第よ」

「どっちも裁判で無効になった」

イヴは微笑を浮かべた。「わたしならきっと有効にできるわよ。あるいは、ほかの件についてシンプルで礼儀正しい会話をするか」

「なんの件だ？」

もうたくさんだ、とイヴは思った。「ドアをあけなさい、ミスター・オグリビー。さもないと令状を入手します」

彼はドアをバタンと閉めたが、防犯チェーンをはずす音が聞こえた。

ドアがふたたび開くと、イヴは相手をじっくり眺めた。

太鼓腹で、たるみはじめた顎のあたりをひげで隠しているが、そのひげには手入れが必要だ。ミディアムブラウンの髪は、頭頂部以外を剃り上げたミリタリーカットにしている。南部連合旗のTシャツを着て、右の上腕二頭筋には独立戦争時のモットー〝自治の自由を踏みにじるな〟というタトゥーを入れてある。

靴を脱いだ身長はイヴより二、三センチ低いが、どんよりしたブルーの目を見るかぎりでは、そんなことはまるで気にしていないようだ。というか、イヴのことなど気にしていないのか。

彼は怒鳴りつけることでその答えをはっきりさせた。「女なんかに警官になる権利はない。さあ、いいから早く用件を言えよ。俺には仕事があるんだ」

「仕事は五時からでしょ」

「本物の仕事だよ」彼はワークステーションのほうを指さした。最新式のシステムがのっている。

家具も立派なものだ。おんぼろビルの安アパートメントに住むデリバリーマンにしては、立派すぎる。

「ブログをやってるの？」

「俺のオーディエンスに女はいない。身の程を知ってるやつは別だが」

「時間の都合があるから、今のは聞かなかったことにする」薄ら笑いが返ってきたが、イヴは無視した。「あなたの父親は警察官だったわね」

「そのとおり。彼はヒーローだった。日夜ひたすら体を張って取り組んだ。侮辱を受けたらただではおかなかった」

「賄賂やキックバックも受けたわよね、ロレンゾ・ファミリーから。そのファミリーには彼が捜査することを誓った者たちもいた」

オグリビーの顔に怒りの赤い筋が走り、もじゃもじゃのひげの上で野火のように広がった。「それはあくどい嘘っぱちだ、ＩＡＢの操り人形がこしらえた作り話だ。俺の父親がそいつより優秀だから。誰よりも優秀だったから」

「ＩＡＢの操り人形というのは、マーティン・グリーンリーフ警部のことね」

「とんでもない嘘つき野郎だ。忠誠心なんかこれっぽっちもない。治安を守る警察官に対する敬意もない。俺の父親は勤続十八年の警察官で、命がけで市民の安全を守ろうとしてきたのに、あのクソ野郎は彼を墓場まで追い詰めやがった。たしかに、彼は金を受け取ったよ――そうやって信頼させて、しっかり証拠固めをしてから彼らを倒そうとしたんだ」

「彼がそう言ったの？」

「俺は知ってるんだよ！」

「グリーンリーフ警部が日曜の夜に死んだことも知ってる？」

オグリビーは満面に笑みを浮かべた。「ああ、そう聞いた。やっとだぜ。自殺だってな。

罪の意識に耐えられなくなったんだ、本物の警官たちを破滅させたことに。本物の男たち、俺の父親のようなね」

「その情報は正しくないわね。自殺ではなく、他殺よ」

「ああ、おまえらはそう言うだろう。真実を覆い隠すために。おまえらのような者たちがやりそうなことだ」

「女性警官ということ？」ピーボディが聞いた。

「女がバッジを手に入れて昇進するのは、誰とでも寝るからだ。おまえは警部補になるまで何回ブロージョブ《BJ》（フェラチオの意）をしてやったんだ？」彼はイヴに聞いた。「誰かに殴られたのか。おまえは手荒く扱われるのが好きみたいだからな」

ピーボディが「あらら」と言いかけたが、イヴは首を振った。

「所在を教えて、日曜の夜、八時から十時のあいだ」

彼の目に何かが光り、それから彼は目をそらした。「おまえが言ったように、俺のシフトは五時からだ。午後五時から十二時まで」

「下に降りたら、あなたの上司と勤怠記録によって、日曜の夜に出勤してたことが証明されるのね？」

「だからその日は休みだった」彼は体の位置を変え、両脚を広げた。

「所在を教えて」イヴは繰り返した。「午後八時から十時まで」

「仕事をしてた。そこの部屋でね」

「誰かと会うか話すか、誰かがここに寄るかしていて、あなたが問題の時間帯に自宅にいたことを証明できる？」

「俺は仕事してたと言っただろ」

「つまり答えはノーね。グリーンリーフ警部のアパートメントに行ったことは？」

「いったいなんで俺が？　ダチでもないのに」

「彼の自宅があるビルはあなたの配達区域にあるの」

「それがどうした？　なんの証拠にもならないじゃないか」

「勤続二十二カ月のあいだに、あなたがそのビルに配達に行く確率を計算したら、その可能性は高いと出る気がする。あなたには動機がある、機会もあった、仕事柄その手段もある。わたしのような者たちはそれをハットトリックと呼ぶ」

「でたらめ言いやがって。おまえはグリーンリーフが俺の父親をはめたように、俺をはめようとしてるんだ。そうか、グリーンリーフが当時やったダサい女に殴られたのか？　だけど、おまえはクソじじいとやるのが好きなだけかもな」

「やめなさい」ピーボディが噛みつくように言った。「あなたはどうしようもなく下劣な人間ね」

「俺は本当のことを言ってるんだ！」彼はそれを証明するかのように、拳を手のひらに叩きつけた。「俺は、男とはどうあるべきかを知ってる大勢の男たちの話をしてるんだ、ソイ・ラテを飲んだりする女々しい野郎の話じゃない。本物の男たちは絶対に女どもからパワーを取り戻す。口先だけの女やクィアや――」

「あなたはきっと、その偏見と不平だらけのこれまでのみじめな人生で、お金を払わずに寝たことがないのね」

顔面の赤い筋を険悪な紫に変化させながら、オグリビーはピーボディに向かって吠《ほ》えた。

「出ていけ。女どもは出ていけ。令状でもなんでも手に入れろよ、俺はクソ弁護士を手配するから。果たしてどうなるか、楽しみだな」

「この会話はこれで終わりのようね」イヴはピーボディの腕を取った。「弁護士を手配するのは賢いかも、わたしたちの用はまだ終わってないから」ピーボディをドアまで押していって外に出してから、イヴは振り返った。そしてTシャツのほうへ手を振った。

「知ってるでしょ、彼らは負けたの。だけど、敗者が敗者のシャツを着たくなる気持ちはわかる」

廊下に出ると、イヴは階段のほうに手ぶりでうながした。「あなたが怒るとすごくセクシーに見えるわよ、ピーボディ。これじゃ彼はもっとあなたが欲しくなるだけ」

「げっ!」ピーボディは笑い声とうめき声の中間のような音を発した。「すみませんでした。ダラスはまだ終わってなかったのに、わたしがきつく言っちゃって」

「いいえ、わたしは終わってた。彼からはもうあれ以上引き出せなかったでしょう。あの場ではね」

「彼はやろうと思えばできたはずなんですよ、ダラス。あなたも言ったように動機、手段、機会がある」

「手段はまだ未定ね。でも、頼りになる相棒がいれば、そう、できたはずね。あるいは彼は、この階段みたいにやたら熱苦しくて不快な空気をまき散らしてるだけなのかも」

「彼はちょっと変ですよ——人としてイカレてるだけじゃなくて」ピーボディは階段の上のほうに向かって、去りぎわのうなり声をあげた。「あんな高価なデータ&通信システムをどうやって買ったんでしょう？　それに、あのカウチ。あれは二千ドルはします——〝豪邸プロジェクト〟が始まってから、マクナブとよく家具を見にいくからわかるんです。娯楽スクリーンも最高級品。安酒の瓶にシャンパンらしきものがはいってたし、部屋で醸造酒を作ってるんです。〈G&G〉の給料でどうしてそんな暮らしができるんですか？」

「その答えを見つけ出すのよ」

歩道に戻ると、イヴはリンクを取り出した。「ロークに連絡してオグリビーの金銭面を調べてもらう」

「えー、わたしなら連絡しません」

「どうして？　彼は自発的にやってるの——彼にとってはお楽しみなのよ。それに、彼より深く速くやれる人はいない」そこでウィーニーとギニーのイメージが頭に浮かんで、足を止めた。「性的な意味じゃないわよ」

「いいえ、その意味もあるかも。でも、それは大目に見ます。だからこそ」ピーボディはイヴの顔を指さした。「直接連絡したら、ダラスが殴られたことがわかって、彼はそのことを考えて、あなたが帰宅するまで心配します。どっちにしてもバレるけど、帰ってからならまだ二、三時間あります。メッセージにしておいたほうがいいですよ」

イヴは車に乗り込んだ。「よく気づいたわね。偉いわ」

「パートナーはそのためにいるんじゃないですか」

「そうなの？　わたしは怒ったときのためにいるんだと思ってた。パートナーが四十歳も年上の上官にBJやセックスを提供してたと非難されて怒ったときとか」

「それもあります。怒ってたんですね」

「もちろん。彼の何もかもがわたしを怒らせた。わたしたちは彼にそれを後悔させてやるわよ」

イヴはロークにメッセージを送った。

〝もし時間があいて、お楽しみが欲しくなったら、スティーヴン・R・オグリビーの金銭面を調べて。それほど深く掘る必要はないと確信してる。あとでまた頼むかもしれないけど、とにかく彼が目立ってる〟

イヴは彼のデータと住所を加えた。

「さあ戻って、これを報告書にまとめるわよ」イヴは車を出し、渋滞の流れに乗り入れた。「オグリビー捜査官が最後の数年間に誰と組んでたのかを調べましょう。それと、息子についてももっと引き出せるかやってみる。彼は潔白じゃないわよ、ピーボディ」

「ええ、ちがいますね。ダラスが捜査官のほうのオグリビーをやるなら、わたしはリストのほうを進められます。最低でもあと二人は見つけられるはず。マクナブとわたしで帰りがけにひとりか二人引き受けることもできます」

「それでいいわ。わたしたちは候補を絞り込んで容疑者をひとり見つけた。自殺した警官に重点的に取り組むのが、今のところはまだ最善の方法ね」

リンクにメッセージが届いた知らせがあると、イヴはそれをダッシュボードのコンピューターに呼び出した。

〝ちょうど会議が終わったところだが、もうひとつ会議がある。それが終わったら、お楽しみに時間を使ってもいいいな。きみが家に着くまでには何が見つかるかわかるだろう〟

〝ありがとう。外回りが終わって、セントラルに戻って仕事を終える準備をするところ。またあとでね〟

「仕事を引き受けてくれる人がいるっていいですね」ピーボディがしみじみ言った。

「そうかもね。じゃなくて」イヴは訂正した。「そういうことよ」

駐車場に車を入れながら、イヴの頭には今朝のことが甦った。「警官としての面があれほどバカじゃなければ、助かる方法はあるのに」

「ランシングのことを考えてるんですね」

「バカな警官のひとりとして」

「ほんとに唇にワンドを当てたほうがいいですよ。家に着くまえに冷やすのも忘れないでください」

「はいはい、はい」エレベーターに向かいながら、イヴは眉をひそめた。「彼はわたしの記録をつけてた、ナディーンのアイコーヴ本が出版されたころから」

「嫉妬ですよ、たぶん。自分を納得させてたんですよ、ナディーンがダラスに袖の下を使ったとか。それか、ダラスとナディーンはアツアツな関係だったんだとか」

「やめてよ」そこでイヴは、はたと足を止めた。「もしかしたら」

「その部分はジョークですよ」

「ほんとに、もしかしたら」イヴは繰り返し、ナディーンに連絡した。

「なんであなたはいつも顔を殴られてるの？」

「悪そうで、闘う準備ができてるように見せておくため。ランシング監察官、ＩＡＢ。彼のこと知ってる？」

「ランシング？　さあ……」ナディーンはメッシュのはいった髪を後ろに払い、小首をかしげて、魅力的なグリーンの目を細めた。「あ、わかった。覚えてるわ。ジョン、ジャック――ちがう、ジョーだ。ジョー・ランシング、ＩＡＢ」

「どうして？」

「彼はわたしに言い寄ってきたの、すごくしつこく。わたしが事件担当になった直後で、ＮＹＰＳＤの内部調査について追跡取材をしてたころ。だからあれは、四年ぐらいまえか、そのぐらいのころかな。彼は断っても納得しなかった。わたしは警官とは付き合わないの――利害が対立するから。彼は〝言わなきゃバレないだろ〟みたいな感じだった。わたしが断ったいちばんの理由は、彼が嫌いだったから。見た目はよかったけど、どうしても好きになれなかったの。おまけに、あとでわかったんだけど彼は妻帯者だったから、なおさらだめね」

「彼はそれでも迫ってきた？」

「しばらくのあいだは。何度か連絡も来たし。一度だけだけど、わたしの家にまで来たのよ――だからそのとき、わたしがちゃんと覚えてるとすれば、〝しつこくするのをやめないと、通報するわよ〟と言ってやった。彼は怒ったけど、やめてくれた。なぜそんなことを聞くの？」

「わたしの顔を殴ったのは彼なの。これでやっと理由がわかったわ」

「彼があなたを殴ったのは、四年前にわたしに断られたからということ？」ナディーンは髪をふわりとさせた。「自分に圧倒的な魅力があることは知ってるけど、でも……それは無理筋でしょ」

満足して、イヴはエレベーターに乗り込んだ。「そのせいと、その後あなたとわたしが公私ともに関係を築いたから。あなたはわたしの事件のことを書いて、その本が超ベストセラーになった。彼はそれからずっとわたしの記録をつけてる」

ナディーンは面白がるのをやめて、少し怒りを覚えはじめた。「まったく、あきれるわね。彼があなたを殴ったのはごめんね。それでも彼と裸のお付き合いはしないけど、でも、ごめん」

「謝らなくていいのよ。わたしはただ、彼がわたしに腹を立てた本当の理由がわからないから落ちつかなかっただけ」

「詳しいことを少し教えて。あなたはグリーンリーフ殺害事件のことで彼と関わり合いになったの？　それなら――」

「ＩＡＢに連絡してみなさい」イヴはそう言って、通信を切った。

「ナディーンが今言ったことをマイラに話したほうがいいですね。ホイットニーにも」

イヴがうなずいたとき、エレベーターのドアが開いて、警官たちがどんどん乗ってきた。

「大丈夫、そうするから」

14

イヴはまっすぐ自分のオフィスへ向かい、捜査の進捗報告書を仕上げ、それからランシングの件をマイラとホイットニーにそれぞれ報告した。

これで気がすんだので、コーヒーを手にし、両足をデスクにのせ、じっくり考える時間を取った。

どちらにしても、オグリビーは何か隠している――それに激しい怒りを隠そうともしなかった。自殺という要因は彼には不利に働く。しかし、あれほどの怒りを何年も溜め込んでおいてから犯行におよぶことが彼にできるのだろうか。

ひょっとしたら、できたのかもしれない。とりわけ去年、何か引き金になるような出来事があったなら――グリーンリーフの生活か、オグリビーの生活に。

さあ、借りを返してもらうときが来たぞ――そう、イヴにはその光景が見える。それを念頭に置いて、彼の経歴、旅行歴、アクセスできる医療歴、職歴を徹底的に調べはじめた。

これはやっかいだ、と彼の職歴を見ながらイヴは思った。そして、ロークは彼のことについてきっと何か見つけるだろうと確信した。

けれど、違法ドラッグ関連の収入や脱税などが見つかったとしても、殺人には直接結びつかない。

オグリビーのことはいったん保留にして、自分のリストに戻った。

容疑者候補を二人選び出したとき、バクスターがドアの枠を叩いた。

「トゥルーハートと俺は体があいたよ、ボス。次を担当するまで自殺警官のほうを手伝える。俺にはその権利がある、そうだろ?」

「ふん。ランシングとの一件はグリーンリーフというより、わたしと関係があったの」

「それでもさ。あのバカ野郎は死亡した警官を利用して、あんたを狙う口実にした。あいつはそこに俺を加えたんだ」

「ピーボディに指示して、トゥルーハートに五人分渡す。わたしはあなたに五人送る。事件を担当したら返して」

「それで行こう」バクスターはイヴの顔のほうへ指を振った。「もういっぺん冷やすべきだな」

「みんなに言われる」

イヴは黙々と作業を続けた。もうひとり候補を見つけると立ち上がり、ボードの配置を変えた。そして腰を落ちつけてボードをじっと眺めていると、マイラからメッセージが届いた。

〝ナディーン・ファーストと話をして、ランシングに関するさらなる情報を得ました。精神鑑定の手はずは整えてあります。あなたに知らせておくけど、地方検事《PA》は彼を加重暴行、武器を用いた襲撃、武器の不法所持、その他の関連容疑で起訴しました。彼は代理人を通じて弁護士をつけた。当該弁護士が、必要な場合は出廷するという自身の誓約書に基づき、釈放を要求したものの却下。保釈も精神鑑定が終わるまでは却下されました〟

それならいい、とイヴは思った。ＰＡはとことん追及するつもりだ。彼らもいずれ取引するだろうが、ランシングには五年ないし十年――ＰＡが強気で押しつづけるなら十年近い判決が下るはずだ。

どっちにしろ、ランシングのキャリアは終わっているし、自由も失うだろう。

女性にふられたせいで。

それほどシンプルなことではない、とイヴは認めた。そんなシンプルな問題ではないが、それも理由のひとつだ。

たぶん、かつてはまともな警官だったのかもしれない。たぶん。けれど、わざわざ彼の経歴を遡っている時間もその気もない。

彼のことも保留にしたが、今度は立ち上がってブルペンへ向かった。候補を三人選び出したし、彼らに聴取してから勤務を終えたい。

「三人見つけた。彼らと話ができるか試してから、あとは自宅でやる」

「わたしは一・五人です」ピーボディが告げる。「〇・五人というのは、二人目はちょっと無理があるかなと思うから。でも、念のために調べておきたいんです」

「そうして。マクナブを使って。フィーニーがまた二人送ってきた。武器についてはまだ何もわかってない。でも、あと二人と話ができそう。明日はそこからスタートしましょう。わたしは彼らのことをひととおり調べたい。あなたには明日の朝、訪ねる者たちの住所を送っておく」

「俺は三人、確認したけど」バクスターが横から言った。「誰も歌わないんだ」（「歌う」には「白状する」「しゃべる」などの意味もある）

「僕はひとり見つけたようです」自席からトゥルーハートが、あの真摯なまなざしをイヴに投げかけてきた。「歌うかどうかはわかりませんが、警部補、ハミングしています」

「聞かせてくれ」バクスターが彼に笑いかけた。「いい歌を」

「その歌をハミングして」イヴはトゥルーハートに指示した。

「えー、ルーシー・ミラン。捜査官、性犯罪特捜班《SVU》。二十年前のことですが、LT、条件に一致する気がします。彼女は夫を――二度目の夫を――殺した。彼女の娘を性的に虐待していたことがわかったから。娘は十四歳だった。ルーシー・ミランは夫を気絶させ、殴りつけ、縛り上げて身動きできなくさせ、ハドソン川に放り込んだ」

「念がはいってるな」バクスターがコメントした。

「彼女は裁判を待っているときに自殺した――しばらく服役することになるのは本人もわかっていた。未成年の娘ジェシーは、ミランの妹が後見人として引き取った。ジェシーは何度も家出を繰り返し、最後は里親制度に入れられた。彼女には違法ドラッグ、無許可の客引きの前歴がある。彼女には言いたいことがたくさんあった――母親を逮捕した警官たち、叔母、グリーンリーフ、その他の者たちに対して。現在はロウアー・マンハッタンのストリップ・クラブで働いています」

「なるほど」

「もう少しあります」

「ハミングを続けて」

「彼女には公にはなっていませんが同居人がいます――カート・バロー。彼は違法武器の所持、違法武器の売買、処方薬の大量窃盗および販売、殺意のある暴行で服役しました」

「それは歌ってるように聞こえるわよ、捜査官。彼女はあなたが見つけたんだから、バクスターと組んで、試しにやってみたら？　何かわかったら教えて」

事態は動きだしたと思い、イヴはブルペンを出た。告別式までに事件が解決などという甘い考えは抱いていない。けれど、事態は動きだした。

最終候補リスト《ショート》に載せた三人への聴取を終えるには、二時間近くかかった。彼らはみな歌うこともハミングもしなかったが、進んだことはたしかだ——たとえ、リストから名前を消すことができただけでも。

自宅の門を通過しながら、フィーニーの結果にじっくり目を通して、確率の高い者と低い者に分けようと決めた。

そして、結果がどうなるにしても、トゥルーハートが見つけた者にもじっくり目を通そう。子どもは叔母に預けられた——実の父ではなく。なぜ？　何度も家出を繰り返した。なぜ？

その後はまずい選択が続いたようで、ついには悪党とくっつくことになった。その悪党なら警察支給品も手に入れられそうだ。

その考えを頭にめぐらせたまま邸内に足を踏み入れると、サマーセットとギャラハッドが待っていた。

サマーセットは眉を吊《つ》り上げた。「やはり、長く続くとは思っておりませんでした」

「何が？」

「あなたが無傷でお帰りになることです」

そのことはほとんど忘れていたので、はっとして顎に手をやった。「クソッ」

「着替えをすませたら、シャツはそのままにしておいてください。その血痕をなんとかいたします」

そしてイヴはシャツを見下ろした。気づくか気づかないかくらいの染みだ。だけど。

「クソッ」

大股で階段を登りながら、イヴは繰り返した。「クソッ、クソッ、クソッ！」

まずは寝室に行かないと。シャツを脱ぎ捨て、急いでアイシングでもワンディングでもなんでもやろう。ロークが現れるまえに。

たとえサマーセットが言いつけても――あいつは絶対言いつけるだろうけど――今よりましな状態になっているはずだ。

猫がベッドに跳び乗り、腰を落ちつけ、左右色違いの目でイヴをじっと見つめた。

「わたしが悪いんじゃないの。たまたまなの。たまたまこうなっただけ」

ジャケットを脱ぎ、武器用ハーネスをはずした。シャツを脱いで、それを手に持ったまま、サマーセットがそのままにしておけと言ったのは、どういう意味だろうかと考えた。

そのとき、ロークがはいってきた。

猫と同じように、彼はイヴの顔をじっと見つめた。

「その様子からすると、それが起こったのは、僕たちが話をしてからあまり間がない早朝のことのようだ」

イヴは肩をすくめ、シャツをベッドに放り投げた。脇にいた猫はそのにおいを嗅ぎ、うなり声をあげた。ズボンとサポート・タンクトップ姿で突っ立っていると、ロークは近づいてきて、優しく、とてもそっと、イヴの顔を両手で包んだ。

「僕のお巡りさんの面倒を見るはずだったのに」

「見たわよ。信じて、彼をやっつけたの」

「その彼というのは誰なんだい？」

「ジョー・ランシング元監察官。彼は檻にいる。きっとずっといる」イヴはあわてて付け加えた。あのブルーの目に冷たい怒りが走るのがわかったから。「今朝セントラルに着いたとき、彼は駐車場にいて、待ち伏せしてたの。わたしは彼を倒せなかった――バクスターが飛び込んできて――それが悪いって意味じゃないんだけど――わたしはランシングに先に殴らせなくてはならなかったの」

「もちろんそうだろう。きみならそうしただろう」イヴがフーッと息を吐き出すと、ロークは言った。「それはわかる。だが、ブロックしてもよかったんじゃないか、せめて少しくらいは」

「わたしは彼をさんざん痛めつけた。ええ、彼のパンチも少し当たったけど、わたしは彼を倒した。彼は護身用武器を持ってたのよ、ローク、そしてその武器を抜いた。彼は倒れてめまいを起こしてたから、わたしのことは当てそこなったけど、バクスターに命中した。

ランシングの武器はフルパワーになってた」

今度はイヴがロークの顔を両手で包んだ。「バクスターはあなたがわたしにくれた結婚記念日のプレゼントを身につけてた。洒落たジャケットの裏にあの〝シン・シールド〟をつけてなかったら、彼は深刻なダメージをこうむったはずよ」

「なんてことだ、あの男はついに良識まで失ったのか」

「わたしのせいじゃないわよ。誰かを非難したいならナディーンにして」

「ナディーンだって?」ロークは首を傾け、イヴの傷痕を唇でそっと撫でた。「彼女がどんな役割を演じているのか聞きたいが、そのまえに冷却パックとワンドを取ってくる。きみの傷はそれで全部かな?」

「彼は二回くらい肋骨になんとか当てた。それからむやみに強いパンチを左の胸に叩き込んだ。でも、それ以外は――」

イヴは口をつぐんだ。あの目に燃えるような怒りが浮かび、理解できないアイルランド語の悪態が部屋のなかで渦巻いた。

「これまでにどれか聞いたことあったかしら」

「この話はもうやめよう。彼は檻にいて幸いだったということだ。どれ、見せてごらん」

イヴはため息をついた。「わたしはマイラにも見せなきゃならなかったのよ。屈辱だわ」

それでもタンクトップを引き下げた。そして、ロークはまたアイルランド語の悪態をついた。

　左胸を見下ろし、イヴにもその理由がわかった。

「すごい痣になってる」それから不快感は突如、恐怖に変わった。「サマーセットを呼んで手当てさせるんじゃないでしょうね」

「しないよ。だから座って、僕に手当てさせてくれ」

「彼はわたしに時間を失わせた」イヴは言って、ベッドの端に腰かけた。「ランシングはグリーンリーフ事件にかける時間を失わせた。バカみたい」イヴは付け足し、目を閉じた。

「どうしようもないバカだわ」

「さあ、もういいから、リラックスしてみて。まずその美しい胸にワンドを当ててるよ。この件に僕らのナディーンがどう関わってくるのか教えてくれないか」

　説明するかたわらで、ロークがワンドと冷却パックを交互に使い、ようやく痛みやうずきは、ほぼ感じなくなった。

「それはナディーンのせいでもないな」ロークは感想を述べた。「それは彼の問題だ。すべては彼の問題だ。女性に本物の愛情を抱かず、まして敬意などは絶対払わずに、女性より優れていると実感したいという彼の欲求だ」

「それもそうだし、もっとほかにもありそう。わたしは本当に彼のことなんてどうでもいいの。彼はわたしの時間を奪った。わたしの注意をグリーンリーフからそらした。おまけにあのゲス野郎は、わたしのおっぱいがセントラルじゅうの噂になるようなことをしてくれた」

　ロークは笑いだし、イヴの腫れた唇に優しくキスした。「なんとも見るに忍びないありさまだね――まったく許しがたいことだ。鎮痛剤《ブロッカー》を飲んで」

「もう飲んだ」

「いつ？」

「えーと、しばらくまえ」イヴはロークが差し出した小さな青い錠剤を口に放り込んだ。「仕事に戻らなくちゃ」

「そうだね。しかしそのまえに食事をしよう。ワインもね。今夜はピザかもしれないよ」

「そうなの？」イヴはおそるおそる指で唇に触れた。「痛むかな？」

「いや、そんなことはない。ピザとワインを味わっているあいだに、僕がスティーヴン・オグリビーについて見つけ出したこと――今までのところ――を教えてあげよう」

「すでに？」

「僕はたまたま、きみより早く帰宅していた。だからかなり進めることができた。ワイン、食事、僕の報告」

　また取引成立だとイヴは思い、ロークと一緒に自分のオフィスへ向かった。イヴからすれば、ピザと情報が条件にはいっているのだから得な取引だ。

「十分使ってボードを更新したらどうかな？　そうすればそのことを忘れて食事を楽しめるから」

イヴは足を止め、ボードを眺め、ロークを眺めた。「ねえ、あなたがわたしのことを何から何までわかってるって、ときどきイラッとする。でも、ほとんどの場合は、今もそうだけど、とってもすてき」

十分使って、ボードに現在の自分の思考や判明しているデータが反映されたのを見ると、さらに気が軽くなった。

そして、ドアを開け放ったバルコニーのそばのテーブルでロークと向かい合い、赤ワインのグラスを掲げた。

「まずは」とイヴは切りだした。「あなたが今日も忙しかったことは知ってる。だからありがとう、オグリビーの件を無理に押し込んでくれて、すごく感謝してる」

「そのすごい感謝は受け取っておこう。だけど実のところ、そういうことに首を突っ込むと、忙しく、ときには難しい一日がとても楽しくなるんだ」

「あなたが忙しいことを知ってるのは、あなたはあなただし――わたしもあなたのことをわかってるから。でも、何が難しいの？」

僕が何を見つけたか知りたくてたまらないのに聞いてくれて、こちらこそすごく感謝しているよ、とロークは思った。「いわゆるビジネスの駆け引き上、埋めなくてはならないギャップがあってね、ギリシャへ旅立つまえに、それに取りかかったんだ」

「あなたはあっちではあまり仕事をしなかった。アイルランドでも」

「僕たちは仕事をしなかった」ロークは訂正した。「二人のための時間だったから。そして僕たちは戻ってきた」ロークもグラスを掲げた。「仕事があるから、僕たちはありのままの自分でいられる。それは僕たちに合っている」

　ロークはイヴの皿にピザをひと切れ滑らせた。「そういうわけで、スティーヴン・オグリビーだ」

「彼が潔白だったなら、あなたはすぐにそう言うわよね」

「たしかに。そして彼は潔白とはとても言えない。あまり頭がいいとも言えない。僕の見つけたことが捜査の役に立つかどうかはわからないが、彼が申告していない巨額の収入を享受していることはわかる。彼はそれを隠しているが、あまり頭がよくないので、あまりうまく隠せてない。彼はペーパー——薄いペーパー——カンパニー名義の隠し口座を持っている。セキュリティ会社と称していて、その名も——〈プロテクト《保護》・アンド・サーヴ《奉仕》〉」

「彼は警官に対する執着心がある。男性警官への執着心」

「彼はその会社のオーナーとしてスティーヴ・ジャスティスという名前を使用している。彼は厳選したクライアントの口座にキャッシュを流し込む。クライアントたちの名前は教えられるが、どれも偽名だということが判明している。彼はキャッシュで取引する。キャッシュ・オンリーで、月に八千から一万五千ドル稼ぐ――預金は申告基準額を下回る金額だけ残し、あとはすべて引き出されている。ケイマン諸島の海辺にペーパーカンパニー名義の別荘を持ち、四週間ないし六週間ごとに、ジャスティスという名前でシャトルに乗ってそこまで行く」

ロークはひと息つき、ワインを飲んだ。「彼がペーパーカンパニーを介した匿名のクライアントのために、資金洗浄をしているのは間違いない」

「そこまでわかってれば令状が取れる」

「令状を取ろうとすれば、僕が発見したことは、きみがその令状を入手するまで利用できなくなる」ロークは肩をすくめた。「僕は興味を引かれた。彼の正規の仕事であるデリバリーのなかには、料理以外のものも含まれているんじゃないかという気がする。だが、それを見つけるのはきみの仕事だ。彼が持っているもの――それを知るには表面の埃をさっと払うだけですんだが――は、低レベルのギャングたちとつながりがある。おそらく、父親のコネを引き継いだのだろう。

あのやり口はシンプルで」ロークは話を続けた。「低レベルだ。電気機器でも衣類でも機械部品でもなんでもいいが、それを発送して資金を流用する。オグリビーは委託された商品を売って手数料を受け取る。キャッシュで。今言ったようにシンプルで、少し雑だが、彼はその方法でこの十年間ささやかなビジネスを成功させてきた」

「彼はつまらないアパートメントに住みつづけ、つまらない仕事を続けている。高価な家具をキャッシュで買う――あるいは商品の発送の部分も引き受けてるのか。海辺の別荘を手に入れ、そこを資金洗浄をおこなう場所として利用してる。あなたのすてきな尻とわたしのすてきな尻を賭けてもいいけど、彼はきっと自分には権利があると感じてる。父親もずっと同じことをやってた。息子はそれを警官への報酬だと見なしてるかもしれない。クソッタレめ」

「まったく同感だ。しかしさっきも言ったように、それがグリーンリーフ殺しとどう結びつくのかはわからない」

「もしかしたら低レベルのギャングが殺したのかも。もしかしたらね。仕事をしてくれる報酬として。今さらだけど父親の復讐」

イヴは考えながら、ピザをもうひと切れ手に取った。「彼は自分の手で殺したかったでしょうね。自殺に見せかけた殺しを実行して、自分が思い描いていた大団円を迎える」

「きみは〝だけど〟を考えている」

「そう。だけど、どうして鉄壁のアリバイを作らないの？　アリバイ工作をするためのコネはあるのに。あまり賢くないのはしょうがないけど、それじゃあまりにもマヌケすぎる。この殺しは計画のもとにおこなわれた。なぜその計画の肝心な部分を省略するの？」

「彼は自分が尋問されるとは思っていなかったんだろう。自殺なんだよ、イヴ。偽装はバレないと見なしていたにちがいない」

「そうね、そうね。わたしはその線を追ってみる。それでも、やっぱりマヌケだけど。悪党を二人くらい用意して、その夜は一緒にポーカーをしてたとか、どこかでしこたま飲んでたとか証言させればいいだけじゃない」

「きみならすぐに証言の粗探しをするだろうな」ロークは見解を述べた。「彼のその手の知人たちは、彼のようなレベルの人間のためにリスクを負おうとはしないだろう。彼は道具にすぎない。報酬は高いが、同様の役目を果たす者はほかにいくらでもいる」

「わたしは令状を手に入れる。そしてあなたが見つけてくれたことと、わたしたちが見つけたことを理由に彼を逮捕する。彼を取調室に入れて、やり込めてやる。

あなたはいい情報をくれた。そしてもっとほじくり出す手段になる。今のところ、彼がグリーンリーフ殺しの犯人かどうかは、よくても五分五分だと見てる。もっと確実なものが欲しい」

「候補はほかにもいるだろう」

「ピーボディとわたしは明日、フィーニーのおかげで増えた候補たちの選別をする。そしてリストに残った者たちを精査する作業を続ける」

「それなら手伝えるよ」

「そう言うと思った。リストからはずせる者が増えるほど、残った者たちにもっとしっかり集中できる。バクスターとトゥルーハートが最終候補のひとりに当たってる。もうすぐ報告が聞けるはず。ピーボディとマクナブは二人担当し、わたしは帰宅する途中で三人から聴取した。明日は告別式の時間をなんとか作らないと。死者に敬意を払うと同時に、誰が参列するか確かめたい」

「リストに載っている者たちのなかで、誰が参列するかを」

「つまり、その者たちはもう一度検討したほうがいいということ。事態は動いてる」イヴは言った。「亀より遅いけど、それでも動いてる。わたしたちは正しい方角を向いてる」とつぶやき、ボードに目をやった。「これは無差別殺人でも衝動殺人でもない。これは時間をかけて念入りに計画し、偽装自殺を添えた復讐よ」

「きみはまだ隣人に興味があるよね」

ええ、そうよ、とイヴは胸のなかで言い、心ここにあらずでワインを飲んだ。ロークにはなんでも見透かされてしまう。

「まだ手放すことができない――理屈に合わないわよね、わたしたちは正しい方角を向いてるって、わたしにはわかってるんだから。そしてどんなに調べても、曲解しても、ひっくり返しても、グリーンリーフとのつながりや、彼が取り調べて死亡したか免職になった警官とのつながりは、彼らのどちらにも見つからなかったんだから。だけど、彼らはその場にいた。アルネズには完璧なアリバイがある。動機は二人ともない。彼らはたとえ平凡でも安定した生活を送ってるように見える」

「それでも……」

「それでも」

「僕にもう一度調べさせてみたらどうかな?」

「あなたはもう調べてくれたけど、何も出てこなかった。わたしは彼らをボードからはずさないけど、わたしたちが正しい方角を向いてることはわかってる。彼らがその方角にいないだけ」

「きみの候補を何人か引き受けるよ。二人でやれば、告別式までにその方角にいる者を見つけられるだろう」

「いいわね」腰をあげかけたとき、イヴのリンクが鳴った。「きっとバクスターかピーボディね。その方角にいる者を見つけたのかも」

ＩＤスクリーンにバクスターの名前が表示されたのを見て、イヴは応答した。「何を手に入れた?」

「俺たちはジェシー・ミランとカート・バローの逮捕手続きをしてる。グリーンリーフの事件じゃないぞ、ダラス。その夜は二人とも、盗んだ処方薬をガサ入れして、イースト・ワシントンへ発送するのに忙しかった。俺たちは彼らのアパートメントをガサ入れして、その積み荷の一部——彼らは積み荷をくすねてた——と支払金の残りを見つけた。彼らは車を乗っ取った

――車の所有者は二人の顔を確認した。彼らは薬を運ぶのにその車を使ったんだ。車を乗っ取ったのは日曜の夜九時ごろ。まだ彼らのアパートメントの外に駐車してあったよ。まったく何を考えてるんだか。

トゥルーハートが料金所の監視カメラをチェックすると、犯行時刻に彼らが南へ向かってるところが映ってた。俺たちは彼らを捕まえたが、殺人の件じゃない」

除外も大事、とイヴは自分に言い聞かせた。それに。「それでも、よく逮捕した。報告書を作成して」

「了解」

「またリストから消せる」通信を切って、イヴは言った。「ピーボディがもっとツキに恵まれてるといいけど」

そうはいかなかったから、イヴはさらに二人の名前をリストから削除し、作業を続けて候補者リストにほかの者たちの名前を追加した。

リストは長くなるかもしれないが、終わりがないわけではない、とまた自分に言い聞かせた。最後にはひとりに絞られるだろう。

「僕は二人見つけたよ」ロークが戻ってきて告げた。「あとの二人はリストに載らない理由があった」

「わたしの比率もそんなものよ」イヴは椅子の背にもたれた。「フィーニーは候補ひとりと、削除三人を寄こした。第一次リストも終わりに近づいてる。絶対つながりがあるはずなのよ、ローク。わたしはそれについてああでもない、こうでもないと考えてるけど、つながりがあることはわかってる。わたしたちには見えないくらい深いところに埋まってるだけなのかも」

「今夜はそろそろいったん忘れよう。きみにはもう一度治療が必要だな」

「大丈夫な感じがするけど」

「もう一度治療したら、もっと気分がよくなって、よく眠れる。さあ、警部補、もう真夜中に近づいているよ」

イヴには等しいことがわかっている。

言い合いは時間の無駄に等しい。

それに加えて、うずきと狡猾《こうかつ》な痛みが這い上がってきている。それらがあるということは注意力散漫に等しい。

猫が先に寝室へ向かった。ギャラハッドはこういうことに敏感なのだ。

「座って」ロークが言った。「まず顔から始めよう」

イヴはベッドに腰をおろし、彼がヒーリング・ワンドを取り出すのを見守った。そして治療に集中する彼の目を見つめた。

「ナース役をするの、あきない？」

「それより、傷を負ったきみを見るほうがいやだ」

「わたしもいや。バクスターがランシングを勾留するのがもう少し遅かったら、ジェンキンソンは傷の仕返しをする方法を見つけてたかもしれない。おまけにピーボディときたら。ひどいのよ、わたしを脅したと言ってもいいくらい」

「僕たちのピーボディが？」

「ブロッカーをわたしの顔面に突きつけて、飲まないならあなたに報告するって言ったの。まるでわたしたちが十二歳で、わたしのことを告げ口するみたいに。もし――」ロークがにんまりするのを見て、イヴはすうっと目を細めた。「あら、気に入ったのね」

「実は、かなり」

「じゃあ、これはどう。オグリビーの金銭面のことであなたに連絡しようとしたら、メッセージにしたほうがいい、そのほうが殴られた顔を見せずにすんで、あなたも心配しないだろうからって」

「彼女は僕たち二人の世話を焼いていたんだね？」

思わずため息が出た。「そうかも」

ロークはイヴの唇にそっと唇を重ねた。「ジェンキンソン、ピーボディ、それにほかのみんなはただの警官じゃない、ただのチームでもない。きみは自分で家族を作り上げたんだよ。さあて、残りを見せてごらん。シャツを脱いで」

イヴは着替えておいたゆるいTシャツをロークが持ち上げるのをただ見ていたが、彼の目が冷たく光るのを見て、自分の胸に目をやった。

「よくなってきてるのよ。ね？　よくなってる。そりゃ、しょっちゅう自分のおっぱいを確認したわけじゃないけど、でも――」

「僕は可能ならしょっちゅう確認する。たしかに治りかけている。まったく、あのゲス野郎め。僕なら彼に傷のお返しはしないだろう。あいつのいまいましい《フェッキング》ペニスを根元からねじ切ってやる」

アイルランド語の卑語だと気づき、それが妙に胸に響いた。

「あいつの傷はもっとひどかった」イヴは彼の頬に手を当てた。「それに、あいつはその傷が癒えるよりずっと長く報いを受けつづける。彼は昨日ピーボディに向かっていったの。暴力的な意味じゃなくて」ロークがさっと視線をあげると、イヴはそう言った。「混乱状態になって、でも、ピーボディを罵りだしたとき、ジェンキンソンがあいだに割ってはいった。ピーボディは報告書を書きたがらなかった。たぶん、彼女は大げさだと感じたんでしょう。でも、彼女は書いた。そして、報告書を提出するのは大げさでもなんでもない。彼はバッジを持つにふさわしい人間じゃない」

ロークが肋骨にワンドを当てて優しく上下させると、イヴは吐息をついた。

「アンジェロが地球に来てる。知ってたのね」イヴははっと気づいた。

「ああ。ウェブスターを散歩に連れ出したとき、彼女に連絡していた。その直後に彼女から連絡が来て、休みを取っていることを教えてくれた。きみに会いにいったかい？」

「わたしってわけじゃなくて、ウェブスターに。忘れてたわ」ロークがワンドを離すと、イヴはまた吐息をついた。やれやれ、これで終わった。「ウェブスターが来て、グリーンリーフに話したかったことをわたしに話したいと言った」Tシャツを下げる。「辞表を提出したんですって」

イヴはオートシェフのほうへ向かう彼を見つめた。「知ってたの？」

「いや、知らなかった。だが、少しも意外ではない。じゃあ彼はオリンパスに移住するのかい？」

「その予定らしい」

「賛成じゃないの？」

「それはわたしが決めることじゃ……ううん、そう、賛成じゃない。だって、彼はこの仕事についてもう十六年か十七年になるのよ。昇進もしたし、もう少し頑張れば勤続二十年も迎えられる。なんで仕事を捨てて、ニューヨークを捨てて、このいまいましい地球を捨てるの？　でも――何よ、それ？」

「鎮静剤《スーザー》だよ。最後の鈍い痛みがやわらぐし、よく眠れる」

「飲みたくない――」

「治療の締めくくりだ。それに、ダブル・チョコレート味だよ」

「寄こしなさいよ、世話焼きナース」イヴはぶつぶつ言った。

ロークはそれをイヴの手がぎりぎり届かないところまで引っ込めた。「うーん、人参《にんじん》とほうれん草のブレンドにしようかな」

「わたしはおっぱいを殴られたのよ」

ロークはイヴに手渡した。「よし、いいだろう。ウェブスターに戻ろう。〝でも〟の続きは？」

「わかった。でも。彼の理由や望みを聞いたら納得した。というか、納得しはじめた。アンジェロがはいってきたとき、わたしは全部納得した。自分にとってすべてである人、そこにいるだけで、つらさや重さを取り除いてくれる人の存在がどういうものか、わたしは知ってるから」

「彼らは愛し合っている」

スーザーを飲み干すと、濃厚なチョコレートの味に体が喜んだ。

「愛だけでは充分じゃない、わよね？　でも、かなり好調なスタートが切れる。だから彼はオリンパスに移住して、警官や警官志願者をトレーニングする、バッジを持ってるからといって威張らないように」

「それが彼の計画なのかい？」

「今はね、それに彼はそういうことに向いてそう。愛してるわ」

「僕も愛してる」

「じゃあ、協定を結ばないと」

「僕たちが?」ロークは服を脱ぎながらイヴにほほえみかけた。「いったいどんな協定だろう?」

「お互いに、相手にこう言わないこと。〝なあ、二人で地球を離れて、宇宙空間の居留地か植民地か宇宙基地で暮らそうぜ〟って」

ロークはベッドにそっとはいってきて、イヴを引き寄せた。「それは賛成できるが、ひとつだけ例外がある」

「どんな例外?」

「僕がそう言うだけで、きみは迷わず賛成するだろう――もし地球に、爆発、崩壊、もしくは居住に適さない星になるという差し迫った危険が訪れたら」

「それならわかる。オーケイ、協定成立」

「たしかに。照明アウト」

彼はもちろん正しかった。ワンド治療とスーザーのあわいで、イヴはたちまち眠りについた。

夢はイヴを見つけ出した。

自分が死んだ部屋で、グリーンリーフはデスクについていた。けれど、壁面スクリーン、書棚、窓の代わりに、まわりの壁には警官たちの写真が貼られていた。

死亡した警官たち、免職になった警官たち、獄中の警官たち。

「私は職務を果たしたんだ」グリーンリーフが彼女に言った。「バッジを持っていても法を超えることはできないんだよ、警部補。バッジは法に従うことを意味する。奉仕と保護を意味する」

「バッジが意味するところはわかっています、警部」

「彼らはわかっていたか？」彼は自分を取り囲んでいる顔写真に手をやった。

「あなたが取り調べた者全員が、一線を越えたわけではありません。彼らのほうはどうでしょう？　あなたのおっしゃる法が、彼らからバッジを奪いました」

「私が彼ら全員について理解したと思うか？」

「我々は全員について理解することはできません。あなたもＩＡＢを率いていたとき、仲間である警官たちを尋問しようと決めたときに、それはわかったはずです」

「私はそれが意味することをわかっていた。私はそれに従った」彼は壁のほうに手を振った。「きみはこのなかの何人くらい調べた？」

彼女は顔写真に目を走らせた。「大勢」

「では、何を見つけた？」

「これまでのところ？　あなたが自分でそう思っているように、あなたが自分の仕事をしたこと。あなたが自分でそう思っているように、あなたが自分の職務を果たしたこと。ここにいる大勢の者たちは職権を乱用した。大勢の者たちが自分たちのバッジを汚し、バッジを利用して利益や暴力やパワーを得ました」

「きみは暴力と残酷さの世界から来たね。私がそれを知っているのは、きみがそれを知っているからだ」彼女が何も答えずにいるとグリーンリーフは続けた。「きみは努力して警官になった。保護し奉仕する仕事に就くことを心から受け入れた。なかには暴力と残酷さの悪循環を繰り返す者たちもいるのに。きみはちがう道を選ぶこともできただろう」

「いいえ、わたしにはほかに選ぶ道はなかった」

彼はグラスを取り上げ――あのアイスティーのグラス――彼女を見つめながら飲んだ。

「きみが選んだ男は過去に法の一線を越えた、何度も何度も」

夢のなかでも、それが夢だとわかっていても、彼女は血がたぎるのを感じた。

石頭め、と彼女は思った。生きていたときも、死んでからも。

「わたしが選んだ男は――〝選んだ〟という言葉が適当なら――自分の時間と習得した技を、死者に正義をもたらすために提供しています。彼はそのためにみずからも血を流した。彼は暴力と残酷さの世界、バッジがそっぽを向いていた世界から来た。それでも彼は、わたしと同じくらいバッジを尊重しています」

　軽く肩をすくめ、グリーンリーフはグラスを置いた。

「きみは荒っぽい女性だ」

「たぶん。そうかもしれません」

「しかし、個人的な利益を得たり、相手に危害を加えたり、パワーを得たりすることに、一度も自分のバッジを利用しなかった」

　今度は彼女が肩をすくめた。「バッジに頼ることはたまにあります」

「それはまた別の問題だ。だが、汚れたバッジが罰せられないままだと、我々全体の評判に傷がつく。もし私が強く推し進めなければ――強引すぎると言う者もいるだろうが――そういうことが起こると私は信じていた」

「わたしが目下調べている者たちには強く、強引に推し進めなければなりません。しかし、そういう者ばかりではないんです、警部。あなたの長いキャリアのなかには、グレーゾーンに該当する者たちもいました」

　彼は動揺もせず彼女を見つめた。「私の仕事にグレーゾーンはあってはならないし、存在しなかった。白か黒なんだよ、警部補。正しいか正しくないか。それは絶対的なものだ。私は自分が宣誓したことを信奉していた。しまいにはそのせいで死んだ」

　深いため息をついて、彼は壁を、そこに貼られた顔写真を眺めた。

彼らは見つめ返していた、怒りをこめて、渇望のようなものをこめて。

彼女は自分の武器に手をかけた。

「彼らは私につきまとう。私が間違っていたからではなく、自分たちが間違っていたから。彼らは私につきまとう」彼は繰り返した。「次はきみにつきまとうだろう」

壁は男たちと女たちになった。形のある幽霊になり、その幽霊たちが狼《おおかみ》たちのようにグリーンリーフに襲いかかった。

彼女にはなすすべもなかった。


イヴは夜明け前の薄明かりのなかで、はっと目を覚ました。猫が横腹に頭をぶつけてきて、ロークが彼女の顔を撫でていた。

「ほら落ちついて、夢だよ。僕はここにいる」

ロークはイヴを腕に引き寄せ、しっかり抱き締めた。「もう大丈夫だよ」

「わたしは大丈夫。ひどい夢だった。悪夢じゃないの。まあ、最後のほうはそうかもしれない、でも……」目を閉じて、イヴはロークの肩に頭を預けた。「わたしは大丈夫」

「話してごらん」

「グリーンリーフがデスクにいて、わたしが調べた——彼が調べたように——警官たちの写真が壁じゅうに貼られてた」

イヴはその続きを話した。

「彼らが襲いかかってくることを彼は知ってた、でも抵抗しなかった。警官たちに取り囲まれながら、彼はわたしだけを見てた。わたしが彼らを止めようとするのを見てた。彼らが次に狙うのはわたしだったし、わたしは彼らを止めただろうと思う。できるかぎり大勢やっつけただろうと思う」

イヴは息を吐き出した。「でも、そこで目が覚めたの」

「彼はちがう種類の警官だった、当時はそうだったよね？　きみが夢で見たように、デスクについて仕事をする警官。いっぽうきみは、警部補、仕事の大半は足を使う。その写真のなかのひとりが、彼の死になんらかの形で責任があるかもしれないとしたら、きみはほかの大勢を気の毒だとも思わずそれが起こるのを傍観するだろうか」

ロークはイヴにキスした。「だが、きみはちがう。きみは傍観したりしないし、それはできないだろう」

「彼らは、次はわたしにつきまとうだろうとグリーンリーフは言った」

「そこにはこの男もいたのかい？」ロークはイヴの顎の傷を指でなぞりながら尋ねた。

「いいえ。でも、彼はグリーンリーフのものじゃなかった。彼はわたしの管轄。でも、わたしは大丈夫。夢のおかげで考えるべきことがわかった。今はコーヒーのことを考えてる。そして、目覚めたときにあなたがそばにいるのはすてきだなと思ってる。猫と一緒にあっちに座ってるあなたを見つけるほうがいいけど、これも同じくらい幸せ」

「きみはコーヒーを飲んで、もう一度ワンド治療をするんだよ。それから二人であっちに座ろう」

15

夢の記憶を振り払いたかったので、シャワーを浴びることにした。熱い湯と立ち昇る蒸気のなかで、イヴは壁のタイルに額を押し当てた。

あの壁に貼られていた大勢の者たち。その怒りに満ちた顔が男と女の姿を取った。

警官たち、保護と奉仕を誓った者たち。

彼らはグリーンリーフをずたずたに引き裂いたが、彼は応戦しなかった。彼はただ受け入れた。あたかも、それも仕事の一部だと見なしているかのように。

グレーゾーンはない。彼はみずからの仕事を、みずからの世界を、白か黒で見極めていた。それは自分が彼をそう認識しているだけだろうか、とイヴは思った。それとも、彼は実際にそういう人だったのだろうか。

そこに意味はあるの？

イヴは闘ってきた。ランシングと闘ったように、バッジを手にし、誓いを立てたときから数えきれないほどの者たちと闘ってきた。

荒っぽい女性だからか、それも仕事の一部だと見なしているからか。それともその両方なのか？

そこに何か重要なポイントはあるの？

いずれにしても、自分は流血の事態になろうと闘いつづけるだけだ。

だから夢の残りが湯と一緒にすっかり流れ去るまで、考えるのはやめにした。

そして、避ける方法が見つからなかったので、おとなしく座ってロークから傷の手当てを受けた。

「よくなってきている」ロークはワンド治療を終えると、指先で顎の傷をなぞった。「かなりよくなった」

「傷は癒えるが、死は癒えない」

「ほう、スローガンだね」

「普通は応戦して、傷を治して、仕事を続ける。警官はそういう契約を交わしたの。でも、グリーンリーフは応戦しなかった――夢のなかでってことだけど」つまり、夢の残りは完全に洗い流されたわけではなかったのだ。「彼はただそこに座って、それを受け入れた。わたしが彼をそういう人だと見てるのか、それとも彼は実際にそういう人だったのか？」

「彼には抵抗するチャンスがなかったんじゃないか？　現実の話だが。彼は背後から襲われた」

「チャンスがなかった」イヴはゆっくり繰り返した。「背後から襲われた。あなたのほうがわたしの潜在意識を刺激するのがうまいみたい。彼には闘うチャンスがなかった、死ぬときにはなかった。けれど、彼は全キャリアを通じて闘ってきた――彼なりのやり方で、白か黒かの原則のもとに。主にデスクで」そこで考え込んだ。「彼はデスクで死んだ。それは皮肉な成り行き、それとも計画されたこと？」

イヴは立ち上がり、ラズベリー色のローブ姿で部屋を歩きまわった。「皮肉な成り行きは偶然と似たようなもの――それが意図されたものでないかぎりは。これは計画された犯罪。あの夜妻は外出し、彼は自分のデスクにつき、ドアに背を向けている。スクリーンには野球中継が映し出され、彼はニュースの見出しをチェックし、記事を読み、コンピューターゲームに興じ、冷たい飲み物を飲む。そうやってウェブスターを待ってるけど、犯人はそのことを知らない」

「きみはまた隣人に戻っている。彼女たちが外出し、彼がひとりでデスクの前にいるところに犯人を送り込むことができる人間に」

「ええ、便利よね。でも、それは習慣だった。だから彼がひとりきりでいることを知ってる、またはそれを当てにできるのはアルネズだけじゃないことになる。彼はデスクについてる――そう見なす必要があるなら――彼が判断を下したデスクに」

「なるほど」

ロークはコーヒーをつぎ、隣の席をポンポンと叩いた。「さあ、ここに座って、食べるんだ。食事も脳を活性化してくれる」

「彼がデスクで死ぬことは重要なの？」イヴは自問しながら戻って席についた。「今のはくだらない疑問ね。すべて重要だもの」

ロークが保温蓋を持ち上げると、パンケーキがあった。イヴはほとんど無意識のうちにバターをのせ、シロップに浸した。

「綿密な計画だ――それはわかっている――だが、デスクが関係してくるなら、計画や動機に別の重みが加わる。それは重要なことだろう。今はそうじゃなくても、いずれ重要になる」ロークが言った。

「わたしは彼のことが好きじゃなかった」

「好きになる必要なんてないんだよ、イヴ。きみが激しく嫌っていた被害者のために、あらゆる努力を惜しまなかったのを僕は見ているんだから」

「わたしは彼のことが好きじゃなかった」イヴはもう一度言った。「でもわたしは、彼がIABの長として自分のデスクで判断を下す姿しか見てなかった。もっとわかってあげればよかった。悪徳警官から受けるダメージがどれほどのものかわかってるのに、わたしは彼を好きになれなかった。彼の白か黒かの頑迷さが好きになれなかった。それでも……」

「きみもしばしば白か黒かはっきりさせたがることがあるよ」

「ここで元犯罪者とパンケーキを食べてるわたしが、どうして白か黒かはっきりさせたがるの？」

「僕は疑われただけだ――それにかなり改心した」

イヴはロークのほうを向き、ほほえんだ。「わたしがすごい健忘症で、あなたに盗みをお願いするとしたら……何がいいかしら？　絶対《モナ・リザ》ね、誰でも知ってるから。わたしのクローゼットに吊るす《モナ・リザ》が欲しいと言ったら、あなたはきっと――どこにあるの？」

「ルーヴル美術館だよ、ダーリン」

「ああ、そこね。そこに押し入ってくれる。わたしはそれをクローゼットにしまう」

「男は愛のためになにをなしうるか」ロークはつぶやき、パンケーキを食べた。「残念ながら、きみはお願いしないだろう」

「そう。でもわたしは、お願いしたらきっとやってくれる人と一緒に朝食をとってる。ところで、その絵はなんでそんなに有名なの？　どこかの女性が薄ら笑いを浮かべてるだけでしょ」

「ああ、だが彼女は素晴らしい」アイルランドの響きが賞賛に色を添えている。「きみもじかに会ったほうがいい。彼女と見つめ合ったら、きみは彼女の比類なき気品を心から認めるだろう。薄ら笑いではない、全然ちがう、微笑だ。慈しみに満ちながら謎めいてもいる微笑だ」

「じゃあ、あなたは彼女とじかに会って、見つめ合ったのね」

「そうだよ」

「そのときそこは――そのルーヴルとかいう美術館は――あいてたの、それとも閉まってたの?」

そこでロークは微笑を浮かべた。慈しみに満ちてはいないが、とても謎めいている。

「その両方だったら?」

「やっぱり、あなたとパンケーキを食べてるから、わたしの絶対的規則もかなりゆるくなる。だけど、グリーンリーフは頑としてその姿勢を崩さなかった。彼のことはあまり好きじゃなかったけど、彼自身のこと、その仕事、彼の……規範――フィーニーがそう呼んでた――を調べたから、わたしは間違いなく彼を尊敬するようになった」

イヴはコーヒーを飲みながら考えた。「彼はわたしのファイルを持ってたはず。管理運用規定では警官が最大の力を行使したときにはそうすることになってて、わたしはそれを行使したから。IABに調べられた警官は〝検査《テスティング》〟を受ける。でも、彼はわたしを追跡しなかった」

「たぶん互いに尊敬の念を抱いていたのだろう」

「もしかするとね」イヴはシロップまみれのパンケーキの最後のひと口を食べ終え、腰をあげた。「今日は黒を着る、予定をやりくりして告別式に出る時間を作れる場合もあるから。でも、制服に着替える時間は作れない」

「薄手の服にするといいよ」ロークが助言した。「今日は蒸し風呂のような陽気になりそうだから」

「暑いのは好きよ」

「僕もよく知っているよ」ロークはクローゼットへ歩いていくイヴの背中に言った。

イヴはすぐに出てきた――黒いズボン、黒いタンクトップ、黒いブーツとベルト、手には黒いジャケット――そして、毎日黒でいいならどれほど楽で早くすむだろうと思った。

イヴは武器用ハーネスを装着した。

「彼は夢のなかで言った、彼らはきみにつきまとうと。死亡した警官たちと免職になった警官たち」

イヴはうなずいた。「ええ、そう言ったわ」

「彼らはきみにつきまとうかい？」

バッジを取り上げ、しげしげと眺める。「いいえ。夢ってどこかおかしいし、グリーンリーフはそう思ってるんだろうとわたしは思う。でも、彼らはわたしにつきまとわない。グリーンリーフとわたしが絶対に共感できることがひとつある。悪徳警官はわたしたち全体の評判に傷をつけるということ。もし彼が間違いを犯したとしたら、もし彼があの夢のなかの壁にいた警官たちの誰かを強引に押しすぎたとしたら、それは彼の責任」

イヴはポケットにバッジやほかのものをしまった。

「自分が獲得したものをだいなしにした者たちはどうするか？　彼らは、あいつみたいに、わたしを追いかけるだろうけど、わたしにつきまとうことはない」

「きみに傷を負わせるだけだ」

「そのあとで、尻を蹴飛ばしてやるけど」

「そのあとで」とロークは言い、そばまで行ってイヴの両肩を揉んだ。「だったらお願いがあるんだが、今日こそは僕のお巡りさんの面倒をよく見てくれよ」

「あなたが相手の男を見たら、わたしが昨日どれだけ彼女の面倒を見たかわかるのに」

階段を降りながら、彼は心配なのだ、とイヴは思った。彼がその心配をやめませんように、やめられませんように。そうすれば自分はできるだけ、彼のお巡りさんの面倒を懇切丁寧に見るだろうから。

ピーボディとは、テイラー・ノイ、二十四歳、犯罪防止課の元警部ルイス・ノイの娘のアパートメントで落ち合うことにした。

ノイは五十歳のときに自分の制式武器で自殺した。内部調査の結果、二十六年間、汚職をしていたことが発覚したのだ。

二十年以上におよぶ不正行為。イヴは車を門から出した。彼は勇敢な行為に対する表彰、輝くメダル、昇進でキャリアに磨きをかけた。彼は少人数で関係が密な警官たちのシンジケートを運営し、賄賂を受け取っていた。証人買収、政治的な賄賂、みかじめ料の徴収。グリーンリーフはノイが教育していた新入りの協力を得て、シンジケートの存在を暴露した。新入りのケント・ボクサー巡査の死体は、食肉貯蔵庫に吊るされているところを発見された。拷問され、さんざん殴られてから喉を切り裂かれていた。

二日後、包囲網が迫ってくると、ノイは罪に直面するよりも死ぬことを選んだ。

彼の家族は家を失い、ノイが汚職で蓄積してきたすべてを失った。

それから五カ月に少し足りないころ、十九歳の息子ブライス――ニューヨーク大学《NYU》の刑事司法専攻――が首吊り自殺した。

ノイの妻のエラは現在ロングアイランドに住んでおり、去年再婚している。

娘のテイラー――イヴの今日最初の聴取相手――はロウアー・ウェストにアパートメントがある。だからグリーンリーフ家に行くのにも、オンエア・レポーターとして働いている〈インサイド・スポーツ〉のニューヨーク支局に通うのにも便利だ。

二十四歳にとってはかなり魅力的な仕事だ、と思いながらダウンタウンへ車を走らせる。けれど、自分の父親がバー型階級章を持つヒーロー警官から、不祥事を起こして自殺した警官にまで落ちるのはどんな気持ちなのだろう？　何もかも失い、兄まで失ったのはどんな気持ちなのだろう？

アッパーミドルクラスの生活は終わり、苦労が待っている。もう正面にブラウンストーンを張ったすてきな家には住めない、プライベートスクールにも通えない。

実の母親は何もかも振り払い、よその誰かと結婚してロングアイランドの閑静な住宅街に移っていった。

何かがきっかけになって、過去のすべてに対する、過去に失ったものすべてに対する仕返しを求めたのかもしれない。

話してみる価値はある。

駐車場を探していると、運よく目的地まで一ブロック半しかない地点に空きスペースを見つけた。

ロークは蒸し風呂のような陽気だと言っていたが、歩きだすとすぐそのとおりだと感じた。まだ午前八時にならないはずなのに、気温はとうに上昇しはじめ、よどんだムッとする空気が街を覆っていた。

イヴはすでに大繁盛のアイスコーヒー売りのグライドカートの脇を通り過ぎた。アイスコーヒーはレンガ状の泥を凍らせようとしたようなにおいがした。

この状況を考えるとカートのアイスコーヒーでも飲めたかもしれないが、その先にはもう見つからなかった。

イヴはテイラー・ノイが住むビルの前で足を止めた。都市戦争前《プレ・アーバンズ》の古いレンガ造りのビルは、管理が行き届き、セキュリティもしっかりしていた。

たぶん急ぎ足で行けば、グリーンリーフ家のビルまで十分で着くだろう。道でひょっこり出会う可能性も高そうだ。

イヴはリスト・ユニットに目をやり、向こうから大急ぎでやってくるピーボディを見つけた。

彼女は赤いメッシュを入れた黒髪を高い位置でポニーテールにし、小さな尻尾をゆらゆらさせている。

まったくもう。

ピンクのブーツに、黒いパンツ（それだけは褒められる）、そしてシャツと薄手のふわりとしたジャケットは、ごく淡いグリーンだった。

「何よ、ガーデンパーティにでも出かけるの？」

「何がですか？　このジャケット？　超すてきじゃないですか。レオナルドがわたしの布地の整理を手伝ってくれて、この布地を見て、このジャケットのデザインを二分ぐらいでスケッチしたんです。それからその場でたちまち作ってくれちゃったんですよ」

悲しいことに、ピーボディは気取ったターンを披露した。

「わたしはレオナルドを着てるんだ！」

「まあ、それはもういいとして、その髪。言い訳は？」

「すごくホットでしょ?」

その点については反論できないので、イヴは正面入口へ向かった。「彼のファイルは読んだ?」

「はい。ルイス・ノイ警部。ものすごく悪い警官。わたしたちはテイラー・ノイと話すために来ました。彼の生存してるただひとりの子どもです。兄は父親に倣って自殺したので。彼——息子ですが——については、おかしな点は何も出てきませんでした。まだ二十歳にもならなかったのに。かわいそう」

「彼は警察学校《アカデミー》に出願して、すでに合格し、NYUを卒業するまで入学を延期してた」

「ええ、読みました」ピーボディが言い、イヴはマスターキーを使ってなかにはいった。

「ノイは新入りのボクサーを教育してたけど、彼に裏切られた——ボクサーはそのせいで死んだ。ノイは息子を教育できないことを受け入れがたかったの。どちらにしても、テイラー・ノイは父親を失い、兄を失い、家を失い、学校を失った——そして母親はすでに再婚してる。彼女は一階よ」イヴは付け加えた。

「ラッキーな日。階段なしですよ」

イヴはアパートメントの玄関まで行った。ドアの防犯カメラ、インターコム、しっかりしたロック。

ドアをノックした。

インターコムから女性のハスキーな声が流れてきた。「はい？　ご用件は？」

「ダラス警部補、ピーボディ捜査官、ＮＹＰＳＤ」イヴは防犯カメラにバッジを掲げた。

「少しお話ししたいのですが、ミズ・ノイ」

　声にいぶかしげな響きが加わった。「どんな件で？」

「マーティン・グリーンリーフ警部の件で」

「身分証を確認させてもらうわ」

「どうぞそうして」
　二、三分経ってから、ロックをはずす鈍い音が聞こえた。ドアをあけた女性は、肌に張りつく赤いミニのワンピースを着ていて、素足だった。ハニーブラウンの完璧なカールヘアは肩先までふわりと落ち、美しい顔を縁取っている。
　彼女は遺伝の宝くじに当たり、鋭い頬骨と、ふっくらした、形のよい口元を受け継いだ――目下その唇はワンピースと同じ色に染められている。磨き上げたブロンズのような理想的な肌は、ディープグリーンの目の色をさらに際立たせている。

「わたしはレポーターだから」と彼女は言った。「同業者がどんなふうに仕事するか知ってる。あなたたちがレポーターじゃないことを確かめたかったのよ。どうぞ、はいって」

　テイラーは後ずさりし、色彩と物にあふれたリビングエリアにはいっていった。「散らかってるけど謝らないわよ。わたしはこういうのが好きなの。仕事に出かけるまで二十分しかないから前置きはなしにして、グリーンリーフ警部のことは聞いたし、残念ね。家族が気の毒だと思う。父親を亡くすのがどういうものかは知ってる」

「彼はあなたの父親の内部調査を率いていた」

「ええ、そうよ。はっ、まったく。座って。あれは九年前ね」そう言って、ソファにドスンと腰をおろした。「それがグリーンリーフ警部に起こったこととどんな関係があるの?」

テイラーが選んだカナリア色のソファの向かいにあったので、イヴはイエローの渦巻き模様がある強烈なブルーの椅子に腰かけた。そしてジェンキンソンのネクタイが頭に浮かんだ。

「日曜の夜の八時から十時まで、どこにいたか話してみない?」

「わたしは容疑者なの?」心底驚いたようで、テイラーはあのグリーンの目を見開いた。「殺人の容疑者? 父親のことがあるから? うわぁー。へー。ずいぶん遡るのね」

「あなたの所在がわかると助かるの」

「簡単よ。あなたたちも簡単に確認できる。わたしはメッツのホームゲームを取材してた。試合開始は午後八時十分。2対1の接戦のすえパイレーツを破った」

ソファに背を預け、テイラーは脚を組んだ。

「ハイライト。パイレーツは2アウトからのソロホームランで1点先制し、五回表までリードが続いた。その裏、カトーがワン・ボール、ワン・ストライクからの投球をかっ飛ばした。ストレートの速球」と付け加える。「ストライクゾーンのど真ん中で、カトーは球をバットの芯でとらえ、バコーン！

八回裏の攻撃」とハイライトを続ける。「マクロンがフォアボールで出塁し、ワイルドピッチで二塁に進塁。次のバッターはブランスキ。パイレーツは投手交代してウィリスを出すも、リリーフの役目は果たせなかった。ブランスキの二塁打《ダブル》でメッツが2対1の1点勝ち越し。九回はパークスが三者凡退でパイレーツの攻撃を抑えきる。三振、フライ、チョッパー（バウンドが高くなったゴロ）――ショートのブランスキがファーストのロドリゴより先に捕球して、最後のアウトを取ったのが九時四十五分ごろ。わたしはそれから二十分くらい、選手のインタビューをした。ライブ中継で」

テイラーはかすかにほほえんだ。「すごくいい試合だった」

その同じ試合がグリーンリーフの壁面スクリーンで流れていた。

「なんでわたしがグリーンリーフ警部を殺さなくちゃいけないの？　わたしの父は」テイラーはイヴに口をはさませずに続けた。「父の話をさせて、警部補、捜査官。彼は良き父親だった。もう、それは素晴らしい父親。思いやりがあって、愛情たっぷりで、公平――厳しいけど、公平だった。わたしの試合――わたしは春と夏に野球、秋と冬にバスケットボールをやってたの――を観戦できないときは録画させたものを見ていた。

わたしはすごく恵まれた子ども時代を送った――あのときまでは。幸せで、安心で。わたしは父を尊敬してた。父はわたしのヒーローだった。やがて、家の外では、家庭――そこではいつもわたしのヒーローでいてくれた――以外のところでは、父はまるでちがう人だということを知った。何もかも偽りだった。父は他人を欺き、他人から盗み、他人を操る人間だった」

テイラーは目を閉じた。「いいえ、もっとひどかった。父は内部調査のことも、あのトラブルのこともわたしたちには教えなかった、最初のうちは。今思うと、父はなんとか振り払えると思ってたのかもしれない。わたしはほんとに何も気づかなかった、少しも変だと思わなかった。まだ十五歳で、スポーツに明け暮れ、男の子たちのことを真剣に考えはじめたころで、ブティックでちょっとだけバイトする許しをもらえてワクワクしてた。服が好きだったから。そうしたら……」

テイラーは深呼吸し、窓のほうへ目をやり、その向こうの通りを眺めた。

「うちのなかがどこか変わっていた。父は母に打ち明けた――わたしはあとになるまでそのことを知らなかった。何か変だとは思ったけど、でもブライスは気づいてた。父は兄がお気に入りだった。それは嫉妬なしに言える」と加えて、イヴに視線を戻した。

「ブライスは自慢の子だった。父のように警官を目指してた。兄のいちばんの望みは、わたしたちの父親のようになることだった。だけど、父と兄の関係は少しおかしかった、あれが起こる直前。ブライスは何も言わなかったけど――わたしには言わなかったけど。わたしも何も聞かなかった——自分の人生が大きく動いてたから。短時間のバイト、学校、友達、そしてわたしのことが好きな男の子。

たぶん、父が別のことに気を取られてるのは気づいてたと思う。父が、見にいけなかった練習や試合のことを聞かなくなったし。でも、二人の警官が父と話すために訪ねてきた夜は、たしかにおかしいとはっきり気づいた。ライリー捜査官とクロッター捜査官——うちによく遊びにきてた。バーベキューパーティとか休日とか。でも、その夜は様子がちがった。わたしでさえ、それがわかった」

「どんなふうにちがっていたの？」

「冗談も言わず、おしゃべりもしない。彼らはまっすぐ父の部屋にはいっていき、ドアを閉めた。ブライスはデートに出かけてた。母は二階の寝室にはいり、泣いていた。なぜ泣いてるのかわからなかったけど、恐ろしいことが起こるのを知ってたんでしょうね。わたしは自分の部屋にこもって、音楽を聴いたり、わたしのことを気に入ってる男の子とおしゃべりしたりした。彼にデートに誘われて、わたしはすごくウキウキしてた」

そのときを思いだして、テイラーは甘い笑みをじんわり浮かべた。

「わたしの最初のデートは——晩熟《おくて》なのは野球とバスケットボールばかりやってたから——ピザを食べて映画を見るだけのデートだけど、父の許しをもらわないといけない。わたしは下に降りていった——父の部屋のドアは閉まったままだった。わたしはドアをノックした。わたしはドアをあけた――あの男の子がわたしとデートしたがってるから。そして父を見つけた」

「それは恐ろしい経験をしましたね」ピーボディが言った。

「恐ろしかった、考えうるかぎりのあらゆる意味で。父はそこにいた、わたしのヒーローがデスクにつき、自分の武器――家にいるときはいつも必ず厳重にしまっておいた武器が、床に落ちていた。父は眠ってるのだと、わたしは自分に言い聞かせた。そうじゃないことはわかってたけど。父は眠ってるのだと言い聞かせながら、わたしは悲鳴をあげてた」

「内部調査のことや、グリーンリーフとIABのことについてはいつ知ったの？」

「わたしはほんとによく知らないの。ずっとぼんやりしてて。ブライスは怒ってた、なだめようがないほど。母はなんとかしっかりしようと頑張った。いろんなことがわたしたちの耳にはいってきた、すべて父がやったと。ブライスはそんなのは嘘だと言った、みんな嘘だと。わたしはその言葉を信じた。信じなければならなかった」

　テイラーは言葉を切り、首を振った。「でも、嘘じゃなかった。みんな本当のことだった。わたしたちは家を失った。わたしは転校しなければならなかった――十五歳のわたしにとってはそれも悲劇。わたしはそのことで母に当たり、母のせいだと責めた。わたしはそれを恥じてる。それから、ようやく頭のもやが晴れて、はっきり見たり感じたりできるようになりはじめたとき、ブライスが……。

母が兄を見つけた――わが家の自慢の兄を」

テイラーはソファに両足をあげて、横座りした。楽な姿勢を求めたわけではないとイヴにはわかった。

「兄は自宅通学だった。一部支給の奨学金を得てたけど、母がなんとかお金を掻き集めてその穴を埋め、大学を続けさせてたことをわたしは知ってる。兄がもう講義に出てないこと、成績を取り戻そうと奮闘してたことはあとからわかった。わたしたちは狭いアパートメントに引っ越してて、わたしは母と一緒の部屋、ブライスには自分の部屋があった。母は朝になって、兄を発見した。兄はそれより何時間もまえに死んでいた」

「あなたは半年も経たないあいだに父親と兄を失ったのね」

「そのとおり」テイラーはイヴに向かってうなずいた。「わたしがそのどれかでグリーンリーフを責めるだろうと考えてるなら、大間違いよ。責められるのはわたしの父。全部、父が悪い。何から何まで。わたしは父が大好きだったし、今でも愛してるけど、人として、警官としての父は？　彼はわたしたちに恥辱と、悲しみと、絶望を残していった。わたしはそんな父を許さない」

テイラーはまた目を閉じた。目をあけると、そのグリーンの瞳には鋭い輝きがあった。

「わたしはそんな父をけっして許さないでしょう。わたしは父があの若い巡査――自分の息子と一歳もちがわない巡査を殺したんじゃないことは知ってる。でも、父は自分の手で殺したようなものだった。父はきっとそれを抱えて生きていけなかったんだと思う。でも、本当のところは永遠にわからないわよね？」

「あなたの母親はどうだったの？」イヴは尋ねた。

「ブライスとはちがって、そしてブライスのおかげで、わたしはしばらくしてからは、母は一度もグリーンリーフを責めなかった。母にはわかってたのよ、警部補。父はやり手だった。家庭では金銭の出し入れを一手に引き受け、完全な支配権を握ってた。そうやって、なんでも進めたの。

母は真実を知ったとき打ちのめされた。父がその結果に向き合うなら、母はきっと応援したでしょう。母は父を愛してた。たとえ打ちのめされていても、父の支えになったと思う。これは知っておいてほしいんだけど、母も調べられたの、そして潔白だとわかった。母は今、幸せよ――やっと幸せになった。一年くらいまえに再婚したの。二人はうまくいってる。カルは素晴らしい人で、正直な人。どうか母をこれに巻き込まないで。母はこれまでの人生で誰ひとり傷つけたことがないのよ」

「あなたのお兄さんは知ってたの？」イヴは聞いた。

「わたしにはそれも、もうわからない。ひとつ言えるのは、兄は父を崇拝してたということ。だから起こったこともその理由も認めようとしなかった。兄は十九歳だったのよ、警部補。十九歳で、父の罪を抱えたまま生きていけなかった。母とわたしは九年間、それを抱えて生きてきた。もういいでしょ」

「お時間とご協力に感謝するわ」イヴは言って、腰をあげた。「あなたのご不幸、本当にお気の毒だと思います」

16

歩道に出ると、接触事故があったらしく、道路はゴルディオスの結び目状態になっていた。二体の巡回ドロイドが対処していたので、イヴはそのまま歩きつづけた。

「わたしは彼女の話を信じました」ピーボディが言った。「全部。彼女はまだ父親の問題を引きずってるし、たぶんこの先も引きずるだろうけど、父親がどんな人間で何をやったかを知って、それを受け入れてるからなおさらですね」

「それでもわたしたちはアリバイを確認する。〈インサイド・スポーツ〉に寄って、日曜の夜のメッツの試合データを引き出す」

同じ試合だ、とイヴはまた思った。グリーンリーフがその試合中継を流していたときに死んだのは、皮肉な偶然なのだろうか？

「彼女がその場にいて、試合がライブだったことを確かめる。ロークはすでに彼女の金銭面を調べたけど、彼女か母親が殺し屋を雇ったことを示す、怪しい預金の引き出しは見つからなかった。だけど、義理の父親のほうもざっと調べてみる。すべての項目のボックスにチェックマークを入れたいだけ」

「やります。でも、ダラスも信じたんですよね」

「そうよ。でも、彼はデスクで死んだ」

「ノイですか？」

「ノイ、グリーンリーフと同じように。自分のデスクで、床には制式武器が落ちてた。彼の自宅で。まるで鏡に映したように。ことによるとね。あの夜、ノイを訪ねた捜査官二人はまだ檻のなかにいる。九年後にその檻から手を伸ばして、殺し屋を雇った証拠はひとつもない。ノイの班にいたほかの二人の警官は、ボクサー巡査を拷問して殺した罪で、ひとりは終身刑、もうひとりは地球外」

イヴは車に乗り込み、しばらく座ったままでいた。

「それ以外の三人は出所したけど、転居した。彼らの旅行歴や金銭面からは、この事件に関わった証拠は何も見つからなかった。あとは自殺した警官がいる。だから彼女の父親を今日の聴取リストに載せた——家族はその父親だけだった」

「次はそこですか？」

「ちがう。彼のまえに二人プログラムした。彼はそのあと」車両の立ち往生はまだ解消されず、クラクションがやかましく鳴り、悪口雑言がはなはだしいので、イヴは垂直走行に切り替え、広がっていく結び目状態の上方を疾走し、猛スピードで角を曲がり、のろのろ運転の大通りに滑るように着地した。

ピーボディは両手の関節が白くなるほど強く、安全バーを握り締めていた。

「コーヒー」と息も絶え絶えに言う。「コーヒーを飲む時間はありますか？」

「ないときっていつ？　最初の五人が終わったら、署に戻って報告書を仕上げたい。わたしたちは次のグループ――数はもうそんなに多くない――にひととおり目を通す。グリーンリーフの告別式までに何人見つかるかやってみるわよ」

「はい、もちろん、オーケイです」ピーボディはコーヒーを飲んで、頬に血の気が戻ってきた。

次の二人に怪しい点は何もなかった――最初は夫に先立たれた妻、とその十三歳の息子。次は生き残った弟。

「彼には気持ちを切り替える必要がなかった。最初の妻もそうでしたけど」ピーボディが感想を述べる。「彼はもともと兄のことが好きじゃなかったんです。それに自分の家庭を築いたし、子どもも二人いるし。あえて十年前の復讐をするようには見えませんでした」

「おまけに彼は自分の車のなかで自殺した、自宅のデスクでじゃなく。ささいなことだけど、わたしはそこが気になるの」

午前中のリストの二番目から最後までをこなすのに、二人はロウアー・イースト・サイドまで足を延ばし、死亡したデヴィア・ジャイン巡査の父親、オンカー・ジャインが経営するマーケットを訪れた。

モルグのリストにも当たったところ、グリーンリーフが彼女の遺体を見にきた記録が残されていた。

イヴはマーケットの正面にある積み降ろしゾーンに車を停め、〝公務中〟のライトを点灯させた。

店先のショーケースには色とりどりの花や果物が陳列されていて、かぐわしい香りが漂っている。店内の床は輝き、棚には商品が整然と並んでいた。真っ白なカウンターには、レジ――二台とも係の者は人間だった――で精算する際に衝動買いしそうな店頭広告の商品が置かれていた。

レジ係のひとりは十六歳くらいの少女で、艶やかな黒髪を編んで背中まで垂らし、毛先を鮮やかなピンクに染めていた。

二台目のレジにいるのがオンカー・ジャインであることは、ＩＤ写真で見ていたのでわかった。腫れぼったい目、深く刻まれたしわ、入念に整えた黒い髪。

彼は隣の少女と背丈がほとんど同じで、痩せっぽちで、糊《のり》の効いた白いシャツとアイロンを当てた黒いズボンを身につけていた。

イヴは彼がお客の相手をするのが終わるまで待ってから、前に進み出た。彼は笑顔で迎えた。

「何を差し上げましょう?」と尋ねる声は太く、軽いアクセントがあった。

「ミスター・ジャイン、ダラス警部補とピーボディ捜査官です」イヴはバッジを手のひらで隠すようにして見せた。「NYPSD。あなたとお話ししたいのですが」

顔から笑みが消え、無表情になった。無表情を装っている。「何か問題でもありましたか?」

イヴが答えるまえに、少女が国の言葉で彼に何やらつぶやいた。ジャインはうなずきながら、視線をさっと上げてイヴのほうを見た。それから少女の頬をそっと叩いた。「すぐ戻るからね」

ジャインは店の裏手を指さし、先に立って歩きだした。スワイプカードを使って裏口のドアのアラームを解除してから、短い路地に足を踏み入れる。そこにあるリサイクル機《リサイクラー》は作動しているだけでなく、最近きれいに磨かれたようだった。

「姪があなたたちのことを知っていました。映画で見たんです。私は見ていなかった。あなたたちはマーティン・グリーンリーフ警部が殺された件で、私を尋問しにこられたのでしょう」

「我々は彼の死を捜査し、いろいろ尋ねているんです。グリーンリーフ警部はあなたの娘さんが二〇五二年に、犯罪防止課の汚職事件に関与したとき、IABを取り仕切っていました」

「彼は弁解の余地も与えなかった。あの子は二十三歳でした。生き恥をさらすより、死ぬことを選んだ」

「あなたはグリーンリーフ警部を恨みましたか？」

「恨む？　私の気持ちはそんな軽い言葉では表せない。私は十八歳のときに一念発起してこの国に来ました。私は働いた、自分の家を持ちたくて懸命に働いた。妻の選び方はまずかったかもしれないが、私にはデヴィアがいた。あの子の母親が我々を置いて出ていったときも、あの子さえいれば私はよかった。私の娘は気持ちの優しい、いい子で、警察官になって市民を守り、街の安全を保ちたいと言っていた。私はあの子が制服を着た日を呪う。私はあの悪魔のルイス・ノイを呪う。あいつは娘にプレッシャーを与え、娘を脅し、娘をだめにした」

「グリーンリーフ警部はあなたの娘さんをノイのシンジケートの一員だと告発しました」

「あの子はどれほど絶望しているかをすべて話してくれた、やつらがあの警官を殺したと知ったとき。あの若い警官。ノイに仕事は順調に進んでいると言われたとき、娘はその言葉を——上司の言葉を信じた。だが、彼に従うために、あの子は規則と法を破った。あの子は汚名を負わされ、悲嘆にくれた。娘はあの若い警官が彼らに殺されたと知った。その死はあの子の胸に重くのしかかった。私は娘を〝グリーンリーフ警部という人のところへ行って、知っていることをすべて話し、慈悲を乞おう〟と説得した」

「そうしたんですか？」

「その夜、私が祈っているとき、娘は命を絶った。私に許しを乞うメッセージが残されていた。自分は慈悲に値する人間ではないと。悔やまれることに、私はその警部のところへ行き、娘の名前をリストから消して、最後の敬意を払ってほしいと頼んだ。彼はそうしようとしなかった」

「彼にはそうできなかったんです、ミスター・ジャイン」ピーボディの声には憐憫《れんびん》の情がこもっていた。「記録を改竄することはできなかったんです」

「あの子は私のたったひとりの子だった。ほかの連中は刑務所に送られた、だがやつらは生きている。ノイは死んだが、私は彼に生きていてほしかった。彼が来る日も来る日も、来る年も来る年も苦しむことを知っていたかった」

「グリーンリーフはどうですか？」

「彼は娘にチャンスを与えなかった。生きているときも、死んでからも」

「日曜の夜どこにいたか教えてください、午後八時から十時のあいだ」

ジャインはため息をつき、悲しみをたたえた目で、イヴの目を覗き込んだ。「私は命を奪わない。命は尊いものだ。いちばん尊い贈り物だ。私の娘は悲しみのあまり自分の命を殺した。それでほかの命が奪われたことの埋め合わせになると信じたのだろう。娘はまだ若かった」

彼はふたたびため息をついた。

「うちの店は、日曜は八時まであけている。店を閉めると、私とジャミド――うちで働いている少年だ――は掃除をした。日曜に我々は徹底的に掃除し、在庫の補充をする。私は作業中にジャミドが音楽を聴くのを許した。私には音楽とは思えないが、それが流れていると彼の仕事がはかどるんだ。私たちが仕事を終えたのは九時か九時近くだった」

「お宅には監視カメラがありますね」

「ああ、盗まれるのは必要なものだけとはかぎらないからね。必要なものの場合は許せるが、ただ欲しいからといって盗むのは許せない。だが、うちのカメラは反復使用《ループ》だ。七十二時間ごとに上書きされるから、日曜のものはもうない」

「九時以降、あなたは何時に店を出ましたか？」

「私は店の二階に住んでいるが、散歩に出かけた。近所のミズ・ルーが愛犬のシリルを散歩させていたんだ。私はシリルをかわいがっている。私は働く時間が長すぎるから、自分で小犬を飼うわけにはいかない。しかし彼女と小犬のシリルと一緒に散歩し、それから家に帰った」

「ジャミドとあなたの隣人の連絡先を教えていただけたら、大変助かるのですが」

「それは捜査手順だな。デヴィアならこう言うだろう。〝パパ、それは捜査手順よ〟と」

「ええ」イヴは不憫でならなかった。「捜査手順です」

車に戻ると、ピーボディはシートベルトを引っ張り、鋭い音を立てて装着した。「ノイは楽な方法を選んだんです。彼は檻に閉じ込められるべきだった。ミスター・ジャインはグリーンリーフを殺してません」

「理由は?――アリバイの裏づけが取れることのほかに」

「彼は優しすぎるし、殺したら愛する娘の恥を上塗りするだけです」

「それに加えて、彼は規則を守る人だから。もうひとつ」イヴは躊躇《ちゅうちょ》し、積み降ろしゾーンから車を出した。「わたしは次の人物を知ってた」

「死亡した警官ですか?」

「アンセル・ホッブズ。わたしたちは警察学校《アカデミー》の同期だった。彼とは一度寝た」

「わぉ。オーケイ。わぉ」

「どちらも軽い気持ちだった。卒業したときのこと。〝さんざん飲んで、一発やって、それじゃね〟って感じ。その後はほとんど顔を合わさなかった。フィーニーがわたしを殺人課に引っ張ってからは、さらに顔を見なくなった。わたしが捜査官に昇進した直後に、〈ブルー・ライン〉でばったり会った。わたしはムズムズした」

ピーボディが目を丸くした。「また彼と寝たんですか?」

「ちがうわよ! そういうムズムズじゃない。彼はどこか変だったの。そのときはあまり深く考えなかったけど、こうなってみると……ファイルによれば、彼は当時から不正行為に手を染めてた。数年前、彼が報酬目当てに証拠を改竄して捕まったとき、わたしは驚かなかった」

　イヴはステアリングを切り、別の積み降ろしゾーンに車を停めた。

「それから二十四時間も経たないうちに、彼は自殺した。彼はわたしたちがこれから会いにいく女性と婚約してた」

「セラ・スペイセク」ピーボディはファイルにあった名前を思いだした。「三十四歳、独身。公認セラピスト」

「そのとおり。同期の卒業生、鯨飲、一度寝たことを考えると、あなたが主導権を握るほうがいいわね」

「いいですよ。そのせいで対立することはないと思いますけど」

「ないかも。でも、わたしたちはラインの内側を守る。ここが彼女の家、彼女はここで開業してる」

　美しいタウンハウスの玄関前の階段には白い花の鉢植えが置かれ、窓にはプライバシーシェードが降りていた。

　セキュリティは最新鋭のものが完備されている――防犯カメラ、掌紋認証プレート、セキュリティ・スワイプ。

　イヴはブザーを押した。

人間の声が応答した。「ミズ・スペイセクのオフィスです。ご用件は？」

「ＮＹＰＳＤ、ダラス警部補とピーボディ捜査官です」

「本物の？」

答える代わりに、イヴはバッジを掲げた。ドアのブザーが鳴り、ロックをはずす音が聞こえた。

玄関をはいってすぐのところは短い廊下で、磨き上げた床は趣味のよい、金持ち用のリビングエリア――あるいは、それを模したデザインのエリアへ通じている。クリーム色のスーツを着て、黒髪を編み込みだらけにした女性が、脚がカーブしているデスクに手をついて立ち上がり、あわてて向かってきた。

「ごめんなさい！　どうしても信じられなくて――ナディーン・ファーストの本は二冊とも読んだの」彼女はピーボディに手を差し出した。「あなたの役をしてる人の生意気な口の利き方、大好き！　お二人に会えてほんとに嬉しいわ」今度はイヴの手を握って上下に激しく振った。「今日はどんなご用件でしょう？」

「ミズ・スペイセクとお話ししたいのですが」

「彼女は今、クライエント（カウンセリングや心理療法などを受ける人）と一緒なんですけど、まもなく終わるはずです。何か飲み物をお持ちしましょうか？」

「我々はけっこうです。ここで働いて長いの？」

「セラ――ミズ・スペイセクが開業してから。もう三年になるかな。どうぞ、座ってください」

　イヴたちはピーコックブルーのソファの両端に腰をおろした。パールグレーの壁を飾る水彩画は、静かで落ちついた雰囲気を醸し出している。室内にはレモンの花とラベンダーを合わせた香りが漂っている。

「わたしは映画も見たんですよ。素晴らしかった。あれならオスカーを獲《と》ったりするのも当然ですよね。でも、わたしはほんとにあの本が気に入ったんです。その次の作品も！　あれにはもう一度最初から震え上がりました。つまり、前作の記憶が甦ってきて。噂では、ミズ・ファーストはすでに三冊目を書いてるそうですね」

「ただの噂よ」イヴは言い、そのくらいでやめてほしいと願った。

　その願いは打ち砕かれていたかもしれないが、そのとき廊下の向かいのドアがあいた。なかから出てきたのは五十歳くらいの男性で、淡いブルーの目には泣いたばかりのような跡があった。彼はためらい、神経質そうにイヴとピーボディを見てから咳払《せきばら》いした。

「ミズ・スペイセクは来週もいつもと同じ時間にと言っていた」

「では、またそのときに。今日の残りを気持ちよく過ごしてくださいね」

「頑張ってみるよ」

　彼は急いで出ていった。

「少しお待ちください」

受付係はドアの前まで行き、頭だけなかに入れた。少し経つと、彼女は戻ってきた。

「どうぞ、おはいりください。お知らせしておきますが、ミズ・スペイセクは十五分しかありません。次の予約がはいってますので」

「できるだけ早く切り上げます」

イヴは広い客間と呼びたくなるような部屋に足を踏み入れた。デスクはなく、上質の蜂蜜色のレザーチェア二脚と、クッションの効いた銅《あかがね》色のソファが配されている。テーブルとランプ、水のボトルを入れてあるガラス扉の冷蔵庫。ミニ・オートシェフ、繁茂している観葉植物。そして、コーヒー色の肌をした女性がいた。レザーチェアと同じ色の髪は顎のあたりで切り揃えたボブで、毛先を丸くしたりシャープにしたりアレンジできるスタイルだった。曲線の美しい長身をノースリーブの黒いドレスに包み、彼女はアイスバーグ・ブルーの目でイヴとピーボディを品定めした。

「リンのあこがれのスターね」

「我々は警察の者です、ミズ・スペイセク」ピーボディがまじめに言った。「スターではありません。すぐにお会いくださり、ありがとうございます」

「もちろん。でも、これがクライエントに関することなら、あなたたちは令状が必要になりますよ。令状をお持ちなら、わたしは弁護士に連絡しないと」

「これはマーティン・グリーンリーフ警部に関することです」

彼女の目に浮かんでいた高慢さは、とまどいに変わった。「残念ながら、知らないかただわ」

「グリーンリーフ警部はアンセル・ホッブズが自殺したときIABの長でした」

「あら」彼女は深く息をついた。「そうだったの。それでも知らないかたです」

「グリーンリーフ警部は日曜日の夜、殺害されました」

「わかりました。いえ、本当はわかっていないけれど。どうぞ、お座りになって。あなたたちにコーヒーかお茶かお水と十五分を差し上げます。どうしてわたしに話を聞きにきたの？　十年近くまえに死んだ男性を調べていた知らない男性が殺された件で」

「座席と十五分だけいただきます」ピーボディはきびきびした口調で言った。スペイセクは冷蔵庫に自分の水を取りにいった。「あなたはホッブズ巡査と婚約されていましたね」

「わたしは自分がアンセルだと信じていた男性と婚約しました」スペイセクはレザーチェアに座り、水のボトルの蓋をひねった。「やがて、彼がわたしをたびたび騙していたこと、遵守すると誓った法を破ったこと、彼に対するわたしの信頼の念が無駄だったことを知ったの」

「彼はあなたに内部調査のことや、グリーンリーフ警部のことを話しましたか？」

「彼は窮地に立っていると言い、その理由も打ち明けました。彼はわたしに荷物をまとめてくれと言った。何もかも持って、わたしの人生も連れて自分と一緒に逃げてくれと頼んだ。わたしたちは付き合って一年くらい、婚約して数週間、一緒に暮らしはじめたばかりだった」

彼女は水を飲んだ。

「彼がその人の名前を口にしたかどうかはわかりません——覚えていないから。わたしはびっくりして、腹が立って、彼が言うことは何も信じられなくなっていた。彼は賄賂を受け取り、証拠をでっちあげ、証拠を改竄し、報告書を改竄した——すべてお金のために。そのお金はわたしに望みどおりの生活を送らせたかったからだと弁解し、彼はわたしを言いくるめようとした。それは——率直に言って——すべてでたらめです。彼は、この街を去らないと逮捕されてしまうと言った。このままでは自分は職を失い、おそらく刑務所行きになるだろう。でも、逃亡して新しい人生を始めるお金は蓄えてあると」

「嘘ばっかり」スペイセクは言った。「わたしは断りました。わたしは無性に腹が立った。自分の思い描いていた人生が——二人で暮らす人生が崩れていくのが見えた。わたしは彼にひどいことを言った」

彼女は唇をぎゅっと結び、それからゆっくりと水を飲んだ。「ひどいことを言った。それを後悔しています。あまりのショックと怒りに、彼の支援はいっさいしないと言った。たとえ何があっても彼の味方になる約束はしないと、愛しているとわたしが告げたこともある男性に言った。彼は涙ながらに懇願したけれど、わたしは頑として譲らなかった。そして、彼を残して部屋を出た。その夜は友人のアパートメントに泊まりました。

翌朝、自分のものを取りに戻ると、彼は部屋にいた。わたしはまだ傲慢な態度のままで、ひどいことを言い、去っていった。彼は逃亡しなかった。彼は自殺した」

彼女は水を脇に置いた。「わたしは完全に打ちのめされました。何カ月も夢遊病者のように日中を過ごし、夜は寝つけず、ベッドに横になったまま目をあけていた。しばらく経つと、わたしはこう考えるようになった。もし自分のことやアンセルのことをもっとよく知っていたら、もっと理解していたら、わたしは彼を助けられたかもしれないと。だからわたしは学校に戻り、学び、ライセンスを手に入れた。三年前、わたしは誰かに話を聞いてほしい人たちや、誰かに助けを求めている人たちと面談することを始めたんです」

スペイセクは深呼吸した。「あなたたちがここにいる理由がやっとはっきりわかりました。わたしがどこで何をしていたか知りたいんですよね——あなたがおっしゃった日曜日の夜に」

「午後八時から十時のあいだです」

「それは困ったわ」彼女はつぶやいた。「日曜日は友人とセーリングに出かけ、家に着いたのは——ひとりで——七時近くでした。日曜日の夜はたいていいつも、クライエントたちの考察をして、その週のプランを練るんです」

「誰かと会ったり話したりしましたか？」

「両親と話したけど、それは帰宅してすぐだから八時よりかなりまえね。わたしはパスタを作り、ワインを一杯飲んで、それから十時ごろまで仕事をした。ヨガを少しやってから十一時にはベッドにはいっていたわ。その夜帰ってきたときのセキュリティフィードがあると思うから、その後、外出していないことはわかるでしょう。それとわたしの言葉？証拠はそれだけね」

「コピーを提供していただけたら、大変助かります」

「いいわよ」彼女は腰をあげた。「リンに今、用意させるわ。アンセルは自分の選択に対して責任があった。そこには根本的な問題があるだろうけど、選んだのは自分なんだから。殺された男性は？　彼には、それについてはなんの責任もなかった」

「ホッブズには家族がいました」イヴは言った。

「ええ。両親——離婚したけど——と義理の妹。彼らとの仲はあまりよくなかった。さっきも言ったように、わたしたちは付き合って一年で、結婚を考えはじめていたけど、わたしは彼らに会ったことがなかった。いまだに会っていない。もしかしたら、それも根本的な問題かもしれないわね」

もしかしたら、とイヴは思った。それはともかく、セラ・スペイセクは殺人を計画するようには見えない。

セキュリティフィードのコピーは手に入れた。イヴにはそれがスペイセクの供述を裏づけることはわかっていたが、どんなこまかいことも重要なのだ。

「念のため、両親と義理の妹も確認しておいて」夏の蒸し風呂に戻りながら、イヴはピーボディに指示した。「わたしたちは徹底的にやる」

「彼はスペイセクを愛してたんだと思います。彼女もそう思ってます」

「愛が足りなかったのよ」イヴは意見を述べた。「署に戻って、報告書を仕上げるわよ。グリーンリーフの告別式までには、次のグループを作れるはず」

「わかりました。聴取はわたしが主導したので、運転もわたしがしたほうがいいかも」

ノーと言うまでもなかった。「あなたには二種類のスピードがある」と言い、イヴは運転席についた。「運転してる百十歳の女性の年齢に近づいてきてるセダンと、十六歳の少年が乗っ取ったばかりのスポーツカー」

「それは……当たらずといえども遠からずですね。たぶん、わたしはまだ練習が足りないんでしょう」

「そのうち車両を要請する理由を見つけなさい。支給されたら教えて、あなたが練習してるあいだは道路から離れてるから。その間に、アリバイを確認し、最後の二人の報告書を作成して」

「今、スペイセクの日曜日のセキュリティフィードを見てるところです。彼女は一〇〇〇時くらいに外出しました。すごくすてきですよ、カジュアルなのにシック」

「そうなの？　へー、何を着てるの？」

「はい、はい、すみません、言ってみただけです。一日を通して異状なし。彼女が帰宅するところを見つけました。一八五〇時に家にはいり、それから……待って、もう一度家を出たのが――なあんだ、階段の花に水をやって、またすぐ家に戻りました。グリーンリーフの死亡時刻をはるかに過ぎるまで、正面のカメラにも裏口のカメラにも異状は見当たりません」

「報告書を片づけて」イヴは言って、駐車場に車を入れた。

「片づけるといえば、オグリビーは詐欺や窃盗や何かの罪で逮捕するんですか？」

「痛快感は得られる。殺人については重要容疑者も容疑者もいないとなればなおさらね。でも、時間を食われるからほかに引き継ぐ。その誰かに面倒と痛快感を譲るわ」

「面白い逮捕劇になるでしょうね」エレベーターへ向かいながら、ピーボディが言う。

「でも、わかりました」

　エレベーターは目下のところ無人だったが、水たまりができていて、たった今放たれたばかりの小便と、饐《す》えた汗が混ざったような悪臭が漂っていた。

「小便野郎を連行した者がいるらしい」と言いながら、イヴは右に曲がって階段へ向かった。「何をしてるの？」と、リンクを操作しはじめたピーボディに聞く。

「メンテナンスに報告してるんです」

「まあ、親切。彼らはなんだかんだ言って、十年くらい手をつけないかも」

「そこにコネができたんです」

「いつから?」イヴはグライドに切り替えた。

「ダラスが休暇旅行に出かけてたとき。自販機が故障して――」

「あら、びっくり」

「そこらじゅうコーヒーを吐き散らしたようになって。それでヘイゼル――それが彼女の名前です――が掃除してるあいだ、ちょっとおしゃべりしました。彼女はメイヴィスの大ファンなんです。わたしはメイヴィスが新しいスタジオでやった練習セッションのディスクを手に入れてあげました」

ピーボディは得意そうな笑顔をこちらに向けた。「ヘイゼルがやってくれるそうです」

「彼女を買収したのね。ご機嫌取り」

「交換条件、のほうが近いと思います」

殺人課に着くと、ウェブスター――制服を着ている――がベンチに座っていた。彼は腰をあげた。

「きみの狼たちがオフィスに入れてくれないんだ」

「ピーボディ、先にはいって取りかかって。あなたもはいって」とウェブスターに言う。

「あなたには情報を提供しつづけると言ったでしょ」

「わかってるけど、あれから連絡がないから……顔のほうはだいぶよくなったね」

イヴはジェンキンソンおよび彼の強烈なネクタイと目を見合わせ、うなずき合ってから、ブルペンを通り抜けていった。「ピーボディとわたしは外回りから戻ってきたところで、今朝は五人から事情を聴いた。昨日聴取した者たちは容疑者候補からはずす予定」

オフィスにはいると、イヴは彼のほうを向いた。「この仕事がどういうものかわかってるでしょ、ウェブスター。わたしたちは捜査を進めてる。さまざまな角度から進めてる。現時点ではまだ確固たるものをつかんでないだけなの。アンジェロはどこにいるの？」

「遺族と一緒にいる。公式の告別式のまえに内輪の集まりをやるんだ。家族っぽいこと」

「あなたも参加したほうがいいでしょ」

「参加するよ。彼らに何か渡してあげることはできないかなと思って」

「できるわよ。捜査は活発に進行してる。すごく活発なのよ、ウェブスター。フィーニーも加わってるし、彼はこっちにマクナブをつけてくれた。バクスターとトゥルーハートは昨日、勤務時間外に聴取して、その結果を報告してくれた。ロークは自分の時間を使って金銭面を調べ、そのうちのひとりは別件での逮捕につながりそう。

今朝は五人の候補をリストから除外した。ピーボディがアリバイを確認してるけど、それは万全を期するため」

ウェブスターは尻を噛まれる椅子に、文句も言わずに腰をおろした。「きみの仕事にケチをつけてるんじゃないんだよ、ダラス。僕はただ彼の妻と子どもたちに、何かしがみつけるものを渡してやりたいだけなんだ。特に今日はね」

「今あなたに、しがみつける何かをあげたでしょ。それを彼らに渡してあげて。わたしがこれからやる警官同士の話は教えちゃだめよ。わかった?」

「何かつかんだんだね」

「わたしの直感と経験が教えてくれた有力な説があるの。ただの説だけど。偽装自殺、彼をデスクで死なせる――それは鏡《ミラー》だと思う。だからわたしはそれを反映させるものを探してる。わたしが構築中の説によれば、これを計画した者はそのミラーを望んだ。したがって、グリーンリーフが逮捕した者、あるいは逮捕されそうになってた者のうち、自分のデスクにつき、制式武器を使用して死んだ者につながる。それは容疑者の範囲を狭めてくれる、それでもまだ広いけど」

「それはいける」ウェブスターはそっとつぶやいた。「それはいける、有力な説だ」

「だけど、彼の妻と子どもたちにそんな説を話したら、なんの役にも立たないばかりか、彼らを混乱させてしまう、特に今日はね」

「きみの言うとおりだ。彼らには教えない」けれど、彼の顔から悲しみは消えていた。「教えてくれて感謝するよ」彼は立ち上がった。「ダルシアには教えようと思う。警官同士の話として」

「問題ないわ」

「これは、というやつはいないのかい？」

「今のところはまだ」

「わかった」ウェブスターは両手で顔をこすった。「オーケイ。告別式には出られそうかな？」

「出るつもり」

「よかった。式を終えたら、娘の家で会食のようなものをやるそうだ。きみも歓迎されるだろう」

「それよりわたしが事件に取り組むほうを歓迎すると思う」

「たしかに、そうだろうな。ありがとう」

ウェブスターが去っていくと、イヴは指で目頭を押さえ、彼が残していった悲しみを押しのけようとした。

まずはボードを更新し、それからデスクについて今朝の仕事の報告書を作成した。

マイラにはメモを添えた。

〝ミラー説が頭から離れません。そうなると、ノイの事件が際立ちます。自殺、デスク、椅子の脇の床に落ちていた制式武器――位置や距離は同じではないけど、椅子の脇の床です。遺体は家族が発見した――ノイの場合はティーンエイジャー（当時）の娘。彼女は潔白です。妻と現在の夫をもっと詳しく調べてみますが、せいぜい少し怪しいくらいでしょう。しかし反映させるケースがひとつでもあるということは、グリーンリーフの長いキャリアを考えればほかにも見つかるはずです。

この読みは有効だと思われますか？〟

それを送信したとき、ピーボディのドスンドスンという足音が聞こえてきた。

「アリバイ確認のことを報告したくて。ノイについてから。残された妻とその新しい夫は、日曜の夜は〈オイスター・ベイ〉でディナーパーティに出席してました――午後七時に到着し、十時半ごろ引き上げました。証人はいっぱいいます。それと、新しい夫も潔白が判明してます。犯罪歴なし。最初の結婚生活はだいたい十二年後に終わり、離婚してます。子どもは娘がひとりだけ。彼はファイナンシャルアドバイザーで、自分の事務所を持ってます。怪しい点は何もありませんでした。ロークならもっと深く掘り下げるでしょうが、彼に関してはわたしには何も見つかりませんでした」

「オーケイ。念には念を入れるため、ロークに頼むかもしれない」

また足音が聞こえてくると、ピーボディが戸口のほうを見た。

「ヘイ、フィーニー」

「ヘイ」フィーニーは戸口で足を止めた。「ちょっといいかい？」

「もちろん」

彼はいつにも増してしょげた顔をしている。ピーボディもそれに気づいたのだろう、何も言わず、二人を残して部屋から出ていった。

17

「あと二人見つけてやったよ」

フィーニーはよれよれの茶色いスーツのポケットに両手を入れて立っている。

そのスーツを着たまま眠ったようには見えない——なぜなら、そもそもまともに眠ったようには見えないから。

「ありがとう。わたしたちは今朝、五人と話をした」

彼はうなずき、狭い窓のほうへ歩いていった。「何か見つかったかい？」

「ルイス・ノイって知ってた？　犯罪防止課の警部」

「あの男はいまだに汚点を残したままだ。犯罪防止が聞いてあきれるよ。あいつのろくでもないキャリアを通じて、あいつは賄賂を受け取り、証拠をでっちあげ、積載量によっては証拠を処分した。つながりは？」

「何も見つからなかったけど、目立ってるのはそのケースだけなのよ」

イヴが自説を説明するあいだ、フィーニーはうなずいたり窓の外を眺めたりした。

「僕たちもその説を取り入れて、条件を追加し、何を掘り起こせるか試してみるよ」

「わかった」イヴは立ち上がり、二人分のコーヒーをプログラムした。彼はどこか変だ、とイヴは思った。きっと言いたくなったら話してくれるだろう。

「僕が渡した二人だが、僕はそのうちのひとりを知ってた。同期採用だ。神妙な顔をした男、あるいはそう演じてただけかもしれない。わかってみれば、彼は警部補まで昇進するかたわら、街頭の公認コンパニオン《LC》を脅し、やりたいだけやるが上前もはね、麻薬の密売人を脅し、上前をはねていた。とにかく、彼は逮捕され、自殺した。そのころには元妻が二人いて、子どもも二人いた。

　僕はそれを担当したい、その事情聴取をやる。あのクソ野郎を知ってたから」

「いいわよ」

「新しい条件には合致しないが――」

「それでもひとつずつ、つぶしていかないと」

「そうだな、つぶしていこう」イヴがよくやるように、フィーニーは狭いスペースを歩きまわり、片目でマーダーボードをにらんだ。

　彼はしわだらけのスーツのポケットに両手を突っ込んだ。「僕はグリーンリーフのことがあまり好きじゃなかった。いつも堅苦しくてつまらない人だった」

「わたしも、同じ理由で」

　フィーニーはうなずいただけで、ポケットに手を入れたままボードを眺めた。

「ＩＡＢは敵だと見なされることがよくある」彼は言った。「警官にはやるべき仕事がある、そうだろう？　彼らはあれこれ考える、それをするために必要なことは何かをこまかく検討する。ＩＡＢは路上にはいない、ドアの向こうには出ていかない。彼らは路上では生きていない」

「ええ、彼らはちがう」

「ＩＡＢの一員になる者のなかには、警官の背中に標的をつけるやつもいる。パワーが欲しいから、相手を支配できるようなパワーが。だが……いいかい、本当のところ、何かしくじった者には監視がつく。たぶん間違いを犯したんだろう――人間だからな、クソッ、警官だって人間なんだ。しかしそれは間違いではないかもしれない、ろくでもない野郎がバッジを口実に使って、僕たちがそれを使って止めなければいけないことをやったのかもしれない。

　バッジを誰かを攻撃する口実にした、自分たちが賄賂を受け取る口実にした」

　そこでフィーニーはイヴのほうを向いた。

「警官を、悪い警官を追いかける者はそれがどういうものか知ってる。きみはオーバーマンを、極悪非道の警官を追いかけた（イヴ＆ローク33『裏切り者の街角』参照）。そして、彼女を逮捕した。それでも、なかにはそのせいできみを冷たい目で見る者もいる」

「彼女は残りの人生を刑務所で送るでしょう。わたしはここにいる。冷たい目で見られるくらいなんでもないわ」

「そう、そういうことだ。僕はきみを誇りに思った。きみがやったことも、そのやり方も、その理由もたいしたものだった」

「あなたも参加してたでしょ」イヴは思いださせるように言った。「あなた、EDD、わたしの捜査パートナー、わたしの部下たち」

「あれはきみの作戦だった、徹頭徹尾。それはともかく」フィーニーは言い、またそっぽを向いた。「きみはあの警官とは名ばかりのやつらを眺めはじめる、あまりに多い。きみは〝ひとりでも多すぎる〟と考えだすが、嬢ちゃん、やつらは増えつづける。きみを憂鬱な気分にさせる。きみを怒らせ、おまけにきみを憂鬱な気分にさせる。

そして、グリーンリーフは来る日も来る日もこんなことをやってたのかと考える。悪徳警官はひとりじゃない、五人でもない、何十人も何十人もいる。たしかに、グリーンリーフは強硬路線をとった。僕も何人か調べて一心に考えるかもしれないが、これは彼の仕事だった。彼はそれを来る日も来る日もやり、それに耐えていた。何が僕を憂鬱な気分にさせ、怒らせるかというと、彼がこれを何年も毎日やってたということだ。彼は人間のクズを排除したんだよ、ダラス、誰かがやらなければならない仕事だった」

イヴは立ち上がり、ドアを閉めた。

「ゆうべ彼の夢を見たの」

「グリーンリーフの？」

「わたしたちが今眺めてる警官たちが全員いた。彼が眺めてた警官たちが全員いた。夢の最後のほうで、〝彼らは私につきまとう、次はきみにつきまとう〟と彼は言った。それはでたらめだ、とわたしは思った、強く思った。彼らはわたしにつきまとわない、そんなつもりはないと。でも、彼は正しかった。というか、夢のなかでは正しかった。彼らは本当にグリーンリーフにつきまとったんだと思う。次はわたしよ。彼が言ったような方法でなくても。彼らが何をしたか、オーバーマンのような警官たち、そしてこの警官たちが何をしたか？」

イヴはボードのほうへ手を振った。「何十人も何十人もの警官たちが、バッジを彼らがやりたいことをなんでもやれるフリーパスのように使った。バッジを汚し、法をねじ曲げて、自分たちがやったことを正当化した。そのことがわたしにつきまとうの。わたしを怒らせ、わたしを憂鬱な気分にさせる。

だから今日の告別式に参列する目的は、死者に敬意を払うだけじゃない。自分の仕事をして、何か目を引くもの、あるいは誰か目を引く者が現れるのを見極めることだけでもない。そういったことを受け入れるため。彼はバッジを尊重し、そのために日々代償を払ってた。あなたはわたしにそうすることの大切さを教えてくれた」

「よせよ、きみには教える必要もなかった。きみがそういう人間だと見抜いてなかったら、僕はきみを引き入れたりしなかっただろう」

「双方にとってよい結果になったわね。今日、何か食べたの？」と聞き、その口調がロークのようだったことに気づき、愕然《がくぜん》とした。

「いいや。その気になれなかった」

イヴはオートシェフまで行った。「バーガーならどう？」

「食べられる気がしないよ、嬢ちゃん」

「じゃあ、半分こにしましょう。座って。わたしはあの壁に貼られてた警官たちのひとりを知ってたの」フィーニーの気をそらすためにそう言い、イヴはバーガーと、ついでにフライドポテトをプログラムした。

「へえ？　誰だい？」

「ホッブズ、アンセル。警察学校《アカデミー》時代の同期」

フィーニーは考え込むように、腫れぼったい目を細めながら腰をおろした。「ああ、はいはい。彼のファイルを読んだよ。そのときはきみと同期だとは気づかなかった」

「彼はこの事件に関連してるようには見えない」

イヴは簡単に説明しながらバーガーをデスクに置いた。自分も食べられる気がしないが、においは素晴らしかった。

ポケットにあるペンナイフを使おうかと考えてから、抽斗をあけてコンバットナイフを取り出すと、フィーニーがニヤリとした。

「そんなナイフをデスクにしまっておいたのか？」

「知らなかったでしょ？」

イヴはバーガーをきっちり二等分にした。フィーニーの好みは知っているので、オートシェフに戻って彼にはクリームソーダ、自分にはペプシをオーダーした。

デスクの端に腰かけ、半分になったバーガーを手に取る。

「悪い警官よりいい警官のほうがいっぱいいるわよ、フィーニー」

「間違いない。僕たちの部署はいい警官ばかりだ。噂では、ウェブスターが辞表を提出したそうだな」

「そうなの」イヴはフライドポテトを試しに食べてみて、唇がもう痛まないのがわかって歓喜した。「彼はアンジェロのことが絡むとロマンティックになるの。彼はオリンパスに移住して、そこのアカデミーで働き、新入りを育てることを考えてる」

フィーニーはバーガーを頰張ったまま、うなった。「あのとんでもない宇宙には――ロークが持ってるものもすべて含めて――いくら金を積まれても住めないな。岩がクルクル飛びまわってるんだろ？」

「そうらしいわね。それに、ニューヨークにはしっかりした仕事をするいい警官たちが必要よ」

フィーニーはクリームソーダを取り上げた。「仕事に乾杯」

「仕事に乾杯」イヴはうなずき、ボトルを触れ合わせた。

去っていくとき、フィーニーは少し元気を取り戻したように見えた。それと仕事の時間を削られたことを天秤にかけると、フィーニーの元気のほうがはるかに大事だ。

それに、自分が朝からずっと落ち込んでいた理由もわかった。どうしようもないやつらばかり。

どうしようもない、汚いやつらばかり。

ピーボディが戸口から顔を覗かせた。「そろそろ――」彼女は猟犬のように鼻をクンクンさせた。「バーガー！」

「バーガー、一個だけ。フィーニーに何か食べさせないといけなかった」

「ああ、そうだったんですか」

かまうものか、とイヴは思った。

「食べたかったら、ひとつどうぞ」

「大丈夫です。でも、それを知ってたら、自販機のコブ・サラダと謳ってるやつを無理に飲み込むんじゃなかった。わたしが言おうとしてたのは、制服で参列するならそろそろ着替えたほうがいいってことです」

「わかった」

また時間を削られる、とイヴは思った。着替えて、それからまた着替える。でも……。

〝彼らは私につきまとう〟とグリーンリーフは言っていた。

「そうしましょう。フィーニーがまた二人寄こした。わたしたちは死者に敬意を払いにいき、戻ってきて、また着替えて、その二人を調べる」

ピーボディはロッカールームに着くまで待ってから、イヴに尋ねた。「彼は大丈夫ですか？　フィーニーですけど。さっき現れたとき、様子がおかしかったから」

「もう大丈夫よ」

「バーガーが効いたんですね」

「ええ、それが効いたの」

イヴは制服のズボンを穿《は》いた。それを身につけると過去の記憶が甦る。ずっと昔に引き戻される。

「フィーニーはリストに載ってた人物を知ってた。過去にいきさつがあると、けっこう堪《こた》えるものなのよ」

「知らない人物でもきついですよね」ピーボディは制服の上着のボタンをとめている。

「ゆうべ、そのことをマクナブとも話したんです。腐った卵だかリンゴだかなんでもいいですけど、それが箱のなかにあるなんて、どうしたらわかります？　箱をあけてよく見てみたら、グリーンリーフが在職期間中に担当した者たちが大勢いるのを見たら、けっこう堪えます」

ピーボディは椅子に腰をおろし、堅くてぴかぴかの制服靴を履いていた。「わたしはあのシャワー室に裸で震えながら立ってたことを思いだしました。あの古いジムのロッカールームにオーバーマンがはいってきたときのこと。人を殺すことをまるでただのビジネスかのように話してた。彼女にとっては、あれはビジネスだったんでしょうね」

「あなたが立ち上がらなければ、彼女はいまだにバッジを悪用して、彼女にはただのビジネスにしか思えないことをやってたわよ。ちょっと、そのバカみたいなポニーテールに何をしてるの?」

ピーボディはテール部分を持ち上げ、ピンで押さえた。「帽子をまっすぐかぶれるように直してたんです」

なるほどそのとおりになったので、イヴは昔のピーボディを見ているような気がした。

「行くわよ」

告別式は野外でやることに決めたようで、娘の家の近くの緑地でおこなわれた。よかったとイヴは思った。ざっと見渡したところ、二百人は参列しているので。

警官がたくさんいる。ホイットニーやほかのお偉方もいる。ティブル本部長とその妻、ホイットニーとその妻、モリス、カレンダー、マイラの顔も見える。

ウェブスターとアンジェロは遺族と一緒に座っていた。花がふんだんに並べられた祭壇には、グリーンリーフのさまざまな写真が飾られている。イーゼルにかかっているいちばん大きな写真のグリーンリーフは制服姿で、警部の階級章が輝きを放っていた。

彼にふさわしい写真だ、とイヴは思った。人生の大半を警官として過ごしたのだから。人々の賛辞に耳を半分傾けながら、イヴは参列者を見まわした。

エルヴァ・アルネズとデンゼル・ロバーズは簡単に見つかった。アルネズはスリムラインの黒いワンピースで、日差しよけに黒いサングラスをかけている。ロバーズは黒いスーツに黒いネクタイ。その恰好に慣れていないのだろう、しきりにネクタイを引っ張ったり、上着が窮屈なのか肩をまわしたりしている。

グリーンリーフの妻の友人たちはメイン州から来た者も加え、遺族の後ろに着席していた。配偶者がいる者は夫なり妻なりを同伴していた。

そのほかにイヴが聴取した者は見当たらなかった。ボードに載せた者もほかにはいない。ベス・グリーンリーフは背筋を伸ばして座っていた。涙が頬を伝っていたけれども。

警官たちの顔を眺めると、ほとんどが上司の命令で来たようだった。だが、彼らはグリーンリーフが通った道は歩まなかった。自分は今その道を進むのだ、とイヴは思った。

イヴは念のため、知らない顔を心に留《とど》めておいた。念のため、あとで登場したときに備えて。

けれど今のところ、聞こえるのはささやく声とすすり泣く声だけだった。イヴは彼らを見守った。

終わりが近づくと、参列者は遺族にお悔やみを述べるために動きだした。ティブル本部長はベス・グリーンリーフの両手を取り、腰をかがめて静かに話しかけた。

アルネズは黒いサングラスの下の涙をぬぐい、ロバーズは慰めるように彼女に腕をまわした。

「警官が大勢来ましたね」ピーボディが言った。

「その大半は上司の命令よ」

「あら、そう思います？」

「ええ、そう思う」イヴは言い、なおも見守った。

「サンチャゴとトゥルーハートは留守番してます。二人とも彼が現役のころにはまだNYPSDの仕事についてなかったからと、何かあったときのために誰かが残ってないといけないからです。ジェンキンソンは、バクスターと何人かの制服組にも残ってほしいと頼みました。でも、ダラスは参列しろとは誰にも命じてません。ブルペンのほかのみんなは参列しました」

「それでいいのよ。うちの班に一緒に頑張ろうと思えない者はいるの、ピーボディ？　あなたをサポートしてくれると百パーセント信じることができない者はいる？」

「いません」ピーボディは即座に答えた。

「ほら、わかったでしょ。さあ、仕事に取りかかるわよ」

セントラルに戻ると、イヴは制服から着替え、さらに二人の候補を見つけ、新しい絞り込み条件を使い、フィーニーの二人を足して四人を最終候補リストに載せた。

ブルペンにはいり、バクスターの席まで行った。

「今、あいてる？」

「俺のかわいい弟と俺は未解決事件を調べてる。どうやら今日は殺人がひと休みしてるようだから。俺たちはしっかりあいてるよ」

「わたしはあと四人聴取したいの。あなたとトゥルーハートで二人引き受けて」イヴは彼にデータを渡した。「ピーボディとわたしは残りの二人をやる」

「よお、パートナー」彼はトゥルーハートに呼びかけた。「ドライブに行こうぜ」

「ピーボディ」イヴは言った。

「ドライブですね。行き先は？」

「トライベッカ、ウェストヴィレッジ」

「ウェストヴィレッジ。ストリートアート！」

「ショッピングに出かけるんじゃないのよ」

ピーボディは急いで追いついてきた。「わたしには目があります。わたしの目はそれを見ると、わたしが何を欲しがってたのかわかるんです。マクナブが欲しがってるものもわかります。わたしたちはさんざん話し合いましたから。聴取するのは二人だけですか？」

「今のところはね」エレベーターはほとんど空っぽに近かった。イヴは思いきって乗り込んだ。「リストには、現在の条件に合致する者はもうあまりいない。当たりがなかったら、条件を広げないと」

「停滞してるような感じがするのはわかりますけど、除外できれば範囲が狭まります」

だとしたらなぜ、空回りしているような感じがするのだろう、とイヴは思った。「明日はこの方向にあと五人くらいいるはず。底をついたら、方向を変えないとね」

セントラルに戻ってきたとき、イヴは空回りが続いている気がした。

「バクスターとトゥルーハートが何か手に入れるかもしれないですよ」ピーボディはヴィレッジの街頭風景を描いた絵を小脇に抱えていた。

「何か手に入れたのはあなただけよ」

「感謝してます。でも、五分しかかかりませんでした」

そのとおりだったので、イヴは文句は言わないことにした。

ブルペンにはいっていくと、ロークがジェンキンソンのデスクの端に腰かけていた。虹色の小型恐竜たちがエレクトリックグリーンの大地を歩きまわっていることには、まるで動じていないようだった。

「やあ、ボスの登場だ」ジェンキンソンが告げた。

「もう一度リストに当たって」イヴはピーボディに指示し、オフィスのほうへ手を向け、ロークに聞いた。「また贈り物をもらえるのかしら？」

「残念ながらちがうよ。結び忘れたひもを古いひもと結びつけてみただけだ。今日も終わりに近いから、きみが何時に仕事を終えるのか確かめようと思ってね」

「何も終わってないし、どこにも行きついてない」髪を掻き上げてから、イヴはデスクに腰かけた。

「えーと。コーヒーだね」

「そう、そう、コーヒー。わたしはフィーニーと話をして、最後はあなたになった」

「ジンバブエを買ったのかい？」

「まさか。あなたは？」

「今日は買わなかった。だが、きみが僕になったら考えそうなことだね」

イヴは首を振るだけにした。「わたしはフィーニーにバーガーを一個食べさせたの。半分」と言い直した。「だから彼に食べさせるために、残りの半分を食べなきゃいけなかった。彼はすごくぐったりした顔をしてて、すごく変だった。あの悪徳警官たちのせい。毎日彼らを見てたら、けっこう堪えるのよ」

ロークはイヴの髪を撫で、それからデスクにコーヒーを置いた。「わかるよ」

「あなたはそういう警官しか知らなかったものね、ダブリン時代には。悪徳警官たち」

「今知っているのはその正反対の警官たちだよ。きみは自分の思うようにまだうまく収まらないから、イライラしているね」

「そこに収まるはずだから。わたしが正しい方向に進んでるなら、収まるはずなの。仕返しと、その具体的な内容。自宅で、デスクで、床に落ちてた制式武器、自殺。それをこっちにひっくり返したり、あっちにひっくり返したりしてるけど、どんなふうに見ても、その人が彼の死を望んだなら、もっと簡単で、シンプルで、直接的な方法があったようにしか見えないの。だから具体的な内容が大事。でも――」

「ぴったり合う者がいない。今はまだ」

「その条件を使って絞り込む者が多く残ってるわけじゃない。範囲を広げて、死亡した者、不祥事を起こした者、正当な理由によって免職になった者に戻ったら……」イヴはまた首を振り、コーヒーを飲んだ。「しっくりこない。でもそこで自分に問いかけなきゃいけないの、わたしは直感を振り払えないから範囲を狭めてるのかって」

「それは直感なのか、それとも推論なのかい？」

イヴはフーッと息を吐き出した。「その二つはあまりちがわないこともある」

「僕の経験から言うと、きみの直感には推論の基盤がある」

「まあね、わたしの直感はこれが正しい方向だと推定したの、だからわたしは何か見逃してるのよ」イヴはデスクから床に降りた。「犯人はどこで制式武器を手に入れたの？　フィーニーが調べてるけど、今のところ何も浮かび上がってきてない。それが突き止められれば、さらに近づけるのに」

「選択肢には何がある？」

「そういうのはあなたのほうが得意でしょ、でもいいわよ。盗んだ――それなら盗難届が出てるから記録があるはず。在庫管理か証拠保管課から武器を盗み、それがバレないようにする機会がある警官か誰か。ブラックマーケット、路上の密売人。凶器となった武器はこっちにあるから、そのモデル、それが支給され使用された年はわかってる。そのモデルは使われなくなって十五年になる」

「廃止になった武器はどうなるんだい？」

「破壊して、溶解処理して、それも記録される。この武器はそうじゃなかったようね。だけどシリアルナンバーは削られた。ラボはまだそれを引き出せない」

「武器についてほかにわかってることは？」

「日曜の夜以前に何度も発射された。武器はきれいに汚れを拭き取ってあった。グリーンリーフの指紋だけついてたけど、あまりに鮮明すぎたし、彼が自分で使用したことを証明するには、指紋がついてる位置がおかしいの――あの握り方では無理なのよ」

イヴは指を一本立てた。「待って。それでもうひとつ条件が浮かんだ。あーあ、見逃してた。クソッ。候補リストのなかで、そのモデルが支給されてる期間に勤務してた者。わたしはそのモデルを考慮に入れてた――そして記録を確認した。でも、記録は改竄できるし、もともと悪徳警官なんだから現実に起こりうることよ。シリアルナンバーを始末して、ドロップ・ウェポンを入手すればいいだけ。

それを見逃してた」

「きみはすでに見つけていたように思えるが」ロークは訂正した。

「気づくのが遅い。それがいったいなんの役に立つのかはわからないけど、それはまた別の話」

イヴはひと息つき、ボードを眺めた。「あなたは武器を手に入れる。それはあなたが復讐したい相手が使用した武器ではない――彼らのもの。彼らが使用し、しまい込んでた武器。それを返還しなかった――あるいは返したけど、そのことが記録されてからまた盗んだ。あとで破壊する印がついてたはず。賄賂を使えばそれはどうにかなる、あるいは相手の注意をそらした。脅したのかも」

新しい臭跡だ、とロークは思った。イヴと一緒に追ってみよう。

「だったらそれは家族に、あるいは友人か、恋人に戻るんじゃないか？　復讐を誓っているだけではなく、復讐する相手の私物にアクセスできる誰か」

「わたしの推定もそれ。ぴったり収まるのよ。わたしたちは間違った方向を見てるんじゃない。これなら当てはまる。これならすべてのピースが収まる、このプロファイルなら。ちょっと待って」

イヴはリンクをさっとつかんだ。「フィーニー、条件をもうひとつ加えて」

ロークはコーヒーを飲みながら、イヴがフィーニーにすばやく的確に説明するのを聞いていた。そして、彼女の仕事ぶりを観察するのは、いつものことながら面白いと思った。そう、彼女は今、新しい手がかりを嗅ぎつけた。全身から伝わってきた疲労と落胆は、エネルギーと集中力に変わっていた。

「それは、かなりいいね」フィーニーが言っている。「僕たちも気づいていたはずなのに」

「わたしたちはもう気づいた」

「ああ、そうだな。僕たちはすべてのグループをすべての条件に基づいて選別する。何も見過ごさないようにするよ。よく気づいたね、嬢ちゃん」

通信を切ると、イヴはしばらくその場にたたずみ、ボードを見つめた。「アリバイはほぼ全員にあり、崩れていない。確実なアリバイがない者には不審な点がない。何ひとつ」

イヴはポケットに両手を押し込んだ。「とにかくもう一度調べなくちゃ。金銭面は、何も出てこない。でも、殺し屋を雇うのに報酬を支払う必要はない。恩返しを求めるなら。あなたみたいに、誰かに投資しておいたものを回収するなら。つながりのない誰か、つながりがあってもそれが表に現れない誰か」

やはりそうだ、とロークは思った。彼女は新しい手がかりを嗅ぎつけた。

「わたしがやりたいのは——」足音が聞こえてきて、イヴはいったん言葉を切った。バクスターがオフィスに足を踏み入れた。

「ローク、びしっと決まってるね」

「きみも決まってるよ、捜査官」

「服装には気を遣ってるからな。これのことだが、本当にありがとう」バクスターは洒落たスーツの上着の前を開いて、〝シン・シールド〟を見せた。「強烈な衝撃から救ってくれた」

「そう言ってもらえると嬉しいよ」

「ところでLT、俺たちが話した二人だが。ひとりは子どもの学芸会で最前列の真ん中に座ってた——裏づけも取れた。もうひとりは〈カリプソ〉で大事なデート中。彼はその高級レストランで、グリーンリーフの死亡時刻に証人たちの前でプロポーズした。それも裏が取れた。ちなみに、お相手の彼はイエスと答えた」

「新しい角度と新しい条件」イヴはフィーニーに説明したときと同じように、明確かつ正確に話して聞かせた。

「そいつはいいいな」

「ピーボディに教えて、あなたの手がまだあいてるなら、彼女と一緒にやって」

「了解した」

「わたしは最後の二人の聴取を報告書にまとめて、それからこっちの再精査を始める」

「僕はきみの邪魔をしないことにしよう」ロークは言った。

「邪魔してくれたおかげでこの新しい角度が押し出された、だからありがとう」

「お役に立てて何よりだ。きみが報告書を仕上げ、シフトの終わりごろにここを出て家で精査をするなら、僕はもう少しここで役に立てるよ。楽しい気晴らしになるんだ。それからきみと一緒に家に帰って、精査を手伝おう」

「ジンバブエはどうなるの？」

「まだそこにある」

「本音を言うと、金銭面で調べてもらいたいことがあるの。ピーボディがもうやったけど、でも――」

「そうやって僕に楽しみを提供してくれるんだね。僕に送ってくれたら、どこかあいてる場所を見つけて、きみの仕事が終わるまで自分を楽しませることにする」

「それで決まりのようね。本当にありがとう。あなたに愚痴をこぼしてたら、車輪の回転が止まった」

「回転させたくないのかい？」

「ぬかるみにはまったときは、させたくない」イヴは人さし指をクルクルまわしてみせた。

「ああ、そういうことか」ロークはイヴの両肩をつかんだ。ドアはあいたままだけれど、足音は聞こえてこないので、イヴは彼にキスした。

「ここを片づけるのに一時間くらいちょうだい。データは送る。仕事が終わったら知らせるわね」

ロークが出ていくと、イヴは新しいコーヒーを手にして、デスクについた。そして、もう一度ボードをじっと眺めた。

「あなたはそこにいる。わたしの直感があなたはそこにいると言ってる。今いないとしても、必ずそこに載る」

報告書に集中したかったので、聴取の細部にこだわりたかったので、新しい角度はひとまずお預けにした。そのときは来る、まもなく来る。

初めのひとりが半分まで進んだとき、コミュニケーターが鳴った。

〝通信司令部、ダラス、警部補イヴへ。ビーチ・ストリート二一〇番地に急行してください〟

「カーリー・グリーンリーフの住所ね」

〝そのとおり。男性の被害者、グリーンリーフ、ベンジャミンが、その敷地内で首を吊っているのが発見され、現在意識不明で、セント・アンズ・ホスピタルに搬送されました。通報者はウェブスター、警部補ドナルド、あなたにただちに来てほしいと要請しています〟

「了解。すぐ行く。最低野郎！」イヴはさっと腰をあげ、オフィスから飛び出した。「まったくなんてやつなの。ピーボディ、一緒に来て、ただちに！」

ロークとサンチャゴがデスクについているのが見えた。カーマイケルは席にいなかったので、殺人は結局それほど休んでくれなかったのだろう。

エレベーターの前でロークが追いついた。

「またとんでもない条件が加わった」イヴはロークとピーボディに説明した。「ベン・グリーンリーフが父親の告別式が終わったあとに、妹の家で首吊り自殺しようとしたという話を信じないかぎり、誰かがそう見せかけた」

「彼は死んだんですか？」エレベーターに乗り込みながらピーボディが聞いた。

「まだ死んでない。意識不明で、病院にいる。ノイ、これはノイのケースに当てはまる。息子の首吊り自殺。当てはまる。ピーボディ、この条件を加えて調べて。ほかにそういう例がいくつあるか。あるとすれば、それも当てはまる。関連があるにちがいないから。

クソッ」エレベーターが止まり、さらに警官たちが乗ってくると、イヴは彼らを押しのけて外に出て、グライドへ向かった。

「ノイと同じような地位にある人物なら、廃止になった自分の制式武器を持ち去ることは可能よね。彼はその方法を見つけた、簡単に。デスクで、床に落ちた武器。息子は数カ月後に首吊り自殺。犯人はそれほど待たなかった、でも、それを模倣した」

「もし、彼が持ちこたえたら」ＰＰＣで作業しながらピーボディが言った。「彼は犯人の顔がわかりますね」

「もし、ね」イヴは繰り返し、次のグライドに飛び乗った。

18

ピーボディはロークに先んじて後部座席に乗り込んだ。

「このほうが空間を広く使えますから」ピーボディはロークに言った。「子どもの自殺を二件見つけました」

「首吊りだけ。細部の模倣」

「オーケイ、それでまたちがってきます」

「つながりよ」イヴはライトを点灯し、サイレンを鳴らしながら猛スピードで駐車場を出た。「ノイとのつながり、あるいはノイのような人物とのつながり、そしてグリーンリーフとのつながり。告別式に参列し、終わってから娘の自宅へ行った人物。グリーンリーフの家族のなかに加えてもらえる人物。その人物は家族と知り合いでなければならなかった。事前にグリーンリーフのアパートメントを、事前に娘の家を訪れたことがなければならなかった。これをうまくやるために間取りを知っていなければならなかった」

イヴはスピードをあげたまま赤信号を通過し、急激に進路を変えて、サイレンを真剣に受け止めていない全地形対応車を追い越した。

「この最新の進捗状況を僕がフィーニーに知らせようか?」ロークが提案した。「彼の検索に追加できるから」

「そうして。警官たちはその場にいた」イヴはつぶやいた。「ウェブスターとアンジェロはもちろんいたし、ほかにもいたでしょう。いい度胸してるわね」

「それに冷酷だ、人を殺そうとした。そしておそらく故意に、父親の告別式の日に息子の命を狙った」

イヴはロークを横目で見た。「冷酷さは重要ポイントのひとつね」

イヴは娘のタウンハウスの手前でブレーキを踏み、パトカーの脇に二重駐車した。玄関の前で巡回ドロイドが立ち番をしていた。

イヴはレコーダーを作動させた。

「警部補。ウェブスター警部補はなかにいて、現場は保存されています。私は正面玄関を、私の片割れは裏口を見張っています。制服警官二人は警部補をアシストしています」

「ここを動かないで」

なかにはもっと大勢、人がいると思っていた。十二人ほどが座ったり、リビングエリアを歩きまわったりしている——告別式で見かけた警官も二人いた。

見張りについていた制服警官がイヴのほうを向いた。「サー」

「ウェブスターは」

「奥にいます、警部補。私のパートナーは二階で現場の保存に当たっております」

　ロークが捜査キットをイヴに手渡した。

「ピーボディ、供述を取りはじめてて。わたしは現場を見てくる。ローク、お願い、ウェブスターにわたしたちが来てることを教えてきて」

　二階にあがっていくと、戸口に制服警官が立っていた。

「報告」

「サー。一六四二時に九一一に通報があり、医療チームと警察の出動を要請されました。パートナーと私は医療チームとともに、一六四八時に到着。巡回ドロイドたちも通報に応えて到着。彼らは隣のブロックにいたんです。ウェブスター警部補が彼らに正面と裏口の見張りを指示。ベンジャミン・グリーンリーフと確認された被害者は、この家の持ち主の兄で、意識不明の状態でこの部屋の床に倒れていました。ウェブスター警部補は心肺蘇生《CPR》をおこなったこと、発見したときは呼吸が止まっていたので、それが成功したと思うということを医療チームに伝えました。警部補はアンジェロ署長の助けを借りてロープを切り、被害者を床に降ろしたそうです。医療チームは被害者をセント・アンズ・ホスピタルに搬送しました。被害者は依然、意識不明です、警部補」

　制服警官は自分の背後を手ぶりで示した。「ロープの輪《ヌース》の部分はあそこです、ひっくり返った椅子のところ」

イヴは振り向いた。ウェブスターが階段をあがってきて、そのあとからアンジェロとロークがやってきた。

「ここはもういいよ、巡査」ウェブスターは言った。「我々は引き続きドロイドたちに正面と裏口を見張らせる。きみとパートナーはセント・アンズに行き、被害者の安全を守ってくれ」

「承知しました」

「クソッ。ローク、あんな追い払うような言い方をして、あの二人には悪かったかな」

「彼らのことは僕が引き受けるよ」ロークはウェブスターの肩に手を置いてから、階段を降りていった。

「口出しするなと言わないでくれ。僕は知ってるんだ。彼を見つけたんだ。彼が二階にあがるのを見たベスが、なんだか動揺してるようだったと言った。だから僕に二階に行って、彼と話をしてもらえないだろうかと頼んだ。僕はそれまでに数分かかった」

ウェブスターは両手で顔をこすった。「たった数分、マーティンのときと同じだ」

「ドン」アンジェロが彼の手を取った。「あなただってわかってるでしょ」

「僕は二階にあがってきたが、彼がどこにいるかは知らなかった。僕は彼の名前を呼んだ。答えは返ってこなかった。僕はもう少しのところで引き返そうとしていた。なんてことだ、もう少しで下に戻ろうとしてたんだ。彼にちょっとひとりになる時間をあげよう、自分だけの時間を、と。だけど、ほかの部屋のドアはすべてあけてあるのに、この部屋だけが閉まっていた。だから僕はドアをあけ、そして彼を見た」

「何を見たの？」

「ちょっと待って」ウェブスターは息を吸い込んで、吐き出した。「ベンがロープにぶらさがってるのを――あのロープ。僕はひっくり返った椅子を見た。僕は叫んだ、走り寄り、彼の脚をつかんで、押し上げた。ダルシアがやってきた」

「わたしは階段の上り口にいたの」彼女は言った。「小さいほうの客間でお皿を集めてたんだけど、ドンの叫び声が聞こえて、お皿をテーブルに戻して駆け上がっていった」

「彼女はロープを切ってくれた。僕のポケットにペンナイフがあったんだ。彼女はそれを取り出した。ロープは窓のそばのフックに縛りつけてあった――あのスイングチェアが見えるだろう。犯人はそれを使った。彼女は椅子に乗り、ロープを切った」

「あのひっくり返った椅子？」

「いいえ」アンジェロは首を振った。「あの小ぶりのデスクのそばにある椅子。必要以上に現場を荒らしたくなかったから」

「僕は彼の首からロープをはずし、ＣＰＲを開始した、彼が息をしてなかったから。そうだよね、ダルシア」

「家族が何人かやってこようとしたので、わたしはそれを止め、それからCPRを交代した。ドンが通報できるように」

「ベンは息ができるようになった」ウェブスターがあとを引き取った。「医療チーム、制服組、ドロイドたちはただちに駆けつけてくれた。医療チームはベンの状態を安定させ、病院へ運んでいった。僕は巡回ドロイドたちに外のドアの見張りを指示し、制服組には現場と、一階にいる証人たちの見張りを頼んだ。僕は家族を行かせてしまったんだ、ダラス。ルークとショーンは幼い子どもたちを彼らの自宅に連れていってくれた。残りの家族はみんな病院にいる」

「わかった」

「ベンはこんなことはしない。けっして。しかもこの部屋で？　よく見てくれ。ここは子どもたちの遊び部屋、ゲームをやる部屋なんだ。子どもたちの部屋なんだよ。彼はけっして――」

「わかってるわよ、ウェブスター。これは自殺未遂じゃない、殺人未遂よ。会食に来た人たちはどこにいるの」

「大半の客はすでに帰ったあとだった。ダルシアと僕は後片づけをしながら、居残った客たちが気をきかして帰ってくれないかなと思った。ベスは疲れ果てていた。カーリーはキッチンにいて、ああ、マイナもいたな。僕は汚れた皿をキッチンに運び、それからベンの様子を見にいった」

「誰の血？」イヴは床に落ち、ラグを汚している血痕を指さした。

「彼の血だ。後頭部を殴られていた」

「あなたの知り合いでこの家にいた人たちをリストにしてほしい」

「いいよ」

「あなたの家族のそばにいてあげて。ここにはもう、あなたにできることはないから」

「何者かが背後からベンを殴りつけた。彼の後頭部に血がついてた。背後から殴り、高く持ち上げ、あのヌースを彼の首にかけた。最低でも二人は必要だ。彼はそれほど重いほうじゃないが、二人いないとできないだろう。彼を持ち上げ、彼を支え、首に縄をかける。ひとりでは無理だ」

　彼はもう一度顔をこすった。「きみが知らないことで、僕がまだ話してないことはあるかな」

「これはどう。なぜ彼はこの部屋に来たの？」

「さあ、なぜだろう」ウェブスターは力なく両手を下げた。「本当にわからないんだ。ベスは彼が動揺してるように見えたと言った。何かメッセージか通信《コール》を受け取って、それが彼を動揺させたのかもしれない、二階へあがっていくとき、リンクをポケットにしまってたから、と」

「現場はわたしがやるわ、ウェブスター。必要な手配をして、ここがすんだら病院で家族
の供述を取る」
「さあ、行きましょう」アンジェロはウェブスターの手を取った。「家族が待ってるわ。
わたしたちが必要とされてるところに行きましょう」
アンジェロがウェブスターを連れ出すと、イヴは捜査キットから〝シール・イット〟を
取り出した。ロークが階段をあがってきたので、缶を放った。「あなたもコーティングし
ておいたほうがいいと思う。ベンは二階にあがってきた、この部屋に、子どもたちの遊び
部屋に。もしかするとコールかメッセージを受け取って、この部屋に誘《おび》き寄せられたのか
もしれない。犯人はあらかじめ用意してたに決まってる。ウェブスターがあがってきたの
は彼より数分しか遅れてないから」
自分が立っている位置から、イヴはもう一度犯行現場を見まわした。
「被害者はグリーンリーフ、ベンジャミン、この家の持ち主の兄と確認され、目下セン
ト・アンズ・ホスピタルにて治療を受けている」
イヴは部屋にはいり、ふたたび血痕を指さした。「被害者はこの部屋にはいった。血飛《ち し》
沫《ぶき》は彼が襲われたことを示している。背後から殴られた。部屋にはいるなり、襲われた」
「それだと自殺に見せかけるのは難しいな」ロークが指摘した。
「今回はそこまでこだわってなかったんでしょ。警部の死は結局、自殺で通らなかった。

だから失敗。こっちのポイントは何か。息子を殺す、首を吊って殺す、それはノイのケースの模倣。ほかにもいるかもしれないけど、それはいずれわかるとして、でもノイなの」

イヴは自分の捜査キット用に血痕を採取してからマークをつけ、窓辺まで行った。

「アンジェロ署長により裏づけられたウェブスター警部補の供述によれば、彼は被害者が二階にあがり部屋にはいってから十分も経過しないうちに、被害者が首を吊っているのを発見した」

イヴはしゃがんでロープを検め、アンジェロがカットした部分を検めた。

別の椅子を引き寄せて、窓のそばのフックに縛りつけたままの短い部分を検めた。「強度の高い結び方。新しい切り口は二箇所。一箇所は被害者を降ろすためにウェブスターのペンナイフを使ったもの。もう一箇所は長いロープを切った端のように見える。強靭《きょうじん》なロープ、ならラボの確認を待つわ。ヌースの作り方は雑ね——効力はあるけど雑。もしそうこの長さをしまうとなると、象がはいるサイズのハンドバッグか、大型のブリーフケースか、メッセンジャーバッグが必要ね。フックは便利だけど」イヴは続けた。「ここにあるかどうかは知りようがない」

「この部屋は子どもたちが楽しめるように考えられている」ロークは部屋を見まわした。「ゲームステーション、椅子、乱暴に扱われてもびくともしなそうなソファ、カラフルな壁、工作用品と作業テーブル等々」

ロークはイヴを見下ろした。「二階にいくつもある部屋のなかで、犯人たちはこの部屋を選んだ。無垢《むく》の破壊、家族にさらなる精神的ダメージを与える。子どもたちがまたこの部屋で遊べると思うか？」

「そのとおり。わざと選んだのね。彼らはそれも事前に下調べしておいた。ウェブスターは正しい。これをひとりでやるのは、ほぼ不可能よ。ロープはあのフック――強度のあるフック、かなりの重さに耐えられるように作られたもの――に固定させるだけ。でも、ロープのたるみはあまり長くないから、誰かがうつ伏せに倒れてる彼の首にヌースをかけてから、ロープの長さを使って彼を引っ張りあげ、たるんだ部分をどこかに固定する」

イヴは体を起こした。「アンジェロは冷静さを保ち、あの椅子を動かさなかった。賭けてもいいけど、わたしたちはファイルのなかにミラーを見つける――どのように配置されたか、使用されたロープの種類も。ヌースの雑さ加減まで」

イヴは一対の本棚まで歩いていき、リトルリーグのトロフィーを棚からおろした。「前シーズンにMVPを獲得した子がいる――偉いわね」

「なんてことだ、彼らは子どものトロフィーを使ったのか？」

「そして血を拭き取る手間も惜しんだ」イヴはそれを証拠品袋に入れ、封印し、ラベルを貼った。「時間がなかったのか、どうでもよかったのか。たぶん両方ね。急いで去らなければならない――リスクだらけ。彼らはリスクも楽しむの？　でも、一刻も早く脱出して逃げなければならない、誰かが二階にやってくるまえに」

イヴはドアまで戻り、しげしげと眺めた。「内側に鍵はついてない。こっちから鍵をかけることはできなかった。早く下に降りないと……」

イヴは部屋を出ながらコミュニケーターを取り出し、遺留物採取班に連絡した。そして、部屋をひとつひとつ見ていき、見つけた。

「ここに脱出方法がある」主寝室にあるフレンチドアまで行く。「この家のことを知っていれば賢明な方法よね。小さなテラス、階段を降りていけばあまり広くないパティオに出られる。テラスに出て、階段を降りる」

イヴはそのとおりのことをした。

「門がある——ロックとセキュリティがついてるけど、それでも出口よ」

「彼らがそこも雑だったら、セキュリティフィードが本当のところを教えてくれるかもしれないね」

「それは期待してないけど、確認はしないとね。あなたはセキュリティ管理室を探してみたら？　わたしは二階へあがる別の方法を探したいから」

イヴは二階へ戻りながら、早足で歩いて犯行現場までどのくらいで着くかを計ってみた。八十六秒。用心してこそこそ歩いても二分以内。ジョギングかランニングならもっとずっと早い。

暇《いとま》を告げる、とイヴは考えた。家の間取りを知っているくらい家族と親しいなら挨拶をしなければならないし、そうやって帰るふりをする。

自分たちが帰るところをみんなに見せておく。

そうしてそっと二階へあがる。

あるいは……。

事前に門の鍵をはずしておく。フレンチドアの鍵も——もし鍵がかかっていたなら。そうしておいて引き返し、二階へあがり、遊び部屋にはいってドアを閉める。

ロープを取り出し、フックに固定する。

ターゲットにメッセージを送る。コールするより賢い——会話せずにすむから。あとは待つだけ。

ひとりはトロフィーを持ってドアの陰に立つ。彼がはいってくる。殴りつける。

意識は失わせなければならない——争ったり、音を立てたり、時間を無駄にしたりしないために。

ドアを閉め、彼を引きずってくる。ひとりが彼を持ち上げ、もうひとりが椅子を用意し、ヌースを締める。最後に自殺の舞台を整えるために椅子をひっくり返し、部屋を抜け出し、主寝室まで行く。

主寝室から出て、去っていく。その間、被害者は死と闘っている。

いずれ誰かはあがってくるだろう。けれど、人間が窒息するまでにどのぐらい時間がかかるのだろうか？

雑なヌースの作り方は彼にわずかな可能性を与えるが、それがあっても十分ぐらい？　それよりずっと少ない時間でも、脳細胞は死んでいく。

犯人は目的を達成したという確信を持たなければならない。

ところが、嘆き悲しむ女性が息子のことを心配し、友人が様子を見にいく。

犯人の負け。

「今、供述を取り終えました」ピーボディが報告した。「まだ残ってる者たちの大半はミセス・グリーンリーフの友人です。わたしたちがすでに話をした者たち――アルネズはのぞいて――と、メイン州からやってきた女性。彼女たちの配偶者、娘の友人数名、食事の準備を手伝った者たち、それにＩＡＢの警官数名」

「要点は？」

「そのとき、何人かはキッチンでお皿を洗ったり残った料理を片づけたりしていて、残りの者たちはリビングエリアにいました。全員の名前と居場所は聞き出してあります。ウェブスターたちが二階にあがったとき、帰ろうとしていた警官二人は騒ぎを聞きつけ、急いで戻ってきました。そうそう、ダーリー・タナカは被害者が二階へあがっていくのに気づいたけど、深く考えなかったそうです。ひとりで静かに過ごしたいのだろうと思ったぐらいで。

被害者よりまえに二階へあがった者に気づいた人はいません」ピーボディは続けた。「アーニャ・アボットはミセス・グリーンリーフの隣に座っていて、彼女が息子の様子を見てきてほしいとウェブスターに頼むのを聞いていました。ウェブスターが階段を登っていくのも見たので、それから五分後くらいだろうと言っています。確信はないけど、五分くらいだろうと。ダラス、ここに残っている全員は確認が終わっています。その時間帯にひとりきりでいた者はいません」

ロークがはいってきた。「セキュリティシステム、カメラ、アラームはすべてシャットダウンされていた」

「シャットダウン?」

「手動で、一五四五時に」

「フィードを見たい。シャットダウンのまえに何があったのかを」

「そう言うと思って、コピーをきみのPPCに送信しておいた。もしくはセキュリティ管理室でモニターを見ることもできる」

「管理室に行きましょう」

「集中管理システムは地下にある」

「ピーボディ、遺留物採取班がまもなく到着する。彼らに作業を始めさせておいて。地下はどこから行くの？」

ロークが先に立って案内した。「とてもいい仕上がりだ」彼は感想を述べた。「メディアルームのようなものがあって、そこに子どもたちが集まっていたようだ。もうひとつのファミリーエリアだね。皿や何かが出しっぱなしになっていた」

気の置けないファミリーエリアか、とイヴは思った。たしかに、皿が出しっぱなしで、リサイクラー《リサイクラー》機に入れそこなった空きボトルも転がっている。チップスを入れた半分空になったボウルと、ほぼ空のボウル。

セキュリティの集中管理システムは倉庫に設置されていた。倉庫にはきれいにラベルを貼った収納ボックスが並んでいて、クリスマスの飾り、季節はずれの衣服、ビーチウェアなどがしまわれていた。

「モニターは問題なく動いていた」ロークはフィードを〇七〇〇時まで戻し、早送りしてから今朝、被害者と家族が到着した時点で速度をゆるめた。彼らに続いて弟と彼の夫が現れ、ウェブスターとアンジェロが現れた。

ウェブスターが外出する――彼がイヴと話をするためにセントラルへ向かった時間と一致する。やがて彼は戻ってきて、家にはいる。

そして家族は揃って式場へ向かう。

家族が戻ってくるまで家にはいった者はひとりもいない。

そして参列者たちが、カップルで、グループで、やってくる。

最初の客が帰ったのは一四三〇時。辞去する者たちがぽつりぽつりと現れ、やがて安定した人の流れが続き、一時間後にフィードがとぎれた。

「ここまでだ」ロークが言った。「システムはすべてシャットダウンされた」

「賢いわね」イヴはつぶやいた。「そろそろ帰ると言ってハグする、ハグして涙をぬぐい、それから引き返してくるにしてもこないにしても、嘘を見破るカメラは作動してない。この点も遺留物採取班に指紋や何かを確認させる。彼らもそこまでいいかげんじゃないだろうけど、徹底的に調べておく。

わたしは遺留物採取班と話をして、それから病院へ行く。家族から供述を取りたいし、できれば被害者からも」

「僕もついていくよ」

上階に戻りながら、イヴはロークをちらりと見た。「〝一緒にワインを飲んでおしゃべりしましょう〟の仲間のなかで、アルネズだけ家にいなかったのは変じゃない？」

「うーん、僕が〝ビールを一、二杯やりながらくだらない話をしようぜ〟の仲間だったときは、誰かひとりが先に帰るのは変わったことじゃなかったよ」

「でもそれは犯罪者の話でしょ、正直な市民じゃなくて」

ロークはイヴの尻をポンと叩いた。「いずれにしても、誰かは最初に帰る」

「遺留物採取班は二階にいます」ピーボディが言った。「ドロイドは両方のドアに残しておきますか?」

「家族が戻ってくるまで立ち番を続けさせる」

イヴは二階に行き、遺留物採取班に指示を与えた。外に出ると、ロークに向かって運転席のほうを合図した。「あなたが運転して。セキュリティシステムをシャットダウンさせるのは、パスコードを知ってないとできない?」

「それは必要ない。スイッチを操作するだけ――そのスイッチにはわかりやすいマークがついている。誤ってシャットダウンさせないようにね」

「わざとやるには都合がいいわね」イヴは体ごと後ろを向き、アルネズのことについて、ピーボディにもロークに聞いたのと同じ質問をした。

「それほど変だとは思いませんね。アルネズは彼女たちのなかではいちばん年が若いですし、知り合ってからもあまり長くありません。アルネズとロバーズは一六〇〇時ごろに帰りました――それぐらいの時間に」

「聞いたの?」

「ダラスが知りたいだろうと思って。キャシディ・ブライヤーの話では、それぐらいの時間だったそうです。さりげなく聞いてみたんです。〝ミズ・アルネズとミスター・ロバーズは会食に来られなかったんですね〟みたいな感じで。そしたら彼女が、〝あら、来てたわよ〟と言いました。帰ったのは四時ごろです、十五分ぐらい過ぎてたかもしれません――彼女の推測によれば」

「システムがシャットダウンしてから十五分ないし三十分後。その三十分ないし四十五分後近辺で、ベン・グリーンリーフは頭部を殴られ、首を吊られた。タイミングがよすぎるじゃないの」

イライラして、イヴはフィーニーに連絡した。「何かヒットした？」

「完全に一致する者はいない。自殺未遂は何件かあった――首吊りじゃなかった。自殺した者も二人いたが、首吊りじゃなかった」

「これはノイにつながるのよ」

「グリーンリーフの息子はまだ生きてるのか？」

「これから病院に行って確かめる」

「どっちにしても知らせてくれ。僕はこれに専念してるんだ」

「知らせる。ありがとう。ノイにつながるのよ」イヴは繰り返し、リンクをポケットにしまった。「ぴったり適合するものはない」

「僕は二人を降ろし、車を駐車してから、きみたちを捜すよ」

イヴはぼんやりしたままロークにうなずき、病院のエントランスで車を降りた。

「ノイのファイルをもう一度見直す、隅々まで。彼が死んだとき、部下が大勢逮捕された

──もしかしたら、つながりはそこにあるのかも。彼の娘ともう一度話し、妻と新しい夫とももう一度話す。彼らの友人、隣人、彼らの友人の隣人とも。息子のほうは──彼の友人、学友、彼が寝た相手、彼が寝なかった相手とも」

イヴはメイン受付の前で立ち止まり、バッジをちらっと見せた。「ベンジャミン・グリーンリーフ、五時を少し過ぎたころ収容された、頭部の傷と頸部《けいぶ》圧迫」

「少々お待ちください」

イヴはピーボディを振り返った。「息子はプライベートスクールに通い、それからニュ《N》ーヨ《Y》ーク大《U》学に進んだ。わたしたちはそこを詳しく調べる」

「ミスター・グリーンリーフは集中治療室にいらっしゃいます。八階の東棟。面会はご家族のみです」

イヴはふたたびバッジを掲げた。

「もちろん警察のかたは別です。身分証をスキャンさせていただきます」

確認が終わると、イヴはエレベーターのほうへ向かった。

「どうしてもアルネズに注目するというなら──」

「ハイスクールはパブリック」イヴはつま先や踵《かかと》をぐるぐる動かしながらエレベーターを待った。「でも大学は、オンライン授業がほとんどだったけど、ＮＹＵのビジネスカレッジを卒業した。二人ともロウアー・ウェストで育った。地区はちがうけど、同じ地域」

「年齢も同じくらいですね」

「そのとおり」イヴは利用者がエレベーターから降りるのが終わるまで黙っていた。そして乗り込み、八階の東棟を命じた。ロークが受付に寄らずにすむように、彼にメッセージを送った。

「二人は知り合いだったかもしれませんね」ピーボディは譲歩した。「もしそうだったとしたら、彼女は息子を自殺させたノイを恨むんじゃないですか？　彼女が誰かに責めを負わせようとしてるなら、息子が死んでから九年も待てるほど恨みは深いとしたら」

「理屈のうえでは、たしかにそうなる。でも、殺人犯は理屈どおりに動くとはかぎらない、そうでしょ？　わたしたちはつながりを見つける。それが誰でも、それがなんでも、わたしたちは見つけ出す」

エレベーターを降りたとき、イヴはメイン受付と同じ手続きを繰り返すのだろうと思っていた。ところが受付の前にはウェブスターがいて、行ったり来たりしていた。

彼の目の下の隈《くま》はさらに濃くなっていた。

「ダラス、彼は助かるよ」

「それはよかった」

「ほんとによかったですね、ウェブスター」ピーボディは彼の腕に手を置いた。「とても素晴らしい知らせです」

「彼は何度か生死の境をさまよったが……医師たちは脳のダメージを心配してる……脳の酸素が足りないんだ。検査もいくつかやってる。彼は脳震盪を起こしたし、喉も――でも、彼は助かるよ」ウェブスターはもう一度言った。「僕たちは彼が直面してることがどうなるか見守るしかないんだ」

「彼は何か言った？」

「いや。まだ話はできないが、マイナの手を握り締めた。彼が一時的に意識を回復したとき、マイナが話しかけたら手を握り締めたそうだ。彼女は自分が――僕たちが――みんながここにいることを彼に知らせたんだ」

ウェブスターはひと息入れ、指で目元を押さえた。「何か発見はあったかい？」

「セキュリティシステムが一五四五時にシャットダウンされた、管理室にあるシステムが手動で」

「家族のなかにそんなことをする者はいないよ」

「管理室のある地下に子どもたちがいたようなの」

「そうだよ。僕もそこまで行って皿やゴミを片づけるつもりだったんだ。あの子たちはセキュリティにはけっして手を触れないよ、ダラス。それはベンを狙ったやつの仕業だろう。だって、タイミングを考えてみろよ！」

「わたしを誰だと思ってるの。とっくに考えたわよ」

「ごめん」彼は片手をあげた。「すまない。少し興奮した」

「彼と話ができるかしら？」

「わからない、本当なんだ。僕たちは検査をおこなってるあいだ追い出された」彼は後ろをちらっと見た。「家族は待合室にいる。ルークとショーンも。子どもたち――小さい子たちはナニーが見てる。ベンの子どもたちはここにいて、カーリーの子も年長の二人はいるよ」

「まずは家族から話を聞くことにするわ」

病院の待合室より気の滅入る場所はなかなか思いつかない――病室は別として。

家族はそのほとんどが身を寄せ合っていた。義理の弟は歩きまわっていたが、ウェブスターがイヴとピーボディを連れてくると足を止めた。

ベンの妻のマイナは両脇にいる子どもたちの手を握り締めた。

「このような大変なときに邪魔をして申し訳ありません」イヴは切りだした。

「誰かがあたしのパパを殺そうとしたのよ」マイナの隣の少女が目に涙をためたまま、吐き出すように言った。「彼らはすでにグランパを殺した。あなたたちはいったい何をやってるの？」

「ほらほら」マイナは娘を引き寄せた。「だめよ。今はよしなさい」

「あたしは怖いの」彼女は母親の肩に顔をうずめた。「怖いのよ」

「わたしがあなただったら、やっぱり怖いと思うわ」ピーボディが進み出て、しゃがみ込んだ。「だけど、ウェブスターが教えてくれたの、お医者さんたちがあなたのパパは大丈夫だと言ってるって」

「そんなの、わかんないのに」

「それは怖いわよね。わたしたちはこんなひどいことをした者をなんとか見つけ出そうとしてるの。あなたも力になってくれるかもしれない」

「どうやって？」

「わたしたちはできることは全部突き止めないといけないの。あなたは下の、地下のファミリーエリアにいたわよね？」

「ええ」少女は鼻をすすり、母親の肩に頭をもたせかけた。「だから？　あたしたちはそこにいたけど」

「誰かあなたたちと話をしにきたんじゃないかしら。それとも、彼らが帰るところだったら別れの挨拶をしにきたとか」

「そうねえ、ああ、ドンが来たわ、ダルシアも——チップスのお代わりを持ってきてくれた。カーリー叔母さんと、ルーク叔父さんも——その二人はあたしたちをチェックしにきたようなものだけど、あたしたちが部屋を汚さないように」

少女は涙で赤くなった目を剥いた。「まるであたしたちが汚すみたいに」

「ほんとね」

「その少しあとにキャシディが来たよ」祖母の隣に座っている十代の男の子が言った。

「それにウィンも――彼は年寄りで、ときどきグランパをセーリングに連れていってた。僕たちも何度か一緒に行った」

「ディッキンソン監察官――彼はグランパと一緒に働いてた」ほかの子が声を張りあげた。

「もうひとり、似た感じの人がいた。でも、彼はすごく年を取ってた」

「あたしのリトルリーグのコーチよ」カーリーの娘が思いだした。

あの子はオリーヴ・メトカーフだろう、とイヴは思った。

「マイク・コーチ。彼はしばらくいた」彼女は拳で涙をぬぐった。MVPを獲った子。「彼はグランパのことがすごく好きだった。それと、近所に住んでる男の人――えーと――」

「デンゼル」オリーヴの兄が言った。「彼は一度パパの車を直してくれた」

子どもたちはそれからも何人か名前を挙げたが、イヴは心のノートにデンゼルと書いて丸で囲んだ。

「ミズ・グリーンリーフ」イヴはそう言って、ベスのほうへ歩きだした。

そのとき、医師が待合室にやってきて、みんなさっと立ち上がった。

「彼は目を覚まし、呼びかけに反応しています」医師はほほえみながら言った。それで部屋の緊張感が危険区域《レッドゾーン》を脱した。

みんな一斉に前に出ようとすると、医師は両手をあげて制した。「まだお待ちください。みなさんが一度にどっと押しかけるのはよくありません。我々はまだ検査の結果を待っている状態です。でも、彼は自分の名前、妻の名前と子どもたちの名前、日付、自分の誕生日を言えます。まだ頭が混乱していて、ひどい頭痛と喉のひどい痛みに悩まされています。しかし彼はタフな男だ」医師はベンの子どもたちにウインクした。「まずはきみたちのママに、会いにいってもらおうね」

「お願いです」ベンの娘が哀願するような目を向けた。「静かにしてますから。パパに話しかけたりもしない。ただ会いたいだけなの。あたしはただ――」

「そのほうが救いになります」マイナが言った。「子どもたちを見たら、彼も力が出ます。約束します。彼の心と精神に誓って。きっと救いになります」

「五分だけだよ」医師は子どもたちに指を振った。「そして、けっして騒がないこと」

「ありがとうございます」マイナは義母を振り返った。「よければ――」

「だめよ」ベスは首を振った。「あなたが行きなさい。さあ、早く行って。わたしたちは待てるから」

「ナースがあなたたちをなかに入れてくれます。五分だけ」医師は念を押し、残りの者たちのほうを向いた。

「我々は彼女たちに五分あげます。それからプライバシースクリーンを開きます。みなさんはガラス越しに彼を見ることができる。彼がどんな様子か見守りましょう。彼が疲れていなかったら、五分だけなかにはいってください、お母さん」

「ありがとう」

「ドクター。NYPSDのダラス警部補です。ミスター・グリーンリーフとできるだけ早く話をすることが、我々には重要なんです」

医師はイヴに、ロークが待っている廊下の片隅のほうを手ぶりでうながした。

「ご事情はわかります、警部補。信じてください。あなたにはやるべき仕事がある。私の患者にこんなことをした者を止めなくてはならない。しかし、彼は弱っていて、まだ頭が混乱しているんです。彼は本当に運がよかったとしか言いようがない。あと数分遅かったら、二分か三分、さらには四分遅かったら、我々は彼を救うことはできなかったでしょう。だが、彼は脳に深刻な損傷を負った。今の状態――ラッキーな状態――ではまだ、簡単な質問にいくつか答えるだけでも疲れてしまうんです」

「わかりました、ドクター……」

「リカルディ」

「ドクター・リカルディ。おっしゃることはわかりました。それは信じてください。ですが、わたしにはやるべき仕事があるんです。彼にこんなことをした者は、ほんの数日前に彼の父親を殺しているんです」

「彼女にわたしの順番をあげて」ベスが立ち上がり、それから娘にもたれかかった。「わたしたちの順番を彼女にまわして。そっちのほうがもっと重要なのよ。息子はわたしたちがここにいることを知ってる。わたしたちがここにずっといることを知ってるんです」

「みんながわたしの家で父の死を悼んでいたとき、犯人はこんなことをした」カーリーが凍《い》てつくような声で言った。「彼女にベンと話をさせて。そうしたらあなたは自分の仕事をして、警部補。その人でなしを見つけ出すのよ」

「それこそ、わたしがやろうとしていることです」

「彼の様子を見てからです」リカルディは警告した。「妻や子どもたちと少し会っただけでも、彼には休息が必要になるかもしれません」

「我々は待てます」イヴは言った。「どれほどかかっても。待っているあいだに、ミズ・グリーンリーフ、いくつか質問に答えていただきたいのですが」

「こっちに来て、お座りなさい。彼女は自分の仕事をしてるのよ」ベスは言って、娘に反対する隙を与えなかった。

「あなたの言うとおりよ。さあ、こっちにいらっしゃい」

19

「ピーボディ、家族と話をして」イヴは待合室のほうへ顎をしゃくった。「今の彼らにはあなたの優しい口調のほうがいいから。誰か何か見たり聞いたりしてるかもしれない、そのときには気づいてなくてもね」

「了解しました」ピーボディが待合室に戻っていくと、イヴはロークに近づいていった。

「彼からいつ話を聞けるかわからないけど、そうなったら与えられた時間は五分しかない、医師たちに追い出されるから」

「きみはその五分を最大限に活用するよ」

「そのつもり。とりあえず……」イヴは待合室のほうを振り返った。「あなたもここにいるつもりなら、あなたのやれることをやってくれる？」

「僕はいろんなことをやれるよ」

「だったら、まずはあなたが作業できる場所を探して。フィーニーと連携できるといいかも。この事件はノイと関連があるはずなの——関連がないにしてはあまりにも状況が似かよっている。でも、もしその判断がちがってるなら、できるだけ早くそれを突き止めないと」

「できるよ」

「家族のことはピーボディに任せて、わたしはしばらくここで、ノイや彼と運命をともにした警官たちのデータにもう一度目を通す。被害者と話ができたら知らせるわ」

イヴは壁に寄りかかって作業を開始した。

まだ上っ面を撫でただけのところで、マイナがハルとドリーを連れて戻ってきた。三人とも泣いていた。

マイナはイヴのそばで足を止め、娘と息子の頭にそれぞれキスした。「なかに戻って、グランマと一緒にいなさい。ママもすぐ戻るから」

二人を待合室のなかに押しやると、マイナはイヴのほうを向いた。

「彼はわたしのことがわかりました、子どもたちのこともわかりました。ドンとダルシアが彼の命を救ってくれた。それに、おそらく深刻な脳の損傷からも救ってくれました。検査の結果は出そろっていませんが、わたしは夫のことをよく知っています。彼はきっと回復するでしょう、心も体も」

「それをうかがって嬉しいかぎりです。とても嬉しい」

「あなたの本心だと思います。彼が捜査の役に立てるかもしれないという理由からだけではなく」彼女は廊下の先を見やり、乾きつつある涙をぬぐった。「医師の話では、少し休息が必要だということです。話をするだけでもとても大変なんです、なぜなら……」

マイナは唇を震わせ、喉元に手をやった。

「わたしたちの顔を見たのは、彼にとっていいことでした。そう感じました。そう信じています。彼は母親に、弟や妹に会いたがっています」

「わかっています」

「でも、わたしはベスに賛成です。あなたが先に彼と話してください、面会の許しが出たら。犯人は善人の命を奪い、またそれを繰り返そうとした。ドンがいなかったら、わたしの子どもたちは父親の死を嘆いているところでした。でも、彼が子どもたちの名前を呼んでほほえみかけたので、あの子たちは安堵の涙を流したんです。

あなたが先に彼と話してください。そして、わたしの夫を殺そうとした人でなしを捜しにいってください」

「ミズ・グリーンリーフ、あなたの夫が襲われたとき、あなたはどこにいたか教えていただけますか」

「キッチンだったと思います。キッチンを出ていこうとしていた。叫び声が聞こえて、飛び出したら、ルークとジェドが階段を駆け上がっていくのが見えました。ほかの人たちもそちらへ向かっていました。わたしはベンが二階にあがったことは知らなかったんです。

知っていたとしても、そんな事態を想像したかどうかはわかりません」

「叫び声を聞いた前後に、誰かが去っていくのを見ましたか?」

「いいえ」マイナは目を閉じ、しばらく考えた。「いいえ」と繰り返し、首を振った。「そのまえに大半の人たちは帰りました。わたしはキッチンに行くまえに、残りの人数をざっと数えたんです。料理を下げようとしていたので、まだいる人たちに失礼にならない量だけ残しておこうとして」

ふたたび、マイナは目を閉じた。「子どもたちは地下にいました――うちの子、カーリーの子、ルークの子、いとこたち、学校の同級生やチームメイト。地下には十四人いました。上階には家族を含めて二十人近くいました」

うなずきながら、彼女は目をあけた。「ええ、そのぐらいいました」

「わかりました。それは役に立ちます。もしあなたの夫が誰かに脅されていたら――」

「わたしに話してくれたはずです」マイナはすかさず言った。「彼への脅威でも、わたしや子どもたちへの脅威でも。わたしに話してくれたはずです」

「いいでしょう。何か思いつかれたら、なんの関係もないように思えることでも、わたしに知らせてください」

「必ずそうします」

マイナは待合室にはいり、イヴは作業に戻った。

それから二十分ほど過ぎたころ、廊下の向こうから医師がこちらにやってきた。「五分間、ベンと会うことを許します」

「わかりました」

「先にご家族に話したいことがあります」

「よい知らせでしょうね。顔に書いてある」リカルディが眉をあげると、イヴはそう付け加えた。

「そうですか、それはよかった。あなたの職業もそうでしょうが、私の職業は感情を殺すことに慣れてしまいがちです。私はそうなりたくない」

リカルディは急いで離れていった。「グリーンリーフ家のみなさん、検査の結果が出ました。すべて良好です」

イヴは歓喜する声や嬉しさに泣く声に耳を傾けた。

「さて、彼はまだ少し混乱していて、とても疲れていますが、意識ははっきりしていて理解力があるし、みなさんのことを尋ねていました。警察との話が終わったら、みなさんの面会を許可します。少人数ずつ、数分間だけ。それがすんだら、みなさんは家に帰って、少し休むことを提案します――ベンがそれを望んでいるから。休んでほしいと」

「わたしは、今夜は彼のそばについていたいと思います」マイナが言い、カーリーのほうを見た。

「子どもたちはわたしが連れて帰るから、心配しないで」

「その手配はできます」リカルディが言った。「だが——」

「何人かこの待合室に泊まることにします」カーリーはルークと手をつないだ。「交代制にするけど、何人かはここに残ります。うちの家族はそういうふうにできてるから」

「その言葉にどうして私は驚かないのだろう？　それでは警部補、捜査官？　そのあとで、二人か多くても三人ずつ。それぞれ五分ずつ。よろしいですね。

彼は運のいい男です」イヴとピーボディを連れて廊下を歩きながら、リカルディはイヴに言った。「あれほど強い家族の支えがあれば、回復に大いに役立つでしょう——身体面も精神面も。彼の体が万全の状態でなくてもびくともしない家族。しかし、たとえそれがあっても、あと一分か二分ぶらさがったままだったら、深刻な合併症は避けられなかったでしょう」

リカルディはガラスドアの手前で立ち止まった。そこからベンの様子が見える。青白い顔と、喉の生々しい傷痕が著しい対照をなしている。狭いベッドの白いシーツの上で、目を閉じてじっと横たわっていた。

さまざまなコードでつながれたモニターはビープ音を発し、スクリーンはちかちか点灯する。そのあらゆる象徴のせいで、イヴには病院の待合室より病室のほうが陰鬱に思えた。

「彼には昏迷《こんめい》と記憶の欠落が予想されます」リカルディはイヴに言った。「咽頭にひどい傷を負っているので、できるだけ声を休ませなくてはならない。過度なストレスやプレッシャーも与えたくないのです」

「外傷を負った被害者に聴取するのはこれが初めてではありません」

「初めてだとは思っていません。五分間。今からスタートします」

病室にはいり、イヴはベッドのかたわらに立ち、ピーボディにベッドの反対側を手ぶりで示した。

「ベン」イヴは、彼がやはり傷を負っている目をあけるまで待った。「ダラス警部補とピーボディ捜査官です」

「きみたちのことは覚えている」絞り出した声は痛々しかった。まるでやすりをかけているような声だった。

「イエスかノーで答えられることだったら、うなずくか、首を振るかしてください。あなたは自分をこんな目に遭わせた相手を見ましたか？」

彼は首を振った。

「誰かに脅されていましたか」

首を振った。

「あなたには二階へ行く理由がありましたか、あの特定の時間に、あの特定の部屋に」

その傷を負った目が焦点を失い、うつろになったが、イヴには彼が霧のなかでなんとか考えようとしているのがわかった。

「二階へ行ったことは覚えていますか」

彼は片手をあげ、前後に揺らした。

なんとなく、という意味か。

「子どもの部屋――あの遊び部屋、ゲームをする部屋にはいったことは？」

同じ反応があった。

「その部屋のなかや近くに誰かいましたか」

ノー。

「すみません、これからイエスかノーで答えられない質問をします。なぜ二階へ行ったのですか。コール、それともメッセージ？　お母さんの話では、あなたはリンクを使っていて、それをポケットに戻しながら階段をあがっていったそうです。そして動揺しているようだったと」

「私は――」彼は目を閉じた。「すまない。考えらない」

「二階へ行くまえに、あなたは何をしていましたか」

「私は……飲み物を探していた。何か飲みたかった。長くつらい一日が、もうすぐ終わろうとしていた。そして……ドリーがメッセージを寄こした。そうだ、間違いない。思いだしたよ」

「あなたのお嬢さんがメッセージを寄こした？」

彼はうなずいた。「はっきり覚えていないが……あの子が私をダディと呼ぶのは——最近そう呼んでくれるのは、困っているか何か欲しいものがあるときだけだ。〝お願い、ダディ、何も言わないで、キッドゾーンに来て〟。我々はあの部屋をキッドゾーンと呼んでいるんだ。それから、なんだったかな……〝人がいっぱいいすぎる。悲しい。お願い。ママには言わないで〟」

彼は目をあけた。「あの子はほかの子どもたちと地下のファミリーエリアにいるものとばかり思っていた。あの子と私の父は……仲がよかった」

彼は片手をあげ、親指と人さし指をしっかりくっつけた。「あの子は十二歳になったばかりで、失ったことが……誰も失ったことがなかったんだ」

「あなたは誰にも告げず、二階へ行ったんですね」

彼はうなずいた。「たぶん。告別式のあとだったから、ぼんやりとではなく、はっきりと不安を感じたのだろう。私は二階へ行った。ドアは閉まっていた。人目を避ける。あの子らしくない、とても悲しくて、困っているのだろう。ダディが必要なほど。私はなかにはいった。部屋は暗かったのか？　たぶん……日差しよけが作動していた。ゲーム用スクリーンに照りつける日差しをカットするために設置したものだ。それから……私はここで目を覚ました。彼らは何があったのか教えようとしない。誰も教えてくれないんだ」

彼はイヴの手をつかんだ。「何があったんだ？」

握り締める力の強さに彼の切迫した思いを感じたとき、急《せ》き立てるような連続したビープ音がマシンから聞こえてきた。

リカルディがはいってきた。

「とりあえず、そのへんにしましょう。ベン――」

「彼は何があったのかを知りたがっているんです」ピーボディが言った。「病院で目を覚ましたけど、その理由がわからない。あなただったら、どんな感じがしますか？」

医師はイヴが立っているほうへまわってきた。「ベン。あなたには興奮しないでいてほしい。家族があなたに会いたがっています、あなたも家族に会いたいでしょう。だから平静を保ってください」

医師はイヴを見て、うなずいた。

イヴは言った。「あなたにメッセージを送ったのはお嬢さんではなく、あなたの父親を殺した者です。彼らはあなたを騙し、二階に誘き寄せ、殴り倒し、あなたの首を吊ろうとしました」

ベンは自分の喉に手を持っていった。「私の首を吊ろうとした」

「お母さんはあなたが二階へあがっていくのを見た、動揺して、心配そうなあなたを見た。そしてドン・ウェブスターに様子を見てきてほしいと頼んだ。彼は言われたとおりにし、あなたを見つけました。彼とダルシア・アンジェロがあなたを床に降ろし、心肺蘇生《CPR》をおこない、医療チームを呼びました。そしてあなたは死ななかっただけでなく、こちらの医師が言うには――でたらめを言う人には見えませんが――もう心配ないということです」

「そのとおり。おとなしくしていれば、あなたをステップダウン・ユニット（中度治療室）に移して、四十八時間以内に病院から追い出してあげます。だから、おとなしくしていてください」

ベンは目を潤ませたが、その目には涙を燃やしてしまうほどの怒りがこめられていた。

「私の妹の家で、あのキッドゾーンで、父の告別式のあとの会食の場で――彼らはうちの少女を利用した」

イヴは目と目を合わせられるように身をかがめ、ベンに顔を近づけた。「彼らは逃げおおせることはできない」そして体を起こした。「ベンのリンクが必要です」

「私物は彼の妻が持っているはずです。さあ、彼は本当に休息を必要としています」

うなずいて、イヴは一歩下がった。「彼らは逃げおおせることはできない」と繰り返し、病室を出た。

「彼のリンクか娘のリンクを発見できる可能性はどのくらいでしょうね」ピーボディが首をかしげた。

「ゼロ。でも、わたしたちは調べ上げる。ロークに連絡してくれる？　ここはもう終わりにすると知らせておいて。ミズ・グリーンリーフ――マイナ」イヴは待合室で呼びかけてから、言い直した。「ベンが収容されたときに持っていた私物を見せてもらってもいいかしら?」

「ええ、緊急救命室《ER》に駆けつけたとき、彼らはわたしに預けてくれました」マイナはハンドバッグを開き、ビニール袋を取り出した。

財布、銀製のマネークリップ、ハンカチ、スワイプキーが見える。

「彼のリンクはどこ?」

「あら……ここにはないわね。きっと持っていなかったんでしょう」

いいえ、持っていたのよ、とイヴは思い、今度は娘のほうを向いた。「あなたのリンクを見せてもらえる?」

ドリーは目に涙をため、肩をすぼめた。「あたしは不注意じゃなかった。ほんとよ、ママ、誓うわ!」

マイナが口を開く暇もなく、イヴはしゃがみ込んだ。「それがないことに気づいたのはいつ?」

「知らないわよ。たぶんここに来たとき。あたしは友達に連絡してパパが怪我したことを教えようとしたの。そしたら、あのマヌケなバッグにはいってなかった。あのマヌケなバッグを持ってたのは、ママが敬意を払うためにあのダサいワンピースを着ろって言ったからで、それにはポケットがついてなかったの。ママ――」

「大丈夫よ、ドリー」マイナはイヴを見つめたまま、娘に言った。「ただ聞かれたことに答えなさい。大丈夫だから」

「最後に使ったのはいつ？」

ドリーは息を吐き出した。「わかんない。あたしは、そうだ、あたしはオリーヴに連絡した。いとこのオリーヴに、みんなで地下に集まることを知らせたの」

「リンクを地下に持っていったの？」

「ええそうよ、バッグに入れて、マヌケなポケットがなかったから」

「そのバッグはずっと持ってた？」

「ゲッ、ノー」

「ドリー」

「持ってませんでした」ドリーは言い直した。

「地下に行ったとき、リンクのはいったバッグをどこに置いておいた？」

「カウンター。あたしはあのアホなバッグのなかにそれがあることを知ってたの。そしたら、なかった。無くしたんじゃないわよ、ママ。ほんとよ、無くしてなんかない！」

「大丈夫よ」それをわからせるために、マイナは娘を抱き締めた。

「そのバッグの中身を見せてもらってもいい？」

ドリーは目を剥いたが、立ち上がってテーブルから小ぶりのバッグを取ってきて、イヴに手渡した。

中身はティッシュ、スワイプキー、真っ赤な財布、ガム。リンクはなかった。

「あなたのリンクはどんなやつ？」

「リンクみたいなやつ」母親から厳しい目でにらみつけられると、身をすくめた。「ごめんなさい。〈ジップコム〉から二年前に出たやつ。お兄ちゃんのお下がり、あたしは不注意じゃないことを証明するまで新機種は買ってもらえないの。でも、あたしは不注意じゃなかった、それに――」

「わたしたちは保護カバーを買い与えたんです。この子が不注意になることもあるから」

マイナが割り込んだ。「メッツのカラーとロゴ」

イヴはうなずいた。「メッツのファンなの？」

「見《チ》て《エ》ね《キ》！」

「わたしもファンなのよ。彼女の不注意ではありません」イヴは体を起こした。

「ええ、そう思いました。あなたが悪いんじゃないのよ、ベイビー」

「両方のリンクの番号を教えてください」イヴは言った。

「でも、どうして……」ドリーは口ごもり、険しい目で口を堅く結んでいる兄のほうを見た。「誰かがあたしのリンクを盗んで、それを使ってパパを傷つけた。あたしだってバカじゃないの！　彼女があたしのリンクなんか気にするわけない、ただし……」

身をくねらせて母親の腕から抜け出すと、ドリーは立ち上がり、目に怒りの炎を浮かべてイヴを見つめた。「犯人たちを見つけたら、そいつらを傷つけてやって」

「ドリー」と叱ってから、マイナは吐息をついた。「わたしもそれを願います」

無理もない、と思いながらイヴは待合室をあとにした。ロークがエレベーターの前でイヴたちに合流した。

「二台のリンクの番号を手に入れた」イヴは彼に言った。「あなたなら追跡できるわよね。彼らが賢いなら、もう捨てられてるか破壊されてる。まだ持ってるとしても――戦利品とか、転売目的とかで――彼らはシャットダウンしてるだろうし、肝心な部分は取り去ってるはず」

「もちろん、肝心な部分はね。それで、僕はどうしてその二台のリンクを追跡するのかな？」

「一台は被害者のもの、もう一台は彼の娘のもの。犯人たちはそれを使って、娘からだと見せかけたメッセージを送り、彼を二階へ行かせたの。フィーニーからは何もなし？」

「きみの想像どおり、合致するものはない。ノイほどうまく当てはまるものはね」

「あるはずなのに。ピーボディ、ノイの娘と未亡人に連絡して。彼女たちに正式な聴取をしたい、できるだけ早く。彼女たちは何か知ってるの。自分では知ってるとは知らないかもしれないけど、でも知ってるの」

外に出ると、イヴはようやく澄んだ空気のもとで呼吸できた。病院の空気に比べたら、夏の蒸し風呂のほうがましだ。

「リモートで車をまわすよ。駐車場まで少し歩くから」

イヴは首を振った。「歩いたほうがいい。考えたいから」

「娘のほうは、すぐボイスメールに切り替わったので」とピーボディが報告する。「メッセージを残しました。母親のほうは今やってます。こっちも同じだ」

「新しい夫も試してみて。犯人はあの子のリンクを手に入れる方法を知ってた。どんな口調を使えば父親を二階へ行かせられるか知ってた。あの子が地下にいることを知ってた。それでも危険がともなう。バカみたいに危険」

「ボイスメールでした、ダラス」

「彼らはひとりもリンクに出ない。ふざけてる」イヴはリンクを取り出した。「ウェブスター、これから三人のＩＤ写真を送る。告別式や会食で、そのうちの誰かを見かけたかどうか知りたい」

イヴは左のほうへうながすロークをにらみつけた。「ベン・グリーンリーフが首を吊られた数時間後に、彼らは誰もリンクに出ないのよ?」

「彼らのリンクも追跡できるよ」ロークが言った。

「答えはノーだよ、ダラス。ダルシアも見かけてない」ウェブスターが応答した。「カーリーとジェドとショーンにも確認してもらった。ルークは母親と一緒にベンのところにいるが、僕たちの誰も見かけてないなら――」

「わかった。ダラス、通信終了。追跡して」イヴはロークに言った。

ロークはイヴの専用車のロックを解除した。「運転して。最初の番号は？」

イヴが番号を伝え、テイラー・ノイの住所を入力すると、ロークは座席の背にゆったりともたれた。

「なんと、バカバカしいほどシンプルだった。みんなもっと真剣に自分の機器を保護したほうがいいな。彼女はヴェガスにいる」

「ヴェガスでいったい何をしてるの？　彼女のデータにはギャンブルを暗示させるものはなかったのよ」

イヴは母親の番号を読み上げた。

「母親も同じだ――まったく同じ地点にいる。そこは……おお、〈結婚します《ザ・ゲット・ヒッチド》〉結婚式場」

「なんなのよ、もう」イヴは三人目の番号を伝えた。

「義父も出席している。というか、彼のリンクも」

「たぶん、テイラー・ノイはヴェガスへ駆け落ちすることにしたんですよ」ピーボディが言ってみた。「それか……義父には前妻とのあいだに娘がいました。娘がいるのを思いだしました」

「チェキ」

「はあ？　ああ、調べてみろということですね。少々お待ちください。はい、いましたよ、サーシャ、三十三歳。ミリ・ヤーズボロー、三十六歳と同棲して五年。彼らの連絡先を手に入れます」

「必要ないよ」ロークが作業しながら言った。〈ザ・ゲット・ヒッチド〉の記載によれば、サーシャとミリは今、結婚式を挙げているはずだ。ロマンティックだね」

「クソ、クソ、クソッ！　ピーボディ、義父と新婚夫婦を加えて、もうひとつメッセージを残して。〝ダラスに至急連絡してください〟。ローク、除外するためだけだけど、彼らの旅行歴を確認して。いつヴェガスへ発《た》ったのか突き止めたいの」

「もうやっているよ、警部補。彼らは、五人全員は自家用シャトルでロングアイランドからヴェガスへ直行した。離陸は正午。おお、彼らは僕のホテルにチェックインし、父親は自分のカードで、幸せなカップルのためにハネムーン・スイートを取ってやった。もうひとつのスイート――二ベッドルーム――も自分のカードで支払っている。僕のホテルだから確認するのは簡単だよ」

「その必要はない。彼らはなんらかの関連はあるけど、容疑者じゃない。わたしは彼らと話したいの。徹底的に調べたいの。ピーボディ、自宅まで送る。ノイのデータを入念に調べて――ひとつひとつ。わたしもやる。四つの目で探すわよ」

「セントラルでいいです。わたしの絵を持って帰れるし、マクナブを捕まえられるから。六つの目で探しましょう」

ロークが身じろぎしてピーボディを振り返った。「何かアートを買ったのかい？」

「わたしたちのストリートアート・コレクション第一号です。ギャラリーみたいなものを作ってるって話はしましたよね？」

正気を保つために、イヴは彼らの話に耳を貸さないことにした。

ピーボディを降ろすと、イヴはしばらくそのまま動かなかった。「アルネズとロバーズのところに寄って、ベン・グリーンリーフの話をして、彼らの反応を見てみたい。でも、わたしの考えが正しいなら、彼らにはもうその準備ができてる」

「彼が死んだ話を聞く準備はできているが、生きていて回復に向かっているという話には虚をつかれるだろう」

「そうよね、だったら死んだと思わせておくほうがいいんじゃないの？　向こうには自分たちの勝ちだと、自分たちは目立ってないと思わせておく。彼らがこの事件に関わってるならね」

「彼らが――あるいは交代要員でもいいが、また狙うと思うかい？」

「わたしは慎重を期す」イヴはアルネズの前に姿を見せたいという思いを振り払い、わが家へ車を向けた。「ベンには見張りをつけた、妹の家と弟の部屋にはパトカーを配備したし、母親がアパートメントに帰ればそこにもつける——それまでにわたしが事件を解決してなければ」

「きみは解決すると思っている——僕にはわかるよ。きみは彼女がアパートメントに戻るまえにこの事件を解決しようと思っている」

「わたしはノイの娘と妻が、自分たちは気づいてないけど知ってる何かを探り出す」

イヴはステアリングに手を叩きつけた。

「彼女たちは絶対知ってるから。つながりはそこにある。何かがそこにあるの。あなたも調べつづけて、わたしが見つけ出すまで」

「その喜ばしい出来事までのあいだに、僕もノイのファイルを入念に調べようか？　八つの目で探そう」

イヴは考えをめぐらせながら、本日の平均的な勤務時間の終わりを告げる混雑を掻き分けて、車を進めた。

「こうしましょう。あなたは妻、ピーボディは娘を受け持つ。マクナブが参加するなら、彼は義父。それをノイのファイル調べと並行してやる。できるだけ深く掘り下げたら、彼とともに死んだ警官たちに切り替えて、また配分する」

「効率的な時間管理だね」

「かもね。もっと効率がいいのは妻や娘と話すことだと思う。今のところは」

イヴはリスト・ユニットを使って、ピーボディに新しい戦略を伝えた。

またしても渋滞に捕まり、イヴは指先でステアリングを叩きながら、意志の力で首筋の張りを消そうとした。

そううまくはいかなかった。

「どうしてあなたは、ここからそこへプーフできるものを思いつかなかったの？」

「プーフ？」

「ほら、わたしたちはここにいる。わたしたちはそこに行きたい。ボタンか何かを押したら、わたしたちは一瞬にしてそこにいる、みたいな」

興味をそそられ、ロークはイヴのほうを見た。「僕たちだけ？　それともこの車も一緒に？」

「道路の真ん中に車を置いていけないでしょ。しっかりしてよ」

「まったく僕はバカだな。つまり、僕たち人間――肉、血、水、化学物質、臓器を持つ動物を、時空を超えてある地点から別の地点に移動させるのみならず、まったく異なる物質でできた車、無生物を連れていくということだね」

「ええ、そういうこと」

ロークは指でイヴの肩を叩いた。「警部補、きみはきっとそのボタンを押さないよ」

車がちっとも動かないので、イヴはロークをまじまじと見つめた。「どうして？　もう家に着いて、コマンドセンターについてるのに？」

「車に乗ったまま？」

「ちがう。あなたは車をガレージにプーフするから」

「なるほど。僕はかなり気がきいているね。それでもきみはボタンを押さない」

イヴは渋滞をあざ笑った。「今なら押す」

「押さないんだよ、ダーリン・イヴ、きみは〝もしも……〟を考えだすから。もしも、この不思議なプーフの旅で、きみの臓器や骨や何かが、僕のものと混ざったらどうしよう、と。きみは腕が三本になっているかもしれないし、僕の肋骨がついているかもしれない」

「もしくは、あなたのペニス《ディック》」

「それだけは勘弁してほしいな。もしくはその誤作動で――そういうことはよくあるからね――きみの分子が車の分子と合併することにでもなったら。きみは脚の代わりにタイヤを履き、尻の代わりにステアリングがついているかもしれない。もしくは、プログラムがきみの足を見落としてしまうとか。さあ、きみは足のない状態でコマンドセンターに着き、きみの足は六番街で立ち往生している」

「悪い夢を見そう」

「きみが聞いたんだよ」

「そう、聞いた。そういうのをあなたの好きな映画でやってるの。宇宙映画。宇宙船はいつも地球までプーフする、どこへでも行く。そしてそこがどこであろうと、たいてい必ず呼吸できる空気があって、気温の差も目玉が飛び出るほどじゃない。そんなのおかしいわよ。でも、彼らはプーフするの」

「転送《ビーム》だ」ロークは訂正した。「プーフじゃなくてビーム。SFではそう呼ぶんだよ、ダーリン。でも、きみが興味を持ったようだから、僕も調べてみよう」

「本気？」

ロークはイヴにほほえみかけた。「そのコンセプトは科学で実現できそうなことで、昔からずっとあるが、〝もしも〟は重要だ」

イヴは渋滞の隙間を見つけ、そこに飛び込み、前進した。

「僕もひとつ考えた。もしもきみがプーフして、ほかの誰かが同時に同じ方向へプーフしたら、きみたちは衝突するだろうか？」

イヴは両方の手のひらをぴしゃりと打ち合わせた。

「さあ、きみはこれで赤の他人とつながり合った」

「わたしはボタンを押さない」イヴは心に決めた。「だからといって、渋滞が最低最悪のやつじゃないってことにはならないけど」

「とはいっても、その渋滞のおかげで、僕たちはこんな面白い会話ができたよ」

「いつもいいほうに解釈するのね」イヴは彼をちらりと見た。「あなたならボタンを押す？」

「僕はそこまで急ぐことはめったにないし、僕の分子がそのまま、あるべきところにあるほうがいいな」

「ディックを失うのが怖いんでしょ」

「それは僕の心配事リストのトップに位置するな」

ようやくわが家の門までたどりついた。

「人間の体が血と骨とその他もろもろでできてるなら、どうやって彼らは自分たちの服も一緒にプーフ――ビーム――させるの？　そうはしてないけど。なぜ目的地に着いたとき裸じゃないの？」

「それは謎だね」ロークは結論を言った。「だけど、この次『スタートレック』シリーズのどれかを見るときは、裸の彼らを想像しよう」

「きっとポルノ映画ではそのバージョンをやってるわよ」

ロークは声をあげて笑った。「それも調べてみよう」

20

邸内ではサマーセットが待っていた。

「お二人とも血をつけずにお帰りになった。いい日ですね」

「そうじゃない人もいた」猫が寄ってきて、脚にまつわりついた。「遺留物採取班に連絡してみる」イヴはそう言い足して階段へ向かった。

「グリーンリーフ警部の息子が、父親の告別式の会食後に殺されそうになった」ロークは妻と猫が階段を登っていくのを見つめた。「彼女にはその責任がのしかかっている」

「はい、そう見えます。傷はとても薄くなりましたが、顎はまだ少し腫れています。もう一度ワンド治療をしたほうがいいでしょう」

ロークはうなずいた。「少なくとも彼女は顔にパンチを食らわなかったから、きみの言うとおり、いい日だ。きみはこのあと、イヴァンナとバレエ鑑賞に出かけるんじゃなかったかい？」

「そうです。一時間後に」

「楽しんできてくれ」

「そういたします。とてもいい鱸《スズキ》がありましたので、キャラメルハニー・クラストにしました。召し上がってください」

「だったら、いただくことにしよう」

二階に行くと、イヴはコマンドセンターではなく、ボードの前にいた。リンクで会話しながらボードを更新している。

遺留物採取班だろう、とロークは思い、部屋を横切ってワインを選んだ。鱸のことを考え、ヴェルメンティーノをあけた。

「わたしはコーヒーにしておく」イヴは言った。「まだワインには早い」

「僕もだ。これは僕のオフィスに持っていくよ。そして妻に取りかかる。食事は一時間後でどうだろう?」

「いいわよ、それで」

ロークはイヴのそばまで行き、顎の浅いくぼみを指先でそっと叩いた。たしかに、もう一度ワンド治療が必要だ、と思ったが口に出しては言わなかった。「息子は十年近くまえに死んでいる。きみはきっと一時間後までに見つけるものを見つけるよ」

「もし、ノイの娘か妻から折り返しの連絡が来たら――」

「そのときは調整しよう。とりあえず一時間後に」

コマンドセンターで、イヴはコーヒーをプログラムした。

ブライス・ノイ。生きていれば二十八歳。エルヴァ・アルネズと同い年。偶然か？

バカバカしい。

そこには何かある。

ブライスは優等生だった。イヴは入念な調べを開始しながら判断した。プライベートスクールに入学してから卒業するまでオールAを取りつづけた。そのプライベートスクールの学費は、父親が汚職やゆすりで得た金で支払った。

息子はそのことを知っていたのだろうか？　たぶん。もしかしたら。しかし娘は知らなかったと言っている――そして、彼女の言葉は信じられると感じた。

彼は妹のようなアスリート・タイプではないが、いろいろな活動をしていた。優等生協会、ディベート・クラブ、生徒会、学級委員長。

イヴはスクール時代の写真をめくっていった。

ハンサムな子だ。どの少年も歯を剥き出して笑っているように思える思春期のころでさえ、顔立ちは整っていた。

学校の記録《ファイル》に処罰はひとつもなかった。ハイスクールの卒業式では卒業生総代を務めた。キャップとガウンを身につけた彼はハリウッドスターのようだった。

前途有望な、いかにもアメリカ的な青年。

短い職歴。大半はボランティア活動か、夏休みだけの仕事。ホームレスのシェルターとか、炊き出しとか。

卒業後の夏は有給インターンとして、父親の管区で民間人との連絡係を務めた。

犯罪歴なし――それは意外ではない。もし必要なら、父親が揉み消してくれるだろうから。違法ドラッグやアルコール乱用の問題または治療を指し示すものは何もない。

完璧な息子？

それはいったん脇に置き、同時期のエルヴァ・アルネズについて調べることにした。

公立校。ごくまともな生徒。運動はやらず、クラブにもはいっていない。無断欠席が二回。資格の条件を満たすとすぐ〝学業と就職プログラム〟に申し込み、なおかつまともな成績を維持した。

いくつかの課目では成績を向上させてさえいる。

それ以降、無断欠席はない――プログラムの資格を失ってしまうから。

そして、彼女がどうやって、あるいはどこで、ブライス・ノイと――あるいは、ブライスの妹、母親、父親と――出会うのかを示す手がかりは何もない。

今のところは。

彼女はクラスの真ん中の成績でハイスクールを卒業し、ニューヨーク大学《NYU》のビジネスカレッジに入学した。オンライン・オプション。だからブライス・ノイが在籍しているときにNYUでの講義が何度かあったはずだが、それ以外に共通するものはない。

それにキャンパスの広さという問題が残る。彼らは学問分野がちがうので住む世界もちがう。アルネズのキャンパスはグールド・プラザ、ブライスはワシントン・スクエア・サウスなのだ。

彼は活動的だから、大学でもさまざまな活動をする。友愛会、ディベート・クラブ、NYUの優等生協会、学生指導プログラム——そのうえ一年生のときに、彼はクラスの成績上位五パーセントを達成した。

やっぱりね、とイヴは思った。データによれば、彼は明るい未来を約束された青年だ。アルネズは何にも参加していない。主にオンライン授業に専念するかたわら、フルタイムに近い仕事をしていた。そして、ビジネスのクラスでずば抜けた成績を残した。

二人とも自宅に住んでいた。彼女には寮暮らしをする余裕はなかった。彼にはあったけれど、でも、なぜその必要が？　すてきな家があって、仲のよい家族——妹の話によれば——がいるのに。講義に出席するにも大学活動に参加するにも便利だし、毎晩手作りのおいしいディナーが食べられる。

イヴには今、彼らのかつての暮らしが見えた。

彼は、表面上は幸せに暮らしているように見える、輝かしい家庭の輝かしい息子。頭脳明晰《めいせき》で、社交的で、父親の歩んだ道をたどろうと頑張っている。警察学校《アカデミー》にはすでに彼の席は用意されていた。そして間違いなく、父親の部署にも席は用意されていただろう。かたや彼女は、もっとよい暮らしを求めた母親に女手ひとつで育てられた、働き者で、野心家の娘。クラブには参加せず、社交的ではない——彼女がもっとよい暮らしを求めていたときは社交的ではなかった。

イヴは彼女の学生時代の写真も見ていった。

美人だ、そして十代になったときに、その美しさを最大限利用することを学んだ顔だった。

とっさに思いついて、イヴは二人がハイスクールの最上級生だったときの写真を分割スクリーンに表示させた。

「素晴らしく魅力的な若いカップルだね」ロークがはいってきて感想を述べた。

「ええ。あの二人をつなぐものがほとんど見つからなかったのが残念。二人は歩いて十五分くらいの距離に住んでたのよ。もっとも、社会階層も経済階層もちがうけど。学校もちがう、興味もちがう。NYUは二人の共通点だけど、そこに共通するものはないの。彼女はほとんどオンラインだし、実際に講義に出たとしても、二人のキャンパスは離れたところにあるのよ」

「コンサート」ロークが案を出した。「スポーツイベント、クラブ」

「ええ、その可能性はある。問題は、彼女が働いてて、職場は小売店で、それが小売店だと、ハイスクール生や大学生は――」

「週末に休みを取る、夜も取ることが多い」ロークは締めくくった。

「そういうこと。彼はまじめな学生で、人脈やコネを作ろうとしてた。彼女は自分を高めようとしてた――少なくともキャリアの面では。すてきな服を着て、すてきな服で自分をよく見せようとして、すてきな服を手に入れるために働く。彼は一直線に進み、彼女は横方向に転職する。二人には目的がある。彼は父親のような警官を目指す――父親のような警官か」イヴは意味を限定した。「または彼が父親に抱いていたイメージどおりの警官。そのイメージは偽者だけど。

彼女は自分が選んだ領域で出世していく。マネージャーになりたい、高級店を切りまわしたい。もしかしたら自分の店を持ちたいかもしれないけど、わたしはそう思わない」

「思わないの？」

「店を持ったら、苦しい立場になるから。何かまずいことが起こったら、窮地に追い込まれる。店を切りまわすのは？　責任はあるけど、窮地に追い込まれるほどじゃない。上手に仕事して――彼女はきっとそういうのがうまいはずよ――ある程度の権力を握って、給料をもらって家に帰る。ロバーズを見て、彼もそこは同じ。懸命に働いて、賃金を受け取る」

「たいがいの者がそうしている」

「ええ、たいがいの者がそうしてる。妻のほうは何かあった？」

「彼女は立派な女性だと思う。大きなショックを二度も受けてそれを乗り越えたあと、彼女は自分にできることをすべてやって、娘を育て、生活を築いた。そろそろワインを飲もうか。食事をしながらその理由を話してあげよう」

「ピーボディかマクナブが何か見つけたかも」

「もしそうなら、真っ先にきみに知らせるだろ？」

ロークはイヴの脇にワインを置き、キッチンへ歩いていった。

イヴは椅子を回転させ、猫をにらみつけた。猫は寝椅子に四肢を伸ばしたまま、にらみ返してきた。

「テイラー・ノイはなんでボイスメールを確認してないの？」

「ヴェガスで義理の姉の結婚を祝っているからかもしれないよ」

「わたしは猫に聞いてたの」イヴはぶつぶつ言った。

「賢い猫だから、間違いなく同じことを答えただろうね」

イヴはワイングラスを取り上げ、ボードをひとまわりしてから、開け放したテラスドアの前で立ち止まった。

外の空気は気持ちよかった。風が強いけれど、気持ちいい。

「つながりが見えない。強いつながりは見えない――強いはずなのよ――アルネズとノイの娘のつながりも見えない。あの年齢差は大きい、あなたが子どもだったら、十代だったら。それに娘の関心はスポーツに集中してる。二人には共通点がない」

イヴが振り向くと、テーブルには二枚の皿、バスケットに盛ったパン、ワインが置いてあった。

「鱸だよ」とロークは教えた。「鱸のハニー・クラストをグリルしたパイナップル、ハバネロ、アボカドのサラダの上にのせた。夏にぴったりの料理だね——サマーセットのお勧めだ」

「オーケイ」

それはなんだか……カラフルに見える。ほうれん草ははいっていないから、文句は言えないわよね？

「それじゃ、妻の話だ」イヴの向かいに座って、ロークは話しはじめた。「エラ・ノイ、アッパーミドルクラスの安定した家庭で育った生粋のニューヨーカー。出生地はブルックリン。両親はまだ結婚している——互いと。どちらにとっても最初で最後の結婚だ。きょうだいは兄がひとり、ゴルフプロ、サウスカロライナ在住。両親はそこで冬を過ごす」

ロークはワイングラスを取り上げた。「彼女の子ども時代からハイスクール時代までの話を知りたいかい？」

「関連がないなら知らなくていい」

「なぜそうなるのかよくわからないが、彼女には〝まっとう〟という言葉を使いたくなる。彼女は社会学を専攻し、社会福祉の仕事に進み、マンハッタンに引っ越した。ロウアー・ウェスト。二十代半ばのとき、彼女は司法試験を受けようとしていたロースクールの学生と婚約した。試験を受けるまえに彼は殺された。彼女の両親とのディナーにワインを持参しようとして寄った酒屋で、強盗にめった刺しにされて死んだ」

「ノイが駆けつけたのね」

「ノイ捜査官が捜査主任だった」ロークは肯定した。「ノイは彼女のフィアンセを殺した男を逮捕した。そいつはまだ刑務所にいる――そいつは人の体にいくつも穴をあけたとき、十八歳だった。店員にも二回切りつけたが、彼は助かった。

その三年後に、彼女はノイと結婚した。彼女は息子を出産したとき親専業者になり、ノイが死ぬまでそれを続けた」

イヴは魚をひと口食べた。こんなものおいしいわけがないと思ったが、それはやたらにおいしかった。

「彼女はキャリアを捨てたのね」

「別のキャリアを選んだんだ」ロークは言った。「母としての役目とボランティア活動に傾注した。ホームレスのシェルター、子どもの権利擁護《チャイルドアドボカシー》、自分の子どもたちが通う学校のための資金調達。彼女は子どもたちが就学年齢に達するとボランティア活動を増やした。

どこから見ても、イヴ、すべてのデータが、彼女は非の打ちどころのない生活を、建設的な生活を送っていたこと、そしてそれを社会に還元しようとしていたことを示している」

「わかった。パイナップルをグリルして、魚に蜂蜜をかけようと思いついたのは誰？」

「それは答えられないな。美味だろう？」

「すごくおいしすぎる」

「指し示すものはひとつもない」ロークは続けた。「彼女かノイのどちらかが、結婚の誓いを逸脱するような行動に出たことを示すものは。しかしながら、彼は嘘つきで人を騙す男だったから、自分の行動の形跡をうまく隠したのかもしれない。彼女がノイの汚職に関わっていたことを示すものもまったくない。実のところ、彼が自殺したあと彼女は徹底的に調べられたんだが、何も見つからなかった。彼は口座を別にしていた、受け取った金を洗浄するための口座だ。それでも、彼女は家を失い、数カ月後に息子を失った」

「彼女が大きなショックを受けたことはわかってる。わたしはつながりを探してるの」

「まだ見つかっていない。もちろん、グリーンリーフとのつながりは明白だが、ところが、グリーンリーフは彼女を擁護したんだ。再起をはかろうとした女性を。彼女は仕事に戻った——二十年も現場から離れていた仕事に」

「簡単ではなかったでしょうね」イヴは認めた。

「そうだったろうね。両親は彼女が自立できるまで金銭的な援助をしてくれた。彼女は生涯に愛した者を暴力によって三人亡くした――そのうち二人は自殺だ。

彼女は自殺防止ホットラインでボランティアをしている」ロークは付け加えた。「どうやらそこの資金集めパーティで現在の夫と出会ったらしい――彼女は調達者、彼は篤志家として。彼女はようやくボランティア活動に専念できるようになり、今もその活動を続けている」

「オーケイ、彼女を愛した男性、ノイ、息子。娘は父親の自殺をミラーに映したような方法でグリーンリーフを殺し、ベン・グリーンリーフも殺すことを企てると思う？」

「となると、動機は愛かい？」

「愛、執着、忠誠、義務」イヴはワインを持つ手で強調した。「わたしたちは愛から始める。ノイには愛人がいたのかもしれない、その関係は長く続いたのかもしれない。あるいは、妻に思いを寄せてた者がいたのかもしれない。けれど彼女はどこかの誰かと結婚する――それが引き金になることもある。僕がどれほどきみを愛してるか証明しよう。僕はきみのために彼を殺す」

イヴはグラスを置き、魚を味わった。

「あるいは息子に恋したか執着した者。ブライス・ノイ、あらゆる点で完璧な男性」

「そうだったの？」

「抜群の成績、卒業生総代、学級委員長。さらにホームレス・シェルターでのボランティア活動、見た目もすごくいい。明日、彼の昔の教師やクラスメイトに当たってみようと思う。彼が父親を崇拝したように、彼を崇拝してた者がいるかもしれない。

妹にはその点を追及しなかった、最初に話を聞いたときは。今は事情がちがう。彼女がいったいいつあの憎らしいリンクに応えるかよ」

イヴはテーブルに手をついて立ち上がった。「もう一度試してみる」

「やってみてごらん。そのあとで、猫が恥ずべき行為をするまえに後片づけしないか？それから散歩しよう」

「散歩？」

「外はちょっと涼しくなったよ。少し歩いてから、再度集中しよう」

「まだボイスメールのままだ。ミズ・ノイ、ダラス警部補よ。このメッセージを受け取ったらすぐに連絡して。聞き忘れた大事なことがあるの」

「後片づけ」イヴがリンクをポケットに押し込むのを見て、ロークは言った。「そして、夏の夜の散歩」

「それから再度集中。オーケイ。いいわよ」

歩くのは悪くない――前に進んでいる気がする。ゆっくりとではあるけれど、一定の方向へ進んでいる。

「きみはまさか池まで歩くのに武器は持っていかないよね」後片づけがすむと、ロークは指摘した。

「そうね」

ジャケットはすでに脱いでいた――彼も脱いでいた――から、武器用ハーネスをはずせばいいだけだ。

「さあ、行こう」ロークは手を差し伸べた。「頭がすっきりするよ、多少はね。それからどんな状況になっているか確認する。リンクは持っているよね、テイラー・ノイが折り返してくるのに備えて」

「結婚式はもう終わってるはずなのよ」下へ降りていきながら、イヴは言った。「楽隊を雇ったにしても、もう終わってる」

「楽隊だって？」

「それか、オペラ歌手か、とんぼ返りする人たち」

「曲芸師？」

「それ」

「ドラムやトランペットの音に続いて、とんぼ返りが始まり、太った女性が歌いだし、みんなでお祝いする光景が目に浮かぶよ。ディナー、乾杯、そしてヴェガスだからギャンブル、ショーもあるかもしれない。きみは直接会って話をしたいんだろうね？」

「わたしは彼女たちと話をしたい、でもそう、直接会えるのがいちばんいい」

「そしてそれは、少なくとも明日まで実現しそうにない。きみが望むなら、簡単にきみをヴェガスへ運んであげられるよ」

「バカなこと言って」

イヴは野外へ足を踏み出し、夜気を吸い込んだ。

「でも、それもありかも。そしたらピーボディは〝ひゃっほー、ヴェガス！〟とか騒ぎだす。それからわたしをうまく撒《ま》く方法を見つけ出して、ギャラハッドがごちそうを前にしたときのようにぺろりとたいらげるマヌケなマシンから、自分が苦労して稼いだお金を引き出されるのよ。そのあとで、店をまわって欲しいものを半ダースくらい見つける。それはどういうわけか、彼女の工作室かホームオフィスにちょうどぴったりなものばかりなの」

ロークはイヴの肩に腕をまわした。「きみはぐずっているときも美しいね」

「ぐずるのは子どもよ。わたしはむしゃくしゃしてるの」と言いながらも、イヴは彼の肩に頭を預けた。「ぬかるみなのよ」

「ぬかるみ？」

「わたしのタイヤはそのぬかるみにはまったまま。その原因はわかってる、いやというほどわかってる。原因の大半はわたしがアルネズとロバーズにこだわってることにある。そしてつながりは見つからない。これをやった者はノイに投資していた。彼か彼の家族に個人の持てる力を注ぎ込んだ。もしかしたら彼とともに死んだ警官のひとりかもしれないけど、それだとノイの死や息子の死を模倣した意味がわからない。可能性は否定できないけど、これまでのところ、そこにもつながりは見つかってない」

ロークはイヴを導いて、夏の香りがする庭園を通り抜けた。

「よし、わかった。きみはなぜアルネズとロバーズにこだわるんだい？　具体的にどんなところに」

「具体的に？　鍵のかかってない窓。彼女はその場にいた、機会はあった。彼らは同じビルに住んでるだけじゃなく、親しい関係も築いてた。だからグリーンリーフ家のルーティン、習慣、基本的なスケジュールを知ってた。わたしはあの窓に執着して、そこから抜け出せないの」

「ぬかるみに深くはまってるんだね」ロークはイヴの胸中を察してやった。

「でも」とイヴは言った。「何日もまえに、何週間もまえに、鍵をあけておいたのかもしれない。当日の夜、外からあけたのかもしれない。前もってあけておく場合の最後のリスクは、家族の誰かに気づかれるか鍵をかけ直されることと言ってもいい。それなら死亡時刻の一時間くらいまえに鍵をあけておいたほうが、リスクはかなり減る」

「それに？　僕には聞こえる。きみはそう言っていないが、僕のお巡りさんのことはよく知っているから聞こえるよ」

「それに」イヴはフーッと息を吐き出した。「それがどんなふうに聞こえるかはわかるけど、あの目つきがあった。殺人が起こった夜、アルネズとベス・グリーンリーフがアパートメントに帰ってきたとき。ウェブスターが玄関のドアをあけたとき、アルネズはあの目つきをした」

「どんな目つきかな?」

「興奮した表情。ドアがあいたほんの一瞬だけど。ほんの……」イヴは指をパチンと鳴らした。「でも、それはそこにあった。彼女の目に浮かんでた。わたしは見たの。それから困惑が来て、計算が来た。ジャ、ジャ、ジャーン」イヴはまた指を鳴らした。「わたしはそれを見て、思った。彼女はこれに関与してると」

「僕には見えなかったが、僕はミズ・グリーンリーフのほうを見ていたからね。きみはなぜそっちを見なかったんだい?」

「妻は関与してるはずがない。ウェブスター、彼はバカじゃないし、世間知らずでもない。彼は妻について、彼らの結婚生活について、家族について全部話してくれた。彼女は関与してるはずがない。でも、彼女は誰かを連れていた。この人はいったい誰? なぜ興奮してるの?」

「きみにそう見えたなら、そのとおりだったんだ」

「興奮、困惑、計算。その三つは息を吸って吐き出すあいだに、現れて消えた。そして」

二人は白い睡蓮《すいれん》が浮かび、枝垂《しだ》れた若木や、美しい花々に縁取られた池までたどりついた。けれど、イヴはベンチには座らなかった。歩きつづけた。

「そして、そして、そして。翌朝、彼らと話したとき、答え方が当意即妙すぎた。彼はゆうべ彼女がどれほど怯《おび》え、動揺してたかを語った。彼は少しそわそわしてたけど、それをうまく隠してた」

ロークは自分のお巡りさんのことをよく知っているから、話しやすくしてやろうとした。

「知人を殺した者は誰でもたいていそわそわする。警官が訪ねてくれば、もっとそわそわするだろうな」

「そう、もっと。彼女が現れる、目は少し潤んでるけど、赤くなってないし、腫れてもいなかった。わたしの目には、感情が激しく揺れ動いてるようには見えなかった――でも彼女はそういうふうに演じてた。彼は彼女を守ろうとしてたし、彼女のことを案じてた。彼にとっては、彼女がすべてなの。

彼にとっては、彼女がすべてなの」イヴは繰り返した。「家族の写真はない。一枚もなかった。誰でも何かしら写真を飾っておくのに――家族写真、友人と一緒の写真。たしかに父親はいなかった。母親とも仲はそれほどよくない。でも、ロバーズのほうは家族と仲がいい。彼には妹たちがいる。彼女たちの学費を援助してやったし、妹の結婚式の費用も助けてやった。母親にも金銭的援助をしてる。彼は働きだしてからずっと同じ職場に勤めてる。彼には持って生まれた忠誠心がある。それなのに写真はなかった。彼には必要ないから」

「それはどうしてだい？」

「彼には彼女しか必要じゃないから。カップルとしてでさえない。彼女がすべてなの。俺はもうきみの家族だ。いちばんの家族だ。そして彼は人についていくタイプ。シングルマザーと妹二人の家庭に育った。女性を守るのは彼のライフワークなの。彼女は立案者、彼は擁護者。彼は彼女のためにグリーンリーフを殺した」

イヴはポケットのなかで拳を固めた。「わたしにははっきりわかってるのよ。ロバーズは彼女が鍵をあけておいた窓から侵入した。グリーンリーフを殺し、武器を床に落とし、彼女に指示されたとおりに遺言を残した。そしてその窓から脱出し、おそらく彼女にメッセージを送った――当たりさわりのない言葉で、無事に終わったことを告げる。そして彼女は自分が殺させた男の妻、自分が今その人生を粉々にした女性と一緒に座って、ワインを飲んで、笑い合った。彼女はそれがやれるのよ、ローク。わたしには見える」

「すごいぬかるみだなあ」

「それはうまくいったかもしれない、いくつかの想定外さえなければ。ウェブスターは最大の想定外。警官たちがすでに現場にいたら、アルネズは寝室まで行って窓の鍵をかけることができない。ウェブスターがいなかったら、彼女は妻と一緒にはいってきて、妻をキッチンのほうへ誘導したかもしれない。妻は〝ただいま〟と夫に呼びかけるかもしれないけど、彼は書斎にいるから返事がなくても心配はいらない。コーヒーでもどう？　少し飲みたいわ、そのまえにちょっとトイレに行ってくるわね。アルネズはそんなことを言って、寝室に駆け込み、もし賢ければ布を使って窓に鍵をかけ、それでおしまい」

「きみは〝いくつかの想定外〟と言ったね」

「遺留物採取班、モリス、わたし。武器についていたグリーンリーフの指紋は自殺と合致しない。スタナーの傷痕も合致しない。そして、あなた。遺書は合致しない。遺書には愛も家族もなかった。彼女の生活のように」

「きみが彼らにこだわるのも不思議ではないな」

「彼らがやったから。殺人と殺人未遂。それはわかってる」

「きみが正しいに決まっている」イヴがいぶかしそうな顔をすると、ロークは彼女の両手を取った。

「きみの直感が絶対正しいとは言わないが、それにかなり近い。きみには恐るべき観察力がある。きみは見るべきものを見て、感じるべきことを感じる。それでも、きみはあらゆる角度から追及し、できるだけ万全を期す。今きみは、すでに結論を出していたことに結論を出した。だからきみが正しいに決まっている」

その言葉だけで、両肩に堆積した緊張が解消された。

「彼らがこれをやったことはわかってる。でも、その理由がわからない。理由が見つからないのよ。どこに個人的なつながりが埋まってるの？　つながりは深いところにあるはずだから」

「きみは見つけるよ。僕たちは見つける。きみはとても上手に納得させてくれた」

「わたしは深いところまで掘り進んだのよ。なんて呼ぶのか知らないけど、底に当たるところ」

「岩盤？」

「まあ、それでいいわ。ノイの家族と話をしたい。マイラにもう一度相談したほうがいいかも」

「相談しても損はない。明日だ」ロークはイヴの心を読みきって言った。「彼らはまた、誰かを殺そうとすると思うかい？」

「彼らがやると思う理由がない。もうやらないと思う理由なら充分ある。これは特定の仕返し、ミラーなの。それに、ベン・グリーンリーフのほうは失敗した。彼らはまだ知らないかもしれないけど、誰かが教えるでしょう。やるとすれば、彼をもう一度狙うことね。すぐにじゃないけど」イヴは条件をつけた。「そのうち」

「彼らは逃げるかな？」

「なんで？　彼らとしては、バレてないと思ってるのよ。彼女は守られてる、グリーンリーフの件についてのアリバイは、スキンスーツくらいきっちりしてる。ロバーズにはつながりがない、アルネズにはある。これはすべて彼女のことなの。そしてそのつながりがどんなに深いところにあろうと、彼女以外の者にとっては薄いものであろうと。その両方かも」イヴは心のなかでつぶやいた。かろうじてあることがわかるくらい薄いもの――彼女以外の者にとってはね。

「彼女を取調室に入れたい」

「ほら、いつものきみが戻ってきた。散歩が効いたね。きみは岩盤に穴をあける方法を考えている」

「かもね。散歩が効いた――最初から最後まで全部話すのも悪くなかった。あなたは証拠をたどらないと。ただの……」また指をパチンと鳴らした。「目に浮かんでたものじゃなくて。でも、すべてをうまくまとめるには、わたしはドリルを手に入れないと」

イヴはロークにほほえみかけた。「明日。もう暗くなってる」

「夜になるとそうなるんだよ」

「はい、はい。明かりがきれいね。木々や花々を引き立ててる――わが家も。何もかも。夏が長く続けばいいのに」

「ここにいるあいだに、その機会を活用しよう」ロークはイヴを抱き寄せた。

イヴはそれにキスで応え、体の力を抜いて、ぬくもりと静けさに身を任せた。すると、彼の巧みな手がイヴのベルトのフックをはずした。

「やめてよ！」笑いながら、イヴはロークを軽く押した。「ここで？」

「ここがいい」ロークはイヴの体をかすめるように両手をあげた。「すてきな夏の夜だし、月明かりも少し出ている。薔薇《ばら》と睡蓮の香り、そしてきみがいる。僕のお巡りさんのことは今だけ忘れようよ、マイ・ダーリン・イヴ」

「あなたのダーリン・イヴは、いつもはあなたと裸で芝生に寝転んだりしないのよ」

「それはそうだ。とはいえ、これが初めてじゃないだろう？」

イヴは邸《やしき》までの距離を考え、サマーセットが双眼鏡を持ってでもいないかぎり、人目にはつかないと判断した。

イヴは彼のベルトに手を伸ばした。「あなただってスーツのズボンに草の染みをつけたくないでしょ」

「危険を冒そう」

ロークはイヴを地面に押し倒した。

芝生はやわらかく、弾力があって、クッションの役割を果たした。彼にシャツを脱がされると、芝生に素肌が触れる感じはどこかエロティックだった。

そして、今日も長くつらかった一日は、彼の下で、彼の体の下で、彼の手で、彼の口で、溶けて消えた。だからイヴは彼を包み込み、彼にも同じ贈り物をしたいと思った。

夏の夜、暗闇にちりばめられた光、花と緑の香り。そして彼。

ロークは痣の残る胸にそっと唇を押しつけた。

「よくなってるのよ」イヴは言った。「傷があることを忘れちゃうくらい」

「僕は忘れなかった」次はワンド治療だ、とロークは思った。だが今は、優しく、優しく、彼女のあらゆる部分が自分にとっては大切なのだ。それを彼女に教えてやろう。

顎の輪郭に沿ってそっとキスをしていきながら、刺激するのではなくリラックスさせるために両手で彼女をゆるやかに撫でていく。ゆっくりと、深く、唇と唇、舌と舌を合わせ、それから絡ませた舌を引き抜いていく。すると、二人のあいだで喜びのささやきが交わされた。

甘やかで、優しい。彼のなかの強い戦士が優しさを求めたこともある。今のように。吐息をついて、イヴは彼のシャツを脱がせ、彼の背中の筋肉に、肩の筋肉に両手を這わせた。ライトの美しいきらめきのもとで、二人は目を合わせた。イヴはそばにいる、とロークは思った。彼の求めたとおりに。

彼女の鼓動が、彼の鼓動と重なった。彼女の息が彼の息と混ざり合っていく。彼女の目は、彼が感じていることをそっくりそのまま映し出していた。愛は静かに、激しく燃えていた。

ロークの唇は彼女の額と頬に触れ、両手は彼女の服を脱がせながらゆっくりと確実に動いていた。

わたしの世話を焼いている、とイヴは思った。彼に出会うまで自分の世話を焼いてくれる者はひとりもいなかった。感情がこみあげてくる、自分もこんなふうに人を愛せるのだと知ったこと、こんなふうに人から愛されるのだと知ったことが。

イヴは彼をなかに導いた。彼とひとつになることを、次の息を求めるのと同じくらい求めたから。もっと。彼に頂上へ連れていかれながら、イヴは信頼感、一体感、ひとときのすばやい喜びを覚えた。そして優しく癒やされるような解放感。

「もう一度」ロークはつぶやいた。「もう一度、月明かりの下で」

もう一度、二人はひとときの喜び、癒やし、優しい一体感を味わった。

イヴは月明かりの下――そして彼の下で――花々と晩夏の熱気でむせ返る池のほとりの芝生に、裸で横たわっていた。

イヴは驚いていた。いつも新たな驚きがあるのはわかっていたけれど。

「あなたが武器は置いていったらと言ったとき、まさか地面に横たわることになるとは思わなかった」

「僕は期待していたかもしれない」

「そのせいでわたしたちは汗だらけで、間違いなくわたしの尻には草の染みがついてる」

イヴは彼の肩に唇を押しつけた。「それだけのことはあったけど」

「それ以上のことがあった。さあ、泳ごう」

「池では泳がない」

「僕たちの家にプールがあるのは便利じゃないか？　そこで泳いで、それから例の岩盤にどこまで穴をあけられるか、一、二時間やってみよう」

「それならいいわ」プールを二往復くらいすれば眠気も覚めるだろうし、それから穴をあければいい。

　ロークが寝返りを打つと、自分のシャツが見つかったのでそれを着た。

「何をしてるんだい？」

「服を着てるの」

「泳ぐときに、また脱がなきゃいけなくなるよ」ロークはシャツをひったくり、散らばった衣服を集めはじめた。

「わたしは裸のまま家まで歩いていって、プールまで降りたりしないわよ」

「いったいなぜ？　僕たち二人きりなのに」

「サマーセット」

「彼はイヴァンナと一緒にバレエ鑑賞に出かけた」

「家にいないの？」

「いないよ。彼とイヴァンナは《火の鳥》を楽しんでいるところだ。それが終わったら遅い夕食をとるだろう」

「この家はサマーセット・フリーなの？　なんでそう言ってくれないのよ」笑いだしたいほどの嬉しさに、イヴは両手をついて起き上がり、家へ向かって裸のまま駆けだした。

21

プールで泳いだあと、ロークはイヴがTシャツを着るまえに、なんとかワンド治療を施してやった。そしてイヴのコマンドセンターの予備機を使い、一緒に真夜中まで穴あけ作業をしてから、イヴを説得して仕事を終わりにさせた。

イヴは午前四時過ぎにリンクの鳴る音に起こされた。

「照明、十パーセント」ロークが命じた。彼は着替えをほぼすませた姿でベッドのかたわらに立っていた。「きみはゆうべのひどい嵐にも起こされなかったのに、あの音で目を覚ましたね」

雷鳴に続いて稲妻が光り、表示画面にはようやく現れたテイラー・ノイが映っていた。

「映像ブロック。ダラス」

「ヘイ！」テイラーは映像をブロックしていなかった。片方の耳には名も知らない大きな白い花のようなものを挿し、片方の肩からはピンクの細いストラップをずり落とし、そして明らかに酔っぱらっていた。

「ミズ・ノイ――」

「たった今リンクの電源を入れたところなの。ずっと切っていたのよ、姉の結婚式だったから。なんとヴェガスでよ、ベイビー！　シャンパンをたくさん飲んだ」

「そうね。ミズ・ノイ――」

「だからすごく酔ってて、クラップス（二個のサイコロを使うカジノ賭博）をやって千六百ドル勝ったの。やり方は知らないけど、それで千六百ドル勝ったのよ」

「おめでとう」

「わたしはあの男性にキスした――七十歳にはなってると思う――口に。舌も入れたかもしれないけど、はっきり覚えてない。彼はわたしの幸運のお守り《グッドラック・チャーム》だったの。ところで、どうしたの？　お変わりない？」

「重要な件があって、できるだけ早くあなたとあなたのお母さんとお話ししたいの」

「うちのママと？」テイラーはベッドに寝転がった。ベッドのヘッドボードが見える。EDDに負けないほど派手で、ゴールドと赤の花飾りがあしらわれていた。「ママもシャンパンをたくさん飲んだ。みんなたくさん飲んだ！　すごく楽しかった！　サーシャが結婚したの」

「そちらへ行ってもいいけど。まだラスヴェガスにいます？」

「あぅ……いたいけど。できない。明日帰らないと。サーシャとミリは残るけど。ハネムーンだから。ヴェガスでよ、ベイビー！」

「明日ニューヨークには何時に戻ってくる？」

「うーん……そうね。二時だっけ？　そう、そう、二時よ。どうして？」

「とても重要な件で、あなたとあなたのお母さんとお話ししたいの」イヴは地球のバカバカしい自転のことを思いだした。「ニューヨーク時間で二時ということ？」

「そう。二時。ウェスト・アイスリップのシャトルステーション。そこに義父の車が置いてあって、ママたちを降ろしてから、わたしを家まで送ってくれる。彼はそんなふうにとても優しいのよ。カルはほんとにすてきな人なの。彼はサーシャとミリにハネムーン・スイートを取ってあげた。そこには小さなハート形のプールもあって――」

「ミズ・ノイ……まだ酔いが残ってるようだけど、これからわたしが言うことを理解して覚えていられる？」

「もちろん。わたしは酔ってるけど、へべれけじゃない。ちょっとへべれけかもしれない」テイラーは正直に言った。「百パーセント酔ってて、たとえば十か、十五パーセントぐらいはへべれけかも、みたいな」

「これを書き留めてほしい。書き留められる？」

「そういうアプリがあったはず」身じろぎすると、二本目のまばゆいピンクのストラップがずり落ちた。「ほら、あった！」

「シャトルが着陸したら――これを書き留めて――シャトルが着陸したら、わたしに連絡すること」

「シャトルが着陸したら――あの十五パーセントのせいで警部補のスペルが思いだせない。いいわ、ダラスに連絡すること。オーケイ、できた」

「そして車でママの家まで行って、そこにいること」

「ママの家にいること」テイラーは顔をしかめた。「そこにいること……どうして？」

「あなたとあなたのお母さんと話をしたいから。わたしがそこまで行く。そのほうが早いわ。そうしてくれる？」

「もちろん、いいわよ。あなたに連絡して、ママの家に行く。了解！　なんだか吐きそうな気がする。じゃあ明日ね！」

イヴはそのまま何も映っていないリンクの画面を見つめた。

「午前中ならいつでも彼女に連絡できる――向こうが三時間早いことを忘れないように」ロークがあらためて教えた。「二日酔いの彼女に情けをかけてやり、文明人らしく振る舞おう。こちらの時間で十二時まで待つんだ」

また雷鳴が轟き、イヴは両手で顔を覆った。「どうやったらそんなにちゃんとしていられるの？　四時間しか寝てないのに。それより少ない？」

「清く正しい生活をしているから」

「いつから?」

ロークはベッドをまわってきて、イヴにキスした。「寝直すといいよ。あと二時間は余裕で眠れる」

彼はもう一回キスをして、イヴとその隣にいる猫を置いて去っていった。

「寝直す、ね」イヴはつぶやき、雷が鳴るなか、横になってテイラーとの会話を思い返した。「あれこれあったあとで、しかもこんなに騒がしいなかで、どうやったらまた眠れるの?」

眠れたらしい。気づいたら六時十五分になっていたから。ロークはスクリーンの株式市況と手元のタブレットを見ながら、コーヒーを飲んでいた。

「すっきりした?」ロークは聞いた。

「コーヒーを飲んだらすっきりすると思う」

イヴはコーヒーを飲んでからシャワーを浴び、まっすぐクローゼットへ向かった。

「まだ八月だが」とロークが声をかける。「嵐があったから気温が少し下がっている。おかげで、今日のほうが過ごしやすいだろう」

「すごーい」

二日間続けて黒ずくめは、さすがにまずいだろう。イヴはカーキのズボンをつかみ、タン色のジャケットを合わせた。ジャケットにはネイビーの縁取りがついていたのでインナー選びは困らずにすみ、ネイビーのタンクトップに決めた。

そしてロークが何を選んだのかは知らないが、彼が用意した朝食の席へ向かった。

「ナイス・チョイス」イヴが席についてコーヒーを注いでいると、彼は言った。

「ナイス・チョイス」ロークがドーム型の蓋を取ると、イヴは真似して言った。ベーコン、ふわふわのスクランブルエッグ、黄金色のハッシュドポテト。「午後までにもう少し掘り進めたいし、マイラにも相談したい」

「気合いがはいっているね、警部補」

「はいってる。わたしはぬかるみから抜け出した。犯人はアルネズとロバーズだとわかったから。あとは動機を見つけて、それを証明しなくては。そして彼らを取調室に入れる」

常に希望を捨てないギャラハッドにロークが警告の指を向けるかたわらで、イヴは食事をした。

「ロバーズは彼女を裏切らない。いざとなったら、ひとりでやったと言うに決まってる。でも、彼にはわたしたちを納得させられる自供はできない。犯人じゃないから」

「殺したのは彼だけどね」

「きっとあの輝く鎧《よろい》を身につけた騎士たちも、乙女を守るために敵の首を刎《は》ねたときに、自分たちを殺人犯だとは思ってなかったでしょう。犯行の手口がそういうことなら、わたしもそれに応じて対処できる。でも、動機が必要なの」

「だからきみは、ノイの元妻と娘がそれを与えてくれることを期待している」

「そこにあるから。もしかしたら、アルネズはノイのことが大好きだったのかも、年の離れた男が好みだったのかも」

「年の差はかなりあるだろう」

「そうよ、でも、そういうこともある。彼はパワフルだったから、そこが魅力的と思えなくもない。それより可能性が高いのは息子のほう。当時、彼には特定のガールフレンドはいなかったとテイラーは言ったけど、秘密にしてたのかもしれない。あるいは、彼は特定の相手だと思ってなかったけど、アルネズは彼のことをそう思ってた」

イヴは肩をすくめ、さらに食べた。「わたしはそれを突き止める」

「そのときは教えてくれると嬉しいな。僕も身を投じているからね」

「あなたは最初からずいぶん時間を使ってくれてる。だから、知らせるわね」

イヴは立ち上がり、武器用ハーネスを装着した。「早く仕事に取りかかりたい。掘り起こしたり、掘り進んだりして、ブライス・ノイの教師やクラスメイトは調べたから、セントラルへ行く途中で何人かに連絡してみる」

「アルネズとロバーズは自分たちが何を始めたのかも、どこまで落ちていくのかも気づいていないだろう。きみの幸運を祈るが、運は関係ないね」ロークは立ち上がってイヴにキスした。「連絡を待っている――さしあたっては、僕のお巡りさんをよろしく頼むよ」

「わたしは大学の教授とハイスクールのディベート・クラブの元メンバーと話したい。彼らがわたしを殴るとは思えないけど、もしそんなことになったら、ちゃんと防ぐから」

ロークはポケットのなかのボタンをいじりながら、イヴの後ろ姿を見送った。そして、傷も血もつけずに帰ってくることを祈った。

イヴは外に出て車に乗り込み、早く出かけることができたので、聴取候補の二人がどちらもまだ自宅にいるところを捕まえられるだろうと思った。

イレイン・グリーソン教授はアッパー・ウェスト・サイドに住んでいて、その薔薇色のレンガ造りのビルには窓がたっぷりあった。犬の散歩代行者が、尖《とが》った耳と四角い顎を持つ茶色の犬を連れてのんびり歩いていた。その犬はまるでこの街を支配しているかのように、誇らしげに歩いている。小型タンク車くらいの大きさのぶち犬がそちらへ駆け寄っていくと、ぶち犬の散歩代行者も少し早足になった。

イヴは二頭の醜い戦いを予想した。

〝タンク・ドッグ〟は足を止め、〝尖り耳〟にびちゃびちゃしたフレンチ・キスをした。〝尖り耳〟は当然のごとくそれを受け止めた。散歩代行者たちはそれぞれ、顔をほころばせ甘い声で犬たちに呼びかけている。

まったく犬の心は理解できない、と思いながら、イヴはビルのエントランスまで歩いていった。

　なかにはいると階段で三階まで行った。グリーソンのアパートメントでブザーに応じたのは五十代半ばの男性だった。青いシャツと擦り切れたジーンズ姿の彼は、ぼさぼさの白髪交じりの茶色い髪と、茶色の腫れぼったい目をしていた。

「おはようございます」舞台でスポットライトを浴び、詩を朗読している人を思い起こさせる声だ。「ご用件は？」

「NYPSDのダラス警部補です」イヴはバッジを差し出した。「グリーソン教授とお話ししたいのですが」

　彼はほほえみかけた。「どっちの？」

「イレイン・グリーソン教授」

「おお、私の相棒《パートナー・イン・クライム》だね。警察官に犯罪のジョークを言うのはまずかったかな。イレイン！」彼は詩を朗読するのにふさわしい声を張り上げた。「警官が来てるよ。おはいりください、警部補。何か問題でも？」

「いいえ、そうではありません。グリーソン教授が数年前に教えた学生について、お聞きしたいことがあるんです」

「どうぞ座って。彼女はヘッドホンをつけてるんだろう。呼んでくるよ」

　彼が通り抜けていった戸口の両側の壁は書棚になっていた。その書棚には本がぎっしり並んでいる――本物の本が数えきれないほどあった。

ロークならきっと気に入るだろう。

家具は椅子やソファも含めて、とても古びている。アンティークという意味ではなく、このスペースに長年置かれ、よく使われたという意味で。

ここで会話が交わされているのだ、と家具の配置を眺めながらイヴは思った。ここなら会話がはずむだろう。

そして、本やカジュアルで心地よい家具に囲まれて、額入りの写真が飾られていた。あちこちにある。

イレイン・グリーソンが夫と一緒にやってきた。ゆったりしたコットンパンツに、だぶだぶのTシャツという恰好で、豊かな茶色の髪を後ろで結び、ほつれたポニーテールにしている。

「ごめんなさいね、わたしは――あら、もうヘンリーったら。なんでイヴ・ダラスだと教えてくれなかったのよ」彼女は素足で近づいてきて、手を差し出した。「お会いできて感激だわ。ヘンリー、ダラス警部補よ、『ジ・アイコーヴ・アジェンダ』の」

ヘンリーは一瞬ポカンとしてから、まばたきした。「ああ、そうだよ、もちろん。さっきは顔と名前が一致しなかったんだ」

「わたしはニューヨーク大学《NYU》で刑事司法を教えてるでしょ、だから当然、あなたが担当した事件もいくつか追いかけたことがある。それに学生たちのブック・クラブ――〈罪と罰〉の顧問もしてる。わたしたちは去年、ナディーン・ファーストの最初の本を読んだ。彼女の新作は秋学期の最初の課題本にしようと予定してるのよ。あなたにもぜひ客員講師として来てほしいわ」

「それは――」

「あとでしつこく念を押すわね。どうぞ、座ってください」

「コーヒーを淹れようか?」

「わたしはけっこうです」イヴはヘンリーに言った。「お時間は取らせませんので。グリーソン教授」

「イレインでいいわ――〝教授〟って呼ぶと混乱すると思うから」

「イレイン――」

「ヘンリーとわたしは海辺での二週間の休暇――ノースカロライナで子どもたちと過ごしたの――から戻ってきたところよ。わたしはその間の遅れを取り戻そうとしてたところ。そしてマーティン・グリーンリーフ警部が殺されたことを記事で知った。あなたはその事件の主任捜査官、でしょ?」

「はい」

「あなたはその件でわたしを訪ねてきた、わたしにブライス・ノイのことを聞きたいのだと解釈してる」

「そうです」これは話が早い、とイヴは思った。「彼のことは覚えていますね」

「ええ。優秀な学生。聡明《そうめい》で、探究心があって。それだけだったら覚えてなかったかもしれない、十年近くまえになるから。でも、父親の転落と自殺があって、その後プライスも自殺した。だからとてもよく覚えてるわ。わたしが彼の話をしたことを覚えてる、ヘンリー？」「今、思いだしたよ」

「彼は父親の死のあと、がらりと変わった。怒っていて、ふさぎ込んでいた。講義にも出てこなくなった。

わたしは彼にカウンセリングを勧めてみたの。彼は考えてみると言った。今はまだその準備ができていない、というような感じだった。彼は父親以外の全員を責めていた」

「グリーンリーフ警部は？」

「だから記事を読んだとき、名前に聞き覚えがあったの。カウンセリングの話をしたとき、プライスは彼の話を持ち出した。でも、プライスは少し立ち直ったの、短いあいだだったけど。出席率も成績もよくなった。それは使命のように見えた――奨学金を維持するためだけじゃなく、何かを証明するために」

イレインは両手をあげた。「それから彼はみずからの命を絶った。十九歳だったわよね、それとも二十歳？」

「十九歳です。彼に親しい友人はいたか、特に、特定のガールフレンドがいたかご存じですか？」

「友人はいたわよ。あの悲劇が起こるまえには、たくさんいたと言ってもいいでしょうね。彼は社交的だったし、とてもハンサムだった。友愛会のブラザーたち、ブック・クラブとか、ほかの興味が共通する仲間。特定のガールフレンドについては、記憶がないわね。彼はひとりに縛られたくなかったんじゃないかしら」

イヴはリンクを取り出し、アルネズの写真を呼び出した。「この女性に見覚えはありますか？」

イレインはじっくり、しげしげと見つめた。「美人ね、簡単には忘れられない顔だわ。でも、残念だけど見覚えはない」

イヴはロバーズの写真に切り替えた。

「いいえ。見たことのない人ね」

「彼は立ち直ったと言われましたね。彼が自殺するまえに、彼を変えるような出来事か何かが起こったのを覚えていませんか？」

「あいにく記憶にないわね。彼はなんとしても成績を挽回《ばんかい》すると意気込んでたようだった。でも、以前のような社交的で、活動的なところはなかった。放心してる、と言ったらいいのかな。集中はしてるけど、心は遠くにあるような感じ」

「わかりました。お時間をありがとうございました」

「もっとお役に立てればよかったのに」

「彼のことがよりはっきり思い描けるようになりました。それは必ず役に立ちます」

イヴは次に移った。

ディベート・クラブの友人は彼のことを覚えていたが、教授と同じく、特定のガールフレンドはいなかったと言った。アルネズとロバーズの顔にも見覚えはなかった。

時間を確認し、テイラーと母親が着くまでまだ何時間も待たなくてはならないことに苛《いら》立《だ》った。

セントラルに着いたとき、イヴは思いきって自分のオフィスではなく、マイラのオフィスへ行った。

入口にはお目付け役《ドラゴン》が立っていた。

彼女は唇をすぼめた。「傷はだいぶ癒えましたね、警部補」

「ええ、もう平気。十分欲しい」

「相変わらずドクター・マイラには予定があることを知らないようですね」

「相変わらず世間では殺人と暴力が起こってることを知らないようね」

「そんなことはないですよ」業務管理役は淡々と言った。「暴力については、ドクターはまさに今、裁判所命令によるランシング元監察官の精神鑑定の件で彼と話をしているところです」

「彼女の時間があいたら十分もらうわ」

「それはランシングがあなたとバクスター捜査官を襲ったことに関連がありますか？」

嘘をつくことはできる、とイヴは思ったが、ドラゴンは嘘を見抜きそうな予感がした。

「いいえ、直接の関連はない。グリーンリーフ事件の捜査についてのことよ。ねえ、わたしは地中にいる警部と、幸いにもモルグじゃなくて病院にいる彼の息子を抱えてるの。五分でいいわ」

「ドクター・マイラにお知らせしておきます」

それで我慢することにして、グライドで殺人課まで行った。

何はともあれ、ジェンキンソンのネクタイに攻撃されることだけはなかった。

「彼らは案件を担当した」バクスターがイヴに教えた。「三十分くらいまえに。手が足りないなら、トゥルーハートと俺はあいてるよ」

「オフィスに来て」イヴは言った。「ピーボディも」

「俺たち全員、はいれるのか？」

バクスターの疑問は無視して、イヴは歩きつづけた。

まずはコーヒーだ。

三人がぞろぞろとはいってくると、イヴはオートシェフを指さした。

「手短にやる。第一容疑者たち」イヴはボード上のアルネズとロバーズの写真を叩いた。

そして彼らがコーヒーを飲んでいるあいだに説明した。

「よその学校だ」バクスターが肩をすくめて一蹴した。「俺はよその学校に通う若くてかわいい子たちとよくデートした。おまえは？」

トゥルーハートは肩をすくめる代わりに背中を丸めた。「そうでもなかったです。僕はハイスクール時代にそんなにデートしなかったから」

「遅咲きの花はまだ咲いてるってな。女の子と出会う機会はいくらでもある」

「たとえば？」イヴは聞いた。

「コミュニティセンター、映画館、ゲームセンター、ピザ屋。まだ言えるぞ」

「もう言わないで。彼らはただ出会ったんじゃないの。アルネズはブライスに、彼の家族に、彼の父親に、傾注するようになった。そのどれかか全部に。今のところ、わたしたちはつながりをつかんでない。でも、それはあるの、つながりはあるのよ」

「グリーンリーフ警部を殺して、その息子も殺そうとするからには、よほど強いつながりですよね」トゥルーハートが意見を述べた。

「そのとおり。そして彼女は、およそ一年でグリーンリーフ家とのあいだに強いつながりを持った。彼女は自分をその場にはいり込ませるコツを知ってる、とわたしは言いたい。ピーボディとわたしは午後からノイの娘を再度聴取し、彼女の母親も聴取する。いっぽう、ブライス・ノイの教師や学友の名前と連絡先はだいぶわかってる」

「何人か引き受けてもいいよ」バクスターが言った。

「今朝ここに来る途中で二人に確認した。二人とも彼のことを社交的で、聡明で、魅力的で、活動的だと形容した。特定のガールフレンドはいなかった、真剣な付き合いをしてる相手はいなかった。二人ともアルネズまたはロバーズの顔には見覚えがなかった」

イヴはボードに目を戻した。「見覚えのある者は誰かいる。わたしたちは彼についての空白部分を埋める作業を続け、自殺の引き金となったことを知ってる者がいるかどうか確認する。そして彼らにアルネズとロバーズの写真を見せる。

事件を担当したら」イヴは付け加えた。「やり残した分はわたしたちに返して。これから名前を送る」

「了解。参考までに、警部補《ルー》」バクスターが言い足した。「マイラは今ランシングの精神鑑定をやってるよ」

「聞いた。あなたは誰に聞いたの？」

「ジェンキンソン」

やっぱりね、とイヴは思った。「その件から離れて」

「喜んで」バクスターはトゥルーハートの肩をポンと叩いた。「ドライブに行こうぜ、兄弟」

「リストには女性の生徒もいるんですか？」彼らが出ていくと、ピーボディが聞いた。

「ええ、少ないけど」

「そこから始めましょうよ。女性のほうが気づきやすい場合もありますよ。〝彼女が親しくなりたいと思ってた男性と親しくなってる〟とか、〝ただ思ってるだけ〟だとか」

「それもそうね。五分待って、それからわたしたちも出かけましょう」

イヴはリストを分割し、自分とピーボディには女性の比重を増やした。リスト・ユニットに目をやる。ロークの助言によれば、テイラー・ノイにリマインダーを送るにはまだ早すぎる時間だ。

イヴは午前中をリスト上の人物を除外することに費やし、〝もしかすると〟という女性をひとり見つけた。彼女が抱いていた赤ん坊は、そこにアヘンでも塗ってあるかのように親指をしゃぶっていた。

「〝もしかすると〟のひとりは、ひとりもいないよりましですね」

車に戻るとイヴは首を振った。「〝もしかすると〟は法廷ではゼロを意味する。わたしたちはいったん戻ってこの報告書を作成する。そろそろテイラー・ノイにリマインダーを送ってもいいころね」

「わたしはヴェガスでは結婚式を挙げたくないです」ピーボディが意見を言った。「そりゃ面白いでしょうけど、わたしは大騒ぎしながらやりたいんです。ダラスのときみたいに」

「あれは大騒ぎだったと思う」

「それにとても、とても素晴らしかった。わたしたちが結婚することに決めたら、わたしはすごくすてきなドレスを着て、数えきれないほどの花と仲間に囲まれてやりたいです。カーマイケルに歌ってもらうのもいいかも」

「彼女はほんとにいい声をしてる」イヴは隣をちらっと見た。「あなた、まさか――」

「ちがいますよ。まだそこまでいってません。だって、わたしたちには〝豪邸プロジェクト〟があるし、そのあとにはメイヴィスの二番《ナンバー・ツー》ちゃんが生まれてくるし。とにかく、わたしは今の状態を気に入ってるんです。わたしもマクナブも。だからそうなるまで現状を維持します。

それはともかくとして、わたしはあの〝もしかすると〟に手応えを感じてます。彼女は本当にアルネズを見たことがあると思ってるみたいです。ただ、どこで見たのかが思いだせないだけで」

「そしてアルネズの弁護士が、わたしたちの証人はアルネズが働いてたどこかのブティックで彼女を見かけたのかもしれないと指摘すれば、わたしたちはまたゼロに戻るの」

オフィスに戻ってテイラー・ノイにリマインダーを送ると、彼女から親指を立てている絵文字《emoji》の返事が来た。聴取の報告書に取りかかったとき、ヒールが床を叩く聞き慣れた音が聞こえてきた。

イヴは立ち上がってマイラを出迎えた。

「来ていただけるとは思っていませんでした」

マイラはドアを閉めた。「ちょっと話がしたかったの。ランシングとの対話については具体的なことは教えられない。わたしはあなたがもっとひどい怪我を負わなくてよかったと言いたいだけ」

「わかりました」

マイラはイヴの顔をまともに見つめた。「本当によかったわ、イヴ」

「わかってます。お茶でもいかがですか？」

「ありがとう、でも、わたしには二、三分しかないの。あなたは捜査の件で、わたしに話したいことがあるのよね」

「この二人」イヴはボードを指先で叩いた。「彼らがグリーンリーフを殺し、彼の息子を殺そうとしました。動機はまだ今のところはわかってません。でも、わたしが彼らだとわかった理由は言えます。これからお伝えしますので粗を探し、わたしの結論が妥当かどうかを教えてください」

「やっぱりお茶をいただこうかしら。いいわ、自分でやる。話して」

イヴはひとつずつ丹念に説明した。

「これはノイの自殺のミラーです。父親のほうは制式武器、息子のほうはロープ――同一タイプのロープ」

イヴは四つの事件の現場写真を並べたボードを指さした。ノイ親子の現場に出入りできるか、

「犯人はこうした細部を知っていなければならない。

出入りできる人物から知識を得なければならない」

マイラはうなずいた。「わたしも同感」

「警部の自宅の窓について知っていなければならず、娘の自宅のセキュリティがある場所とそれを解除する方法を知っていなければならない。娘の自宅で子どもからリンクを盗まなければならない。遊び部屋を利用したんです。そこにはベンの寝室はなかった――彼の家ではないから――けれど、彼はそこで自分の子どもたちや彼の弟妹とともに過ごすことがあった」

イヴはもう一度ボードを指先で叩いた。「この二人は当てはまります。両方の家に出入りでき、両方の家と家族のルーティンについての知識があった。彼らは信頼関係を築いた。彼らはあの娘が地下にいること、父親は彼女からのメッセージでの呼び出しに応じることを知っていた。玄関に戻らなくても脱出できる方法を知っていた」

イヴはフーッと息を吐き出した。「それに、わたしは彼女の顔に浮かぶものを見たんです。彼女が警部の自宅に着いたとき」

「うまく立件に持ち込めそうね」

「それには肝心なものが足りません。わたしはそれを見つけ出します」

マイラはボードまで行った。「彼女は美人ね」

「誰もがそう言います」

「父親はいない、シングルマザーは外で働き、職場での地位をあげるため学校に戻った。長時間家をあける。きょうだいはいない、限られた家庭生活」

「家族の写真もありません。一枚も」

「うーん。そうだったわね。いっぽう、ハンサムな青年のほうには、仲のよさそうな情愛に満ちた家族がいるように見える。それは心を引かれるでしょう。彼女は野心家で、目標に到達するまでは努力を惜しまない。ハンサムな青年と幸せな家族が、もうひとつの野心だった可能性もある。あなたの考えが正しいなら、その目標に到達するためにどれほど努力したのかを知るのは興味深いわね、結局その夢を奪い去られることになったのだから」

マイラはお茶のカップを置いた。「それは妥当な仮説よ、いくつかの穴や解消されていない点はあるけど、わたしは粗探ししない。でも、肝心なものが必要ね」

「手に入れます」

マイラはイヴのほうを向いた。「その顔の様子からすると、ロークは適切な治療を施したようね」

「ええ」とっさに、イヴは胸を押さえた。「どこもかしこも。全部よくなりました」

「その状態をキープして。もう戻らなくちゃ。ノイの妻と娘の聴取が終わったら、どんな収穫があったか知らせて。彼女たちはルイス・ノイとブライス・ノイの自殺を反映させるのに必要な詳細を必ず知っていると思うから」

マイラが去っていき、あと二時間を切ったとイヴは思った。聴取の報告書を仕上げる時間は充分ある。それからロングアイランドまでドライブしよう。

ブルペンにはいっていくと、バクスターがデスクについていた。

「当たりはなかったよ、LT――たぶん、よくわからない、ってのがひとり」

「ジェンキンソンとライネケは？」

「誰かを取調室Aに連行した」

「わかった。わたしたちは外回りに出る。ピーボディ、行くわよ」

「ダラスがコプターを使うかもしれないなって考えてたんです」希望に満ちた声。「ドライブ時間を短縮できます」

「ドライブする時間はあるの」

希望がひとつ消え、新たな希望が生まれた。

「現地までしばらくかかるかもしれないから、五分もらえれば〝豪邸プロジェクト〟の進捗状況を教えられますよ」

「見てきたばかりじゃない」

「事態は動いてるんです」

現地までしばらくかかるので、イヴは勝手にしゃべらせておくことにした。片方の耳で聞いていれば、要点を理解するには充分だ。要点を理解しながら、ロングアイランドが空振りに終わったら、次はどうしようかと考えた。

クイーンズまで行き、ロバーズがひとりでいるところを捕まえる。彼の保護本能を引き出し、それでつまずかせる。多くは望まない、捜索令状を取得できるだけのものがあればいい。彼らのアパートメントを捜索すれば、アルネズとノイを結びつけるものが見つかるはずだ。個人的な深いつながり、隠しておいた記念の品。

「何を考えてるんですか」ピーボディが聞いた。

〝豪邸プロジェクト《GHP》〟よ、とイヴは自分に言い聞かせた。「わたしが考えてるのは、フリーマーケットであれこれ見つけて買いつづけてたら、家にはいりきらなくて自分も出店する羽目になるんじゃないかってこと」

「スペースはいくらでもあるんですよ」ピーボディはそれを思いだして、詠嘆のため息をついた。

イヴはコプターに対する拒否感を何度か改めようとしたが、よく考えてみれば、コプターもそれなりに時間はかかるのだ。

高級住宅が並んでいる。その多くが海を望めるようになっている。カントリークラブを利用するタイプがその絶景を楽しむのだろう。自家用シャトルを所有しているタイプ。警官との結婚生活とはかけ離れている――たとえその警官が汚職とゆすりでたっぷり稼いでいたとしても。

元妻の現在の家は豪華だ、と舗装された長い私道に車を乗り入れながらイヴは思った。豪華で威厳が備わっている。外壁は白、窓には黒い鎧戸を取りつけてあり、両開きの玄関ドアも黒だ。その手前には青々としたなめらかな芝生があり、葉の茂った高い木々が植わっていた。

イヴにわかる範囲では、家の裏側にもなめらかな芝生があって海へ続いている。

「わたしたちのほうが好きですね」

「何が？」

「今ちょうど考えてたんです。これは本当に昔ながらのすてきな家で、手入れも行き届いてます。でも、わたしたちの家のほうが好きです。もっと個性があって。キッチンはどんなふうになってるんでしょうね」

「ピーボディ」

「聞いたりしませんよ」

車を降りたか降りないかのうちに、艶やかな黒のリムジンがはいってきた。

テイラーが後部から飛び降りてきた。「あなたたちのほうが早かったのね」

「幸いにも道があまり混んでなかったの」

「最初に謝っておくけど、ゆうべは酔っぱらいのおしゃべりを聞かせてごめんなさい。お祝いが盛り上がりすぎて」

「わかるわ」

「ヴェガスには一度も行ったことがなかったの――遠いわね！　ギャンブルも初めて。クラップスで千六百ドル勝つなんて――どうなってるのかしら。それから今日発つまえに考えたら、なんと、わたしはあのスロットマシンに百ドルつぎ込んでた。そして五千ドル儲《もう》けてたの！」

彼女は頭をのけぞらせ、空に向かって笑った。

「そんなの信じられる？　自分の運を使いきったような感じ。だからもう二度とギャンブルはやらない。

ママ、こちらがダラス警部補と、えーと――ごめんなさい、捜査官のお名前を忘れてしまったわ」

「ピーボディです」

「母のエラ・ローゼン、その夫のカルよ」

彼は長身で、運動で鍛えた引き締まった体をしている。骨張った顔はなかなかハンサムだ。もじゃもじゃのダークヘアはこめかみのあたりに白いものがちらほら見えた。

「あまりお待たせしたのでなければいいのですが」カルは手を差し出した。

「たった今、着いたところです」

「なかにはいりましょう」カルはエラの腕に手を置き、元気づけるようにこすった。

「何をお話しできるかわからないの」エラは口を開いた。「グリーンリーフ警部とお会いしたりお話ししたりしたのはもう何年もまえだし、そのときだって……」

「我々はなるべくお時間を取らないようにします」

イヴは風通しのいい広々とした通路に足を踏み入れた。通路は風通しのいい広々としたリビングスペースに続き、見上げれば天井ははるかかなたにあった。

ダークグレーの化粧漆喰《しっくい》仕上げの暖炉は二階までそびえている。

家具はうっとりするようなブルーとグリーンで統一されている――おそらく、木々の緑と海の青を反映させているのだろう。大理石の床にいたるまで何もかも趣味がよかった。

「どうぞおかけください。何か飲み物でもいかがですか」カルが勧めた。

「ありがとうございます、我々はけっこうです」

「私がいてもかまいませんか？　エラが少し不安がっているので」

「ええ、全然かまいません。不安になる必要はありませんよ、ミズ・ローゼン」

「これは尋問じゃないのよ、ママ」三人が並んで座っているソファで、テイラーは母親の手を取った。「わたしたちはただ話をするだけ」

「過去を甦らせるのはつらいですよね」ピーボディが口をはさんだ。「仕事とはいえ、申し訳ありません」

「ご事情はわかります。グリーンリーフ警部のことはお気の毒に思います、ご家族もお気の毒だと。わたしは彼を責めたことはありません。どうして責められます?」

「ミズ・ローゼン、我々はあなたが警部の殺害に関与しているとは思っていません。あなたもまもなくこの話を耳にされるでしょうが、昨日の午後遅く、彼の息子が殺されそうになりました。彼の長男です」

「なんですって。そんな恐ろしい。わけがわからないわ」

「首を吊られて」

エラは真っ青になり、夫の手を求める手はぶるぶる震えていた。「ブライスのように」

「ええ。犯人はノイ警部の自殺を模倣し、あなたの息子さんの自殺を模倣しようとした、と我々は考えています」

「だけど、誰がそんなことをするの? 正気の沙汰とは思えない。それは——ルイスの指揮下にあった者のうちの誰か? わたしは彼らと関わりを持ったことは一度もないの。ルイスがしたことは……たぶんわたしが愚かだったのね」

「よしなさい」カルが妻に言った。

「わたしはちっとも気づかなかった、あの日まで……あの夜、彼は自分がしたことを、今もしていることをわたしに打ち明け、そのせいでどんなことになるかを教えた。彼はそれを正当化しようとした。わたしのためにやった、子どもたちのためにやった。家族のためにやった、と」

悲しみが、昔の悲しみが、彼女の目に陰を落としている。「ルイスは家族に愛情を注いでいたから、半分は本当なのかもしれない。それでも、半分は嘘だということ。わたしは打ちのめされた。彼を見つめることもできなかった。その数日後の夜に……ああ、テイラーが彼を発見したの。わたしのかわいい娘が。あの悲鳴は忘れられないわ」

エラは鋭く息を吸った。「この子にそんなショックを受けさせた彼を一生許さない。わたしたちの家を最後の手段の場所にするなんて」

「わたしたちはもう乗り越えたのよ、ママ」テイラーは母親の頬に優しくキスした。「わたしたちは乗り越えた、もう大丈夫よ」

「ミズ・ローゼン、捜査ファイルによれば、自宅にさらに武器が三挺《ちょう》しまい込まれていたのが発見されています。彼がどこかにまだ隠していたかどうか、ご存じないですか」

エラは首を振り、ため息をついた。「わたしは彼がそんなものを持っていたことも知らなかった。別口座のことも、金庫にしまわれた現金のことも知らなかった。ルイスについては知らなかったことだらけです」

「ブライスについては？」

「息子のことはよくわかっていました。あの子もわたしのように、父親のやったことは何ひとつ知りませんでした。でも……息子はルイスのやったことが悪いことだと認められなかった。あの子は父親を崇《あが》めていました。父親がやったことを受け入れられず、ほかの者たちのせいにしたんです。けれど息子は死にました、警部補。九年前に死んでしまったんです」

22

「彼が親しくしていたのは誰ですか？　父親とあなたと妹をのぞいて」

「あら、ブライスには友達が大勢いました。息子は誰とでもすぐ友達になれたんです。彼らとの関係、というより、彼らの大半との関係を断ったあと、あの子はそれはとても怒っていました」

「ガールフレンドは？」

エラはかすかにほほえんだ。「ガールフレンドも大勢いました。あの子は父親から言われていたんです。〝女の子のことに真剣になるな。楽しめばいい——相手は尊重するが、楽しむ。教育を身につければ、大物になれる。自分の地位を確立してから、ふさわしい相手と真剣に付き合うことを考えればいい〟と。

あの子はいつも父親の意見に従っていました」

「デートするのは嫌いじゃなかったわよ」テイラーが言った。「美人を連れて——兄は美人を手なずけるのが得意だった——一緒に出かける。でも、二回か三回以上デートした相手はひとりもいなかった。ブライスは物事を真剣にとらえてたと言っておきたい。自分の成績、進む方向」

「そうだったわね」エラは部屋の奥のほうに目をやった。イヴはすでに気づいていたが、グループ分けされた写真のなかに、彼女が失った息子がいた。

「ルイスとわたしは息子をとても誇りに思っていた」

「彼にその気がないのに、真剣になった女の子がいたのかもしれません」

「ブライスは女の子のあしらいかたも知ってた。わたしにでさえ、それがわかった」テイラーは肩をすくめた。「兄は軽い付き合いをした。それが彼の望んだことだったから。女の子が自分に夢中にならないように気をつけてた」

「だけど……エリーは」テイラーが笑うと、エラは首を振った。「彼女はあの子に首ったけだったのよ」

「そうだったかも。でも、ブライスはその気持ちを助長するようなことはしなかった」

「エリー?」イヴには〝ピ～ン〟という音が聞こえた。

「息子が声をかけた女の子たちのひとり――というより、始まりはそんなふうだった。息子はわたしのクリスマス・プレゼントを買いにいって、彼女と出会った。二人は話をした。エラとエリー。ルイスはわたしのことをエラと呼んでいた時期があった。それが会話を始めるきっかけだったようね。ブライスは結局、彼女をわが家のディナーに連れてきた」

「何度も」テイラーが補足した。

「ええ、でも友達としてね。彼女とあなたの父親はとても気が合った。優しい女の子、それに、どこか寂しそうなところがあった気がするわ。たしかひとりっ子で、家に父親はいなくて、母親は長時間働いていた。彼女はしばらくのあいだ、わが家の名誉メンバーのような感じだったと思う」

「彼女はわたしの最初の夏休みのバイトを紹介してくれたの。感謝したわ。でも、彼女とブライスは親密な関係にはならなかった。ほかにはほんとに思いつかないんだけど――」

イヴがリンクを掲げると、急に言葉がとぎれた。「この女性に見覚えはある？」

「えっ――ええ。彼女よ。これはエリーよ。そうでしょ、ママ？」

「ええ。そうだけど、どうして……」

「彼女のフルネームを知っていますか」

「えーと……」

「アルネズ」テイラーが助け舟を出した。その目は冷えきっていた。「あと、たしかエルザかエルヴァ。でも、ラストネームは間違いなくアルネズ。あの夏に彼女と一緒にパートタイムで働いたのよ」彼女は胸の上のほうを指先で叩いた、名札がついていたはずの場所を。「エリー・アルネズ。彼女がやったの？」

「彼女は重要参考人。あなたが最後に彼女と会うか話すかしたのはいつ？」

エラが口を開いた。「カル」

「水を持ってきてあげる。いいね、ハニー。きみはテイラーと一緒にここにいて」

「わたしも少し飲みたいわ、カル。ありがとう。彼女とはしばらく連絡を取り合ってた」

テイラーは話を続けた。「わたしたちは感謝してたのよ、ブライスの友達の大半は離れていったから――というか、ブライスが自分から彼らとの関係を断ったから。あれは見るに忍びなかった」

「彼女はあの数カ月間、ブライスに忠実だった。わたしはいいことだと思ったの。あの子に誰か話し相手がいるのは。息子が死ぬと、彼女は打ちひしがれた。彼女を慰めるのはわたしにとっても助けになった。時が経っても、彼女は連絡を絶やさなかった。うちに寄ったり、リンクで連絡をくれたり。わたしたちはブライスのことを話し、それから彼女は自分がやってることを話してくれた。学校や仕事のこと。母の日には必ず花を贈ってくれた。そういえば、今年は届かなかったわ」

「再婚されて、引っ越したからでしょう」

「そうね、そうよね。彼女からの連絡はここ何カ月もない。もう一年近くになると思う」

「彼女はあなたの結婚式に出席したんですか？」ピーボディが尋ねた。

「まさか、それはないわ。わたしもカルも二度目だし。ここで、この家でささやかなお祝いをしたの、家族と親しい友人だけで。彼女は招待しなかった。正直に言えば、それは考えもしなかった」

　イヴはロバーズの写真を見せた。

「いいえ、見覚えはないわ。テイラー、あなたは？」

「ない。エリーとわたしは、彼女とブライスみたいに、あるいは彼女と父みたいに意気投合したわけじゃなかった。彼女は年も上だし、スポーツに興味がなかった。わたしは彼女がうちに来て、そこに座って父と話してるのがなんだか変に思えた。彼女はブライスがいなくてもうちに来てた。ブライスにそう言ったら、放っておいてやれよと言われた。彼女が自宅でどれほどつらい思いをしてるか、と。でも、彼女はいつも、すごくすてきな服を着てた。彼女はブライスを卒業記念のダンスパーティ《シニア・プロム》に誘ったの」

「思いだしたわ」エラがつぶやいた。「もちろん、ブライスは彼女のプロム・パートナーになってあげた」

「そしてわたしがそれは変だと言ったら、ブライスは、彼女には本当に友達がいないんだと教えてくれた。友達も父親もいないかわいそうな子なんだ、と。そのときには、わたしにはそれが見えなかった」

　表情をこわばらせ、険しい目で、テイラーはイヴを見た。「そのときには彼女が見えてなかった。今は見える。

　パパはときどき彼女にお金を渡してたのよ」

エラは娘のほうを向いた。「彼がそんなことを？」

「わたしは一度見たの。パパに理由を聞いたら、ときには追加のお金が必要になることもあるって。ママにもブライスにも何も言うなよと言われた。だから言わなかった」

「ノイ警部の内部調査がおこなわれていることが知れ渡ったとき、彼女はどんな反応をしましたか？」

「激怒していました」エラは即座に答えた。「ああ、わたしはすっかり忘れてたわ。ありがとう、カル」まだ青ざめてはいるものの、だいぶ落ちついてきたエラは、夫が差し出した水を受け取り、ゆっくり飲んだ。「共犯証言をした者たち――わたしたちは知らなかった――に激怒し、ＩＡＢに対して激怒した、とりわけグリーンリーフ警部に対して」

「彼女は具体的に警部のことに触れたんですか？」

「ええ。そうです。ひっきりなしに。わたしは彼女とその話をしたくなかった。なんとかみんなで生きていくために懸命に努力していた。ああ、あれは本当につらかったわ。わたしは誰ともその話をしたくなかった」

エラは夫の頬に手を当てた。「今、気づいたけど、あなたに何もかもすっかり話したことはなかったわね。あのことは忘れたかった、だから忘れることにしたの」

「もう過ぎた話だよ」

「わたしもそう思っていた。でも、エリーが……。彼女はルイスが死んでからの数週間、ずっとブライスと身を寄せ合って話をしていた。そして二人ともとても怒っていた。わたしは止めるべきだった。そうしていれば。でも、わたしは――」

「打ちのめされていた」テイラーがあとを引き取った。「ママは打ちのめされていた。わたしもそうだった」

「あなたもそうだったわ」エラはつぶやき、それからイヴを見つめた。

「息子さんが亡くなられたあとの彼女の反応は？」

「悲しんでいました。ひとりでは抱えきれない悲しみ。彼女はまだとても若く、とても落ち込んでいた」

「彼女はパパのことを責めなかった」テイラーが言った。

「ええ、彼女はルイスのことを責めなかった。責められるべきは彼を擁護しなかった人たちだと言って。ＩＡＢとグリーンリーフ警部とその他の人たち。ブライスも……。でも、彼女も打ちのめされていたんです、警部補。ルイスは彼女のヒーローでした。ブライスも……。でも、彼女にそんなことができるとは本気で思っていないわよね――しかも今頃になって」

「我々は彼女と話をします。近いうちに。もし彼女から連絡があったら、ここでの会話の内容は教えないでください。そして、わたしに連絡してください」

「彼女はルイスを崇めていた」エラは言った。「誰もが彼を崇めていた」

外に出ると、イヴはまっすぐ車へ向かった。「さっそく手を打たないと」

「ダラスは正しかった。わたしも直前の説明でそれが正しいことはわかってましたけど、でも……ダラスは正しかった」

「すごーい。バクスターに連絡して。まだ体があいてるなら、彼らにクイーンズへ行ってもらいたい」

「わたしたちにも――」

「クイーンズがどこにあるかは知ってるわよ、ピーボディ。わたしたちはアルネズを追う。バクスターにロバーズを尾行するよう伝えて、わたしたちが逮捕状を入手するまで」

イヴはダッシュボードのリンクでレオ地方検事補《APA》に連絡した。

「令状が欲しい」

レオはブルーの目をぱちぱちさせ、ゆったりした南部訛りで応じた。「わたしの驚いた顔がどこかそのへんにあるはずだから、ちょっと捜させて」

「急いでるのよ、レオ」

「ショックを受けた顔もコレクションに加わった。グリーンリーフの事件？」

「エルヴァ・アルネズ、デンゼル・ロバーズ――上階の住人」

ピーボディがバクスターに手短に説明しているかたわらで、イヴはレオに詳しく説明しはじめた。

「あなたが進んでる方向はわかる」レオは途中でさえぎった。「でも――」

「まだ終わってない。わたしたちはたった今、ノイの元妻と娘の聴取を終えた。彼女たちはアルネズを見分けた——家族全員の親しい友人、特にノイと息子とのあいだに緊密な関係があった。アルネズはグリーンリーフが調査に関わってることを知ってて、ノイと息子が死んだのは彼のせいだと名指しして恨んでいた。でも、彼女はここ一年でグリーンリーフや彼の家族との親密度を高めた。ノイを知ってたことはいっさい口に出さなかった。わたしたちとの聴取のあいだにも、いっさい言わなかった」

レオは片手をあげた。「九年前のことよね？　アルネズは忘れて前進したかったとも言える。口に出さなかったのは、隣人に知られたくないし、彼らを好きになってることに気づいたから。あなたに言わなかったのは当然の理由があったから」

「わたしはそうは思わない。あなたは？」

レオはふんわりしたブロンドヘアを手で梳《す》いた。「思わない。あなたが全貌をつかんでるなら、そうは思わない」

「令状を手に入れて。第一級殺人、殺人未遂、殺人の共謀。彼らのアパートメント、あのビルかほかの場所のトランクルーム、彼女と彼の職場の捜索令状。彼の母親の家も。そこに隠し場所があるかもしれないから」

息を吐き出しながら、レオは唇を震わせた。「わたしは今日、定時で帰れるかもと思ってたのに。ボスと話してみる、判事とも。セントラルで会いましょう」

「急いでよ」イヴは念を押し、通信を切った。

「バクスターとトゥルーハートはクイーンズへ向かってます」ピーボディが報告した。

「よし。次はマイラに連絡して、説明しておいて」そしてイヴはロークに連絡した。

業務管理役のカーロがスクリーンに現れた。見事な白髪を頂く顔には、穏やかで、感じのよい笑みが浮かんでいる。「警部補。ロークは会議中ですが、あなたから連絡があったらつないでほしいと言われています」

「いいの。彼らを連行するとだけ伝えて。そう言えばわかるから」

「かしこまりました。そちらに連絡させましょうか？」

「連絡はいらない。わたしは忙しくなるから。ありがとう」

イヴは考えをめぐらせ、それから思った――まったく、ランシングのやつめ。そしてナディーンに連絡した。

彼女はいつものごとくカメラに映る準備ができていて、襟なしの赤いジャケットをはおっている。「わたしはグリーンリーフ事件を解決しようとしてるところ。詳しいことは教えられないの、ナディーン、だから聞かないで。準備だけしてて」

「そうじゃないときなんてないわ」

「これは迷惑料だと思って、ランシングの件の」

イヴはナディーンが何か言わないうちに切った。

「彼のことを心配してるんですか？　ランシングのことを？」ピーボディが聞いた。

「心配してる？　いいえ、怒ってる。その気持ちはしばらく変わらない」

イヴはライトとサイレンを作動させ、垂直走行に切り替えて渋滞の上空を飛んでいった。祈りながら息をのむということを同時にやるため、ピーボディはひとこともしゃべらないままマンハッタンに到着した。

「コプターのほうがずっと速かったという確信が揺らいでます。バクスターとトゥルーハートは修理工場にいます。ロバーズのいる場所に」

「彼らは令状を待ってるの」イヴはライトとサイレンを切った。「これがそうだといいけど」ダッシュボードのリンクが受信を告げると、イヴはそう言った。

「それだ。レオからよ」

「ロバーズの逮捕状をバクスターに送って、連行するように伝えて。修理工場と彼の母親の家に捜索チームを派遣しないと。カーマイケル巡査に手配させるわ」

「彼らのアパートメントは？」

「彼女のブティックで制服組を合流させる。彼女を逮捕したら彼らに連行してもらう。わたしたちはアパートメントを捜索しましょう。その間、彼女には留置場で気を揉む時間を与えてやれる」

「弁護士を呼びますよ」

「そうね。それは心配してない」ようやく例の肝心なものを手に入れたから。動機を手に入れたから。

イヴはわざわざ駐車スペースを探すことはせず、ブティックの前に二重駐車した。

高級ブティックだ、とイヴは思った。真っ白な石張りの外壁、きらめくガラス。ガラスの向こうには秋服を着た作り物の人間が立っている。深みと光沢のある秋色のトップス、艶やかなロングブーツ、腿まで届くスイングジャケット。

どうしてみんな八月にセーターを買いたがるの？

ドアをあけると、明かりと装飾音《トリル》が流れてきた。店内の空気は涼しく、皮を剥きたてのオレンジのような香りがした。

体裁よく配置されたショーケースには、光沢があり、艶やかで、きらめいていて、なめらかな品々が展示されていた。

ファッショナブルな黒い服に身を包んだ棒のように細い赤毛の隣に、花柄のサマードレスを着た女性がいた。彼女たちはハートのような形をした、小さなきらめくバッグのことを話している。

「必需品を入れておくにはちょうどいいサイズですよ」赤毛が言った。「カクテルドレスやフォーマルドレスのすてきなアクセントになりますしね。それにもちろん、飽きのこない〈デラーゴ〉の留め金と、ロゴ入りの赤いシルクの裏地もついています」

彼女はイヴとピーボディのほうを見やり、品定めした。客を迎えるほほえみの度合が数段階増した。「いらっしゃいませ。すぐ参ります」

「これをカウンターの奥に取っておいて」客はバッグを店員に渡した。「もう少し見てまわりたいから」

「ごゆっくりどうぞ。こんにちは」店員はイヴに言った。「すてきなブーツですね。〈カルロッタ〉のものですよね？」

「いいえ、わたしのものよ」アルネズを警戒させたくなかったので、イヴはバッジを取り出さなかった。「マネージャーのミズ・アルネズとお話ししたいの」

「あら、何か問題でもありましたか？」

「ええ、そうなの。アルネズ」

「はい、わかりました。彼女はお客さまと試着エリアにいます。呼んできますね」振り向くと、彼女の客は――聞き耳を立てていたようだが――ミッドナイトブルーのドレスを手にしていた。そのドレスはボディスとスカートのあいだが八センチくらいあいていて、シルバーの細い帯でつないであった。

「試着室に運んでおきましょうか、ミズ・アドルフォ？」

「ええ、お願い」彼女はドレスを手渡した。「わたしはもう少し見てからにするわ」

店員が試着エリアのほうへ歩いていくのを見ながら、この客は何が起こるのか見たいのだ、とイヴは思った。まあ、待ってなさいよ、お嬢さん、これからショーが始まるから。

「ミズ・アルネズはまもなく参ります」赤毛がイヴに言った。「試着室2を押さえておきました、ミズ・アドルフォ。それも置いてきましょうか?」

「そうね」アドルフォは濃い《バーント》オレンジのベルベットのチュニックを手渡し、靴売り場のほうへのんびり歩いていった。

アルネズが大股でこちらへ向かってきた。肌に張りつく白いドレスにシルバーのスカイハイ・サンダルを合わせている。「まあ、ダラス警部補。本当に申し訳ないんですけど、今お客さまと一緒なの。もう少し待っていただいてもいいかしら——」

「それが、よくないのよ。エルヴァ・アルネズ、あなたを逮捕します——」

靴を見ていた客は持っていたものを床に落とした。

「なんですって！　そんなバカな！」

「容疑は第一級殺人、殺人未遂、加重暴行、殺人の共謀。ピーボディ?」

「あなたには黙秘する権利があります」ピーボディが権利の告知を始めると、イヴはアルネズのそばまで行き、想定内の抵抗をすばやくかわしてから、彼女の両手を背中にまわして手錠をかけた。

「あなたは自分の権利と義務を理解していますか」ピーボディが彼女に尋ねる。

「こんなこと、どれも理解できない！　殺人?　わたしは誰も殺してないのよ」

「わたしのパートナーはもう一度、改訂版ミランダ準則を読みあげてもいいのよ、とてもゆっくりと、あなたが理解するまで」

アルネズは悪意に満ちたまなざしをイヴに向けた。「権利は理解してる。これはバカげたことだと理解してる。弁護士を呼びたい」

「セントラルに着いたら連絡できるわよ。ちょうどよかった」イヴは付け加えた。女性警官の二人組がはいってきた。

「ピーボディ、店内にあるミズ・アルネズの私物を全部集めて、この巡査たちが運べるように袋に入れてあげて。彼女をパトロールカーに乗せて、そのまま待ってて」イヴは巡査たちに指示した。「それからこの人物と、彼女の私物をセントラルまで運ぶ。令状に記載されたすべての容疑で彼女を勾留する。彼女に弁護士または法定代理人に連絡することを許す」

アルネズの顔に一瞬、屈辱が浮かんだ。手錠をかけられた姿で巡査たちにドアまで連れていかれると、怒りに目をぎらぎらさせた。

「この借りは必ず返してやるから」彼女はその言葉をイヴに投げつけた。「絶対に」

「あの言葉を聞くたびに一ドルずつ貯《た》めてたら、たぶんあのマヌケなハート形のバッグが買えたわ」

「〈デラーゴ〉のイブニングバッグは二万ドルはしますよ」ピーボディが言った。

「嘘でしょ」巡査たちがアルネズを連れて出ていくと、イヴは首を振った。「わたしはあの〝この借りは必ず返してやる〟のお金だけであのバッグを買えるけど、なんで買わなくちゃいけないの？　わたしのバッジがどうにかはいるくらいの大きさなのに」

今度は事態を明確にするために、店員にそのバッジを提示した。店員はまだ口をポカンとあけたままで、例の客は興味津々の目で見守っている。

「彼女はバッグかハンドバッグかブリーフケースを持ってる？」

赤毛はまばたきした。「ハ――ハンドバッグが、奥に」

「取りにいきましょう」ピーボディが言った。

例の客はイヴをまじまじと見た。「さっきのはすごかった。逮捕は初めてです。あなたは初めてじゃないみたいだけど」

「あなたは本気であのバッグに二万ドル払うの？　リンクもはいらないんじゃない？」

「そのためのミニ・リンクを持ってるの。それに〈デラーゴ〉のバッグが大好きなのよ」

ピーボディは〈デラーゴ〉が二十個くらい収まりそうなハンドバッグを持って、奥から出てきた。

「わたしはどうしたらいい？」店員がイヴに聞いた。「どうしたらいいの？」

「別のマネージャーを見つけてあげる」

歩道に立ち、イヴは去っていくパトカーを見送った。

「ああ、気がせいせいした。マクナブがこっちまで来て電子機器をやってくれるかどうか確かめて。フィーニーが自分でやりたいというなら別だけど。さあ、アパートメントを捜索しにいくわよ」

クラクションのやかましい音や、こちらに向かって振られる拳や、それに続く創造的な罵り文句は無視した。

「フィーニーはやりたがってます」

「そう来ると思った」

イヴはあの集合住宅ビルのそばの積み降ろしゾーンに車を停めた。

「彼らがあのリンクを――ベン・グリーンリーフのリンクと彼の娘のリンクを、まだ取っておいてるとは思えませんね」

イヴは肩をすくめ、マスターキーを使ってビルにはいった。「しまってあるかもしれないし、そうじゃないかもしれない。でも、彼女はわたしたちが自分とノイを結びつけるとは思ってなかった。つながりがなければ、動機は発生しない。彼らが使用したロープは、もともとはもっと長いものだった。彼らがそれを適当な長さにカットしたのは、切り口を見てわかった。ロープを探すのよ。ラボが同じものだと証明してくれれば、殺人未遂は成り立つ。リンクは必要ない」

二人は階段を使い、マスターキーで入室し、手足をコーティングした。

「ダラス、警部補イヴ、ピーボディ、捜査官ディリアは」と記録のために声に出す。「捜索・押収令状を所持したうえ、アルネズ、エルヴァとロバーズ、デンゼルの住居に立ち入ります」

ちがう花だ、とイヴは思った。数日前とはまたちがう瑞々しい花が飾られている。

「キッチンエリアに家事用クローゼットがあるか確かめて。ロープをしまう場所としてはそこが可能性が高い。わたしは寝室から始める」

イヴは奥に歩いていった。

大きなベッド、クッションを張ったヘッドボードは深いブルー、スポットライトは落ちついた色調。そして、ベッドに不可欠な重ねた枕。

まずはクローゼットだ。

アルネズの服。全部彼女のもの。彼の服はどこにしまってあるの？　イヴは気になった。クローゼットの隅々まで彼女のもので埋まっている。靴やバッグを置くセクションも。置き場所に困るほど。

バカみたいに大きいバッグに囲まれて、ぴかぴかした小さなバッグもいくつかあった。アルネズは〈デラーゴ〉も社員（今となっては元がつく）割引で手に入れたのだろうか。

けれどイヴの目は、長い横竿《ロッド》の上にある棚に置かれた、大きな箱に向けられた。その箱はピンクと赤の小さなハート柄の布で覆われていた。

イヴは両手を伸ばし、その箱を降ろした。かなりの重さがある。クローゼットから出して、ベッドの上に置いた。鍵はかかっていない。それはそうだろう、彼女のクローゼット、彼女のスペースなのだから。

イヴは箱をあけ、ため息をついた。

「簡単すぎる」と、つぶやく。「これじゃ、やりがいがないも同然。まったくないわけではないけど」

「ロープがありました！」きっちり輪状に巻きつけたロープをコーティングした手に持って、ピーボディがやってきた。「同じロープですよ、ダラス。新しい切り口があります。家事用クローゼットにそのままはいってました」

「こっちもよ。彼女のクローゼットから見つかった。彼女のものだけしまったクローゼット。彼のものはほかにスペースがあるにちがいないわね」イヴは写真を取り上げた。「誰かさんは忘れて前進してなかったのね」

「アルネズとブライス・ノイの写真じゃないですか。何これ、写真がいっぱい。ノイの家族と一緒のもの、ノイと一緒のもの、ブライスとシニア・プロムに行ったときのもの。超すてきなドレス！」

「はいはい、それは大事。全部分類されてる。ブライスか、彼女とブライスのセクションはここ、家族のセクションはこっち、これはグリーンリーフのセクション――あの窓から撮られたのがわかる。なんと、あの避難はしご、あの窓の鍵の写真」

「全部ここに揃ってます。記念品のセクション。リスト・コサージュもありますね――プロムの写真で彼女がつけてたやつ。彼女はずっと取っておいたんですね。古いリンクも」

「そのリンクに、ブライスとやりとりした昔のメッセージや通信がはいってるほうに何を賭ける？」

「〈デラーゴ〉のイブニングバッグ、わたしが持ってればの話ですけど。うわあ、ダラス、完全に彼女の尻尾をつかみましたね」

「完全とは言えないけど、それに近い。あれはきっとフィーニーね」

ピーボディが応対しているあいだ、イヴはリンクを試してみた。パスコードがかかっているが、バッテリーは生きている。最近、充電したのだろう。

フィーニーがはいってくると、イヴはそちらを向いた。「このモデルはどのくらい古い？」

「どれどれ」フィーニーは眉間にしわを寄せて眺めた。「十年から十二年ぐらいかな」

「ちょうど合ってる。ここにはいってるものを手に入れたいの。彼女のリンクは証拠課に行く、ロバーズのものも。リビングスペースのそばに小部屋があって、オフィス機器やコンピューターがある。ほかに電子機器を見つけたら知らせるわ」

フィーニーは写真に目を落とした。「彼女はノイや彼の家族ととても親密な関係にあったんだな」

「そうなのよ」

「彼らは自分の仕事をしたグリーンリーフを殺した。彼は殉職だよな、ダラス」

「ええ、そうよ。そして彼らはこれからその報いを受ける。ピーボディ、ロバーズのものを見つけて。彼はたぶん自分の部屋のクローゼットを使ってるはず。わたしはここを終わらせる」

イヴは両方の拳を腰に当て、室内を見まわした。

「あなたは自分で思ってるその半分も賢くないわね、エルヴァ。さてと、ほかに何をしまってあるのかしら」

イヴが探していると、ピーボディが急いで戻ってきた。「これを見てください!」

ピーボディは証拠袋を二つ掲げた。どちらにもリンクがはいっている。一台はベンの娘の説明と一致していた。

殺人犯の愚かしさにはめったに驚かないが、これにはやられた。「なんてバカなの、彼らはこの二台を取っておいたのね」

「彼は、ですけど。無効化してあるので追跡はできません。彼はそれほど電子機器に強くないけど、器用です。きっと分解すれば部品を使用できるとか、データを消去すれば本体を使用できると思ったんでしょうね。ダラス、彼は自分のクローゼットに額入りの写真を置いてありました。ちょっとかわいそうです、そんなところに置かなくちゃいけなかったのが。家族の写真、職場の同僚と一緒の写真、アルネズと一緒の写真」

ピーボディはベッドのそばまで行った。「あら、それは彼女がプロムに着ていったドレスですよ」

「彼女がこの手のドレスを十年間取っておいたかどうか教えて」

「素晴らしいドレスですけど、ティーンエイジャー向けです。彼女が着てるのは最新のものばかり。これはもう着ないでしょう」

「彼女は写真のなかで身につけてた装身具も取ってある。ちょっと見て。こういったイヤリングやネックレスを今もつけると思う?」

「かわいいですね、でも、こういうかわいいのは、もうつけないですね。どこにあったんですか?」

「ドレッサーに装身具用の抽斗があった。その抽斗についてる仕切りのなか。袋に入れてくれる? ロバーズの尻尾も確実につかんだけど、彼がアルネズの代わりに罰を受けることになるのは間違いない、彼女が彼にそうさせたの。彼女をやっつけるには? わたしたちはブライス・ノイを利用する。さあ、彼女をやっつけるわよ」

イヴは二台のタブレットをフィーニーのところへ持っていった。「何か見つかった?」とフィーニーに聞いた。

「きみは昔のメッセージか通信が欲しいんだよな、手に入れたよ。いっぱいあった。九年から十一年前のもの。すべてを読んだわけじゃない――今も言ったようにいっぱいあるから。だけど〝グリーンリーフ〟で検索してみた。大当たりをいくつか見つけた」

フィーニーはリンクをイヴに手渡した。

ブライスからアルネズ：

〝あのろくでもないグリーンリーフのやつが、父さんの喉にあのスタナーを押しつけたも同然だ。あいつが父さんを殺したんだよ、エリー。あいつが殺したんだ〟

アルネズからブライス：

〝彼はきっとその報いを受けるわ。わたしたちが絶対に報いを受けさせる。何が起ころうと、どんなに時間がかかろうと。そうすれば、彼の家族もどんな気持ちになるかわかるでしょう〟

「まだあるが、彼女を取調室に入れるまえにこれを読んでおいたほうがいい。日時を確認したんだが――あの青年が首を吊る前夜だ」

〝僕はあのグリーンリーフの野郎に会いにいった。彼らは僕の警察学校《アカデミー》の合格を取り消した。僕は彼のところに行って、元どおりにしてくれと頼んだ。僕は懇願した。僕が望んでいたのは父のような警官になることだけだった。僕は警官になって、父の汚名をそそぎたかった。僕はすべて正しくやってきたのに、彼は自分にはどうすることもできないと言った。自分の一存では決めかねると。学業を終えてからもう一度出願すればいいと。そうしたら口添えしてやると。あの嘘つき野郎。何もかも終わりだ、何もかも。僕にはもう何もない〟

〝あなたにはわたしがいるじゃない。いつも、いつまでも。彼はただではすまない。わたしたちはあなたのお父さんの汚名をそそぐわ、ブライス。きっと！　あのろくでもないグリーンリーフは何もかも失う。わたしたちは彼を破滅させてやるのよ。彼を後悔させてやる。彼ら全員を後悔させてやる。愛してるわ〟

〝僕はもう行かないと。僕は疲れた。ものすごく疲れたんだ〟

〝わたしはあなたのためにここにいる。いつもあなたのためにここにいるのよ〟

けれど、ブライスからの返信はなかった。

イヴはリンクから顔をあげ、フィーニーを見た。

「彼女をやっつけろ」フィーニーは言った。

彼らは押収したものを車まで運んだ。

「捜索チームに連絡して、ピーボディ。どこかのチームが終わってたら、こっちに来てもらって、わたしたちが手をつけてないところを捜索させる。わたしたちの用はすんだ。ほかに見つかったら儲けものよ」

「彼女の心にはこの傷がずっと巣くっていたんですね」ピーボディがメッセージを送信しながら言った。「傷が化膿《かのう》したから、ロバーズのような自分が支配して操れる者を見つけた。それからターゲットと同じビルに住む。傷が化膿したまま計画を練り上げ、そのいっぽうで彼らとの親交を深めた。

ブティックのチームが仕事を終えました。彼らはアパートメントへ向かいます」

「そういう場合は――傷が化膿したら、焼灼《しょうしゃく》するものなんじゃないの？　わたしたちは彼女の足元に火をつけてやるのよ、ピーボディ」

「かわいそうですね」ピーボディがつぶやいた。「ブライス・ノイ。彼は助けを求めてた。彼女は事態を悪化させてしまった。そんなつもりはなかったんでしょうけど、悪化させたんです。アカデミーの件については、どっちにしろ、グリーンリーフにはどうしてやることもできなかった」

「そうね」

「アルネズはそれさえ言ってやらなかった。彼が合格を取り消されたことに対して、心からの慰めや同情の言葉をかけなかった。彼女が口にするのは仕返しのことばかりだったんです」

「彼女にとって大事なのはそれだけだったから」イヴは車をセントラルの駐車場に入れた。「大事なのはそれだけだった、当時も現在も」

グライドに乗ると、レオにメッセージを送った。


〝わたしのオフィス、急いで〟

〝今、向かってる。彼女は弁護士を要求した。彼は要求してない〟


彼女にはものすごく優秀な弁護士が必要になるだろう。

「彼から先にやるわよ、ピーボディ。彼を取調室に入れておいて。わたしはレオに説明する。それからマイラに知らせて、ホイットニーにも知らせる。グリーンリーフ警部は殉職したの。部長もその場にいたいでしょう」

イヴはまっすぐオフィスにはいった。はらわたが煮えくり返るようだったので、気持ちを静めて、切り替えたかった。

習慣というより渇望からコーヒーを手に入れ、それを飲みながら歩いて怒りを静めた。

レオが真っ赤なスーツ姿ではいってきた。

「座って」イヴは言った。

「そのコーヒーが欲しい」

「座って」イヴは繰り返した。「わたしが淹れるから」そしてデスクに並んだ箱のほうへ顎をしゃくった。「あなたがなかを見られるように封印をはがし、そして説明する」

レオは腰をおろし、コーヒーを飲み、耳を傾け、中身を見た。

「あのロープを保有してた」

「それはラボに送るけど、一致するはず」

「二台のリンク。彼のクローゼットにあったと言ったわね」

「そうよ」

「彼は終わりね。取引できる――地球での終身刑――彼が彼女を裏切れば」

「彼は裏切らない。すべて自分ひとりでやったと言うわ」

「そしてわたしたちがその言葉を信じると思ってる？　あなたがあれだけ証拠を握ってるのに」

「彼は寝返らない。細部をつついて彼をつまずかせることはできるけど、彼はけっして寝返らない。取引する意味がないのよ、レオ、二人とも」

「彼女にはもともと申し出るつもりはなかったけど」レオは言った。「彼女に自白させてよ、ダラス。自白したら、わたしたちは二人とも収監する。検事局は警官殺しをとても憎むのよ」

「彼は取調室Bにいます」ピーボディが戸口まで来て告げた。「彼はずっと泣いてました。そう見えます」

「わかった。二分待って」

23

必要なものを揃えると、イヴは取調室Bの前でピーボディと合流した。

「彼はあなたがやって」イヴは言い、ピーボディに証拠ボックスとファイルを渡した。

「えっ？　わたしが？　ああ、わたしに彼の態度を軟化させてほしいんですね。わたしが思いやりのあるいい警官を演じれば、ダラスは厳しくやれるから」

「ちがう。わたしはあなたにやってほしいの、厳しくても優しくてもどっちでもいい。彼を落とすのに必要なほうを使って」

イヴはドアをあけた。テーブルについていたロバーズは赤く泣きはらした目をあげた。

「記録開始。ダラス、警部補イヴ、ならびにピーボディ、捜査官ディリアは、事件ファイルH-６７５９、FA-１２８２９、CM-４９２１および、それに付随する容疑についてロバーズ、デンゼルの尋問を開始します」

イヴは席についた。

「あなたは自分の権利を告知されましたか、ミスター・ロバーズ」ピーボディが尋ねた。

「どうなってるのかさっぱりわからない。俺は——」

「質問に答えなさい」ピーボディは鞭《むち》のしなりのようにピシリと言った。

「ああ、読んでもらったよ、だけど——」

「あなたはこれらの件について、自分の権利と義務を理解していますか？」

「理解してる、だけどそれ以外のことは理解できない。エルヴァと話をさせてくれ。誰もそうさせてくれないんだ」

「あとでそのように手配できるかもしれません」ピーボディはてきぱきしたビジネス一辺倒の口調を選んだ。「目下のところは我々と話をしてもらいます」

ピーボディはファイルを開いた。「エルヴァ・アルネズと知り合ってどのくらいになりますか？」

「十九カ月。と二週間」ロバーズは追加した。

「それだけの期間で、彼女はどうやってあなたにグリーンリーフ警部と、彼の息子のベンジャミン・グリーンリーフを殺すことを納得させたのですか？」

「彼女は——どうやって——」彼は唇を引き結んだ。両肘を抱えた。「バカげてる！　そんなことはでたらめだ。彼女はけっして、けっしてそんなことはしない。エルヴァは美しい人間だ。や、優しい心の持ち主なんだ」

ピーボディはファイルの上で手を組んだ。「この人たちを殺すことを、あなたが彼女に納得させたと言いたいのですか？」

「俺たちは誰も殺してない！　どうやって――なぜ」彼は言い直した。「あなたがそんなことを言うのかわからない。俺たちはマーティンやベンの友人だったんだ」

「それはよけいまずいですね、警部補？　この卑劣な二人が人を殺すために友情を、自分たちをわが家に迎えてくれる家族を利用したとなると、罪が重くなる」

「そのとおりよ。あなたはどれぐらいだと思う、捜査官？　地球外での終身刑二回？　三回なんてこともありうるかも」

「わたしは三回だと思います。いずれにしても、二人とも檻からは出られないでしょう。地球外の檻から」

「俺たちは何もやってない！　あなたたちはおかしいよ、俺たちがやったと考えるなんて、まともじゃない」

見るからに震えながら、彼はどうにか釈明したいらしく前に身を乗り出した。

「いいかい、マーティンが死んだとき、エルヴァはその場にいなかったんだ。あなたたちもそれは知ってるだろう。そしてあれが自殺なのに、あなたたちは殺人だと言おうとしてる。彼があなたたちと同じ警官だったから。それにあれが自殺だと言われたら、ベスは保険金を受け取れない。ああいうことになったのは残念だけど、でも――」

彼はギクッとして口を閉じた。ピーボディがいきなり立ち上がったのだ。「ふざけないで！」彼女は現場写真をテーブルに放った。彼は顔をしかめ、目をそらした。

「どうしたの？　自分の手並みを見るのが恥ずかしいの？　あなたが友人と呼んだ男の死体を見られないの？　わたしたちが自分の仕事のやり方を知らないとでも思ってるの？　わたしたちが救いようのないバカだから、あなたのお粗末な偽装工作に引っかかると思ってるの？」

「何を言ってるのかわからない」左のこめかみから汗が糸を引いて流れた。彼の視線はあちこちに飛んでいるが、死体の写真だけは見ようとしなかった。

「ほんとに？　じゃあ、あなたの嘘をひとつずつ検証していきましょうか。あなたのエルヴァはあなたたちの友人のアパートメントの寝室にある窓の鍵をあけた。そして、彼女からもう大丈夫だという知らせが来ると――我々はあなたたちのリンクを持ってるのよ、バカね――あなたは避難はしごを使って降り、その窓から侵入した。あなたは勝手知ったるアパートメントのなかを歩き、フルパワーにしたスタナーをあなたの友人の喉に押しつけ、冷酷に殺した」

「ありえない」汗が依然として流れるのに加え、彼はまるで冬の寒風にさらされているかのように震えだした。「そんなことは証明できない、ありえないからだ。マーティンは自殺した。それは悲しいけど――」

「あなたは凶器に彼の指紋をつけ、床に落とした、エルヴァに言われたとおりに。でも、あなたは法科学の基礎も知らないマヌケだった。ほら、凶器に二箇所ついてる指紋が鮮明すぎるでしょ」

ピーボディは現場写真を指でつついた。

「彼が凶器を自分で扱ったことを示す指紋がない、パワーの強度を確かめたかセットしたことを示す指紋がない。それとも、使うまえに汚れをきれいに拭き取ったという話を我々が信じると思う？」

「彼は――彼はそうしたにちがいない。彼は――」

「だめ、だめ。凶器についてたのはあまりにもきれいで鮮明な指紋が二箇所だけ。自殺の場合、あまりにもきれいで鮮明な指紋が残るはずがない、物理的に不可能なの」

「俺にはわからないな、何が――」

「ええ、わからないでしょうね。その場にいて、彼が痙攣するのを見ていても、あなたに状況はわからない。だからしくじったのよ。

どんな気がした？」ピーボディは問い詰めた。「あのスタナーを彼の喉に押しつけたとき、強く押しつけ、彼の体が痙攣してもまだ押しつけてたとき、どんな気がした？」

涙が流れ、雨だれのようにテーブルに落ちた。「知らないよ。俺はやってない」

「いいえ、あなたはやった。あなたはスタナーを強く押しつけ、そのままにしていたから、皮膚に電極による傷がついた。あなたにはあっという間のことのように感じられたでしょうね、その数秒間は」

目をぎゅっと閉じ、ロバーズは首を振った。

「そして彼の体の痙攣が止まると、あなたは武器に彼の指を押しつけ、あの二つのきれいで完璧な指紋を残した、エルヴァに言われたとおりに。あなたはエルヴァに指示された遺書を残した。それから上階に戻って、完了したことを彼女に知らせる、エルヴァに言われたとおりに。あなたはウェブスター警部補が訪ねてくることを知らなかった、我々があれほど早く彼の死体を発見するとは思ってもいなかった。あなたたちはほんのわずかの差で行き違いになったのよ」

ピーボディはテーブルをまわり、ロバーズの背後に立った。「とはいえ、それは問題ではなかったでしょう、あなたはバカだから」

「おまけに冷酷」イヴはつぶやいた。

「そうそう、冷酷を忘れちゃいけない。あなたは彼をその場に放置した、彼のことを何十年も愛しつづけた女性に、彼の死体を発見させるために。あなたたちのために料理を作り、あなたたちを家族のディナーや休日のディナーに招いた女性。あなたは彼女を傷つけたかった」

涙が頬を伝い、汗と混ざり合った。「俺はベスを傷つけたいなんて思ったことは一度もない！」

「だけどそうしなければならなかった、そうでしょ？　エルヴァの望むことを彼女に与えてやるために、ベスを傷つけなければならなかった。つまり、だってあなたは、そうするしかなかったんだものね？　でも、それでも充分じゃなかった。あなたたちは告別式に参列し、悲しんでいるふりをした――あなたたちに感情はないから。そして彼の娘の家で、あなたは子どもを――子どもを使って、彼の息子を殺そうとした」

「ちがう。ちがう。あなたにはそんなことわからない。あなたは話を作ってるだけだ。警官のよくやることだよ」

ピーボディはキッチンのクローゼットから押収したロープの写真をテーブルに投げた。

「我々はこれをあなたたちのアパートメントで発見したの」

「俺は――どこにでもあるロープじゃないか」

「それはあなたがベン・グリーンリーフの首を吊ろうとしたときに使ったロープからカットしたもの」

「そうじゃない」

「そうなの。我々のラボが照合した」まだだけど、とピーボディは思った。でも、あともう少しだ。「そうだ、こっちはどう？　これもあなたのクローゼットにあったのよ」

彼女は二台のリンクをテーブルに置いた。

「俺は……」

「それはどこで手に入れたの?」

「俺はただ見つけただけだ。見つけたんだよ」

「へぇー、あなたはそれを、ドリー・グリーンリーフが叔母の家のファミリーエリアのカウンターにのせておいた、小さなバッグのなかで見つけたの? こっちは? あなたは彼女の父親の首に輪《ヌース》をかけるまえに、それが彼のポケットにはいってるのをたまたま見つけただけ?」

「ちがう、ちがうよ、俺は……通りで見つけたんだ」

「いつ?」

「昨日、だと思う」

「だと思う?」ピーボディは声を荒らげた。「だと思う?」

「昨日だよ!」目に恐怖を浮かべて、彼は叫んだ。「昨日、見つけたんだ」

「昨日の何時ごろ? どこの通りで?」

「俺は……」

「すぐ答えなさい! この二台の無効化されたリンクは、たまたまあなたが殺そうとした男性とその娘のものだったの。どこで、いつ、どんなふうに?」

「知らないよ! 俺はエルヴァと話がしたい」

「あなたはエルヴァと話をすることはもうない。もしかしたら、もしかしたらだけど、彼女が地球外の女性刑務所に入れられて、あなたが男性刑務所に入れられたら、ラブレターの交換は認めてもらえるかもしれない」

「彼女は刑務所なんかに行かない。あなたたちにそんなことはできない。絶対にしない」

「あら、彼女は行くの。ええ、我々にはできるの。ええ、我々は必ずやるわ。彼女はすべて計画を立てていた、あなたにこれをやれと命じた、あなたは恋煩いの小犬のようにははいと従った。あなたは、あなたのことを愛してもいない女性のためにこれをやった。彼女は十年近くまえに死んだ青年のことをまだ愛してる」

「そんなの嘘だ！」涙に濡れた目に怒りを浮かべ、握り締めた両手でテーブルを叩いた。

「あなたは嘘つきだ、警官はみんな嘘つきだ。俺たちは結婚するんだ。家庭を作るんだ」

「地球外の刑務所に夫婦面会権はないの。何があったのか教えてよ、デンゼル。たぶんわたしたちが働きかけたら、地球の刑務所にしてもらえるかも。そうすればあなたの母親や妹たちも面会に来られるわよ。彼女は刑務所行きになる、それは変えられないの」

「そんなはずない！　彼女は何もしてないんだ。俺は――俺が全部やった。俺はマーティンを殺した――あなたたちはどうせごまかすだろう、彼のせいでエルヴァの人生がだいなしになったことを。俺はベンを吊るした。俺が全部やったんだ。彼女は何ひとつ関わってない。彼女は俺が何をやったか知りもしないんだ」

「それは本当なの？　あなたはどうやってあの窓の鍵をあけたの？　あなたはどうやって

八十四キロもある意識を失った男性を吊るしたの？　あの制式武器はどこで手に入れたの？」

まだ涙を流しながら、彼は口をすぼめた。「とにかく俺がやったんだ。これ以上何も言わない。俺はマーティンを殺し、ベンを殺そうとした。エルヴァは何もやってない」

「あなたは自分を愛していない女性の罪をかぶろうとしている。彼女はあなたに汚れ仕事をやらせたのよ」

「彼女は俺を愛してる。俺は彼女を救った。言いたいのはそれだけだ」

「あなたの白馬はとても疲れているようね、デンゼル。尋問を終了します」

テーブルに突っ伏して泣いている彼を残し、二人は取調室を出た。

「よくやったわ、底意地の悪いピーボディ」

ピーボディはうなじをこすった。「なんだか彼がかわいそうになってきて――でも、自分を甘やかしませんでした。あんな感じでよかったんですよね」

「そうよ。細部についてはあとで彼をやり込めることができる。あんな話は通用しないから。彼を留置場に戻して、彼女を連れてきて。本当によくやったわ」

「ありがとうございます」

レオがマイラと一緒に傍聴室から出てきた。

「恋に落ちた愚か者」レオは言った。

「その奥には殺し屋も潜んでる」

「彼は何も企《たくら》んでいなかった」マイラは穴があくほど自販機をにらんでいたイヴのそばに来た。「彼は追随者。それに深く後悔している」

「彼女のほうは感じていません。わたしはこの自販機を信じられない。いいえ、どの自販機も。自分のオートシェフで冷たい飲み物を手に入れます」

「わたしにやらせて。あなたは有罪確実の警官殺し二人の事案を渡してくれようとしてるから。何にする？」レオが聞いた。

「ペプシ」

「後悔してようがいまいが」レオは硬貨を入れた。「彼は地球外よ、そして二度と出られない」そう言って、イヴにペプシを手渡した。

「ありがとう」

「ピーボディは立派にやったわね」

「彼女には素質があるの。でも、彼みたいな人の場合だと、少し心の痛みを感じる」

イヴはボトルの蓋をひねり、ペプシをごくごく飲んだ。

「あなたもね」マイラが言った。

「いいえ、わたしは平気です。わたしはこの一連のどうしようもない騒ぎに少し疲れただけです。ほんとにバカげてる。まあ殺人はたいがいバカげてるんですけど、この場合、彼女は人生の十年近くを費やして、悪徳警官と自分を愛してない青年の恨みを晴らすための殺人計画を温めてきたんです。その青年の彼女への思いは、彼女が自分のために人殺しまでしたバカなやつに感じるものと同じ程度だった。

アルネズのための準備をしないと」

イヴはオフィスへ向かいながらリンクを取り出した。

「犯人を捕まえた」イヴは前置きなしでウェブスターに告げた。

「逮捕したのか?」

「二人。ひとりは自白した――半分でたらめだけど。これから二人目を取調室に入れる。観察したいなら、こっちに来て」

「誰なんだい?」

「グリーンリーフ家の友人で、上階の住人。説明してる暇はないのよ、ウェブスター。取調室Bの傍聴室。自分の耳で確かめて」

イヴは通信を切り、ペプシで喉の熱を冷ました。

数分かけて冷静になろう、とイヴは思った。気持ちを安定させよう。たぶん、いつものように、マイラは正しかったのかもしれない。自分もロバーズの尋問に痛みを感じたのかもしれない――ほんの少しだけ。

けれど、もっぱら感じたのは激しい怒りだった。

怒りを抱えたままアルネズの尋問をおこなうことはできるだろう。その怒りを心の奥底にしまっておけるなら。この仕事にイヴの感情は関係ない、関係があるのは法であり、正義であるのだ。

だからイヴは数分かけて、冷静になろうとつとめ、しょうもないペプシを飲み、窓辺に立ってニューヨークの街を眺めた。

通りを埋め尽くす車は騒音をまき散らし、エアトラムは滑るように空を横切っていく。ドライバーや乗客たちは一日の仕事を終えて帰途につく。イヴの仕事はまだ終わっていないが、それが終われば家に帰れる。そして、すべて気にしない。

もう一度。

彼がやってくる音は聞こえなかった。彼はいつも、かつて習得した夜盗の歩き方で移動するから。でも、彼がオフィスにはいってきたことは気配でわかった。

ロークは首を少し傾け、あの危険なブルーの目でイヴを見つめた。「きみは、最初から正しい判断をして二人を逮捕した女性のようには見えないね」

「わたしは正しい判断をして二人逮捕した女性よ。今アルネズと彼女の弁護士が取調室へ向かってる。ロバーズは終わった」

「見逃して残念だな」

「残念がらないで。彼は憐れで情けない男だった。彼は大バカ者よ」イヴはペプシを持つ手を下げ、リサイクラーに投げ込んだ。

「ピーボディに担当させたの。彼女はとてもよくやった。彼に白状させた」

「それはよかった」

「証拠は目の前にあったの。全部」受信の合図に、イヴはコンピューターまで行った。った。

「これもそう。ロープに関するラボの報告。わたしたちはそれを彼らのアパートメントまで行いまいましい家事用クローゼットで見つけた。彼らがベン・グリーンリーフを吊るすのに使ったロープを切った残り。彼は二台のリンクも――ベンのものと、彼の娘のもの――自分のクローゼットにしまってあった。寝室のクローゼットじゃない、そっちは全部彼女ののものだから。自分の部屋のクローゼット、そこに彼は自分の服をしまい、彼女が見たくないからという理由で、そこに家族の写真も飾っておいた。

ピーボディが白状させたとき、彼はどうしたと思う？　あふれる涙を流しながら、アルネズは何も関与してないし、何も知らないと言った。全部自分がやったんだと。自分ひとりでやったと。血の縞がついた輝く鎧を着た騎士」

「きみはそんなことは許さないだろう」

「もちろん。これは全部彼女のもの、あのアパートメントが全部彼女のものなのと同じように。彼らは彼女が望む場所に、彼女が望むとおりに住んでる。彼は自分のものを置いておくことはできる、彼女がそれを目にせずにすむなら。彼女には彼女のためなら人殺しも辞さないほど自分を愛してる男がいる、そしてそれを利用する。彼女がそれを認識し、利用したことは信じたほうがいい。彼女は結果に直面できなかった卑怯な汚職警官と、ほかの人を責めるより死を選んだ青年の復讐を果たすため、彼に人殺しをさせる」

　イヴは目を閉じた。「あの青年は死ぬ必要などなかった。死んではいけなかった。でも、彼が死の淵《ふち》に立たされてることに誰も気づかなかった。彼を愛し、家族の団結を守ろうと懸命に努力した母親でさえ気づかなかった」

　そして目をあけると、そこには激しい怒りと憐れみが浮かんでいた。「アルネズも目先のことしか見えず、仕返しのことばかり繰り返して彼を追い詰めつづけたから。彼女には青年がこっちを向いてくれるような、彼が手放さないような人になりたいという欲求しかなかったから。

　あの青年は彼女を愛してなかった。彼女が殺しに利用した男は彼女を愛してた。それはどうでもよかった。重要ではない。自分を愛してる男が罪をかぶってくれればいいだけのこと。わたしはそんなことはさせない」

　ロークは何も言わず、そばまで来てイヴを抱き締めた。

「わたしは大丈夫よ。全然大丈夫」

「そうだろうね」

「ロバーズは彼女を愛してる。〝すまない、そういう気持ちにはなれない〟とは言わないから彼となら前に進める、それか、彼となら新しい人生を築ける。でも、彼女は自分の望みを叶えるために彼を利用する。十年近く抱いてきた望み。その結果、彼は残りの人生を檻で過ごす」

「きみには彼女の考えることが手に取るようにわかる。きみは間違いなく正しい。彼女は自分のために彼の気持ちを利用した。だが、彼はそれを選んだんだよ、イヴ」

「彼はそれを選んだ」うなずきながら、イヴは体を離した。「彼もわかってたけど、彼の人生は終わった。次は彼女の番」

「さあ、彼女をやっつけておいで、警部補」

イヴは取調室Bまで戻った。「準備はいい、ピーボディ?」

「準備はできてます。彼女の弁護士はマルセル・コンジェラ。クイック検索してみたんですけど、二流弁護士で、軽犯罪を扱ってます——公衆酩酊、治安妨害などといった民事訴訟。重罪はありません」

「それじゃ、アルネズに当然の報いを受けさせましょう」

「彼女をわたしに担当させるつもりはないですよね」

「これは別よ。彼女はわたしがやる」

イヴはドアをあけた。「記録開始」と切りだし、記録のために詳細を読み上げてから席についた。

オレンジのジャンプスーツ姿のアルネズを見て独りよがりの満足感を覚えるとしたら、それは間違っている……彼女はそれでも美人だった。

弁護士は淡いブルーのスーツを着ていた。四十歳ぐらいだろう、長く細い首、後ろへ撫でつけた肩までの長さの黒髪、目鼻立ちのくっきりした顔にとがめるような表情を浮かべている。

「あなたがわたしの依頼人に彼女の職場で恥をかかせたことで、彼女は職を失う恐れがあります。あなたは引退した警察官の死の捜査において、スケープゴート探しに躍起になり、理不尽な手段に出た。我々は民事訴訟を起こすつもりです」

「あ、そう。そういうことなら……受けて立つわよ。あなたの依頼人がそのくだらない民事訴訟を起こすのは、オメガ星の檻からになるけど」

「バカなこと言わないで」コンジェラは薄い唇をすぼめた。「わたしはすべての容疑に対して訴え却下の申し立てをおこないます。さらに不法逮捕の訴えを起こします」

「なんでも好きなだけ申し立てなさいよ。でもね、わたしなら弁護を引き受けるまえに、それなりの額の着手金をもらっておくけど。いやな予感がするわ、ピーボディ――あなたも感じない？――ミズ・コンジェラの依頼人は自分の代理人に、すべてを包み隠さず正直に話してないいんじゃないかって」

「わたしも感じます」

「たとえば」イヴは言った。「ミズ・コンジェラの依頼人はルイス・ノイや彼の家族——息子のブライスも含めて——と親密な関係にあったことを打ち明けてないんじゃないかしら。彼女はたしかグリーンリーフ警部殺害事件の事情聴取のときも、その情報を開示してなかったわよ」

「それを見る機会はまだ——」

「だったら、しっかり目をあけてて」イヴはうながした。「グリーンリーフ警部はルイス・ノイ——NYPSDの元警部のルイス・ノイ——を汚職、強要、証人の買収または威迫、証拠の改竄その他の容疑で調べていた」

「それはこの件とは——」

「話はまだ全然終わってない。ルイス・ノイは自宅の自分のオフィスのデスクで、制式武器を使用して自殺した。ブライス・ノイ、当時十九歳は首吊り自殺した。彼らはあなたのことを——エリーのことを——覚えてるでしょう。エラとテイラー・ノイもあなたのことをよく覚えていた。あなたがそのつながりについて触れなかったのはおかしいわね」

「なんで言わなきゃいけないの？　あれは何年もまえの話よ。彼らとは知り合いだった。マーティンがノイ警部を調べてたなんて、どうしたらあたしにわかるの？　なんであたしが気にしないといけないの？」

「知り合い？」イヴはプロムの写真と大事にしまっておいたコサージュを取り出した。

「あたしのものを調べたのね、あたしの私物を」激しい怒りに、アルネズは頬を真っ赤に染めた。その目は燃えていた。

「正式におこなわれた捜索」イヴはその令状をテーブルに置いた。「これも見て。あなたはプロムのドレスも取っておいた」袋入りのドレスをテーブルにドサッと置く。「あら、これもだわ」そう言って、密封したリンクを取り出した。「あなたが宝箱にしまっておいたこの旧式のリンクには、通信やメッセージが残っていた」

「それはあたしの個人財産よ。あなたがそれに手をつける権利はどこにもない」アルネズはコンジェラのほうを向いた。「なんとかしてよ！」

「正式におこなわれた捜索」イヴは繰り返した。「あなたとブライス・ノイのあいだで交わされた通信とメッセージ。彼の父親が面目を失って自殺したあとは、やりとりの回数が急激に増えてる。あなたはあのビルに引っ越すとき、すでにマーティンがどういう人物であるかを知っていた」

　コンジェラは少し狼狽《ろうばい》しているようだが、気を取り直した。「十年近くまえの記念品は犯罪の証拠にはなりにくいでしょう。マーティン・グリーンリーフがかつて調べた人物と、わたしの依頼人が知り合いだったことも証拠にはなりません。あまり無理をすると失敗しますよ、警部補」

「警察はあたしのものを調べた」アルネズはテーブルに手を叩きつけた。「なんとかしてよ！　自分の仕事をしなさいよ」

「ミズ・アルネズ」コンジェラはなだめるようにアルネズの腕をそっと叩いた。「彼らは令状を持っていました。でも、これは？　これは取るに足らないものです。あなたの十代のときの思い出の品。彼らは手を伸ばしすぎたんです」

「そうね、我々はその宝箱に手を伸ばして写真を見つけた。たくさんの写真――全部ノイの家族のもの。あなたとノイの家族以外、誰もいない。友達、ほかの家族、教師、ペット、とにかく何も写ってない。ただあなたとあなたの……知り合いだけ」

「お話がそれだけでしたら、警部補、わたしは訴え却下の申し立てをおこないます」

「わたしは急ぎすぎたくないのよ」コンジェラが腰をあげかかると、イヴは鋭く言った。

「あなたはもっと最近のものが欲しいの？　そうね、NYPSDの宝箱には何があったかしら。これはどうかな、ピーボディ？」

「ええ、いいですね」イヴが写真を取り出すと、ピーボディはうなずいた。「それは重要な品です」

「実物のロープは見せられないの、今ラボから証拠課に移動中だから。でも、ラボの報告書はここにある。このロープ、わかる？　ベン・グリーンリーフの父親の告別式の日に、妹の家で彼を吊るすのに使ったロープ。こっちは？」

イヴは二枚の写真を並べた。「これは我々が正当に許可された捜索で、あなたの依頼人のキッチン・クローゼットから発見したもの。ラボの報告書にあるように両者は同じロープ、それぞれの切り口は完全に一致した」

「そんなロープは見たことがない。だいいちベンが襲われたとき、あたしはその場にいなかったのよ」

「あら、いたのよ、だってあなたは彼を襲ったんだもの。これはどう？」イヴは二台のリンクを取り出した。「これはあなたがベンの姪の野球のトロフィーで彼の頭を殴ったあと、彼のポケットから取り出したやつ。もう一台は彼の娘のもの、あなたたちはそれを彼女のバッグから盗み、彼女のふりをしてそのリンクからベンにメッセージを送り、二階に誘き寄せて殺そうとした」

「それはとんでもない言いがかりですね」けれど、コンジェラは確信が揺らぎはじめているように見えた。

「そんなリンクは見たことないわ。きっと警察が仕掛けたのよ。なんとかしてよ！　対処できないなら、あなたはクビよ！」

「我々はルイス・ノイとはちがうのよ」イヴはぴしゃりと言った。「あの悪徳警官をあなたはヒーローに仕立てた、父親代わりにした。あなたはあの場にいた。あなたたちはセキュリティをシャットダウンし、ベンの娘のリンクを盗み、暇を告げてから、こっそり二階にあがった。ベンにメッセージを送り、背後から殴って彼を気絶させた。彼が意識を失ってるあいだに、彼の首にヌースをかけ、彼を吊るした。あなたたちは主寝室にはいり、テラスドアをあけて下に降り、通用門から外に出た」

「障害は?」イヴは続けた。「またしてもウェブスター。彼はベンの様子を見にいき、彼を発見し、彼の命を救った」

「あたしはベンが襲われたとき、カーリーの家の近くにはいなかった。デンゼルがそれを証明してくれる」

「でも……」イヴは肩をすくめた。「彼にはその機会はあったけど、それは言わなかった。彼の尋問はもう終わってるのよ」

「じゃあ、彼が嘘をついてるのよ! 自分を守るために嘘をついてるの。もし彼がこんなひどいことをしたとしても、あたしのせいじゃないわ」

「ふ〜ん。彼が嘘をついてて、ベンを殺そうとしたなら、どうやってこんなことをひとりでできるの? 彼はあなたと一緒にいたんでしょ?」

アルネズの目がきらりと光り、それから話しだした。「告別式が終わったあと、デンゼルは実家に帰りたいと言ったの、頼まれてる用事があるからって。あたしはひどい頭痛がしたから、アパートメントに帰って睡眠剤を飲んだ」

彼女は一瞬もためらわず、彼を裏切った。これは全部彼女に関することだから。

「あなたが住んでるビルの防犯カメラに、あなたがひとりで帰ってきたところが映ってないのはなぜなのかしら。ベンが襲われてから三十分もしないうちに、あなたとロバーズが一緒にビルにはいるところが映ってるのはなぜかしら」

「あたしは――あたしが言いたかったのは、頭をすっきりさせるために少し歩きたかったということ」彼女はうつむいて、こめかみをこすった。「ここ数日ひどいことが続いたから。散歩して、デンゼルがあたしに追いついた。それからアパートメントにはいって、睡眠剤を飲んだの」

「つまり、彼は途中でどういうわけか引き返し――自分ひとりで――ベンの妹の家に戻り、ベンを誘き寄せ、頭を殴りつけた。それからどうにかして――自分ひとりで――八十四キロもある意識を失った男性を運び、床に足がつかないところまで引っ張りあげた。それからその場を去り、奇跡的に間に合ってあなたとばったり会い、二人で一緒にビルにはいったのね」

「あたしは彼がやったとは言ってない。あたしはやらなかったと言ってるの。あたしがマーティンを殺してないのはたしかでしょ。ベスやほかの人たちと一緒だったんだから」

「面白いわね、マーティン・グリーンリーフが殺された夜、ビルのセキュリティにあなたが出ていくところが映ってる九十八秒後に、あなたはロバーズにメッセージを送ってる。〝もう大丈夫〟と。我々はあなたたちのリンクも持ってるのよ」

「それがどうしたの？　もうすぐバーに着くことを教えただけでしょ」

「そうね。もうひとつ面白いことがあるの。死亡時刻の七分後くらいに、ロバーズはあなたにメッセージを送ってる。〝すんだよ〟と。あなたはハートの絵文字で返信した」

「あたしは……彼に部屋をきれいにするように頼んだの。彼が散らかすし、あたしはそういうのが気になるのよ。彼は片づけがすんだことを知らせたかっただけ」

「グリーンリーフ警部が殺されたとき、わたしの依頼人がほかの場所にいたことがすでに証明されているのは明らかです。したがって――」

「あなたは窓の鍵をあけた。あなたはベスの習慣を知ってる――それを知るために細心の注意を払った。寝室へ行くと、彼女は靴のことで大騒ぎしてる。避難はしごに通じる窓の鍵をあける。もう大丈夫だというメッセージを送る。ロバーズはすんだよという返事を寄こす」

「あなたにはどれも証明できない。バカげてるから」

「あなたはノイが持っていたドロップ・ウェポンを使った。それは――たぶん護身用として――彼がくれたの？　ときどきお金をくれたみたいに？　彼のような者たちは忠誠をお金で買う。彼はきっとあなたの忠誠も買ったのね」

「何も言わないで、ミズ・アルネズ。警部補、少し依頼人と相談したいと思います」

「彼はあなたを愛してなかった。ブライスはあなたを愛してなかった」

イヴはそれを静かな声で言った。それが彼女の急所を突いたのがわかった。

「彼はあなたの写真や思い出の品を箱に入れてなかった。ときどき取り出して眺めたり、あなたのことを考えてたりすることはなかった。彼があなたを家に連れていったのは、あなたがかわいそうだと感じたから――」

「嘘つき。嘘つき」

「彼は人が好きだった、彼らと一緒にいるのが好きで、彼らを助けることも好きだった。彼は女の子が好きだった。ほかの女の子たち――大勢の女の子たち――を好きになるような気持ちは、あなたに抱いてなかった。あなたはきっと彼女たちを憎んだでしょう。彼が一緒に過ごすのは自分ではなく、彼女たちだったから」

「何も知らないくせに」

「知ってると思うけど。彼はあなたをプロムに連れていった」イヴはそのドレスに手を置いた。「そして、あなたを連れていくのはあなたに友達がいないからだと妹に言った。かわいそうな子なんだ、と」

「そんなの嘘よ」アルネズは吐き出すように言った。「あなたはブライスを知らなかった。彼のことは何も知らないじゃない」

「わたしは彼がどんな青年だったか、だんだんわかるようになった。とてもハンサムで、とても聡明で、優しい青年。彼が育ったのは幸せな家庭――父親を筆頭に。あなたは彼が欲しかった、その家族が欲しかった、その父親が欲しかった。だから、あなたは執着した。

あなたには人生の目的があった。ブライスはその手段だった」

「警部補」コンジェラが割り込んだ。「それはまったくの憶測です」

「証拠に基づく結論よ。あなたはその目的を達成するために、彼の家族のなかに自分を潜り込ませた――そしてたぶん、ノイのなかに自分が持ってない何かを見つけた。理想の父親像ってやつ。あなたはグリーンリーフ家にも自分を潜り込ませた――あなたには目的があったから。グリーンリーフ警部を殺して自殺に見せかけ、あなたのヒーローの死を反映させせること。グリーンリーフに仕返しすること。でも、それだけじゃ終わってない。息子を殺し、あなたが愛した青年の死を反映させ、仕返しを完成させる。

善人を殺し、彼の息子を殺そうとした。それはすべて、あなたを愛さなかった青年との思い出のため。彼はあなたを憐れんでいただけなのに」

「彼は本当にあたしを愛してたの！　あなたはなんにも知らない。ブライスはあたしを愛してた。あたしたちは魂の伴侶だった。あたしたちは結婚して、家庭を持つはずだった。彼はあたしにとってすべてだったの」

イヴは椅子に背を預け、ほほえんだ。「それはただの知り合いのようには、まったく聞こえないわね」

「ミズ・アルネズ――エルヴァ、お願いだからもう何もしゃべらないで。わたしに――」

アルネズはコンジェラの手を乱暴に振り払った。

「あんな嘘ばかりついて、彼女はただではすまない。マーティン・グリーンリーフはあたしが出会ったなかで最高の男性を破滅させた。彼はあたしの家族を破滅させた！　彼はあたしが一生愛しつづける唯一の人を死なせた。なんのために？　なんのために？　自分のルールのため、彼の規則のため、正邪を分けるまっすぐな線のため？　なぜ彼はまだ生きてるの？　なぜ彼には幸せな家族がいるの？　あたしの家族はどこ？」

「あなたはノイのドロップ・ウェポンを使った。彼がくれたの？　それともあなたが盗んだの？」

「あたしが盗んだ。なんであたしが持ってちゃいけないの？　彼の妻も、彼の娘も、泣くことしかできなかった。彼女たちはルイスを恥じてた。恥じた。あたしは彼のために立ち上がった。ブライスとあたしは彼のために立ち上がった。彼にとっては、あの泣きじゃくる小娘よりあたしのほうが娘らしかった。彼の妻は？　あの聖人めかしたエラは？　彼女は夫のことを忘れた。夫のことも息子のことも忘れて、どこかの誰かと結婚した。みんな地獄に落ちればいい、グリーンリーフみたいに」

「計画はすべてあなたが練ったのね。タイミングも、方法も。デンゼルは何か手伝ってくれた？」

「デンゼルには、誰かの修理工場で油だらけになる仕事から抜け出す計画も立てられない。あたしは自分の父親と愛する人に正義をもたらしたの」

そこにすべて表れている、とイヴは思った。あの日をみはるほど美しい顔にすべてが表れていた。怒り、憎しみ、負の感情に満ちた年月のすべてが表れている。

「手順その一、彼が住むビルの住人になる。手順その二、彼らと親しくなる。それは手順その三に続く。家族のことをよく知るようになり、彼らの愛情と信頼を得て、彼らのルーティンを知る。エラ・ノイがカル・ローゼンと結婚したときはすごく腹が立ったでしょう。彼女はあなたを結婚式に招待することとさえしなかった」

「まるであたしに行く気があったみたいに言うのね。愛は永遠なの。彼女は自分を汚《けが》し、夫と息子の思い出を汚した。あたしはもっといい人だと思ってた。あたしが間違ってた。彼女は夫と息子を簡単に忘れた。でも、あたしはそんなことはしなかった」

「デンゼルに殺人をやらせるのに、どうやって説得したの？」

「殺人じゃない。正義よ。彼はマーティンがやったことを理解してる、彼がどんなふうにあたしの家族を破滅させたかを。デンゼルはあたしのためならなんでもするわ」

「わたしはミズ・アルネズの弁護士を辞任します。ミズ・アルネズ、わたしからアドバイスしておきますが、あなたは黙秘し、ただちに別の弁護士に相談してください」

「ふん、ほっといてよ。あなたには与えられた仕事があったのに、それさえも満足にできなかった」

「ミズ・アルネズの元弁護士は退室します」イヴは言った。「あなたには代理人を要求する権利があります」

「今度はもっといい弁護士を雇うわ。一流の弁護士を。あたしはもうやるべきことはやった。それを明らかにしてくれる弁護士を探す。ルイスとブライスはきっと、あたしを誇りに思うでしょう」

ここは調子を合わせておこう、とイヴは思った。

「ルイス・ノイがあなたを誇りに思うのは間違いないわ。よく考えられた計画だと褒めてくれるでしょうね。あなたは難攻不落のアリバイがある夜を選んだ」イヴは本題にはいった。「あなたは寝室の窓の鍵をあけ、パートナーのロバーズがグリーンリーフ警部のアパートメントに侵入できるようにした」

「そうよ、そうよ」

「あなたの〝もう大丈夫〟のメッセージが届くと、ロバーズは避難はしごを使ってその鍵があいてる窓まで行き、なかにはいった。彼は、ノイの死後にあなたが盗んだノイの武器を使用して、マーティン・グリーンリーフを殺した。彼はそのドロップ・ウェポンに警部の指紋をつけてから現場に残し、自殺の遺書を作成し、同じ窓から出ていった」

「ねえ、もう飽きてきたんだけど」アルネズは言いだした。

「あともう少しよ。計画に支障が生じる。その直後にウェブスター警部補が到着し、わたしを参加させた。あなたがベスと帰ってきたとき、家にはすでに我々がいた。あなたは寝室にもう一度行って、窓の鍵をかけておくことができない」

「計画は完璧だった。完璧だったはずなのに。鍵のことなんてどうでもよかった。あたしはその場にいなかったんだから」

「自殺に見せかける計画はうまくいかなかったので、あなたは急いでベンに移る必要を感じた。合ってる？」

「なぜ待つの？　もう一刻も無駄にできない。デンゼルはセキュリティをシャットダウンさせた。あたしはあの小娘のリンクを持ってたから、二階に着いてから泣き言のメッセージを送った。パパはすぐやってきた。頭を殴りつける――あれは痛快だった。あのろくでなしを吊るし首にして、外に出る――あなたはどうやって脱出したかわかってたわね。それもうまくいくはずだった。彼は死んでたはずなの、あたしのブライスのように」

「ロープとリンクのことは？」

「不注意。あたしたちは容疑者じゃなかったから、二度も調べられるはずはなかった。あなたはどうやってあたしをルイスやブライスと結びつけたの？」

「我々は警官よ。自分たちの仕事をするだけ」

「ルイス・ノイ警部は警官だった。あなたなんか虫のようにつぶされてたわ」

イヴは笑みを浮かべていた。「そう思いたいならどうぞ。地球外の檻にはいっても、それで最初の数十年は乗りきれそうね」

「あたしは二人の善人のために正義を執行したの。あたしの父と、あたしが愛する人のために。人を愛したことのある者なら、誰もあたしに有罪を宣告しないでしょう」

「これはメディア速報が出るわね」イヴは立ち上がりながら言った。「ノイは善人でもなければ、あなたの父親でもなかった。被尋問者は公式にすべての容疑を認めた。彼女を下に連れていって、ピーボディ。彼女には本人が望むなら別の代理人を要求する権利がある。尋問終了」

イヴはドアまで行き、振り返った。

やっぱり、とイヴは思った。彼女はちっぽけな人間かもしれない。

「きっとブライス・ノイはあなたと一度も寝たことがなかったでしょ。お情けでも寝てくれなかったのね」

アルネズは生気のない目でイヴを見つめた。「いつかあなたを殺してやる」

「どうぞ、どうぞ、そう信じてて。たぶんそれで最初の数十年のあとの数十年を乗りきれるでしょう」

エピローグ

取調室から出ると、イヴは傍聴室まで行った。最初にホイットニーが出てきた。

「よくやった、警部補」

「ありがとうございます」

「実によくやった」と言いながら、部長は去っていった。

レオはかぶりを振った。「あなたはわたしの仕事を簡単にしてくれたわね」

「彼女が簡単にしてくれたの。彼女にはエゴがあったから」

「悪意に満ちたナルシシストはたいがいそうよ」マイラがコメントした。「〝彼はあなたを愛してなかった〟で、あなたはその扉の鍵をあけた。そして、彼女にはその言葉が耐えられなかった」

アンジェロが進み出て、手を差し出した。「ありがとう」

「仕事よ。あなただってそれはわかってる」

「そうだけど、とにかくありがとう」

「ちょっといいかな？」ウェブスターがイヴに聞き、それからロークを見た。「一分だけ、彼女のオフィスで、二人きりで話していいかな？」

「それは警部補次第だ」

「いいわよ」

「どうしてマーティンは見逃したんだろう」二人で歩きだしながら、ウェブスターは言いはじめた。「どうしてアルネズの本性を見抜けなかったんだろう。ただし――僕も彼女と会ったときにはわからなかった。傍聴室でもわからなかった。きみが急所を突くまでわからなかった。でも、きみには見えていた」

「あの夜、あなたがドアをあけたとき、彼女は油断した。わたしには何かが見えた。コーヒーを飲むけど、あなたも欲しい？」

「いいよ、いつまでもきみの邪魔をするつもりはない。家族に教えたいんだけど、かまわないかな」

「ええ、どうぞ。ウェブスター、もしあなたがあの場にいなかったら、わたしもそこにいなかったし、その何かを見ることもなかった。もしあなたがそこにいなかったら、ベンはきっと死んでたでしょう。それを忘れないで」

「そうだね。よし。僕は家族に教えにいく。それと、きみに……お別れを言いたかったんだ。この件が片づいたら、僕は来週、ダルシアと一緒にオリンパスに戻る。彼女との人生をスタートさせるんだ」

「わたしは成功を祈ってると言うつもり。偉そうな感じじゃなくて。心から言う」

「わかってる。僕の尻は蹴飛ばさないでくれよ」ウェブスターは言い、イヴをハグした。

「ありがとう」と、つぶやいてから、彼は体を離した。「心からの言葉だ。ニューヨークは信頼できる人がいるから大丈夫だね、警部補」

ウェブスターが去っていくと、イヴは窓辺まで行き、ゆっくり息をついた。そしてロークがはいってくる気配がして、そちらを向いた。

「ウェブスターとアンジェロはオリンパスで頑張ってみるって、来週から」

「ダルシアから聞いたよ。彼らは一緒にいればとても幸せになると思う」

「そんな感じ」

ロークはイヴの髪を撫でた。「きみはどうだった?」

「わたしは怒ったまま取調室にはいった。怒ったせいで頭がガンガン鳴りだした。でも、いざ始まってみたら、わたしはどうすれば彼女の……扉の鍵をあける——マイラが言ったように——ことができるのかが見えた。だから怒るのをやめて、自分の仕事をしたの」

イヴはボードを振り返った。「もうすぐすべて終わる。あとは書類を処理すればいいだけ。それも仕事だから」

「それを仕上げるまで待つよ。それから一緒に家に帰ってワインを飲もう。今週起こったことは気にせず、忘れてしまおう」

　気にしない、とイヴは思った。それはずっと考えていたこと。

「ねえ、わたしが何を考えてるかわかる？」

「それにはいつも興味がある」

「わたしが考えてるのは、あなたが手に入れたあのパブのこと――ドーバー事件のときみんなで行った個室《スナッグ》のあるパブ、バーガーもあった。フィーニーはフィッシュ＆チップスに夢中だった」（イヴ＆ローク55『幼き者の殺人』参照）

「ああ、覚えているよ」

「だからそこに行って、あのときみたいに個室で居心地よく過ごしたらどうかなって。ブルペンで行きたい人は全員、あとフィーニーとマクナブ、たぶんレオも――彼女にはまだドリンクの借りがあると思う。マイラ夫妻――彼らが望むなら。モリスにも連絡してみようかな。いい警官たち、そして彼らと一緒に働いてくれるいい人たちを誘って、二、三時間過ごして、ビールを二、三本飲みたい感じ。それをすごくやりたい感じ」

「不思議だな、僕もいい警官たちと二、三時間楽しく過ごしたいと感じていたんだ。段取りをつけておくよ」

「ありがとう」イヴはロークに腕をまわして抱きつき、彼の肩に頭を預けた。「わたしは愛がどういうものか知ってる」イヴはつぶやき、少し身を引いて、彼の顔を両手で包んだ。

「彼女を殺しに走らせたのは愛なんかじゃない。これが愛よ」と言って、イヴはロークにキスした。

「そのとおりだ。昨日も、今日も、明日も。これが愛だ」

「わたしは報告書を仕上げて、事件を終わりにして、忘れることにする。あなたはバーガーとビールとその他に参加したい人を集めてくれてもいいわよ」

「やっておくよ。そして部長の言葉を借りよう、よくやった、警部補」

「ひとりではできなかった」ロークが出ていくと、イヴは言った。自分にはいい警官たちと、彼らと一緒に働くいい人たちがついていたからできたのだ。

さあ、腰をおろして仕事を片づけ、忘れてしまおう。

訳者あとがき

イヴ&ローク・シリーズ第五十八作『純白の密告者』（原題"*Payback in Death*"）をお届けします。

イヴはギリシャでロークとの二週間の怠惰なバカンスを満喫し、アイルランドでロークのファミリーとの団欒のひとときを過ごしました。そこで、ファミリーの前で結婚記念日の贈り物をロークに渡すというミッションを達成します。なんといっても相手は宇宙一の大金持ちでなんでも持っているのですから、プレゼントを選ぶのはほぼ不可能なミッションだったと言えます。果たしてイヴは何を選んだのでしょうか。

そして、休暇旅行の一瞬一瞬を楽しんでわが家に帰ってくると、通信司令部から事件発生の知らせがもたらされます。被害者は内務監察部《IAB》のマーティン・グリーンリーフ元警部で、ＩＡＢのウェブスター警部補の要請により、イヴは自殺を装った殺人事件の捜査を指揮することになります。

グリーンリーフは職掌柄、悪徳警官たちから恨まれていました。この事件は彼が刑務所送りにした警官、彼に罪を暴かれて自殺した警官の身内の報復であると見て、イヴは捜査を進めます。ところがグリーンリーフが調べた悪徳警官のリストを作っていくうち、その数の多さにイヴは頭を抱え、憂鬱な気分になります。どうしようもない、汚いやつらばかりだ、と。フィーニー警部まで意気消沈し、イヴは彼を励ます側にまわる始末です。それでも、地道な聞き取り捜査を続け、犯行の手口に着目し、徐々に容疑者候補を絞り込んでいくのですが……。

イヴには敏腕捜査官としての特技がいくつかあります。それは天賦の才とも言えますし、過酷な境遇から脱するためにこの仕事に全力を傾注してきた賜物《たまもの》だとも言えます。その特技のひとつに、犯人が〝見える〟ことが挙げられます。鋭い直感力をもとに仮説を組み立てていき、捜査がある時点まで進むと、イヴには犯人のことが手に取るようにわかってきて、その思考や行動をたどりはじめます。そういう場面にはいつもわくわくさせられます。

さて、今回の事件で気の毒だったのは、ＩＡＢのウェブスター警部補です。父親代わりだった元上司を亡くしたばかりか、遺体の第一発見者になってしまうなんて。さらに第二の事件でも第一発見者となり……。けれども、恋人のダルシア・アンジェロとの関係はうまくいっていて、意外な進展もあったようです。ピーボディとマクナブはもちろんのこと、ドクター・マイラ、レオ地方検事補、ナディーン・ファーストといったイヴを支えるサブキャラクターたちも、いつもどおりの活躍を見せてくれます。

次の第五十九作"*Random in Death*"ではナディーンの恋人のジェイクが事件に巻き込まれ、第六十作"*Passions in Death*"ではイヴの友人のクラックが経営するクラブ〈ダウン&ダーティ〉が犯行現場になります。魅力的なサブキャラクターたちにはどんどん登場してほしいところですね。

そして第六十一作（アメリカ本国では第六十作）"*Bonded in Death*"が二〇二五年二月に発売されます。精力的に作品を発表しつづけるロブには敬服するばかりです。本シリーズが始まったのは一九九五年で、ロブは当初、影のある女性捜査官が主人公の近未来を舞台にした三部作を予定していました。執筆に取りかかった一九九四年には、設定した二〇五八年という未来ははるか先のことに思えたそうです。

シリーズの節目となる第五十作"*Golden in Death*"（日本では第五十一作『死を運ぶ黄金の卵』）を上梓《じょうし》する際のインタビューで、三部作は一冊の本では描ききれない登場人物たちの関係を探っていき、彼らを成長させていく機会を与えてくれた、とロブは語っています。「三冊目の本が印刷にまわるころには、もう手放したくありませんでした。登場人物たちや彼らの世界に別れを告げたくなかったのです。版元がこの物語の続きに興味を示したとき、わたしはそのチャンスに飛びつきました」

よくぞ飛びついてくれたという気持ちです。

それでは次回の事件と、壮大な物語の展開を楽しみにお待ちください。

小林浩子

二〇二四年十月

訳者紹介　小林浩子
英米文学翻訳家。おもな訳書にJ・D・ロブ〈イヴ&ローク〉シリーズをはじめ、メリーナ・マーケッタ『ヴァイオレットだけが知っている』、エリカ・スワイラー『魔法のサーカスと奇跡の本』(以上東京創元社)ほか多数。

mira

純白《じゅんぱく》の密告者《みっこくしゃ》 イヴ&ローク58

2024年10月15日発行　第1刷

著　者　J・D・ロブ
訳　者　小林浩子《こばやしひろこ》
発行人　鈴木幸辰
発行所　株式会社ハーパーコリンズ・ジャパン
東京都千代田区大手町1-5-1
04-2951-2000(注文)
0570-008091(読者サービス係)

印刷・製本　中央精版印刷株式会社

ISBN978-4-596-71567-8

mirabooks

名もなき花の挽歌
イヴ&ローク54
J・D・ロブ
新井ひろみ 訳
ニューヨークの再開発地区の工事現場から変わり果てた女性たちの遺体が次々と発見された。彼女たちの無念を晴らすべく、イヴは怒りの捜査を開始する…。

幼き者の殺人
イヴ&ローク55
J・D・ロブ
青木悦子 訳
夜明けの公園に遺棄されていた女性。時代遅れの派手な格好をした彼女の手には〝だめなママ〟と書かれたカードがあった。イヴは事件を追うが捜査は難航し…。

232番目の少女
イヴ&ローク56
J・D・ロブ
小林浩子 訳
未成年の少女たちを選別、教育し、性産業に送りこむ邪悪な〝アカデミー〟。搾取される少女たちにかつての自分の姿を重ね、イヴは怒りの捜査を開始する——!

死者のカーテンコール
イヴ&ローク57
J・D・ロブ
青木悦子 訳
NYの豪華なペントハウスのパーティーで、人気映画俳優が毒殺された。捜査線上に浮かびあがったのは、かつて闇に葬られたブロードウェイの悲劇で——

いまはただ瞳を閉じて
ローリー・フォスター
兒嶋みなこ 訳
12年前の辛い過去から立ち直り、長距離ドライバーとして身を立てるスター。彼女が行きつけの店の主はセクシーで魅力的だが、ただならぬ秘密を抱えていて…。

その胸の鼓動を数えて
ローリー・フォスター
兒嶋みなこ 訳
かつて誘拐された組織に命を狙われ続けるケネディ。身寄りのない町でたった一人頼れるのは、鋼の肉体と優しさを兼ね備えたジムオーナー、レイエスだけで…。

mirabooks

明けない夜を逃れて
シャロン・サラ
岡本 香 訳
余命宣告から生きのびた美女と、過去に囚われた私立探偵。喪失を抱えたふたりが出会ったとき、運命は大きく動き始め…。叙情派ロマンティック・サスペンス！

翼をなくした日から
シャロン・サラ
岡本 香 訳
元陸軍の私立探偵とともに、さまざまな事件を解決してきたジェイド。カルト組織に囚われた少女を追うなかで、自らの過去の傷と向き合うことになり…。

すべて風に消えても
シャロン・サラ
岡本 香 訳
最高のパートナーとして事件を解決してきた私立探偵チャーリーと助手のジェイド。最大の危機と悲しい別れが、二人にこれまで守ってきた一線をこえさせ…。

明日の欠片をあつめて
シャロン・サラ
岡本 香 訳
特別な力が世に知られメディアや悪質な団体に追い回されるジェイド。相棒の探偵チャーリーを守るため彼女が選んだ道は――シリーズ堂々の完結編！

あたたかな雪
シャロン・サラ
富永佐知子 訳
不思議な力を持つせいで周囲に疎まれ、孤独に生きてきたデボラ。飛行機事故の生存者を救うために向かった雪山で、元軍人のマイクと宿命の出会いを果たし…。

哀しみの絆
シャロン・サラ
皆川孝子 訳
25年前に誘拐されたことがある令嬢オリヴィア。同時期に殺された少女の白骨遺体が発見され、オリヴィアの出自を揺るがすなか、捜査に現れた刑事は高校時代の恋人で…。

mirabooks

永遠が終わる頃に
シャノン・マッケナ
新井ひろみ 訳

祖母から、35歳までに結婚しなければ会社の経営権を剥奪すると命じられたケイレブ。契約婚の相手として連れてこられたのは9年前に別れた元恋人ティルダで…。

唇が嘘をつけなくて
シャノン・マッケナ
新井ひろみ 訳

祖母からの一方的な結婚命令に反発するマディ。一族の宿敵ジャックとの偽装婚約で、命令を撤回させようとするが、二人の演技はしだいに熱を帯びていって…。

真夜中が満ちるまで
シャノン・マッケナ
新井ひろみ 訳

ネット上の嫌がらせに悩む、美貌の会社経営者エヴァ。かつて苦い夜をともにした相手に渋々相談すると、彼は24時間ボディガードをすると言いだし…。

この恋が偽りでも
シャノン・マッケナ
新井ひろみ 訳

天才建築家で世界的セレブのフィアンセ役を務めることになった科学者ジェンナ。生きる世界が違う彼に惹かれてはいけないのに、かつての恋心がよみがえり——

口づけは扉に隠れて
シャノン・マッケナ
新井ひろみ 訳

建築事務所で働くソフィーは突然の抜擢で、上司のヴァンとともに出張することに。滞在先のホテルで男の顔を見せられ心ざわめくが、彼にはある思惑が…。

この手はあなたに届かない
J・R・ウォード
琴葉かいら 訳

夏の間だけ湖畔の町にやってくる富豪グレイに、ジョイは長年片想いしている。ひょんなことから彼とNYに行くことになり、夢のようなひとときを過ごすが…。